古國

大河역사소설 고국

2권 朝鮮의 분열

金夷吾 지음

좋은땅

# 제2권 목차

1부
秦, 중원을 통일하다

# 1. 원교근공

선宣태후의 죽음과 함께 온전하게 친정에 들어서게 된 진秦소양왕은 범저의 〈원교근공〉 계책을 실행에 옮기기 시작했다. 이를 위해 그는 멀리 떨어진 제齊, 초楚나라와 화친을 맺은 다음, 대장 왕흘王齕을 시켜 가까운 한韓나라부터 공격하게 했다. 秦나라는 이때 과감하게 위渭수 및 낙洛수 등 강을 이용해 군량을 효과적으로 운반했고, 그 결과 순식간에 韓나라 서쪽 상당上黨을 포위할 수 있었다. 위기에 처한 상당태수 풍정馮亭이 백성들을 설득했다.

"秦나라보다는 차라리 趙나라에게 항복하려 하오. 조나라가 상당 땅을 차지하면 진나라가 곧바로 조를 치게 될 것이고, 그리되면 우리 한나라가 조나라와 연합하여 진에 저항할 수 있을 것이 아니오?"

그 무렵 조趙나라에서는 혜문왕이 죽어 아들 효성왕孝成王(~BC 245년)이 뒤를 이었는데 마복군 조사는 이미 사망한 뒤였고, 인상여도 나이가 들어 위독한 때였다. BC 262년, 풍정이 사람을 보내 항복문서 및 상당의 지도와 함께 17개 성城을 趙나라에 바치기로 하니, 과연 조효성왕이 크게 기뻐했다. 그러나 자칫 秦나라와의 전쟁에 휘말릴 수 있는 중차대한 문제라 조왕은 이내 고민에 빠졌다. 효성왕은 이때 염파 등의 공신보다는 평원군을 포함한 인척들에게 더욱 의존했는데, 인재를 두루 등용했던 선왕과 사뭇 다른 모습이었다. 효성왕이 문제의 해법을 대신들이 아닌 인척들에게서 구하니, 먼저 왕의 숙부인 평양군 조표趙豹가 간했다.

"옛말에 무고지리無故之利, 위지화앙謂之禍殃이라고 했습니다. 까닭 없이 생기는 이익은 재앙이라는 뜻이니, 대왕께선 그 땅을 받지 마시지요!"

그러자 이복동생인 평원군 조승이 다른 견해를 폈다.

"일개 성읍을 빼앗는 일에도 백만 대군을 동원해야 하거나 툭하면 해를 넘기기 일쑤입니다. 하물며 가만히 앉아 17개 성을 얻는다는 것은 막대한 이익이니 결코 놓쳐서는 아니 될 것입니다!"

결국 평원군이 직접 5만의 군사를 이끌고 韓나라로 들어가 상당을 접수했고, 풍정으로 하여금 태수의 직을 수행하게 하고 돌아왔다. 그러자 때를 기다리던 秦나라는 곧장 왕흘에게 군사를 주어 상당으로 내보내 성을 포위해 버렸다. 풍정이 왕흘의 진군에 맞서 2달을 견뎌 냈으나 끝내 조나라 원군이 오지 않자, 성을 버리고 趙나라 한단으로 퇴각해야 했다. 효성왕은 그제야 노장 염파를 상장上將으로 삼아 20만 군사를 내주고, 상당을 방어하라 명했다.

조군이 장평관長平關에 도달했을 무렵, 상당성이 이미 함락되었다는 소식을 듣고, 염파는 금문산金門山(산서고평) 아래 영채를 세우고 수비에 들어갔다. 장거리 원정에 지친 秦나라는 싸움을 서둘렀으나, 염파는 군사들에게 땅을 깊이 파 물을 가득 채우게 하고는, 절대 응전하지 말 것을 명하고 느긋하게 장기전에 돌입했다.

그렇게 넉 달을 대치했는데도 좀처럼 싸움에 진전이 없자, 소식을 들은 범저가 반간계를 써서 조왕의 측근에 뇌물을 뿌리고 유언비어를 퍼뜨리게 했다.

"염 장군은 늙어 겁이 늘었는지 좀처럼 싸우려 들지 않는다. 조나라 장수 중에는 죽은 마복군(조사)이 제일이었는데, 그 아들 조괄趙括은 조사보다 뛰어나다는 소문이 자자하다. 그래서 지금 진나라 군영에서는 젊고 용맹한 조괄이 오면 그날로 무너질 거라며 조괄이 오는 것을 제일로 걱정한다고 한다!"

이전부터 염파가 싸움을 기피하고 장기전을 자주 택하는 것을 맘에 들어 하지 않던 趙효성왕이 이런 소문에 흔들려 조괄을 장수로 삼으려 들었다. 병석의 인상여가 소문을 듣고는 조왕에게 간했다.

"조괄은 부친 조사의 병서만 읽었을 뿐, 전장에서의 경험이 부족하니 그를 장수로 내세우는 것은 위험한 일입니다."

그러나 효성왕이 이를 듣지 않고 조괄을 상장으로 삼았다. 그러자 이번에는 조괄의 모친이 나서서 비슷한 이유를 들며 이를 반대하는 상소를 올렸다.

"생전에 제 남편 조사趙奢는 장차 조괄이 장수가 되면 안 된다고 했습니다. 조사는 사귀는 벗도 많았고, 나라에서 주는 상금은 군사 및 사대부들과 반드시 나누었으며, 참전 명령을 받으면 일체 집안일을 묻지 않았습니다. 그런데 제 아들 조괄은 벌써 거만하게 구는 데다, 대왕께서 내려주신 하사품으로 날마다 전답을 사들이니 장수의 재목이 아님이 분명합니다."

효성왕이 그래도 명을 거두지 않자, 조괄의 모친이 말했다.

"만일 일이 대왕의 뜻대로 되지 않더라도 부디 소인을 연좌시키지 말아 주옵소서!"

조왕은 그리하겠다며 조괄에게 추가로 정예군 20만을 주어 장평으로 향하게 했다.


한편 秦소양왕도 백전노장 염파를 대신해 조괄이 새로이 조나라 군사를 지휘하고, 20만 군사가 증강된다는 소식을 접했다. 이에 소양왕 또한 서둘러 백기를 상장군에 임명한 데 이어 왕흘王齕을 비장裨將으로 삼게 하고는 주위에 지엄한 명을 내렸다.

"백기가 전장에 돌아온다는 사실이 새어 나가지 않도록 절대 비밀에 부치도록 하라!"

그때 장평관에 당도한 조괄은 종전 염파가 고수해 오던 수비 위주의 작전을 즉시 전면공세 체제로 바꾸었다. 백기가 먼저 3천의 군사를 내보내 기습을 단행하고 싸움을 걸게 했다. 조괄이 1만의 병사로 맞대응하니, 秦군이 부리나케 달아나기 바빴다.

이를 본 백기는 영채를 10리 정도 물리게 하여, 趙군을 두려워하는 모습을 연출했다. 그런 다음, 장수들을 골고루 배치하고 정교하게 각자의 임무를 부여했는데 마치 그물을 치고 기다리는 듯했다. 이튿날 새벽 趙군이 성을 나와 진격해 오니, 秦나라 왕분王賁이 맞서 싸우다가 짐짓 패하는 척하면서 달아났다. 진군이 그런 식으로 몇 차례 치고 빠지면서 조군에 밀리는 모습을 보이자, 이를 지켜보던 조괄이 마침내 명령을 내렸다.

"흐음, 아군이 선전한 덕에 마침내 적들이 달아나는 모습이 확연히 보이는구나! 지금이야말로 본대가 나가 총공세를 펼칠 기회다! 자, 북을 쳐서 전군에 돌격 명령을 내리고 전력을 다해 싸우자! 북을 쳐라, 전군은 돌격하라!"

조괄이 직접 나서서 대군을 동원해 달아나는 진군을 추격했다. 그러자 이때부터, 몽오蒙驁, 왕전王翦과 같은 秦나라 장수들이 사방에서 나타나 번갈아 조군을 타격하고 군영을 앞뒤로 갈라놓는 것이었다. 갑작스레 쇄도해 들어오는 진군의 무시무시한 역공에 趙군이 놀라 우왕좌왕하는 사이 진영이 무너지고 흐트러졌다. 불안한 눈으로 상황을 지켜보던 조괄이 결국 징을 쳐서 군대를 물리게 하고는 서둘러 영채를 쌓게 했다. 그리고는 趙王에게 원군과 식량이 부족하다며 추가지원을 요청했다.

그러나 그때는 이미 성 밖의 秦나라 군사들이 사방에서 보급로를 차단하고 趙나라 군영의 외곽을 포위한 뒤였다. 그때서야 무안군 백기白起가 상장군 깃발을 앞세운 채 불현듯 나타났다. 그가 병사들을 시켜 趙군의 영채 가까이 가서 자신의 명령을 큰소리로 외치게 했다.

"진나라 상장군 백기의 명령이다. 그대들은 영채를 버리고 조속히 투항하라! 그리하면 목숨은 살려 줄 것이다!"

秦군이 외치는 소리에 조괄을 비롯한 조나라 병사들이 비로소 천하의 명장 백기가 진중에 나타난 것을 알고 놀라서 크게 동요했다. 그러는 사이 외곽에 주둔하고 있던 秦소양왕 또한 백기가 조나라 군영을 포위했다는 소식을 접하고는 직접 하내河內로 들어갔다. 소양왕은 그곳에서 15세 이상의 장정들을 서둘러 징집한 다음, 여러 길로 조나라 군대의 식량 보급로를 공격하고 원군이 오는 길을 차단했다.

趙군의 영채가 쉽게 함락되진 않았으나, 사방이 포위되어 보급로가 끊긴 지 어느덧 40여 일이 넘고 말았다. 그러다 보니 굶주림에 지친 병사들끼리 서로를 잡아먹는 참혹한 지경까지 이르게 되었다. 마침내 조괄이 사생결단의 각오로 특단의 명령을 내렸다.

"더는 아니 되겠다. 부대를 넷으로 나누고 동서남북으로 흩어진 다음 일시에 북소리에 맞춰 제각각 돌격해 나갈 것이다. 반드시 탈출로를 확보해야 한다!"

그러나 이를 눈치챈 秦나라 복병의 화살 세례에 여러 번의 탈출 시도가 번번이 실패하고 말았다. 다시 1달여가 지나자 끝내 분을 참지 못한 조괄이 특수정예 5천을 엄선하게 했다. 이어 이들에게 두툼하게 갑옷을 입도록 하고 준마를 타게 한 다음 스스로 앞장서 돌파를 감행했다. 그러나 이는 무모하기 짝이 없는 시도였다. 秦군이 다시금 조괄의 앞을 가로막았고, 그 와중에 조괄이 적의 화살에 맞아 절명한 것은 물론, 그를 따르던 다수의 장수들까지 함께 전사하고 말았다.

조괄이 전사했다는 소식을 접한 풍정은 패배를 직감하고는 의연하게 자결을 택했고, 다른 일부 장수들은 달아나기까지 했다. 장수를 잃은 趙나라 군대는 순식간에 무너져 무려 40만에 이르는 병사들이 秦나라의 포로가 되고 말았다. 趙나라가 모든 걸 걸고 시작한 〈장평대전〉이 그렇게 趙의 대참패로 끝나고 말았다.

이런 상황에서도 백기와 왕흘은 대승을 기뻐할 겨를이 없었다. 조나라 포로의 수가 감당할 수 없을 정도로 많아 오히려 크게 긴장하고 있었던 것이다.

"큰일이 아니오? 저렇게 많은 포로들이 하루아침에 변고라도 일으키면 속수무책일 테니, 대책이 절실하오!"

그리하여 백기는 우선 趙나라 포로들을 10개의 영채로 나누게 한 다음 10명의 장수가 1명씩 각 영채를 맡게 하고는, 총 20만 秦군을 영채별로 나누어 이들을 감시토록 했다. 그리고는 조나라 포로들을 상대로 노약자들은 장차 모두 돌려보낼 것이라는 말을 흘려 포로들이 동요하지 않게 했다.

문제는 백기가 이때 각 영채를 맡은 장수들을 따로 소집했다는 것이었다. 이윽고 살기등등한 눈빛을 한 백기가 나타나 낮고 굵은 목소리로 장수들에게 지엄한 명령을 내렸다.

"잘들 들어라! 오늘 밤, 초경初更에 맞춰 진나라 병사는 모두 머리에 백포白布를 싸매도록 한다!"

그 말에 모든 장수가 바짝 긴장해 백기의 명령에 촉각을 곤두세웠다.

"그렇지 않은 자는 모두 조나라 포로들이니, 남김없이 죽여 없애도록 하라! 조군 병사들 모두를 도륙한다는 말이다!"

"......"

자신의 귀를 의심할 만큼 너무도 무시무시하고 끔찍한 명령에 한동안 장수들 모두가 할 말을 잃은 채 서로의 얼굴만을 쳐다볼 뿐이었다.

그날 저녁 칠흑 같은 어둠 속에 사방에서 비명 소리가 난무하더니, 믿을 수 없는 일이 벌어지고 말았다. 하룻밤 만에 무려 40만에 달하는 趙나라 병사들이 처참하게 대학살을 당하고 만 것이었다. 이튿날 날이 밝아 오자 사방 천지에 검붉은 피가 소리를 내며 흘러 양곡陽谷의 계곡물이 붉게 물들어 있었다. 후세 사람들이 그 냇물을 단수丹水라 불렀다. 그뿐이 아니었다. 백기는 조나라 병사들의 머리를 수습해 秦나라 영채 사이에 쌓게 하고는 두로頭顱(해골)산이라 불렀다. 그는 단지 240명의 나이 어린 초년병만을 살려 한단으로 보내게 했는데, 秦군이 저지른 사상 초유의 이 광포한 행위를 크게 선전함으로써 조나라 백성들 전체를 공포에 떨게 하려는 속셈이었다.

일설에는 백기가 이때 40만 趙나라 포로를 밤새 구덩이에 생매장해 죽이는 갱살을 했다고도 했으나, 살상된 포로의 규모가 너무도 어마어마해 다분히 과장된 측면이 있었을 것이다. 그럼에도 이 〈장평대전〉이야말로 인류 역사를 통틀어 가장 잔인하고 포악했던 대학살이 틀림없었고, 천하의 명장이라는 백기는 이를 주도했다는 오명을 천추에 남기고 말았다. 전국戰國 말기 혼란기의 정점에서 趙나라와 秦나라 사이에 벌어졌던 〈장평대전〉은 그 시대가 얼마나 무시무시한 살육의 시대였는지를 극명하게 보여 준 일대 사건이었다.

趙나라 대군을 궤멸시킨 진나라는 이듬해 마침내 조나라 수도까지 진격해 들어가 한단성마저 포위해 버렸다. 조나라 효성왕이 1년여를 버틴 끝에 성이 함락되기 직전, 초楚와 위魏나라로부터 구원군이 도착해 가까스로 진군이 포위를 풀고 물러나게 할 수 있었다. 이때의 주역이 전국사군자戰國四君子로 이름을 날린 趙나라의 평원군平原君과 魏의 신릉군信陵君, 楚의 춘신군春申君이었다. 제齊나라 맹상군孟嘗君(~BC 279년)은 이미 사망한 뒤였다.

그 전에 〈장평대전〉을 秦의 완승으로 이끈 백기는 병영을 둘로 나누고, 서둘러 조나라를 공략하게 했다. 또한 소양왕에게 승전보를 고하고 趙나라 토벌을 위한 추가지원을 요청했다.

"이번 장평전투에서 대부분의 조나라 청장년들이 사라졌으니, 조나라는 이제 어린 남아들뿐입니다. 또 패전으로 가족들을 잃고 실망한 백성들의 사기가 크게 떨어져 있으니, 지금 조나라를 더욱 몰아붙여 마지막 숨통을 끊어 놓을 때입니다. 그러려면 추가병력과 군량지원이 필요합니다!"

그러나 뜻밖에도 소양왕은 백기의 간청을 전해 듣고도 주저하면서 즉답을 피했다. 장평대전을 치르면서 秦나라도 군사력의 절반을 상실한 탓에 이를 보충할 시간이 필요한 데다, 대승을 이룬 군사들을 잠시 쉬게 해야 한다는 이유를 들었다. 그러나 사실 백기가 기대 이상의 눈부신 활약으로 국민적 영웅으로 떠오르면서 군왕의 권위를 압도할 지경에 이르자, 소양왕이 이를 극도로 경계해 빚어진 일이라는 해석이 분분했다.

그 무렵 趙효성왕과 조정 대신들은 장평대전의 참패와 학살 소식에 그야말로 대경실색했고, 형언할 수 없는 비통함에 깊이 빠져 헤어 나오질 못했다. 수도 한단은 집집마다 전사자 가족들이 넘쳐나 슬픔과 분노에 찬 백성들의 곡소리로 가득했다. 효성왕이 두려움에 가득 차 대책을 구하자, 마침 평원군의 집에 머물던 종횡가 소대蘇代가 나서서 秦나라의 공세를 막아 보겠다며 秦으로 갈 것을 자청했다. 이에 효성왕이 소대에게 많은 황금과 금폐金幣용 비단을 내려 주었다. 함양으로 들어간 소대는 곧장 승상인 범저를 찾았다. 당시 백기를 천거했던 위염을 범저가 내친 탓에 백기는 범저를 크게 경계하고 있었다. 소대가 범저에게 말했다.

"무안군은 장수가 된 이래 70개의 성읍을 빼앗았고, 백만에 달하는 적군의 목을 벤 맹장이오. 그가 이번에 조나라 한단을 포위해 조나라가 망하는 날이면, 모든 공을 세운 나라의 원훈이 될 터인데 그리되면 승상께서는 그 아래에 놓이는 신세로 전락할 것이 아니겠소?"

"바로 맞는 말씀이오, 그러니 어찌하면 좋겠소?"

범저가 바싹 다가앉으며 소대에게 의견을 물으니, 소대가 계책을 알려 주었다.

"韓나라와 趙나라를 설득해서 秦나라에 땅을 바치게 한 다음 화친을 주선하시오. 그런 다음 무안군 백기로부터 병권을 거두게 한다면, 모든 공이 승상에게 돌아갈 것이 아니겠소? 하하하!"

결국 소대와 범저의 활약으로 韓나라는 1개 성을, 趙나라는 6개의 성을 秦나라에 바치기로 하면서 극적으로 강화가 이루어졌고, 전장의 백기에게는 귀환을 하라는 명령이 내려졌다. 백기는 비록 마지못해 장평 대학살의 명령을 내리기는 했으나, 이후로 내내 속앓이를 해 오던 터였다. 따라서 마지막 결정타를 날려 趙나라와의 이 참혹한 전쟁을 반드시 끝장내고자 했다. 그런 그를 소양왕이 위로하기는커녕, 오히려 자신의 건의를 무시한 것도 모자라 전쟁을 중단하고 홀로 귀경하라는 명령을 내리자 백기는 더없이 낙담하고 말았다. 급기야 백기는 뒤에서 이 모든 것을 주도한 범저에게 앙심을 품게 되었고, 함양으로 돌아와서도 병을 핑계로 더는 출사하지 않았다.

이듬해 10월, 어느 정도 병력 보강이 이루어지자 소양왕이 와병 중이라는 백기를 대신해 왕릉王陵을 대장으로 삼고, 10만의 병사를 내주어 이미 秦군이 진출해 있던 趙나라로 향하게 했다. 왕릉이 기존 조나라에 주둔하고 있던 진군의 선발대와 합세하여 수도 한단을 재차 포위하자, 趙나라는 노장 염파를 내세워 대응하도록 했다. 나라가 망하기 직전에 다시금 전쟁을 책임지게 된 염파는 장평에서의 여유로운 모습과는 딴판이었다. 염파는 이때 사재를 털어 결사대를 모집한 다음, 이들로 하여금 밤마다 성을 넘어 진나라 군영을 급습하는 게릴라전을 펼치게 했다. 그 결과 날이 어두워지기 시작할 때면 秦병들이 모두 공포에 떨 지경이었다.

왕릉이 이렇다 할 성과를 내지 못하는 사이 백기의 병이 나았다는 소식을 들은 소양왕이 그를 다시 대장으로 삼으려 했다. 그러나 백기는 그사이 2년의 세월을 허비한 탓에 조나라가 이제 방어태세를 갖추게 되었다며, 온갖 핑계를 대고 출사를 거부했다. 화가 잔뜩 난 소양왕이 주위에 말했다.

"진나라에 어찌 그만한 장수가 없단 말인가?"

소양왕은 즉시 전선의 왕릉을 불러들여 삭탈관직했다. 그리고는 장평대전에서 부장副將을 맡아 공을 세운 왕흘을 대장으로 삼아, 추가로 10만의 군사를 더해 주고 秦군을 지휘토록 했다. 그러나 다섯 달이 넘도록 한단은 함락되지 않았다. 그 무렵 자신을 위로하기 위해 찾아온 빈객들로부터 이런 소식을 접한 백기가 푸념 조로 한마디 했다.

"내가 한단성을 무너뜨리기가 절대 쉽지 않을 것이라 간해도 군왕이 내 말을 듣지 않더니, 지금 어찌 되었소?"

그러나 벽에도 귀가 있는 법이었다. 빈객 중 누군가 범저에게 백기가 한 말을 고해바쳤고, 범저가 이를 소양왕에게 전했다. 그러나 소양왕은 오히려 더욱 집요하게 백기를 대장으로 삼을 것을 고집했다. 그럼에도 백기가 갖은 핑계를 대며 거듭해서 왕의 청을 거절하자, 참고 기다리던 소양왕이 마침내 폭발하고 말았다. 그는 무안군의 군호를 삭탈하고, 사졸의 신분으로 강등시킨 것도 모자라 백기를 함양성에서 추방해 버리라는 명을 내렸다. 백기가 한탄을 늘어놓았다.

"옛날 토끼를 잡고 나면 사냥개를 잡아먹는다더니(토사구팽兔死狗烹), 나는 진왕을 위해 다른 나라의 70여 성읍을 함락시키는 사냥개 노릇만 했구나……"

그때 범저가 또다시 소양왕에게 백기를 음해하는 말을 덧붙였다.

"백기가 원망하는 소리를 하며 떠났다니, 자칫 다른 나라로 가서 秦나라에 해를 끼칠까 두렵습니다."

그 말에 고심을 거듭하던 소양왕이 두우杜郵에 머물던 백기에게 칼을 내려 자결을 명했다. 백기가 칼을 받아 쥐고 장탄식을 하며 자책했다.

"나는 실로 죽는 게 마땅하다. 장평에서 투항한 趙나라 군사들을 속이고 하룻밤에 40여만 명을 모두 죽여 구덩이에 묻었으니, 그 죄가 얼마나 큰 것이겠는가?"

BC 257년, 전국戰國 최고의 명장이라던 백기白起가 주위의 질시를 극복하지 못한 채 스스로 목을 찔러 자결했다. 40년 전에 그는 좌경左更에 올라 〈이궐전투〉에 참가했는데, 그때 한위韓魏연합군을 대파하면서 24만 명의 목을 베고 5개 성을 함락시켰다. 이후로도 魏, 趙, 楚, 中山, 齊 나라 등 산동의 거의 모든 나라들을 헤집고 다니며, 모두 합해 대략 백만에 달하는 수많은 인명을 무자비하게 살상했다. 비록 상대를 죽여야만 내가 사는 전장이었지만, 그가 보여 준 잔혹함은 상상을 초월하는 것이라 그의 명성에 걸맞은 행위는 결코 아니었다.

그런 대규모 살상을 딛고 그가 생전에 이룬 전공이 실로 전무후무한 것이 되다 보니, 그는 군왕을 넘어서서 시대를 대표하는 영웅으로 떠오르게 되었다. 그러한 탓에 그는 군왕에 대한 충성보다 자신의 명예와 자존심을 지키는 쪽을 택한 것으로 보였다. 백기의 덧없는 죽음은 예나 지금이나 이간계가 얼마나 큰 위력을 지닌 것인가를 보여 주는 또 하나의 분명한 사례였다.

그 무렵 趙나라는 이웃한 魏와 楚나라에 사람을 보내 간절하게 구원을 요청했다. 초나라가 진나라의 눈치를 보며 지원을 망설이자, 평원군 조승이 직접 초나라의 새 도성인 진성陳城(하남회양)까지 가서 초고열왕楚考烈王(~BC 238년)을 만나 설득했다.

"秦이 초나라와 강화를 맺은 것은 원교근공에 따라 3晉에 전념하려는 속셈 때문입니다. 그러나 생각해 보시지요, 3진이 모두 망한 다음에는 과연 누구의 차례가 될 것 같습니까?"

고열왕이 뒤늦게 춘신군 황헐黃歇에게 군사 8만을 주어 趙를 지원하게 했다. 한편 魏안희왕 또한 대장 진비晉鄙에게 10만의 군사를 내주고 조나라로 향하게 했다. 그러나 이 사실을 알게 된 秦소양왕이 사자를 보내 위협을 가하자, 고열왕은 급히 진비에게 사람을 보내 더 이상의 진격을 멈추게 했다. 이 소식을 들은 초나라 춘신군도 무관武關에서 머물며 사태를 관망하기에 이르렀다.

魏와 楚의 지원군이 趙나라로 오다가 모두 진격을 멈추었다는 말에 평원군은 처남인 위나라 신릉군에게 급히 서신을 보내 진격을 도와 달라 재촉했다. 신릉군 공자 무기無忌가 위왕을 만나 진격을 청했으나, 위왕은 끄떡도 하지 않았다. 답답해진 신릉군이 직접 병거 100승을 준비해 출병을 지원한 1천여 명의 문객과 함께 조나라로 향했다. 그때 대량성 이문夷門을 지나면서 그동안 사귀어 오던 문지기 후생侯生을 만나 작별을 고하자, 그가 중요한 계책을 하나 일러 주었다.

"지금 이대로 조나라로 간다면 굶주린 범에게 고기를 내던지는 격입니다. 소문에 후궁 여희如姬가 위왕의 총애가 깊다지요? 지금 진비의 병부兵符가 대왕의 침전에 있을 텐데, 여희라면 그 병부를 빼내 올 수 있을 것입니다. 공자께서 병부를 손에 넣을 수 있다면, 업하鄴下에 머무는 진비에게 가서 병권을 인수받고 그길로 군사를 몰아 조나라로 들어가 秦군을 물리칠 수 있지 않겠습니까?"

과거 여희의 부친이 억울하게 살해되었을 때 신릉군이 빈객을 시켜 대신 그 원수를 갚아 준 일이 있어, 여희는 신릉군에게 언제든지 은공을 갚으려 했다. 신릉군이 크게 깨닫고 사람을 보내 여희에게 사정을 전하도록 하니, 여희는 안희왕이 술에 취해 깊이 잠든 밤, 병부를 빼내 그 길로 신릉군에게 전했다. 이것이 그 유명한 〈절부구조竊符救趙〉였다.

위왕의 병부를 손에 넣은 신릉군이 다시 후생을 찾아 작별을 고하자, 그는 젊은 역사 주해朱亥를 천거하면서 만일의 경우 일이 틀어지면 진비를 격살해서라도 반드시 뜻을 이루라고 주문하고는 마지막 인사를 했다.

"소인은 늙은 몸이라 군君과 같이 참전하지 못합니다. 대신 이것으로 그동안 군께서 소인께 베풀어 주신 보살핌에 보답하고자 합니다!"

그리고는 이내 칼을 꺼내 자신의 목을 찌르고 죽었는데, 비밀을 지켜 주기 위한 비장한 행동이었다. 신릉군은 후생의 죽음을 애도할 겨를도 없이 서둘러 진비가 있는 업하로 향해야 했다.

그즈음 趙나라 한단성 안에서는 魏와 楚의 지원군이 나타나지 않자, 그동안 사력을 다해 버티던 백성들이 기력을 잃기 시작했다. 조정에서도 걸핏하면 투항하자는 소리가 나오고 있었다. 그때 평원군 문하의 빈객 중 이동李同이란 사람이 평원군의 처신을 나무랐다.

"백성들은 먹을 것이 없어 배를 주리면서도 날마다 성을 지키느라 고생을 하는데, 君의 집안에서는 아무도 전장터에 나오지 않는 데다, 하녀들이 상한 음식을 내다 버린다는 소문까지 들었습니다. 이 아수라장에 군의 가족들만 부귀를 누린다면 앞으로 누가 감히 군을 위해 나서겠습니까? 군은 즉시 부인을 비롯한 가족 모두가 서둘러 수성에 나서도록 하시고, 집안의 가재를 내놓아 장병들에게 나눠 주십시오. 그래야 장병들이 그 은덕을 알고 최선을 다하려 들지 않겠습니까?"

평원군이 크게 부끄러워하면서 이동의 말을 따랐다. 평원군은 이어 3천 결사대를 조직하고는 한밤중에 성벽을 넘어가 秦군영을 급습해 진군 1천여 명을 살해했다. 그러자 놀란 왕흘이 이튿날 30리 밖으로 군영을 물리게 했다. 그 바람에 성안의 민심이 다소 진정되긴 했으나, 정작 그날 밤 기습작전에 참가했던 이동은 전사하고 말았다.

그즈음 업하에 당도한 신릉군은 즉시 진비를 찾아 말했다.

"대왕께서 장군의 노고를 고려해 특별히 나를 보내 임무를 교대하라 하셨소!"

동시에 주해를 시켜 위왕의 병부를 내보였으나, 진비가 의심스럽다는 표정으로 한참을 주저하던 끝에 답했다.

"싸움터에서는 장수를 바꾸지 않는 것이 불문율이니, 이 일을 대왕에게 확인한 다음 병권을 인계토록 하겠소!"

순간 주해가 소매 속에 감추었던 철추를 내려뜨려 벼락같이 진비의 머리를 후려쳤다.

"에잇, 퍼억!"

40근이 넘는 철추의 무게에 머리통이 박살이 난 채 진비가 즉사하자, 신릉군이 제장들에게 병부를 들이밀며 신속하게 주변을 정리했다. 그 무렵 병부가 사라진 것을 알아차린 안희왕이 장군 위경衛慶을 보내 신릉 군을 추격하게 했는데, 신릉군은 그가 당도하자마자 잡아 두고 돌려보 내지 않았다.

신릉군은 삼군三軍에 음식을 내어 위로한 다음, 다시 영을 내렸는데 병사들 가운데 부자가 함께 출병했으면 아비가, 형제라면 형이, 마지막 으로 독자에 해당하는 자는 모두 돌아가도 좋다고 했다. 그리하여 저마 다 사정을 말하고 돌아간 병력이 2만 명이나 되었다. 신릉군은 남은 8만 의 병력을 추슬러 자신의 1천 문객들을 선봉으로 삼고, 본인이 앞장서 서 秦나라 군영을 향해 나아갔다. 전장의 승패와 상관없이 평원군과 신 릉군이 솔선해 보여 준 빛나는 지도자의 모습에 후세 사람들이 이들을 〈전국戰國 4군자〉의 반열에 올리며 두고두고 칭송했다.

그때 지루하게 한단을 포위하고 있던 秦군은 魏의 대군이 불시에 들 이닥쳐 배후에서 공격해 대자 잔뜩 놀라 허둥대기 시작했다. 사기가 오 른 위군이 강하게 밀어붙이는 모습을 보게 되자, 성안에서도 평원군이 곧바로 성문을 열게 했다. 순식간에 성 밖으로 쏟아져 나온 趙군이 秦 군의 전면으로 쇄도해 들어가니, 사방에서 일대 혼전이 벌어지고 말았 다. 결국 기습에 이은 趙, 魏군 연합의 협공으로 진군이 크게 당했고, 군 사의 절반을 잃은 왕흘은 소양왕의 진영이 있는 후방의 분수汾水 근처로 달아나야 했다. 그제야 전세가 이미 기울었음을 알게 된 소양왕이 별수 없이 명을 내렸다.

"아니 되겠다. 즉시 한단성의 포위를 풀고 서둘러 철수토록 하라!"

그때 무관에 머물던 楚나라 춘신군도 한단성의 소식을 접하고는 이내 군사를 돌려 초나라로 철군해 버렸다. 그 덕분에 애당초 趙와 秦의 싸움을 야기했던 韓나라 환혜왕桓惠王이 재빨리 진나라에 빼앗겼던 상당의 땅을 모두 되찾을 수 있었다. 구사일생으로 살아난 趙나라 효성왕은 신릉군의 공을 크게 치하하면서 그에게 호鄗 땅을 내려주었다.

그러나 위왕의 병부를 훔친 죄로 어차피 위나라로의 귀국이 어렵게 된 신릉군은 위경에게 병부를 돌려주면서 위군을 인솔하여 철군케 했다. 신릉군 자신은 어쩔 수 없이 趙에 머물러야 했는데 이후 10년이나 조나라에서 살아야 했다.

〈장평대전〉에서 趙나라 대군을 초토화시킨 秦소양왕은 이번에야말로 趙나라를 멸망시킬 것으로 믿었을 것이다. 그러나 소대와 평원군의 이간계에 걸려들어 무안군 백기를 죽게 했고, 그 후 뜻밖에도 〈한단전투〉에서 패배하면서 모친인 선태후가 그토록 염원하던 6국 통일의 대망을 접어야 했다. BC 257년의 일이었다.


魏의 신릉군이 秦나라를 대파하는 동안, 楚고열왕은 춘신군이 구경만 하다가 아무런 공도 세우지 못하고 돌아온 것을 알고 못내 아쉬워했다. 그러자 춘신군이 계책을 올렸다.

"지금 진나라가 다잡았던 조나라 원정에 실패해 사기가 크게 떨어져 있을 것입니다. 지난번 합종 때 대왕께서 종약장으로 추대된 만큼 열국에 사자를 보내어 진나라를 치되, 주周나라 천자를 맹주로 받든다면 합종에 힘이 실리지 않겠습니까?"

그러자 고열왕이 비로소 흡족해하더니 주난왕周赧王(~BC 256년)에게 秦토벌 계획을 고하게 했다. 마침 秦에서는 국면전환을 노리던 범저가 허울뿐인 周나라를 멸하고, 다시 칭제할 것을 주청했다. 이에 소양왕이 장당張唐을 대장으로 삼고 韓나라를 치게 했는데, 이는 周의 낙양과 연

결되는 삼천三川 즉, 경수涇水, 위수渭水, 낙수洛水로 들어가는 길을 확보
하려는 것이었다.

秦의 의도를 알게 된 周난왕은 즉시 초왕의 秦토벌 계획을 수락했고,
이에 3진은 물론, 燕과 齊나라의 〈5國 합종〉이 재차 성사되어 거병 일자
까지 정해졌다. 당시 周나라는 韓과 趙나라에 의해 둘로 갈라져 있었는
데, 낙양의 왕성王城은 〈서주西周〉, 성주成周 일대는 〈동주東周〉로 불렀고,
각각 서주공公과 동주공이 다스렸다. 周난왕은 낙양으로 옮겨와 서주공
에 의지해 보위만을 유지하던 처지였다.


〈5國 합종〉을 일으킨 周난왕은 서주공이 어렵게 모은 5~6천 명의 장
정을 데리고 이궐伊闕에 주둔하면서, 연합군이 나타나기를 기다렸다. 그
러나 韓나라는 秦의 직접 공격에 시달렸고, 趙나라는 〈한단전투〉 직후
라 秦에 대한 공포가 여전해 출전을 망설였다. 齊나라는 秦과의 우호 관
계를 핑계로 삼았고, 오직 燕의 악간樂間(악의樂毅의 아들)과, 楚의 경양
景陽만이 군사를 이끌고 와 영채를 세웠다.

이 소식을 들은 秦소양왕이 영규嬴樛에게 10만의 군사를 주어 함곡관
밖에서 무력시위를 전개하게 했다. 그사이 석 달이 지나도록 다른 나라
군사가 오지 않자 燕, 楚 두 나라 군사 또한 모두 철군을 결정했고, 모처
럼의 〈5國 합종〉이 또다시 싱겁게 무위로 끝나고 말았다. 그저 듣기만
그럴싸할 뿐이지 여러 나라의 이해관계가 뒤얽힌 합종合縱이란 그토록
어려운 것이었다.


〈합종〉이 무산되었다는 소식에 소양왕이 크게 기뻐하며, 영규와 장
당에게 병력을 모아 이참에 西周를 공격하게 했다. 周난왕이 공포에 떨
며 3진쯤으로 달아나려 하자 서주공이 이를 말렸다.

"옛날 태사 담儋이 周나라와 秦나라가 5백 년 뒤에 하나로 합치고, 새로운 패왕이 나타난다고 예언했습니다. 지금 秦이 천하를 차지할 기세니 3진도 곧 秦의 손에 떨어질 것입니다. 차라리 땅을 바쳐 진에 귀의한다면, 은殷의 봉국인 송宋나라와 하夏의 봉국인 기杞나라처럼 조상의 제사라도 지낼 작은 봉토라도 얻을 수 있지 않겠습니까?"

周난왕이 왕족들을 이끌고 시조들의 사당을 찾아 대성통곡을 하고는, 3일 뒤에 秦의 군영으로 찾아갔다. 이어 周나라의 지도를 바치고 자신을 함양으로 보내 줄 것을 청했는데, 영규가 지도를 보니 36개 성읍에 3만 호 수준이었다. 이때 〈서주〉의 땅이 秦나라로 복속되는 바람에, 이제 미처 항복하지 않은 〈동주〉의 땅만 남게 되었다. 소양왕은 주난왕을 주공周公으로 강등시켜 하남의 양성陽城을 내주었으나, 난왕은 이내 병사하고 말았다. BC 256년의 일로, 周무왕이 은상殷商의 주왕紂王을 내치고 周를 건국한 이래 8백 년, 평왕이 낙읍으로 천도하며 東周시대를 이어온 지 약 5백 년 만에 周 왕조의 왕통이 끊어지고 말았다.


秦소양왕은 영규에게 명하여 周나라의 종묘를 허물게 하고, 그 안의 모든 제기는 물론, 천자의 상징이라는 구정九鼎까지 함양으로 가져오게 했다. 그런데 사수泗水에서 구정을 배에 싣고 오다가 周나라를 상징하던 예주豫州의 솥 하나를 물에 빠뜨리고 말았다. 이에 솥을 찾느라 일대 촌극이 벌어졌으나, 결국 솥을 찾는 데는 실패했다. 공교롭게도 이후 영규가 등창으로 죽고 말았다.

소양왕이 周나라에서 가져온 8정과 제기들을 秦나라 태묘 안에 진열한 다음, 옹주雍州로 가서 상제에게 제사를 지냈다. 이후 열국에 사자를 보내 이런 사실을 알리고는 군주들이 秦나라로 조공을 와서 하례를 올릴 것을 주문했다. 그러자 가장 가까운 韓혜왕이 제일 먼저 입조해 머리를 조아리며 칭신했고, 魏나라를 제외한 나머지 열국 모두 상국相國을 보내 축하했다. 소양왕이 곧장 하동 태수 왕계王稽를 보내 魏를 치게 하자, 이내 안희왕이 태자를 볼모로 보내 사죄하면서 秦나라의 명을 좇겠노라 약속했다. 소양왕 52년, BC 255년의 일로, 秦나라는 이때 처음으로 산동6국山東六國 모두를 제압해 무릎을 꿇게 했으니, 사실상 통일의 절차만을 남긴 것이나 다름없었다.

그런데, 그때 진장秦將 왕계가 평소 魏나라와 내통했다는 사실이 들통나 주살 당하는 일이 벌어졌다. 그는 범저가 천거한 인물이었기에 승상 범저가 또다시 곤란한 처지에 몰리게 되었다. 마침 燕나라 출신 종횡가인 채택蔡澤이라는 인물이 범저를 찾아와 사퇴를 권했다.

"성공成功자는 물러나고, 장래將來자는 다가오는 법입니다. 권세에 의지하다 자칫 불측의 참화에 빠지느니, 차라리 물러나 천수를 누리시고 후손들이 응후應侯의 작위를 잇게 하는 것이 나을 것입니다!"

범저가 채택의 말이 옳다고 여겨 용퇴를 결정하고, 대신 소양왕에게 채택을 천거하니 그가 승상이 되었다. 범저는 미련 없이 식읍인 응 땅으로 내려가 여생을 마쳤다니, 용케도 스스로 욕심을 버려 자신의 명성과 가문 모두를 온전하게 하는 신명구전身名俱全을 실천한 셈이었다.

# 2. 합종의 힘

그런데 금방이라도 이루어질 것만 같았던 秦나라의 통일은 쉽사리 이루어지지 않았다. 거듭된 전쟁으로 병사들과 백성들 모두가 지쳐 있는 데다, 마침 북쪽 燕과 趙나라에서 이상한 기운이 스멀스멀 올라오기 시작했다. 그러자 秦나라가 당분간 이를 관망하기로 했다. BC 251년, 趙효성왕은 평원군이 죽자, 그를 대신해 노장 염파를 상국으로 삼고 신평군信平君에 봉했다.

그즈음 연나라는 연왕 희喜(BC 255~BC 222년)가 왕위에 올라 있었고, 율복栗腹이 상국이 되어 그를 보필하고 있었다. 마침 평원군의 상을 조문하기 위해 연왕이 율복을 조문 사자로 삼아 趙나라로 보냈는데, 그가 귀국하자마자 왕에게 다소 엉뚱한 보고를 했다.

"조나라는 장평의 참패로 어린 고아들뿐이고, 상국인 염파는 연로합니다. 우리가 사활을 건다는 굳은 정신으로 군사를 나눠 공격한다면 조나라를 멸할 수 있습니다!"

이 말에 혹한 연왕 희가 맹장 악의樂毅의 아들 악간樂間을 불러 의견을 구했으나, 악간은 상당히 비관적인 의견을 냈다.

"조나라는 사방이 적으로 둘러싸인 탓에 군사들이 늘 훈련이 잘되고 강성해 승산이 없을 것입니다!"

그러나 연왕은 이번 기회에 바로 아래에서 국경을 맞대고 있는 원수 같은 趙나라를 차지할 절호의 기회라 믿고 싶었다. 그는 주위의 반대를 무릅쓰고 율복을 대장으로, 악간의 친척인 악승樂乘을 보좌 삼아 군사 10만을 내주고, 趙나라의 호鄗 땅을 치게 했다. 이어 악간에게도 경진慶秦을 부장副將으로 딸려 주면서 10만의 군사를 이끌고 대代 땅을 공격하게 했다. 연왕 자신도 중군中軍 10만을 직접 거느리고 후방 지원을 맡기로 하니, 3로군에 총 30만이라는 대군이 동원되었다. 연나라 개국 이래 가장 큰 대규모 원정이자, 사활을 건 모험이었다. 연군이 출정하는 길에는 들판 가득하게 수많은 연나라 깃발이 나부끼고, 살기가 하늘을 온통

뒤덮을 기세였다.

趙효성왕은 뜻하지 않던 燕나라의 대규모 침공에 잔뜩 놀라 군신회의를 열고 대응책을 구했다. 상국 염파가 안을 내놓았다.

"부고府庫(곳간)에 있는 식량과 재산을 아낌없이 백성들에게 나눠 주고, 15세 이상 장정이라면 누구든 무기를 들게 해 전투에 임한다면 우리 군의 사기를 높여 연을 꺾을 수 있을 것입니다. 율복은 공로만 탐할 뿐 지략이 떨어지는 자이고, 부장인 경진은 풋내기며, 조나라에 연고가 있는 악씨 장군들은 최선을 다하지 않을 것입니다."

이어 북쪽 변방의 안문을 지키는 장군 이목李牧을 천거하니, 효성왕이 염파를 대장으로 삼아 5만의 군사로 호鄗에서 율복을 맞아 싸우게 했다. 한편으로 이목을 부장으로 하여 군사 5만을 주고 代에서 경진에 맞서게 했으나, 연나라 대군의 1/3에 지나지 않는 병력이라 상황은 불안하기 짝이 없었다. 이때 호성鄗城의 조나라 백성들은 구원병이 올 것을 알고 보름 동안 선전하며 燕軍을 막아 냈다. 백전노장 염파는 이번에도 싸움에 지는 척 연군을 유인한 다음 매복으로 대파시킨 끝에 율복을 사로잡았고, 악승은 스스로 투항하고 말았다.

이목 또한 승리해 경진의 목을 베고 승전보를 보냈으며, 패잔병을 이끌고 달아나던 악간도 염파가 악승을 보내 설득하게 하니 결국 투항의 대열에 동참했다. 연왕 희는 2로군이 모두 대패했다는 소식에 밤낮으로 달아나 북경 인근 중도中都로 대피했다. 전장에서 병력의 숫자보다는 군대를 이끄는 수장의 능력이 얼마나 중요한 것인지를 여실히 보여 준 사례였다.

이후 燕왕이 자신의 출병을 극구 말리다 옥살이를 하던 장거將渠를 상국으로 삼아 사태를 수습하게 하니, 그는 악간과 악승의 가솔을 데리고 염파를 찾아 사죄했다. 그러자 염파가 전쟁을 사주했던 율복을 참수한 다음, 경진의 시신과 함께 燕으로 보내면서 강화가 이루어졌다. 연왕 희는 욕심만 드러낸 채 국력을 크게 상실한 탓에, 이후로 燕나라를 회복 불가능한 상태에 빠뜨리고 말았다.

사실 燕나라는 최강 秦나라와는 멀리 떨어져 있어서, 실질적으로 〈원교근공〉의 혜택을 가장 크게 받은 나라였다. 더구나 소진의 말 그대로 趙나라가 방패 역할을 해 주었기에 중원이 오래도록 전쟁에 휘말린 때에도 그 참화에서 벗어나 있었다. 그런데도 燕나라는 전통적으로 환공이래 강국으로 인식된 齊나라를 가까이하고, 趙나라를 원수로 여겨 왔다. 그러나 공교롭게도 실제 燕을 괴롭힌 것은 齊나라 선왕과 민왕이었고, 趙나라는 秦나라와 다투기에도 바빴다.

더구나 당시는 주변 정세가 변하여 秦이 독보적으로 최강one-top의 위치에 올랐으므로, 순망치한脣亡齒寒의 관계인 조趙나라와는 그 어느 때보다 협조 관계를 강화했어야 했다. 연왕 희는 변화무쌍한 국제정세를 읽지 못한 채 오래된 국민감정에 편승해 외교적으로 엇박자를 놓았고, 그 결과 나라를 돌이킬 수 없는 파국으로 몰고 말았다. 더 큰 문제는 연왕의 아집이 결코 이것으로 그치지 않았다는 데 있었다.


秦과의 거듭된 전쟁으로 이미 국력이 크게 떨어진 趙효성왕도 아둔하기는 마찬가지였다. 〈장평대전〉으로 趙나라의 국력이 크게 쇠약해진 만큼 효성왕은 선제적으로 燕나라를 비롯한 주변국들을 외교적 동맹으로 끌어들이고, 국력을 회복하는 데 주력했어야 했다. 애당초 연왕이 율복을 통해 황금까지 보내면서 평원군을 조문하러 왔을 때가 좋은 기회였다. 그러나 효성왕은 오히려 구태의연한 우월감에 사로잡혀 燕의 상국인 율복을 홀대했고, 이것이 전쟁으로 연결되는 최악의 결과를 초래했던 것이다.

그런 燕나라가 워낙 대군을 일으켜 사생결단으로 달려드니, 이를 물리치지 못하고 같이 뒤엉켜 싸우는 바람에 두 나라 모두 국력이 크게 고갈되고 말았다. 燕과 趙 두 나라가 양쪽 군주의 안일한 행보와 짧은 안목으로 전쟁을 치르는 동안, 최강 秦나라를 비롯한 주변국의 군주들은 회심의 미소를 지으며 이를 비웃고 있었을 것이다.

〈趙燕전쟁〉이 한참 진행되던 BC 251년, 75세의 秦소양왕이 재위 56년 만에 노환으로 사망했다. 그의 뒤를 기다리며 魏나라에 인질로 가 있던 도悼태자는 10여 년 전에 이미 죽고 없었기에, 선태후가 죽던 이듬해 소양왕의 차남인 안국군安國君이 태자의 자리에 올라 있었다. 소양왕은 전국시대를 통틀어 가장 오래 재위한 임금이었음에도, 장년이 되어서까지 강성한 선태후의 정치 간여를 뿌리치지 못했다.

그러다가 뒤늦게 범저를 등용하면서부터 본격적으로 외척을 배척한 다음에야 비로소 온전한 친정에 들어가게 되었다. 인재 등용에 항상 열려 있었고 오래 장수하면서 부국강병에 힘쓰다 보니, 소양왕이 다스리던 秦나라가 어느덧 독보적인 강국으로 우뚝 서 있었다. 비록 선태후와 소양왕 모자의 염원이었던 〈6國 통일〉이 소양왕의 통치 시기에 완성되지는 못했지만, 통일의 기반은 이미 그 시절 충분히 완성된 것이나 다름없었다.

소양왕의 뒤를 이은 것은 태자 안국군이었다. 그는 1년간의 탈상을 마치고 정식으로 보위에 올라 秦효문왕孝文王이 되었으나, 공교롭게 즉위 후 사흘 만에 황망하게 세상을 뜨고 말았다. 효문왕은 이십여 명의 아들을 두었는데, 楚나라 출신으로 효문왕이 가장 총애하던 화양華陽부인은 왕후의 신분에도 불구하고 정작 자식을 갖지 못했다. 효문왕이 태자로 있던 어느 날, 趙나라에서 여불위呂不韋란 자가 화양부인의 언니를 찾아와 엉뚱한 이야기를 꺼냈다.

"화양부인께서 태자의 총애를 받고 있으나, 아들이 없질 않습니까? 이러한 때 태자의 아들 가운데 총명한 자를 택해 양자로 삼고, 후일 그로 하여금 태자의 뒤를 이어 보위를 잇게 한다면 그 위세가 영원할 것입니다. 지금 시절이 좋다고 아무런 조치도 취하지 않는다면, 후일 미색이 쇠하고 태자의 관심도 멀어졌을 때는 후회해도 늦을 것입니다."

매우 도발적인 이야기임에도 화양부인의 언니가 크게 공감해 관심을 보이자 여불위가 말을 이었다.

"지금 조나라에 오랫동안 인질로 있는 왕손 이인은 총명하기 그지없는 데다 자나 깨나 화양부인을 그리고 있습니다. 화양부인께서 그를 선택해 적자로 삼는다면 틀림없이 대대손손 복을 누릴 것입니다."

여불위는 이인異人을 화양부인의 양자로 적극 추천하면서, 5백 금에 이르는 황금과 보옥, 진귀한 노리개 등을 바치고는 화양부인에게 전해 달라 당부했다.

원래 韓나라 출신인 여불위는 여러 제후국을 넘나들며 장사를 해서 큰돈을 모은 거상巨商으로 학식과 문무를 갖춘 비범한 인물이었다. 趙나라에 머물던 여불위가 우연한 자리에서 秦나라 태자 안국군의 아들인 이인을 만났는데, 한눈에 그의 가능성을 알아보았다. 이인은 그의 생모가 안국군의 관심 밖이어서 일찍이 趙나라에 인질로 보내졌는데, 秦나라가 자주 趙나라를 때리다 보니 수시로 살해당할 위험에 노출되는 등 늘 불안한 생활을 이어 오고 있었다. 여불위가 그런 이인에게 의도적으로 접근한 다음, 첫 만남에서 이렇게 말했다.

"진왕이 늙어 이제 왕손의 부친인 태자 안국군이 곧 보위에 오를 텐데, 안국군이 총애하는 화양부인은 소생이 없습니다. 왕손께선 어찌하여 서둘러 진나라로 돌아가 화양부인을 섬기고 그 아들이 될 생각을 하지 않는 것입니까?"

의표를 찔린 이인이 자신의 처지를 한탄하며 답했다.

"내가 지금 이런 한심한 처지에 어찌 그런 생각을 품을 수 있단 말이오?"

그러자 여불위가 말했다.

"왕손을 위해 내가 진나라로 들어가 태자와 화양부인을 설득하고, 왕손의 귀국을 돕도록 하겠습니다!"

그 말을 들은 이인 또한 거침없이 답했다.

"그대의 도움으로 내가 귀국하여 부귀를 얻을 수만 있다면, 후일 내반드시 그대와 함께 그것을 나누도록 하겠소!"


그리하여 여불위가 거금을 들고 秦나라로 들어가 화양부인에게 접근한 것이었다. 화양부인을 만난 여불위는 온갖 금은보화를 바치고 趙나라에 인질로 있는 이인의 총명함을 칭송했다. 아울러 화양부인에게 그런 이인을 후사로 삼기를 권하고, 갖은 방법으로 구워삶았다. 그 결과 마침내 화양부인으로부터 이인을 양자로 삼는 것은 물론, 안국군으로부터도 장차 그가 보위에 오르면 이인을 태자로 삼겠다는 약조까지 받아내서 한단邯鄲으로 돌아왔다.

당시 여불위는 한단의 귀족 출신으로 가무에 능하고 절색인 조희趙姬라는 첩을 두고 있었다. 하루는 이인을 초대해 그녀의 춤을 보여 주었는데, 이인이 조희의 고운 자태에 흠뻑 빠져들고 말았다. 이인이 염치 불구하고 여불위에게 조희를 내달라 애걸하여 마침내 조희를 품게 되었고, 둘 사이에 정政이라는 아들을 두게 되었다. 이 모든 것은 다분히 여불위가 의도한 일이었던 만큼, 여불위는 이인에게 자신의 모든 것을 걸고 아낌없이 투자한 셈이었다.

그러던 소양왕 50년인 BC 257년, 秦나라 장수 왕흘이 趙나라 수도 한단을 포위하자 또다시 인질인 이인의 목숨이 위태롭게 되었다. 상황이 다급해지자 여불위가 뇌물을 써서 먼저 이인을 빼돌렸다. 이어 어두워지기를 기다린 다음 이인에게 미복을 입혀 종복들 사이에 숨어들게 한 끝에, 가까스로 한단성을 빠져나오는 데 성공했다. 성 밖에서는 미리 연통을 받은 왕흘이 마중을 나와 기다리고 있었다. 왕흘의 환대를 받은 이들은 마침 10리 밖 행궁까지 독전督戰(싸움 독려)을 위해 나와 있던 소양왕에게 바로 인도되었다.

"오오, 그동안 고생이 많았느니라! 태자가 밤낮으로 네 걱정을 했는데, 오늘 하늘이 과인의 손자를 호구虎口(범아가리)에서 벗어나게 했구나. 속히 함양으로 가서 네 부모를 위로해 주거라!"

소양왕이 크게 기뻐하며 이인 일행을 반겼고, 이인은 여불위 부자와 함께 마침내 함양으로 무사히 귀환할 수 있었다.

그러나 이때 같이 빼내지 못한 조희母子는 부득이 한단에 남아야 했는데, 이후 6년이나 몸을 숨긴 채 위태로운 생활을 이어 가야 했다. 다행히 조희가 趙나라의 귀족 출신인 덕에 그녀는 어려운 환경 속에서도 용케 아들을 지켜 내고 버틸 수 있었다. 이후 조희 모자가 함양으로 들어온 것은 아들 정政이 9살 되던 BC 251년이었는데, 그해에 소양왕이 죽어 사실상 안국군이 왕위에 오른 상태였다.

다행히 안국군이 처음의 약속대로 이인異人을 태자로 책봉한 것은 물론, 화양부인을 고려해 이인의 이름을 楚나라 아들이라는 뜻의 자초子楚로 바꿔 부르게 했다. 안국군은 물심양면으로 아낌없이 이인을 도와준 여불위의 공을 크게 치하하고, 그에게 동궁에 딸린 대저택과 땅, 황금 등을 주어 후사했다. 자초는 이제 모친인 된 화양부인의 궁에서 기거하게 되었다. 그러나 얼마 후 안국군 효문왕의 갑작스러운 횡사로 태자의 자리에 있던 자초가 보위에 오르니, 그가 秦장양왕莊襄王(~BC 247년)이었다.

사실 장양왕 자초가 趙나라의 인질로 가게 된 것은 20여 년 전인 BC 279년의 일이었다. 그해에 秦소양왕이 楚나라를 치려는데, 배후의 趙나라가 신경이 쓰였다. 그는 조나라를 묶어 둘 요량으로 조혜문왕惠文王에게 사자를 보내 서하西河 밖의 면지澠池에서 양국의 우호증진을 위한 회맹을 갖자고 제안했다. 혜문왕은 소양왕이 전에 楚회왕과 회맹을 갖자고 제안한 다음, 그를 억류시켜 함양에 가둔 사건을 잘 알고 있어 이에 응하지 않으려 했다.

그때는 趙나라의 인상여가 영웅호걸의 기개로 소양왕으로부터 나라의 보배인 화씨지벽和氏之璧을 지켜 낸 뒤 3년이 지난 때였다. 인상여는 그 공으로 上대부에 올라 국정을 주도하고 있었는데, 그를 포함한 염파 등의 대신들이 혜문왕에게 회맹에 응할 것을 주청했다. 당시 趙나라의 국력이 秦나라에 견줄 정도로 크게 올라온 상태라서, 趙나라의 군신들은 결코 秦나라에 꿇리지 않으려 했던 것이다.

"우리 조나라가 약하다는 인상을 주지 않으려면 반드시 회맹에 응하셔야 합니다!"

대신 인상여가 왕의 거가를 보호해 수행하고, 평원군이 추천한 이목을 중군대부中軍大夫로 임명해 정예병 5천을 이끌고 호위토록 했다. 또 염파로 하여금 따로 국경 근처에서 대규모 병력을 대기시켜 놓게 하는 등 만일의 사태에 철저하게 대비키로 했다.

이윽고 면지에서 秦과 趙의 두 왕이 회맹을 했는데, 갑자기 秦나라의 대신들이 양국의 화친을 위해 趙나라에서 15개 성을 진왕에게 바쳤으면 한다며 뜬금없는 주문을 했다. 그러자 인상여가 나서서 그렇다면 秦나라도 그 답례로 도성인 함양을 趙나라에 내달라고 맞불을 놓았다. 양측의 분위기가 순식간에 험악해지자, 이미 趙나라가 만반의 경계를 마쳤다는 소문을 듣고 있던 秦소양왕이 분위기를 무마하려 나섰다.

"자자, 왜들 이러시는 게요? 오늘 이 자리는 두 나라 군주가 친선을 나누는 자리니 여러 대신들은 그와 상관없는 말들은 하실 필요가 없소!"

그리고는 혜문왕을 극진히 대접한답시고 술까지 서로 거나하게 나누게 되었다. 결국 취기가 오른 소양왕이 기분이 좋아져 두 나라 군주들끼리 상호 의형제를 맺자고 제안했다. 한술 더 떠 양국 간 서로 영원히 침공하지 않는다는 것을 보증하기 위해 秦왕이 먼저 태자인 안국군의 아들 한 명을 趙나라에 인질로 보내겠다는 선약까지 하고 말았다. 그 바람에 이인(장양왕)이 얼떨결에 趙나라의 볼모가 된 것이었다.

그 후로 대략 20년이 지난 BC 260년경, 혜문왕 사후 효성왕 4년이 되던 해였다. 그 무렵 趙나라는 韓나라와의 싸움에 휘말린 끝에 〈장평대전〉에 이어 〈한단전투〉까지 겪어야 했다. 秦나라에 연거푸 치명타를 입은 趙나라는 이 시기에 사실상 패망 직전에 이르는 지경에 처해 있었다.

한편, 효문왕의 뒤를 이은 秦장양왕 자초는 즉시 화양부인을 태후로 올리고 조희를 왕후로 삼았으며, 어린 아들 정政을 태자에 봉했다. 채택은 여불위가 장양왕을 크게 도왔다는 사실을 알고는 스스로 상국의 자리에서 물러났다. 그리하여 마침내 여불위가 秦나라 승상의 자리에 오르게 된 것은 물론, 문신후文信侯에 봉해져 하남 낙양 일대의 10만 호까지 식읍으로 받는 영예를 누리게 되었다. 장양왕은 약속대로 여불위에게 진 빚을 후하게 갚은 셈이었고, 여불위는 먼 앞날을 내다볼 줄 아는 현자賢者의 표상 그 자체가 되었다.

일약 秦王에 다음가는 권력을 누리게 된 여불위는 평소 맹상군과 같은 4군자를 흠모한 나머지, 서둘러 객관客館을 설치하고 사람들을 불러 모았다. 그러자 순식간에 그의 문하에 3천이나 되는 빈객들이 몰려들면서 문전성시를 이루었다.

그런 와중에 이미 망한 周왕실의 후손인 동주군東周君이 秦나라에서 왕이 잇따라 사망했다는 소식을 접하고는, 秦나라 조정이 몹시 어수선할 것이라 지레 판단했다. 그가 열국에 사자들을 보내 합종책을 펼치며, 秦나라가 위기에 빠진 이때 열국이 힘을 합해 秦을 토벌하고 周왕실을 복원할 것을 주창했다. 소식을 들은 승상 여불위가 간했다.

"서주는 이미 망해 버렸고 동주만 겨우 명맥을 이어 오던 터에 저들이 주무왕의 자손임을 떠벌리며 열국의 제후들을 부추긴다니, 차제에 저들을 절멸시켜야 합니다!"

BC 249년, 秦장양왕이 여불위를 대장으로 삼고 10만의 군사를 내주니, 여불위가 곧장 〈동주〉로 쳐들어갔다. 빈껍데기에 불과한 東周를 누구 하나 도와주지 않으니 동주君은 변변한 저항도 해 보지 못한 채 사로잡혔고, 여불위는 동주의 7개 성읍을 秦에 병합시키고 돌아왔다. 이렇게 東周마저 패망함으로써 周나라는 무왕이 나라를 세운 이래로 총 38대 8백여 년 만에 비로소 秦에 의해 완전히 멸망하고 말았다.

일찍이 周나라는 BC 771년 유왕이 견융에 망하면서 3백 년을 지켜

내지 못했다. 그러나 周나라는 화하족이 세운 왕조임을 표방하면서 북방 동이계 나라인 은상殷商을 무너뜨리는 공을 세운 나라였다. 비록 춘추시대 이후로 周 왕조 자체는 힘을 쓰지 못했어도, 그 제후국들이 북방 민족의 맹주 격인 朝鮮연맹의 중원진출을 차단하는 데 성공했으니, 周 왕조는 드넓은 중원 대륙을 온전한 화하족의 나라로 만드는 데 가장 크게 기여한 셈이었다.

〈동주〉를 병합한 秦장양왕은 결코 여기서 멈추려 들지 않았다. 그는 장군 몽오를 시켜 가까이 있는 三晉의 나라들을 차례대로 공략하게 했다. 몽오는 먼저 韓나라를 공격해 2개 성을 함락시키고 그 자리에 삼천군三川郡을 세웠다. 다음으로 장양왕 스스로 볼모로 가 있던 趙나라를 쳐서 37개 성읍을 무너뜨리고 태원군太原郡을 설치한 데 이어, 상당까지 평정해 버렸다. 그리고는 여세를 몰아 魏나라 땅으로 들어가 산서의 고도高都를 공격했는데, 이때 고도성이 쉽사리 무너지지 않았다. 秦왕이 장군 왕흘에게 5만을 주고 고도로 가서 몽오를 지원하게 했다. 魏나라에 또다시 위기가 닥치자 여희如姬가 魏안희왕에게 고했다.

"신릉군의 현명함은 천하가 다 아는 사실입니다. 지금 신릉군이 위나라에 없으니 진나라가 우리를 업신여기는 것이지요. 그러니 어떻게든 신릉군을 다시 불러들여 그가 합종책으로 제후들을 설득하고, 열국이 힘을 합쳐 진나라를 막게 하는 것이 최선이지 않겠습니까?"

다급해진 안희왕이 여희의 말을 좇아 내시 안은에게 신릉군을 맞이해 오게 했다. 이에 안은이 상국의 인수와 황금 등 후한 예물과 함께 왕의 친서를 들고 신릉군을 찾아 설득에 나섰다. 그러나 절부구조竊符救趙 사태 이후 趙나라에 머물던 신릉군은 10년이 흐르도록 자신을 찾지 않은 위왕의 처사가 몹시도 서운해, 안은과의 만남 자체를 완강히 거부했다. 그러자 모공毛公과 설공薛工이라는 처사處士들이 나서서 신릉군을 질책하고 나섰다.

"공자께서 趙나라에서 존중을 받고 명성이 드높게 된 것은 오직 魏나라가 있기 때문이 아니겠소? 그런 위나라가 장차 사라지고, 선왕들의 종묘가 평지가 된다면, 그때도 공자의 명성이 지금처럼 유지될 수 있을 것 같소?"

"……."

신릉군이 비로소 깨달은 바가 있어 이들에게 사죄하고는, 그날로 빈객들에게 명해 짐을 꾸리게 했다. 趙효성왕은 작별 인사차 궁에 들른 신릉군을 붙잡고 눈물까지 보이며 말했다.

"과인이 평원군을 잃고부터는 오로지 공자만을 의지하였거늘 이제 누구와 사직을 논해야 한단 말이오?"

신릉군에 대한 효성왕의 신뢰는 무한한 것이었다. 그는 신릉군에게 上장군의 인수를 내리고, 장군 방난龐煖을 부장으로 삼은 뒤 그에게 10만의 군사를 내주며 魏나라로 들어가 신릉군을 도우라 명했다. 이때부터 신릉군의 빛나는 활약이 시작되었다.


趙나라의 상장군에 오른 신릉군은 안은을 급히 위왕에게 보내 사정을 보고토록 하고, 자신의 빈객들을 열국에 보내 제후들의 지원을 요청하는 서신을 전하게 했다. 신릉군의 인품을 잘 아는 燕과 韓, 楚나라의 군주들이 이에 적극 호응해 〈5國 합종〉이 신속하게 이루어졌다. 燕나라는 장거將渠, 韓은 공손영公孫嬰, 楚는 경양景陽을 대장으로 삼아 각각 군대를 파병했으나, 오직 齊나라만은 秦과의 화친을 핑계로 합종에 끼어들지 않았다. 魏안희왕은 크게 기뻐하며 장군 위경衛慶에게 명해, 도성의 모든 군사를 총동원해서 신릉군의 연합군에 호응하도록 했다.

한편 秦나라 장군 몽오는 하남성 魏나라의 겹주鄴州를, 왕흘은 화주華州 땅을 각각 포위하고 있었는데, 양쪽 진영은 동서로 5백 리나 멀리 떨어져 있었다. 신릉군이 장수들에게 전략을 말했다.

"나는 군사 일부만을 겹주로 보내 몽오의 군대와 싸우는 척하면서 그를 막는 대신, 직접 기병을 이끌고 화주로 출정해 왕흘을 칠 것이오. 왕흘을 먼저 무너뜨린다면 몽오도 홀로 버티기는 어려울 것이오!"

그리고는 魏군과 楚군을 몽오의 겹주로 보내되, 신릉군의 깃발을 보루 좌우로 잔뜩 꽂아 신릉군의 대군이 머무는 것처럼 위장케 하고, 절대 싸우지 말 것을 주문했다. 자신은 곧바로 趙나라 군사 10만과 함께 燕과 韓군을 이끌고 밤낮으로 화주로 내달렸다. 이어 장수들에게 다음 전략을 말했다.

"조장 방난은 위수에 정박해 있는 진군을 공격해 군량을 빼앗도록 하시오. 그러면 왕흘이 틀림없이 군사를 동원해 이를 막으려 할 것이오. 그사이 공손영장군의 韓군과 장거장군의 燕군은 미리 위수로 가는 소화산少華山 길목에 매복해 있다가, 방장군과 함께 왕흘의 秦군을 협공하도록 하시오!"

신릉군 또한 날랜 기병 3만을 거느리고 소화산 아래 매복했다.

얼마 후 5국 연합군이 위수渭水의 군량미를 탈취하려 한다는 소식에 깜짝 놀란 왕흘이 군사의 반은 자리에 남아 계속 화주성을 공략하게 하고, 나머지 반의 군대를 자신이 직접 이끌고 서둘러 구원에 나섰다. 왕흘이 소화산에 당도하자, 장거의 燕나라 군대가 나타나 앞을 막고 나서면서 양측에서 일대 교전이 벌어졌다. 얼마 후 공손영의 韓군이 나타나 왕흘의 秦나라 군대에 협공을 가해 왔고, 그렇게 3국의 군대가 서로 어우러져 일진일퇴의 공방전을 펼쳤다. 그때 왕흘에게 급보가 들어왔다.

"장군, 위수의 군량선을 조나라 방난에게 빼앗겼다 합니다!"

크게 낙담한 왕흘은 이제 죽기를 각오하고 적과 싸우는 수밖에 없다고 생각하고 군사들에게 싸움을 독려했다. 그러다 보니 한낮 오시午時에 시작된 싸움이 저녁 유시酉時가 되도록 끝나지 않았다. 그렇게 한나절이나 지속된 전투에 양측 군사들이 지쳐 있을 저녁 무렵, 그때까지 산 아래 매복해 있던 신릉군의 3만 기병대가 느닷없이 나타나 파도처럼 秦군 진영에 무차별 공격을 가해 왔다.

"앗, 신릉군의 기병대다! 신릉군이 나타났다!"

왕흘을 포함한 秦나라 병사들은 신릉군의 깃발이 나타나자 크게 위축된 나머지 이윽고 하나둘씩 달아나기 시작했다. 결국 왕흘은 〈소화산전투〉에서 조연한趙燕韓 연합군에 대패해 군사 5만을 잃었고, 위수의 모든 군량선을 빼앗기고 말았다. 왕흘이 잔병들을 이끌고 동쪽 섬서 임동관으로 달아나자, 신릉군의 3국 연합군은 이번에는 겹주를 향해 내달렸다.

그런데 겹주에 있던 秦장군 몽오는 당초 신릉군이 화주로 갔다는 보고에, 똑같이 자신의 장군기를 꽂아 놓고 위초魏楚 연합군과 대치하도록 한 다음, 자신은 정예병을 이끌고 몰래 화주로 향했다. 그러던 중 섬서의 화음華陰 인근에서 겹주를 지원하러 달려오던 신릉군의 3국 연합군과 마주치게 되었다. 신릉군이 날아오는 시석矢石(화살, 돌)을 무릅쓰고 앞장서 선봉이 되어 달려 나가니, 3국 연합군 모두 秦군을 향해 태풍처럼 돌진했다. 이 〈화음전투〉에서 몽오는 秦군 1만여 명의 병사를 잃고, 별수 없이 징을 두드려 후퇴했다.

그 무렵 위수渭水의 병선을 확보한 위경의 魏군과 경양의 楚군이 달아나는 秦군의 뒤를 추격해 화음에 당도했다. 마침 안전한 곳으로 후퇴했던 몽오가 진영을 다시 꾸려 싸움을 전개하려는데, 느닷없이 적군이 나타났다며 고함을 질러 대는 소리가 사방에서 터져 나왔다.

"아뢰오, 갑자기 뒤쪽에서 적들이 나타나 공격해 오고 있는데, 위초 연합군이 분명합니다!"

秦군은 그사이 魏楚 연합군까지 따라붙어 가세했다는 소식에 그야말로 혼비백산했다. 결국 몽오의 군대는 사방천지 5로에서 달려드는 5국 연합군을 상대로 제대로 싸워 보지도 못한 채, 황급히 서쪽 함곡관 쪽으로 달아나기 바빴다. 신릉군의 연합군은 함곡관 아래까지 秦군을 추격한 끝에, 5개의 大진영을 세우고 1달여나 무력시위를 지속했다. 그럼에도 秦군은 더는 함곡관을 나오지 못하고 별다른 대응을 하지 못했다. 결국 5국 연합군은 秦과의 전쟁에서 완벽하게 승리했음을 선언한 다음 비로소 철군을 결정했고, 그때서야 해산과 함께 제각각 본국으로 개선했다.

신릉군의 〈5國 합종〉은 처음 소진蘇秦이 산동의 6국을 상대로 합종을 펼친 이래 가장 성공적인 사례가 되었고, 최강 秦나라에 유례가 없는 대참패의 굴욕을 안겼다. 魏안희왕은 건국 이래 최대의 승리를 이뤄 낸 신릉군을 위해 도성 밖 30리까지 영접을 나왔다. 이어 10년 만에 재회한 이복동생 신릉군을 부여안고 후회와 기쁨의 눈물을 뿌렸다. 그는 신릉군을 최고의 재상이라는 상상上相에 봉하고 5개의 봉토를 더해 주는 외에, 조정의 모든 대소사를 신릉군의 결재를 받도록 하는 파격적인 대우로 보답했다.

이어서 병부를 훔쳐 내는 데 관여한 사람들 모두를 사면해 주고, 장군 진비를 격살했던 주해를 편장偏將으로 기용했다. 신릉군의 명성과 위엄은 그야말로 하늘을 떨칠 기세였고, 열국에서 사람들이 몰려와 그의 귀신같은 병법을 배우려 들었다. 신릉군은 이에 《위공자魏公子병법》이라는 책자를 펴냈는데, 이는 그동안 자신의 빈객들이 올린 글들을 모아 그림까지 덧붙여 총 7권의 책으로 편집한 것이었다.


한편 〈5國 연합군〉에 참패를 당하고 돌아온 몽오와 왕흘에 대해 秦 장양왕은 중과부적이었다며 패전의 죄를 묻지 않았다. 장양왕이 채택에게 대책을 구하자 그는 신릉군을 秦나라로 초대한 다음 그를 영구히 제거해 버리자고 했다. 과연 장양왕이 위왕에게 사자를 보내 수호修好(화친)를 맺게 한 다음, 신릉군을 초청했다. 그러자 유세객인 풍환馮驩이 이를 말렸다.

"과거 맹상군과 평원군이 秦에 억류되었다가 겨우 풀려난 적이 있으니, 공자께서 다시는 그 전철을 밟으시면 아니 될 것입니다!"

이에 주해를 대신 사자로 삼아 秦나라로 보냈으나, 장양왕이 뜻대로 되지 않자 화가 나서 주해를 역사驛舍에 가두고 음식물 반입을 끊게 했다. 주해는 죽음으로 신릉군의 은혜에 보답하겠다며 스스로 역사 기둥에 머리를 찧었고, 그게 뜻대로 이루어지질 않으니 자신의 목을 눌러 끝내 자진해 버렸다. 이렇듯 신릉군 공자 무기無忌는 그를 위해 목숨을 바친 자들이 도처에 넘쳐났으니, 그의 의리와 인품을 도무지 헤아리기 어려울 정도였다.


일이 이쯤 되자 秦나라에선 강성군綱成君 채택蔡澤이 또다시 비책을 내놓으며 장양왕에게 고했다.

"신릉군의 존재감이 위안희왕을 능가하는 만큼 이번에야말로 이간계가 통할 것입니다. 이를 위해서는 황금 1만 근의 대규모 물량 공세가 필요합니다."

이에 수긍을 한 장양왕은 秦나라에 인질로 와 있던 魏나라 태자 증增을 교사해 신릉군을 음해하도록 사주했다. 이어 魏나라에 우호를 빙자

한 사자를 보내 거금을 풀고는, 사방에서 신릉군이 왕위에 오르려 한다는 소문을 퍼뜨려 魏왕의 의심을 키우게 했다.

신릉군에게도 어서 魏왕에 오르라고 부추기는 서신과 금폐를 보내는 등 안희왕의 의심을 야기할 만한 모든 수단을 동원했다. 그러나 신릉군은 의연하게 이 모두를 위왕에게 가져가 秦나라가 즐겨 쓰는 이간계임을 환기시켰다. 이처럼 거금을 들이고도 이간계가 잘 먹혀들지 않자, 秦나라는 마지막 수단으로 인질로 와 있던 태자 증增을 魏나라로 돌려보냈다. 과연 증은 귀국하자마자 위왕에게 직접 신릉군을 모함하고 나섰다.

"신릉군은 실로 위험한 인물입니다. 그러니 신릉군에게 모든 대사를 일임해서는 아니 되옵니다!"

신릉군은 당당하기 그지없었음에도, 안팎의 거듭된 공세에 안희왕이 자신을 의심하고 있다고 판단되자, 병을 핑계로 조정에 출사하지 않았다. 이어서 상국의 인수와 병부를 모두 조정에 반납하고 말았다. 잔뜩 속이 상한 신릉군이었지만 권력에 관심이 없음을 보여 주기 위해 이후 빈객들과 어울려 밤새 술을 마시고 여색을 탐했다. 과연 안희왕은 그런 신릉군을 불러들이지 않았고, 이런 생활이 4년 가까이 이어지는 바람에 신릉군은 병을 얻어 마침내 사망하고 말았다. 秦나라의 수십만 대군도 신릉군을 이기지 못했으나, 한낱 황금을 동원한 이간질에 魏나라의 진정한 영웅 신릉군이 무너진 것이었다. 이간계離間計의 위력이란 실로 수십만 대군을 능가할 정도로 엄청난 것이었다.

그렇게 중원에서 〈합종연횡〉이 난무하는 중에도 강성한 秦나라의 위세는 꺾이지 않았다. 거대한 중원의 열국들이 사활을 건 전쟁과 이합집산을 반복하면서 一國 통일을 향해 나아가는 동안, 동북쪽의 朝鮮은 〈기씨조선〉이 맹주가 되어 있었다. 덕분에 중원의 화하족과 조선족의 대결은 소강상태를 보이며 전국시대가 끝날 무렵까지 이어졌다.

불행하게도 조선에서는 이러한 중원의 혼란을 틈타 중원의 나라를 공략하고, 고토를 회복하겠다는 용맹한 군주가 나타나지 않았다. 중원의 화하족들이 통일 전쟁에 휘말려 극심한 혼돈의 시대를 거치는 동안, 상대적으로 조선의 백성들은 평화를 누릴 수 있었다. 그러나 그 평화의 대가는 또다시 혹독한 모습이 되어 그들을 기다리고 있었다.

## 3. 어긋난 趙燕전쟁

秦나라에 대항해 魏나라가 주도했던 〈5國 합종〉이 끝날 무렵, 秦장양왕 자초가 즉위 후 3년 만에 병을 얻었다. 기나긴 볼모 생활로 일찍부터 건강을 상한 데다, 〈5國 합종〉의 힘에 통일의 꿈이 무산되면서 실망에 이은 심리적 압박이 매우 컸던 모양이었다. 여불위가 직접 약을 구해 매일같이 바쳤다는데도, 장양왕은 13살 어린 태자 정政을 남겨 둔 채 무심하게 눈을 감고 말았다. 장양왕이 비록 신릉군의 연합군에 패하긴 했으나, 秦효공 이래 5대의 선왕들이 그랬던 것처럼 그 역시 성실하게 많은 일을 추진했다. 그럼에도 장양왕이 무엇을 이루기엔 재위 기간이 너무 짧았던 탓에, 그가 선대로부터 물려받은 중원 통일의 꿈은 이제 어린 아들의 마음속 깊이 전해지게 되었다.

그렇게 태자 영정嬴政이 장양왕의 뒤를 이어 秦왕에 즉위하니, 그가 바로 후일 중국을 최초로 통일한 진시황秦始皇(BC 247~BC 210년)이었다. 그의 모친 조희趙姬가 태후에 올라 어린 진왕을 대신해 섭정했으나, 실제 모든 국사는 승상인 여불위가 쥐고 있었다. 진왕 정은 그런 여불위에게 작은아버지라는 뜻의 중부仲父라 부르며 최고의 예우를 했다. 그런데 그 무렵 여불위는 장양왕의 죽음을 전후해, 그 옛날 趙나라에 살 때 자신의 애첩이었던 조희와 다시 만나 사통을 하고 말았다.

진왕 政 원년인 BC 246년, 마침 魏나라의 영웅 신릉군이 정치 일선에서 퇴출되었다. 이 소식이 즉시 여불위에게도 전해졌다.

"신릉군이 마침내 위나라 조정에서 쫓겨났다니 참으로 반가운 소식이다. 신릉군이 없는 3晉은 그저 껍데기에 불과할 뿐이니, 다시 3진을 공략해 장양왕 때 빼앗았다가 도로 내주었던 땅들을 되찾을 때다!"

여불위는 즉시 대장 몽오蒙驁와 장당張唐을 시켜 먼저 趙나라를 치게 했다. 3년 전 장양왕 재위 시의 3晉 공략으로 몽오는 韓나라에 삼천군을, 趙나라에 태원군을 설치했으나, 결국 신릉군의 〈5國 합종〉에 패해 그 땅을 도로 내줘야 했다. 따라서 몽오는 3晉의 지리에 훤할 뿐 아니라, 빼앗긴 땅을 되찾고 말겠다는 의지가 누구보다 강했다. 마침내 그해 몽오가 지휘하는 秦軍이 趙나라로 진격하니, 과연 조나라는 별 힘도 쓰지 못한 채 진양晉陽(태원)의 땅을 또다시 내주고 말았다.

그 후 2년 뒤인 BC 244년에 몽오는 다시금 韓나라를 쳐서 12개 성읍을 빼앗는 전과를 올렸다. 이렇게 秦나라의 공세가 재차 이어지게 되자, 3晉의 나라들이 좌불안석이 되었다. 특히 신릉군을 크게 신임했던 趙효성왕은 신릉군을 퇴출시킨 위왕을 원망하기 시작했고, 그 바람에 趙, 魏두 나라의 관계가 급격히 악화되기까지 했다. 급기야 趙효성왕이 노장 염파를 보내 魏나라를 공격하게 했는데, 공교롭게 그사이 효성왕이 죽어 태자인 趙도양왕悼襄王(~BC 236년)이 뒤를 이었다.

魏나라로 들어간 염파가 번양繁陽성을 힘들게 함락시킨 뒤 더욱 깊숙이 진격하는 와중에 趙나라 조정에서는 또 다른 불길한 일이 진행되고 있었다. 대부 곽개郭開는 아부에 능한 자였는데, 그러다 보니 강직한 염파의 눈 밖에 벗어나 군신들 앞에서도 그에게 자주 편잔을 듣곤 했다. 염파가 도성을 비우고 왕이 교체되자, 곽개가 그 틈을 이용해 염파를 모함했다.

"염파가 위나라 원정에 나선 지 오랜 시간이 지났습니다. 그런데도 여태 이렇다 할 전공도 세우지 못하는 걸 보니, 그는 이제 너무 늙은 몸이라 군대를 제대로 이끌지 못하는 것이 틀림없습니다."

趙도양왕이 이 말에 넘어가 장군 악승樂乘을 보내 염파를 대신하게 하니, 염파가 불같이 화를 내며 말했다.

"내가 혜문왕을 섬기며 대장에 오른 지 40여 년이 지나도록 이 자리를 지켜 왔는데, 대체 악승이 어떤 자이기에 감히 나를 대신한다는 것이냐?"

평생을 바쳐 충성을 다한 데 대한 서운함이 극에 달했는지, 염파가 흥분을 주체하지 못한 채 군사를 이끌고 악승을 내치고 말았다. 겁에 질린 악승이 도성으로 달아났으나, 이미 왕명을 어긴 염파는 이제 후회해도 소용이 없게 되었다. 그 바람에 노장 염파가 별수 없이 자기가 공격해 들어갔던 魏나라로 망명을 신청하는 어이없는 일이 벌어지고 말았다. 魏안희왕은 염파의 명성을 고려해 반색하고 그를 받아들여 객장客將으로 임명해 주었으나, 결코 그를 등용하지는 않았다. 명장 염파는 魏의 도성 대량大梁(개봉開封)에서 그저 평범한 삶을 살게 되었을 뿐이었다.

그 후 1년이 지난 BC 243년, 魏나라의 신릉군이 몸이 쇠약해져 병사하고 말았다. 그때까지 신릉군의 곁에서 충실하게 그를 보좌하던 유세객 풍환馮驩이 지나치게 곡을 하다가 따라서 세상을 떠나고 말았다. 그

뿐 아니라 무려 백여 명에 이르는 빈객들이 자기 목을 찌르고 신릉군을 따라 죽었다고 한다. 얼마 후에는 평생 신릉군을 포용하지 못하고 질시 했던 안희왕도 죽어, 태자 증增이 뒤를 이으니 魏경민왕景湣王(~BC 228 년)이었다.

경민왕은 태자 시절 秦나라에 볼모로 있으면서 채택의 반간계反間計 에 놀아나 신릉군을 결정적으로 음해한 인물이었다. 여불위가 이 소식 을 크게 반기며 군신들에게 말했다.

"태자 증은 신릉군을 제거해 준 장본인이다. 그토록 어리숙한 인물이 위왕이 되었다니 다행한 일이다. 이제야말로 선왕의 원수를 갚아야 하 지 않겠는가?"

여불위는 신릉군의 〈5國 합종〉 때 당한 패배를 만회하기 위해, 장군 몽오를 시켜 다시금 魏를 공격하게 했다. 몽오는 그 해 魏나라 원정에서 하남의 산조酸棗를 비롯한 20여 성읍을 함락시키고 〈동군東郡〉을 설치했 으며, 조가朝歌에 이어 복양濮陽 땅까지 점령해 버렸다. 황하의 물줄기가 산동을 향해 북동쪽으로 방향을 트는 지점에 있는 동군은 이후 秦나라 가 산동의 여러 나라를 공략하는 거점으로 중요한 군사적 요충지가 되 었다.


秦의 공격으로 커다란 타격을 입은 魏왕은 같은 처지인 趙나라와 소 통하면서 옛날 신릉군과 평원군이 이루었던 趙魏 합종을 모색하려 들었 다. 그런데 북쪽의 燕왕 희가 느닷없이 노장 극신劇辛에게 10만 대군을 내주면서 또다시 趙나라를 치게 했다. 극신은 원래 趙나라 출신이었던 지라 당시 명장 염파를 대신해 조나라 군권을 책임진 방난龐煖과는 오래 전부터 친교를 맺은 사이였다.

연왕 희喜는 8년 전 30만 대군으로 일으켰던 〈趙燕전쟁〉에서 참패한 뒤 趙나라와 억지로 강화를 맺고 위기를 모면했으나, 이를 필생의 수치로 여기고 있었다. 燕왕이 도성(계薊, 탁주)을 지키던 극신을 불러 상국으로 삼고 趙나라를 칠 궁리를 하고 있던 터에, 마침 염파가 魏로 달아났다는 소식이 들어왔다. 그러자 극신이 연왕을 부추겼다.

"방난은 소신이 잘 아는 사이로 그는 염파와는 비교 자체가 안 되는 인물입니다. 얼마 전 秦나라가 趙의 진양성을 함락시켜 趙나라는 지금 많이 피폐해져 있을 테니, 이 틈을 이용한다면 율복이 당한 치욕을 씻을 수 있을 것입니다!"

그리하여 燕의 10만 대군이 趙나라를 재차 침공하게 되었다. 趙도양왕이 燕나라의 도발을 막으려 방난을 불러 상의하자, 그가 계책을 내놓았다.

"지금 대代 땅의 군수인 이목李牧을 불러 군사를 이끌고 남쪽으로 내려가는 척하다가 다시 북상해 적의 후방을 끊게 하십시오. 소신은 전방에서 극신을 상대로 싸우면서 이목을 기다렸다가 마침내 앞뒤에서 극신을 협공하면 승산이 있을 것입니다!"

이때 극신은 10만 燕軍을 이끌고 남진해 역수를 건너 중산을 지났다. 이어 항산恒山을 뚫고 조나라로 들어왔는데, 연군의 사기가 제법 드높았다. 방난 역시 항산 부근 동원東垣에 보루를 높게 쌓고 해자를 깊이 파둔 다음 연군을 기다렸다. 燕軍은 첫날 공격에서 趙나라 군사들의 강궁과 쇠뇌 공격에 당해 말장 한 명을 잃는 등 약간의 손해를 입었다. 이튿날, 마침내 두 친구가 백발이 성성한 노장의 모습으로 서로 적이 된 채 마주했다. 극신이 먼저 말했다.

"그대와 헤어져 조나라를 떠난 지 어언 40년이 흘렀으니, 그대도 나도 늙은 얼굴빛이 완연하구려……"

그러자 방난도 대꾸하면서 극신을 한껏 자극했다.

"장군은 지난날 연소왕이 세운 황금대를 좇아 조국을 버리고 燕나라로 가 버렸소. 그러나 지금은 황금대도, 무종산無終山에 있는 연소왕의 무덤도 모두 잡초에 묻혀 버린 지 오래요! 과거 연을 돕던 소대蘇代와 추연鄒衍도 모두 세상을 떠났고, 창국군昌國君 악의樂毅도 결국에는 조나라로 돌아와 삶을 마쳤소. 장군의 나이가 70이 넘었으니 이쯤 되면 기울어 가는 燕의 기운을 알 만도 한데 어찌 이리도 위험한 일에 앞장서는 게요?"

두 사람은 한바탕 서로 입씨름을 한 끝에 결국 양쪽 군사와 병거를 총동원해 한나절 동안 치열한 혼전을 펼쳤다. 그러나 날이 저물도록 승부가 나지 않자 징을 쳐서 각각 회군했다. 그날 밤 극신의 燕군영에 나쁜 소식이 하나 날아들었는데, 이목이 이끄는 趙나라 군대가 독항督亢을 기습해 연군의 배후를 끊었다는 것이었다. 극신이 심각한 고민에 빠졌다.

"방난이 제법이로구나. 아무래도 이번 싸움은 아니 되겠다. 속히 물러나는 수밖에 없다……"

결국 趙軍으로부터의 앞뒤 협공을 우려한 나머지 극신은 거짓으로 군영을 꾸미게 한 뒤, 밤새도록 군사들을 독려해 철군에 나섰다.


이튿날 趙나라 군영에서는 燕軍이 밤사이 몰래 철수해 버린 사실을 알고는 곧바로 추격을 시작했다. 결국 얼마 가지 못해서 趙나라의 추격군이 이내 燕軍의 후미를 따라잡게 되었고, 그 와중에 연군은 전투를 벌이면서 달아나기 바빴다. 그렇게 하북 호타하滹沱河에 이르게 되자 마침내 극신이 병사들을 되돌려, 趙나라 대군과 결전을 치르게 되었다. 그러나 후퇴할 때부터 이미 전의를 크게 상실한 燕나라 군대였던 지라 이내 趙나라 군대에 대패했고, 극신劇辛은 자결로 장수로서의 생을 마감하고 말았다. 부친 율복의 원수를 갚겠다던 율원栗元도 사로잡혀 참수를 당했고, 燕軍 3만여 명이 〈호타하전투〉에서 덧없이 희생되고 말았다.

燕군에 대승을 거둔 방난은 대주代州에서 달려온 이목과 합세해 곧장 燕나라로 진격해 들어가, 무수武遂와 방성方城을 점령해 버렸다. 다급해진 연왕 희가 趙나라 출신 장거將渠의 집으로 찾아가 애걸하다시피 해서 강화를 맺게 했다. 결국 연왕 희가 일으켰던 2차 〈趙燕전쟁〉은 또다시 연나라의 참패로 끝이 나고 말았다.

일찍이 소진蘇秦은 燕문공을 만나 합종을 논했다. 그 자리에서 소진은 조연趙燕 두 나라를 순망치한脣亡齒寒의 관계라면서, 秦으로부터 燕을 보호해 줄 趙나라와의 관계를 돈독히 하라고 조언했었다. 그런데도 연왕 喜는 소진의 충고를 잊고, 趙나라에 무리한 싸움을 걸었는데, 그의 무모한 욕심과 쓸모없는 자존심, 부실하기 짝이 없는 상황 판단 때문이었다.

눈앞의 현상만을 따지는 아둔한 군주가 케케묵은 민족감정에 빠져, 뒤에서 보이지 않는 더 큰 적과 자기편을 제대로 구분하지 못하는 사이, 燕나라가 쇠락의 끝으로 내몰리게 된 것이었다. 2차에 걸친 〈趙燕전쟁〉의 참패로 연나라는 전성기인 연소왕 때 어렵게 쌓아 올린 국력을 반세기 만에 모두 소진해 버리고 말았다. BC 242년의 일이었다.


2차 〈조연전쟁〉을 승리로 이끈 방난은 도성 밖까지 영접을 나온 趙도양왕에게 합종책을 서둘러서 이제 최강 秦나라에 대항해야 한다고 간했다. 그리하여 趙나라가 주도하는 새로운 합종에 韓, 魏와 楚, 燕나라 등 산동의 4국이 적극 호응했다. 여전히 齊나라만은 秦과 맺은 우호 관계를 핑계로 참가하지 않았으나, 제의 국력이 떨어질 대로 떨어져 합종에 별 영향도 주지 못하는 형편이었다. 당시 나라마다 4~5만에서 2~3만에 이르는 정예병을 출동시키니, 다시금 5國 연합군이 결성되었고, 楚

나라의 춘신군 황혈黃歇을 총사령관 격인 상장上將으로 추대했다. 그만큼 秦의 존재가 주변국에 위협적이었던 것이다.

춘신군은 전국戰國 4군자君子 중 유일하게 정통 왕족 출신이 아니었다. 그러나 일찍이 楚고열왕이 태자 시절 秦에 볼모로 가 있을 때 태자를 수행해 보필했고, 나중에 태자를 초나라로 탈출시킨 공으로 고열왕의 신임이 매우 두터웠다. 秦나라의 사정을 누구보다 잘 아는 춘신군이 열국의 장수들을 모아 놓고 새로운 전략을 제시했다.

"지금까지 열국의 연합군이 수차례나 秦나라를 공략했어도, 매번 함곡관의 수비가 삼엄해 그곳을 넘어선 적이 없었소. 이번엔 방향을 바꿔 남쪽 화주華州를 경유해 서진하여 위남渭南을 치고 동관潼關을 엿본다면 승산이 높아지지 않겠소?"

그리하여 5국 연합군으로 구성된 5로군이 일제히 여산 쪽으로 진격해 위남을 급습했다. 그러나 성을 포위하고서도 秦軍의 견고한 수비에 막혀 성을 함락시키지는 못했다.


그사이 秦나라에서도 몽오와 왕전王翦, 이신李信 등의 장수들을 총동원해 5軍을 편성한 다음, 각각 5만의 군사를 주어 〈5國 연합군〉에 대응키로 했다. 이때 승상 여불위도 대장이 되어 함께 출정했는데, 秦軍이 동관 50리 밖에 주둔해 있을 때 왕전이 여불위에게 전략을 하나 내놓았다.

"적들이 위남성 하나에도 쩔쩔매는 걸 보아 대체로 강력하지 못하다는 것을 알 수 있습니다. 그간 3晋은 우리와 자주 싸운 경험이 있으나, 楚나라는 장의 사후 30여 년간 서로 싸운 적이 없어 가장 취약할 것입니다. 우리가 정예군으로 먼저 초군을 격파해 버린다면 나머지 4국의 군사들도 저절로 궤멸되지 않겠습니까?"

여불위가 이를 받아들여 5軍에서 날랜 정예병 1만씩을 차출해 5만의 정예부대를 따로 편성한 다음, 새벽녘에 초나라 진영을 급습하기로 했다. 그런데 이날 이신의 아장牙將 감회甘回가 양초糧草(군량과 건초)를 늦게 운반한 죄로 이신에게 백여 대의 채찍질을 당하는 사태가 벌어졌다. 그날 밤, 감회가 분을 참지 못하고 楚군 진영으로 달아나 춘신군에게 왕전의 전략을 누설하고 말았다.

"무어라, 5만의 별동대로 우리 초나라부터 쳐들어온다고? 그 말이 진정 사실이더냐?"

기겁하며 놀란 춘신군이 한밤중에 서둘러 영채를 뽑게 하고는, 50여 리를 내달려 후퇴해 버렸다. 그사이 날이 밝았는데도 춘신군은 다른 4국의 진영에 일체의 기별도 없이 楚軍만을 이끌고 그 길로 아예 본국인 〈초〉나라로 회군하고 말았다.

이튿날 새벽부터 북을 치면서 秦군이 楚나라 진영에 당도했으나, 이미 초군이 영채를 뽑고 사라졌음을 알게 되었다. 왕전은 누군가에 의해 정보가 샌 것을 알았으나, 이미 출정한 만큼 곧장 이웃한 趙나라 진영으로 말을 몰아 급습했다. 조나라 군영에선 방난이 칼을 들고 견고하게 쌓은 벽루를 지키며, 일체 싸움에 응하지 말 것을 명했다.

"절대 방어에만 주력하라! 누구든 군문軍門 앞을 나서는 자는 즉시 참해 버릴 것이다!"

秦軍이 밤새도록 공격을 했으나 결국 趙軍이 쌓아 올린 벽루를 무너뜨리지 못했다. 이튿날 날이 새니 韓, 魏, 燕 3國의 군대가 합세해 趙나라 진영을 구하기 위해 달려왔다. 이 모습을 본 왕전과 몽오는 이내 병력을 거두어 자신들의 진영으로 퇴각해 버리고 말았다.

4국의 연합군은 그제야 총지휘를 맡은 상장 황헐이 이끄는 楚軍만 보이지 않는다는 사실과 함께, 초군이 아무런 기별도 없이 본국의 진성陳城으로 철수해 버린 사실을 알게 되었다. 방난이 황헐의 무책임한 행태에 장탄식했다.

"허어, 춘신군이 어떻게 이럴 수가 있단 말인가? 열국의 합종이 이것으로 끝나 버렸구나……"

결국 합종은 산산조각이 나 버렸고, 韓과 魏군이 먼저 철수에 나섰다. 방난 또한 철군하던 길에 유독 齊나라가 秦에 붙은 것을 괘씸하게 여긴 터라, 燕군과 합세해 가까운 齊나라를 공격했다. 애꿎게 齊나라만 요안饒安의 1개 성읍을 빼앗겼는데, 여전히 정국이 불안정했던 齊나라는 이제 말 그대로 동네북 신세로 추락해 있었다.


趙나라가 주도했던 〈5國 합종〉이 楚나라의 배신으로 무너지자, 4국의 군주들은 사자를 보내 종약장을 맡았던 초나라와 춘신군의 비열한 행태를 일제히 성토했다. 난감해진 楚고열왕이 황헐을 힐난했다.

"대체 장군은 무슨 생각에 이리 참담한 짓을 하였소? 처음부터 싸울 마음이 없었다면 무엇 하러 상장은 맡아서 나라를 망신시킨 게요?"

춘신군이 창피하고 두려워 아무런 말도 하지 못했다는데, 이 일로 그의 명성이 거품과 같은 것이었음이 만천하에 드러나고 말았다. 대체 누가 이토록 무책임하고 비겁한 황헐을 4군자의 반열에 올렸는지 납득하기 어려운 일이었다. 춘신군의 비정상적인 행태는 이것뿐이 아니었다. 사실 그는 秦나라를 두려워하던 고열왕을 설득해 秦과의 국경에서 더욱 멀리 떨어진 동남쪽으로의 천도를 단행하게 했다. 그때 처음 수춘壽春에서 시작해 호북의 영郢과 약鄀 땅에 이어 마지막 하남 진성陳城으로 도읍을 옮기니, 무려 4번에 걸쳐 계속된 천도에 열국의 비웃음거리가 되지 않을 수 없었다.

〈춘추시대〉楚장왕(~BC 591년) 때는 5패五霸의 하나였고, 강역 면에서도 秦나라에 버금가던 楚나라가 이 지경에 이르기까지는 유독 楚나라만이 당시 열병처럼 유행하던 개혁을 외면해 온 탓이 컸다. 일찍이 楚도왕(~BC 381년) 말엽에 오기吳起가 魏나라를 떠나 초나라의 재상으로 등용되었다. 명장인 동시에 변법의 대가이기도 한 오기는 곧바로 楚나라에 파격적인 개혁을 단행했다. 그는 귀족들에게 작위와 녹봉의 세습을 허용해 주던 〈세경세록제世卿世祿制〉를 폐지케 하고, 그간 대대로 누려오던 식읍도 3代에 그치도록 공신들의 특권을 제한했다. 또 관료제를 정비해 일하지 않으면서도 놀고먹던 귀족의 수를 줄이고, 농업을 장려하기 위해 토지개간을 적극 권장했다.

이는 당시 부국강병을 위해 이미 몇몇 나라에서 시행하던 것이었음에도, 여전히 楚만큼은 철저하게 공신 귀족들에게만 등용의 기회를 제공해 왔으니, 이들 초나라의 기득권층에게는 날벼락이나 다름없는 조치였다. 안타깝게도 그런 시기에 도왕悼王이 일찍 죽는 바람에 오기의 변법은 제대로 시행도 못 해 본 채 파묻히고 말았다. 초나라 귀족들이 도왕의 상을 치르기 위해 달려온 오기에게 그 자리에서 화살을 날려 버렸던 것이다.

당시 오기가 시도했던 변법은 秦나라 상앙의 변법보다 약 20년이나 앞선 것이었으나, 기득권을 유지한 채 현실에 안주하려 했던 楚나라 귀족들이 이를 막아 버렸다. 이후 3晉을 비롯한 중원의 군주들이 앞을 다퉈 인재 등용과 개혁을 추진했던데 반해, 안일한 태도로 일관했던 楚나라는 공신들의 부패가 여전해 국력이 크게 뒤처지고 말았다. 고열왕 재위 내내 상국의 자리에서 오래도록 권력을 누린 춘신군 자신이 궁궐 규모의 대저택을 짓고, 백성들의 안위와는 무관하게 떵떵거리며 살았던 부패의 상징이었던 것이다.

산동의 〈5國 합종〉이 실패로 끝났음에도 秦의 여불위는 이 일에 분개해 열국에 보복을 가하기로 하고, 우선 합종을 주도한 趙나라 방난龐煖을 겨냥했다. 秦나라는 몽오와 장당에게 5만 군사를 내주고 趙를 치게한 다음, 사흘 뒤에 추가로 진왕 政의 아우인 장안군長安君 성교成嶠와 장수 번오기樊於期에게도 5만 군사를 주어 선발 부대를 뒤따르게 했다. 그러자 趙나라에서도 상국 방난과 호첩扈輒을 각각 대장과 부장으로 삼아10만 군사로 秦軍에 맞섰다.

이때 산서 둔류屯留에 진을 친 장안군은 17세의 어린 나이에 전투경험이 없어, 사실상 번오기에게 군무를 일임할 수밖에 없었다. 그런데 번오기는 여불위가 그의 첩이었던 조희를 장양왕에게 바쳐 나라를훔친 것이라며, 여불위를 증오해 오던 인물이었다. 평소에도 정의감이남달랐다는 번오기가 장안군을 부추겼다.

"지금 대왕은 선왕의 혈통이 아닙니다. 오직 君만이 적자이십니다!"

어린 장안군이 번오기의 말을 그대로 믿고, 모든 상황을 정상으로 되돌리는 일에 동참하기로 했다. 번오기는 즉시 장안군의 이름으로 秦王을 내쳐야 한다는 격문을 뿌려 여불위의 추문을 백성들에게 알리고, 반란을 일으켰다. 장안군을 지원하려 둔류에 당도했던 장당張唐이 장안군의 반란 소식에 아연실색했다. 그가 곧장 함양으로 달려가 진왕 政에게이 사실을 고변하니, 진왕이 불같이 화를 냈다. 그는 즉시 왕전을 대장으로 삼고 10만 군사를 내주며, 장안군을 토벌하라는 명을 내렸다.

그 무렵 도산에서 趙나라 방난과 대치하고 있던 몽오는 뒤늦게 〈장안군의 난〉이 터진 사실을 알게 되었다.

"흐음, 아무래도 지금은 방난과 싸울 때가 아닌 듯하다. 오히려 둔류로 가서 반란군을 토벌하는 데 가세해야 할 것이다!"

몽오는 서둘러 趙나라와 대치하고 있던 자신의 군대를 물리고, 반란군의 근거지인 둔류로 이동하려 했다. 그러자 秦軍의 이동 소식을 들은 방난이 호첩에게 3만 병력을 주고 태항산에서 먼저 매복전을 펼치게 했다. 몽오와 호첩이 한창 접전을 벌이고 있을 때 뒤이어 방난이 대군을 이끌고 가세하니, 앞뒤로 포위된 秦軍이 크게 무너질 수밖에 없었다. 몽오는 중상을 입고도 분전하면서 방난의 옆구리에 화살을 맞혔다.

그러나 이내 趙나라 병사들이 무차별로 난사한 화살에 몽오 자신도 고슴도치 신세가 되어 장렬하게 전사하고 말았다. 방난은 몽오의 秦軍에 대승을 거두었으나, 그 자신이 전투 중에 중상을 입은 터라 더 이상의 싸움을 그치고 일단 귀환해야 했다. 그러나 얼마 후 방난 역시 상처가 도져 불행히도 숨을 거두고 말았으니, 숙적이었던 두 명장의 죽음이 처연하기 짝이 없는 것이었다.

그동안 번오기는 반란군을 이끌고 산서의 장자성長子城과 호관성壺關城을 차지하는 등 인근의 세력을 모으기 위해 안간힘을 다했다. 왕전이 이끄는 토벌군이 둔류성에 도착하자 장안군이 두려움에 떨었으나, 번오기의 강력한 저항에 성이 쉽게 떨어지지는 않았다. 그러나 결국 수적으로 압도적 우위에 있던 정부군이 번오기의 반란군을 제압했고, 번오기는 홀로 북쪽 燕나라로 달아나 버리고 말았다. 정의감만 내세웠을 뿐이지 일국의 반란치고는 다분히 무계획하고 무모하기 그지없는 시도였다.

왕전은 장안군을 공관에 가둔 다음 함양으로 소식을 알렸다. 그때 장안군의 생모인 趙태후가 머리를 풀고 나타나, 진왕 政에게 아우의 죄를 용서해 달라며 빌었다. 그러나 모후의 추문에서 비롯된 반란에 상심했던지, 秦王은 냉정하게 아우의 참수를 명했다. 장안군은 물론, 그를 따르던 수만의 장병들까지 둔류성에서 참수되었고, 성안의 백성들 모두 멀리 감숙 임조臨洮로 강제 이주를 당했다. 이후로 둔류성이 텅 비게 되었는데, 진왕 정政 7년, BC 240년의 일이었다.

楚고열왕은 오랜 재위 기간에도 아들이 없었다. 춘신군 문하의 사인舍人으로 있던 趙나라 출신 이원李園이란 자가 춘신군에 기대기 위해 미색이 뛰어난 여동생 언嫣을 춘신군에게 바쳤다. 언이 춘신군의 아이를 회임한 상태에서 은밀하게 당사자끼리 짜고, 언을 고열왕의 후궁으로 들여보냈다. 이후 언이 쌍둥이 아들을 낳자, 기쁨에 겨운 고열왕이 맏이인 한捍을 서둘러 태자로 삼았다. 그 바람에 이원은 하루아침에 국구國舅에 올라 그 권력과 위세가 춘신군에 버금갈 정도가 되었다.

고열왕 25년인 BC 238년, 늙은 楚왕이 병상에 눕게 되자 이원은 이 모든 비밀을 공유하고 있는 춘신군을 볼 때마다 불편하기 짝이 없었다. 얼마 후 미망迷妄에서 깨어나지 못한 고열왕이 죽자, 이원이 발 빠르게 움직였다.

"대왕의 발상은 나중에 치르게 될 것이니, 누구든 국상을 발설하지 마라!"

이원이 주위를 단속한 다음, 사병私兵을 국문에 매복시켰다. 그리고 나서는 저녁이 되어서야 비로소 춘신군에게 국상을 알렸다. 화들짝 놀란 춘신군이 빈객들과 상의도 없이 황망하게 궁 안으로 발을 들여놓자, 사병들이 외치며 그에게 달려들었다.

"황후의 밀지가 내려졌다. 춘신군을 모반죄로 주살하라!"

순식간에 춘신군의 목이 떨어져 궁 밖으로 내동댕이쳐졌고, 6살 어린 태자 한捍이 즉위하니 楚유왕幽王(~BC 228년)이었다. 이원의 여동생 언嫣은 태후에 올라 졸지에 섭정을 하게 되었고, 이원은 스스로 영윤슈尹에 올라 楚나라 정사를 주무르기 시작했다.

이원의 사악한 미인계美人計에 놀아난 춘신군은 일족 모두가 멸족을
당했고, 그 많던 식객들 모두가 흩어져 달아나기 바빴다. 초나라 공자들
도 이원의 위세에 눌려 정사를 멀리하니 국정이 더욱 문란해졌고, 그렇
게 楚나라의 운명도 바람 앞의 등불 같은 신세로 추락해갔다.


그 무렵 이제 장성한 진왕 政은 넘치는 키에 당당한 풍채를 지닌 데
다 비범하고 총명해, 태후와 여불위가 국사를 마음대로 하지 못할 정도
였다. 〈장안군의 난〉 이후, 秦왕은 대장 몽오의 복수를 위해 趙나라를
공략하려 했다. 강성군 채택이 秦왕에게 말했다.

"조나라와 연나라는 대대로 원수지간이니, 지난번에 연나라가 합종
에 참여한 것이 연나라의 본뜻은 아니었을 것입니다. 신이 직접 연왕을
찾아 대왕께 인질을 보내고 칭신을 하도록 만들어 보겠습니다. 그렇게
연과 강화를 이룬 다음에는 우리 대신 한 사람을 연의 상국으로 삼게 하
고, 그런 연후에 연나라와 함께 비로소 조나라를 협공하는 것이 좋을 듯
합니다."

결국 채택이 연나라로 들어가 연왕 희를 알현하고 설득하니, 燕왕이
그 뜻을 받아들이기로 하고 우선 태자 단丹을 秦나라에 인질로 보냈다.


秦왕은 동시에 12세 천재 소년 감라甘羅를 趙나라에 사자로 보냈는
데, 그 무렵 趙도양왕은 燕과 秦이 강화를 맺으려 한다는 소문에 잔뜩
불안해하던 중이었다. 어린 감라가 趙왕을 만나 설득에 나섰다.

"秦나라가 燕과 우호를 맺은 것은 燕나라 상국에 秦의 대신을 임명케
한 다음, 趙나라를 쳐서 하간 땅을 빼앗으려는 의도입니다. 그러니 대왕
께서 선수를 쳐서 차라리 秦나라에 5개 성읍을 떼어 주는 것이, 나중에
秦나라에게 하간을 빼앗기는 것보다 낫지 않겠습니까? 그리되면 신이 秦

왕께 청해 燕과 우호를 끊는 대신 趙나라로 대체하도록 해 보겠습니다!"

"허허, 그것 참 묘안이구려……"

趙왕이 웃으면서 어린 감라의 당돌한 제안을 수용했고, 감라에게 황금 백 일鎰과 백벽 2쌍 외에, 조나라 5개 성읍의 지도를 내주었다. 秦왕은 감라가 나라의 강역을 하간河間까지 넓히고 왔다며 그의 수완에 감탄했다.

"허어, 참으로 유자儒子의 지혜가 그 신체보다 훨씬 큰 것이었구려, 하하하!"

秦왕이 감라의 능력을 높이 사 그를 상경上卿에 임명했는데, 사실 이 모두는 오랜 앙숙이었던 趙와 燕나라를 서로 반목하게 하는 또 다른 이간계나 다름없었다.


趙왕은 이후 감라의 말대로 秦이 燕나라로 상국 후보를 보내지 않았다는 것을 알고 안도했다. 그러나 秦과 내통한 燕의 행보에 분노해 이내 이목에게 군사를 내주고 燕을 치게 하니, 또다시 〈3차 趙燕전쟁〉이 벌어지고 말았다. 당대의 명장 이목李牧이 지휘를 맡은 조나라 군대는 파죽지세로 燕으로 들어가 하북 적성赤城과 상곡上谷 일대 30개 성읍을 순식간에 빼앗은 다음, 그중 11개 성읍을 秦나라에게 내주었다. 다만, 이때 요서의 하간은 〈창해국〉이, 또 요동의 적성 일대는 〈기씨조선〉이나 진변 등이 장악한 것으로 보여, 강역에 관한 기록 자체는 의문스러운 것이 아닐 수 없었다.

어쨌든 燕나라는 BC 251년부터 10년 동안 3차례에 걸친 趙와의 전쟁에서 연거푸 패배를 당해, 이후 다시는 일어설 수 없을 지경으로 쇠락하게 되었다. 순망치한의 관계인 趙나라를 오히려 적으로 내몰고, 상대의 힘을 제대로 가늠하지 못한 채 무모하게 덤비다 초래한 몰락이었으니, 이 모두는 어리석은 군주의 자만과 고집에서 비롯된 것이 아닐 수 없었다.

# 4. 三晉의 몰락

BC 238년, 진왕 정政 9년 봄, 장신후長信侯 노애嫪毐가 옹주雍州에서 반란을 일으켰다. 그 무렵 秦왕이 장성하여 친정을 하게 되자, 여불위는 조태후와의 사통이 위험하다고 판단했다. 그는 자신을 대신할 사람으로 양물陽物이 좋기로 소문난 노애를 환관으로 위장시켜 태후의 곁에 두게 했다. 과연 두 사람이 부부처럼 서로 좋아지내더니 趙태후가 아이를 갖게 되었다. 태후는 병을 핑계로 함양에서 서쪽으로 2백 리나 떨어져 있는 옹주의 옛 궁궐에 머물게 되었고, 2년 동안 편안히 지내면서 남몰래 노애의 아들을 둘이나 낳아 길렀다.

이때부터 조태후가 사실상 남편이나 다름없는 노애를 위해 뛰기 시작했다. 태후는 아들인 秦왕에게 노애가 자신을 보필하는 데 공이 크다며, 봉지를 하사해 달라 청을 넣었다. 이에 秦왕이 노애를 장신후에 봉하고, 섬서의 산양山陽 땅을 내려 주었다. 그러자 하루아침에 귀한 신분이 된 노애가 그때부터 전과 다르게 행동했다. 그가 집 안에 가노家奴를 수없이 두고, 자신을 따르는 사인舍人들을 늘려 가면서 조정에 영향력을 뻗치기 시작한 것이었다. 그 모두가 배후에 趙태후의 막강한 후원이 있어 가능한 일이었을 것이다. 이후 장신후는 조정의 권신들에게도 뇌물까지 써 가며 자신의 파당을 만들었다. 그러자 권력을 쫓는 자들이 앞다투어 그를 찾았고, 급기야 그 권세가 여불위를 능가할 정도로 커지게 되었다.

진왕 政은 관례에 따라 매년 옹雍 땅으로 가서 태후를 알현하고는, 기년궁祈年宮에 머물면서 제례를 거행한 뒤 환궁하곤 했다. 그해에 秦왕이 26세나 되었으나 성년식인 관례를 올리지 않자, 趙태후가 아들을 옹주성에 불러 관례를 올리고 칼을 차게 했다. 이후 5일 동안 연회를 베풀었는데, 이때 노애가 며칠이나 대신들과 술과 도박을 즐기다가 중대부中大夫 안설顔泄이란 자와 다투게 되었다. 잔뜩 화가 난 노애가 술김에 안설에게 욕을 퍼부었다.

"이놈이 내가 대왕의 가부假父(의붓아비)인 줄도 모르고, 비천한 주제에 어딜 감히 대드는 게냐?"

그 말에 안설이 놀라 밖으로 달아나다가 대정궁을 나오던 秦왕과 덜컥 마주치고 말았다. 당황한 안설이 급하게 부복하더니 무턱대고 살려달라며 애원했다. 秦왕이 이상한 생각이 들어 그를 기년궁으로 데려와 자초지종을 캐묻자, 안설의 입에서 옹주성 안의 놀라운 내막이 줄줄 새어 나오고 말았다.

분기탱천한 秦왕이 즉시 함양의 환의에게 병부를 보내, 옹주로 군사들을 이끌고 오라 명하였다. 내사內事를 담당하던 노애의 측근들이 이 사실을 노애에게 고해바치자, 그는 화들짝 놀라 비로소 치명적인 위기가 닥친 것을 깨닫게 되었다.

'아아, 큰일이로다. 진왕이 나와 태후의 일을 알게 되었다니 이제 죽는 것 외엔 별도리가 없겠구나……'

모든 것을 자포자기했던 노애가 지푸라기라도 잡겠다는 심정이 되어 마지막으로 살 궁리를 찾아 나섰다. 노애는 趙태후를 찾아 급히 인장을 빌린 다음, 대정궁의 기병과 위병을 모두 동원했다. 이튿날 반란의 준비를 마친 노애가 병사들을 이끌고 秦왕이 머무는 기년궁을 포위했다. 그러자 분노한 秦왕이 직접 누대에 올라 아래쪽에 대고 큰소리로 외쳤다.

"장신후가 도적이다! 노애를 잡아 오는 자에게 1백만 금, 머리를 바치는 자에게 50만 금의 상을 내릴 것이다!"

秦왕의 외침 한 마디에 순식간에 노애의 반란군이 흩어져 반으로 줄어들었고, 내시와 마부들까지 나서 반란군에 저항하기 시작했다. 또 그 사이에 소식을 듣고 몰려온 옹주의 백성들까지도 秦왕 편에 가세했다. 당황한 노애가 동문을 열고 황급히 달아났으나, 이내 옹주성으로 밀려드는 환의의 정부군에 사로잡히고 말았다.

秦왕이 명하여 밀실에서 숨어 지내던 노애의 두 아들을 찾아 자루에 넣게 한 다음 박살을 내 버렸고, 생모인 趙태후도 만나지 않은 채 그대로 환궁해 버렸다. 이어 옥리의 심문 결과가 끝나자마자 바로 노애를 동문 밖에서 거열형에 처하고 그의 삼족을 멸해 버렸다. 노애와 연루된 수많은 사람들이 참수되었고, 4천여 호의 사람들이 사천의 촉蜀 땅으로 추방당했다.

趙태후 또한 인장을 내준 죄가 있어 국모로 여길 수 없다 하여 녹봉을 깎고, 이궁離宮 중에 가장 작은 역양궁棫陽宮에 유폐시켰다. 일이 이쯤 되니 애당초 노애를 천거했던 여불위 또한 좌불안석이 되었다.

'아, 이 이상 내가 어찌 진왕을 대할 수 있겠는가?'

여불위가 병을 핑계로 출사하지 않자, 秦왕이 그를 주살하고자 군신들의 뜻을 물었다. 그러나 많은 군신들이 秦왕의 뜻에 반대했다.

"여불위는 선왕을 옹립해 사직을 세운 큰 공이 있으니 연좌시켜서는 아니 됩니다!"

군신들이 여불위의 구명을 청하자 秦왕은 여불위를 사면해 주되, 승상의 자리에서 가차 없이 파면시켰다. 이후로 조정에 극도의 긴장감이 휘몰아쳤으나, 그 와중에도 생모인 태후를 사면하라고 간하는 대신들이 속출했다. 이에 대해 秦왕은 27명에 달하는 충신들을 참형으로 다스리며 일체 말도 꺼내지 못하게 했다. 그러다 齊나라 빈객인 모초의 설득에 秦왕이 고집을 꺾게 되었다. 결국 진왕이 역양궁까지 가서 모후에게 사죄하고, 조태후를 감천궁에 모셨다. 그러나 여불위가 다시 모후와 상통할 것을 우려한 나머지, 여불위를 함양 도성에서 쫓아내 하남의 봉지에서 살도록 조치했다.

그런데 여불위가 낙향한 지 얼마 되지 않아 엉뚱한 보고가 들어왔다. 秦 조정의 소문을 들은 열국의 군주들이 앞다퉈 사신을 보내, 여불위를 상국으로 모셔 가려 한다는 것이었다. 난데없는 상황에 불안해진 秦왕이 여불위에게 다시금 서신을 보내 명했다.

"그대는 하남의 봉지를 떠나 다시 촉군蜀郡으로 이주하고, 그곳에서 여생을 마치라!"

여불위는 秦왕의 명령에 처음엔 화를 냈다.

"이것이 정녕 대왕의 명이란 말인가? 아무리 그래도 그렇지, 내가 나서지 않았다면 오늘 진왕의 존재가 가당키나 한 일인가? 내가 장신후의 반란을 사주한 것도 아니거늘, 대왕이 내게 어찌 이렇게도 모질게 대하실 수 있단 말인가?"

여불위는 진왕의 처사에 몹시도 서운해했다. 그러나 문득 자신의 존재가 이제는 젊은 秦왕의 앞길에 걸림돌로 작용하고 있다는 생각에 미치게 되었다. 그는 이내 모든 것이 돌이킬 수 없는 것임을 깨닫고는, 짐

61

새의 깃털을 넣은 짐주鴆酒를 마시고 스스로 화려한 생을 마감했다. 마지막 순간에 여불위는 그의 삶 자체가 어디까지나 秦왕을 위한 것이었음을 입증하려 했던 것 같다. 여불위는 학문을 좋아해 많은 지식인들을 문객으로 두었는데, 그때 나온 책이 《여씨춘추呂氏春秋》였다. 고대 제자백가의 사상들을 집대성해 기록하고 천하에 공개했으니, 여불위는 고대 지식인의 전형으로 길이 남게 되었다.

趙태후는 이후 10년을 더 살았으나, 끝내 아들 政이 통일을 이루는 것을 보지 못한 채 파란만장한 삶을 마쳤다. 진왕 政 8, 9년, 두 해에 걸쳐 연달아 일어난 장안군과 노애의 난亂은 세상을 떠들썩하게 한 趙태후와 여불위 두 사람의 역대급 정사情事가 발단이었다. 처음 두 사람의 만남과 사랑이야 그렇다 치더라도, 후일 태후와 승상이라는 존귀한 신분이 되어서 이루어진 재회는 무모하기 짝이 없는 행위였다.

대체 아쉬울 게 없는 여불위는 왜 조태후와 사통했으며, 조태후는 또 어째서 그리도 노애의 신분 상승에 앞장섰던 것일까? 과연 여불위는 여차하면 어린 정政의 자리를 대신하겠다는 사심을 품고 있지는 않았을까? 선宣태후의 선례를 알고 있던 趙태후 역시 장차 노애의 아들로 政을 대신하고, 그녀 자신이 섭정을 하려 한 것은 아니었을까? 어쩐지 이들에게서는 남편과 아내, 자식이라는 일상의 가족관계를 넘어서서, 거대 권력을 향한 무한한 욕망의 그림자만이 어른거릴 뿐이었다.

그런데 여불위에 대한 秦왕의 분노는 그의 죽음만으로 끝난 게 아니었다. 그는 여불위의 문객들을 모두 추방한 것도 모자라, 타국 출신의 유세객들에게 예외 없이 함양을 떠나도록 했다. 또 관직에 있던 사람들까지 3일 안으로 秦나라 밖으로 내쫓으라는 축객령逐客令을 내렸다.

그때 楚나라 출신으로 여불위의 사인이었던 이사李斯가 객경에 올라 있었는데, 그는 순자荀子의 제자로 학식이 깊은 인물이었다. 졸지에 함양성 밖으로 쫓겨나게 된 이사가 마지막 기회라 생각하고 秦왕에게 올리는 상소문을 써서 역졸을 통해 전하게 했다.

〈간축객서諫逐客書〉라고 알려진 이 상소문을 통해 이사는 역대 진나라 선왕들이 드높은 성덕을 쌓음에 있어, 상앙을 비롯한 빈객들을 등용한 것이 주효했다는 사실을 환기시켰다.

"하물며 대왕께서 빈객들을 축출한다면, 그들은 秦나라를 떠나 적국으로 떠날 것이고, 그때는 진나라를 위해 충성을 바칠 사람을 구하고자 해도 찾지 못할 것입니다!"

진왕이 이사의 글에 크게 깨닫는 바가 있어 곧바로 축객령을 취소시킨 다음, 수레를 보내 이사를 모셔오라 일렀다. 이후 이사는 여불위의 빈자리를 대신하듯 진왕의 곁을 성실하게 지켰고, 秦나라의 통일 대업을 돕게 되었다. 여불위가 사라진 조정이었기에 이제 진왕은 더욱 홀가분한 마음으로 마음껏 정사를 펼칠 수 있게 되었고, 조상 대대로의 꿈인 〈6國 통일〉의 대업에 본격 매진하기 시작했다. 우선 秦왕은 이사의 계책을 따라 내사內史 등騰에게 10만의 군사를 주고, 가까운 韓나라부터 치게 했다.

당시 韓나라는 혜왕이 죽고 아들인 태자 안安이 다스리고 있었는데, 공자公子 한비韓非(한비자韓非子)가 그를 보좌하고 있었다. 한비는 법률과 형명刑名(깃발과 북)에 뛰어난 인물로, 韓왕 안(~BC 230년)에게 수차례나 계책을 올렸음에도 받아들여지지 않았다. 마침 秦나라 대군이 쳐들어오자 韓왕이 두려움에 떨었다. 이때 한비가 분연히 일어나서 秦나라로 들어가 秦의 공격을 막겠다며 한왕의 사자로 보내 줄 것을 청했다.

다급해진 한왕이 이를 허용하자 한비는 과연 함양으로 들어갔고, 진왕政을 알현하여 말했다.

"과군(한왕)이 이제 한나라 땅을 바치고 진나라의 동쪽 번국이 되고자 합니다!"

한비가 秦왕이 크게 기뻐하는 모습을 보기는 했으나, 원래 말더듬이라 진왕과의 대화에 자신이 없었다. 대신 한비는 자신의 저서인《세난說難》,《고분孤憤》,《오두五蠹》,《설림說林》등 무려 50여만 자에 달하는 글을 진왕에게 바쳤다. 놀라운 것은 秦왕이 며칠에 걸쳐 이 글을 모두 읽고 나서 크게 공감했다는 사실이었다. 영민한 진왕은 〈6국 통일〉의 대업을 이룸에 있어 제왕帝王으로서의 구체적인 통치술이 절실했던 만큼, 한비를 객경에 임명하고 곁에 두면서 국사를 논하고자 했다.

그때 진왕의 곁에는 한비의 등장을 달갑지 않게 여기던 이사가 있었다. 그는 한비와 같이 순자의 밑에서 동문수학을 한 사이로, 한비의 뛰어난 재능을 누구보다 잘 알고 있었다. 이사가 고심 끝에 진왕에게 간해 한비에 대한 경계심을 갖게 했다.

"전하, 한비는 韓나라의 공자입니다. 따라서 한왕이 그를 통해 반간계를 쓸지도 모르니, 그를 임용해서는 아니 됩니다. 돌아보면 지난날 신릉군이나 평원군이 秦에 머물다가 떠났는데, 결국은 나중에 모두 우환거리가 되질 않았습니까? 이참에 차라리 천하의 인재인 한비를 없애 버린다면 韓의 날개를 꺾어 버리는 것과 같을 것입니다!"

뜻밖의 말에 진왕이 몹시도 아쉬워했으나 그는 심사숙고한 끝에 이사의 뜻을 받아들였고, 한비를 섬서 운양雲陽 땅에 가두게 했다. 졸지에 자신의 의지가 꺾이게 되자 한비는 분을 참지 못했다. 절망감에 빠진 그가 옥중에서 관영冠纓(관의 끈)을 잘라 스스로 목을 매 자결해 버렸다.

한비는 자신의 웅대한 뜻을 펴 보기는커녕, 오히려 자신을 죽음으로 내몬 진왕의 뜻을 키우게 하여, 그 후 秦王이 6國을 병합하고 통일제국을 다스리는 데 도움만 준 꼴이 되고 말았다.

사실 한비는 전국시대를 풍미하던 법가法家 사상을 집대성한 위대한 사상가였다. 법가사상은 부국강병을 노리는 군주들에게 강력하고도 정교한 법의 제정을 통해 나라를 공정하고 효율적으로 다스리게 하는 통치기술을 담고 있었다. 따라서 신하들과 백성들을 다루는 제왕학에 가까운 학문이기도 했다. 그런 한비가 전쟁과 살육이 난무하는 혼돈의 시대에 적국인 秦으로 들어가 터무니없는 죽임을 당한 것은 쉽사리 납득하기 어려운 일이었다.

어쩌면 그는 자신의 말에 도통 귀 기울이지 않던 우매한 한韓왕보다는, 중원을 통일할 가능성이 가장 큰 秦王을 통해 자신의 심오한 사상을 펼쳐 보이고, 중원 통일과 평화의 시대를 앞당기려 했을지도 모를 일이었다. 비록 그의 허망한 죽음과 함께 그 육신은 사라졌으나, 한비의 정신과 고뇌는 秦王에게 온전히 전달되었다. 또 그의 이름 그대로를 딴 《한비자韓非子》라는 책이 오늘날까지 전해졌으니, 어쩌면 한비야말로 영원히 살아 있는 존재가 된 셈이었다.


韓왕 안安은 한비가 죽었다는 소식에 더욱 겁이 나서 곧바로 진왕에게 사자를 보내 스스로 부용국임을 자처했다. 이에 진왕이 韓나라로 진격해 들어간 대장 등騰에게 철군을 명했다. 그 후 한비가 자결했다는 소식을 접한 진왕은 뒤늦게 한비의 죽음을 못내 아쉬워했다. 이를 본 이사는 한비를 대신할 새로운 인물로 울료尉繚(위료)라는 사람을 진왕에게 천거했다. 진왕이 울료에게 계책을 묻자 그가 답했다.

"지금 열국을 들여다보면 예외 없이 힘을 가진 권신勸臣에 의해 좌우

되는 상황입니다. 그들은 열후들을 위해 충성을 다하기보다는 재물 획득에 열을 올리는 자들이 대부분이니, 대왕께서는 이들에게 아낌없이 재물을 뿌리시고 열국의 정정을 살피도록 하십시오!"

한 마디로 대규모 군대를 동원해야 하는 무력 전쟁에만 기대지 말고, 동시에 외교전을 펼치는 데도 신경을 쓰라는 말이었다. 그는 이를 위해 상대가 상상도 하지 못할 만큼 강력한 뇌물 공세를 펼칠 것을 진왕에게 권유했다. 과연 일리 있는 말이라 秦왕이 크게 공감했다. 진왕은 울료를 태위太尉로 예우하고 병무를 주관케 했으며, 즉시 내탕금을 풀어 울료의 말을 따랐다. 그때 울료는 이미 韓나라 외에도 나머지 열국을 병탄할 계책을 갖고 있었으므로, 秦왕이 이때부터 통일 대업에 본격적으로 나서게 되었다.

秦왕의 우선 목표는 당연히 秦의 동쪽을 둘러싸고 있는 〈3晉〉이었는데, 그중에서도 가장 강성한 나라는 趙나라였다. 그런데 趙를 공략하기 위해서는 그럴 만한 명분이 필요했다. 秦나라는 이를 위해 趙나라가 아닌 魏나라를 먼저 치기로 했다. 아울러 趙왕의 총애를 받는 곽개를 대상으로 뇌물 공세를 펼쳐, 장차 趙나라가 魏나라 구원에 나서도록 유도하기로 했다. 그리되면 秦이 趙나라를 공격할 수 있는 명분이 충분해진다는 의도였다.

진왕은 대장 환의에게 10만의 군사를 주어 즉시 위나라 토벌에 나서게 하는 한편, 울료의 제자 왕오王敖를 시켜 魏경민왕을 대상으로 趙나라의 지원을 요청할 것을 부추기도록 했다. 왕오의 유세에 넘어간 魏왕이 업군鄴郡 내 3개 성읍의 지도와 국서를 왕오에게 주니, 그는 즉시 趙나라로 넘어가 곽개에게 거액의 뇌물을 주고 趙도양왕을 움직이게 했다. 과연 趙왕은 장수 호첩에게 5만의 군사를 내주고 魏나라로 가서 업군의 3개 성읍을 접수할 것을 명했다.

결국 魏나라의 편을 들려던 趙군이 하북 임장현 동고산東崓山 일대에서 秦군과 맞붙어 접전을 벌였다. 그러나 수적 열세에다 미리부터 전쟁을 준비했던 秦나라에게 趙나라가 대패하고 말았다. 趙나라 조정에서는 또다시 70이 다 된 노장 염파의 이름이 거론되기 시작했다. 염파는 도양왕 때 魏나라를 치러 갔다가 곽개의 모함으로 대장의 지위를 내주게 되자, 魏나라로 망명해 대량에서 산 지 어언 10년이 다 되어 갔다. 그러자 이번에도 염파와 원수지간인 곽개가 나서서 이를 저지했다.

그런저런 소문을 들은 楚나라에서 사람을 보내 염파를 초청하자, 그는 楚나라로 들어갔다. 그러나 염파는 이후 이렇다 할 행적을 남기지 못한 채 초나라에서 우울하게 지내다가 생을 마감했다. 魏나라 신릉군의 죽음과 판박이처럼 비슷하니, 영웅들을 죽음으로 내몬 것은 거친 전쟁터가 아니라, 하나같이 이간계에 의한 간신들의 모함이었다.

秦왕은 염파가 재등용되지 않은 것을 확인하자마자, 즉시 조나라 공략을 명했다.

"조왕이 염파를 쓰지 않는다니, 장군 환의는 곧장 趙로 진격해 들어가 반드시 조를 멸하도록 하라!"

秦의 대공세로 두려움에 떨던 趙도양왕은 과도한 스트레스로 병이 나서 앓다가 BC 236년 세상을 뜨고 말았다. 일찍이 秦이 韓나라의 상당군을 공격했을 때, 상당태수 풍정이 趙나라를 끌어들이고자 상당군을 趙에 바쳤다. 그 바람에 趙나라가 秦나라와의 전쟁에 휘말리고 말았고, 결국 〈장평대전〉에서 秦나라에 참패하면서 趙나라의 국운이 크게 기울게 되었다. 도양왕은 그 뼈저린 교훈을 또다시 잊고 만 셈이었다. 역사에서 아무것도 배우지 못한 채 똑같은 과오를 반복하는 군주와 그 나라 백성들의 앞날은, 그저 캄캄한 어둠 속을 걷는 것과 다를 바 없는 것이었다.

그런데 생전에 趙도양왕은 가무에 뛰어난 여배우 여창女娼을 총애하여 그 둘 사이에 아들 천遷을 두었다. 이후 적자인 태자 가嘉를 폐하고 서자인 천을 태자로 세웠는데, 마침 곽개를 천의 태부로 삼았었다. 도양왕이 죽자 곽개는 태자 천을 왕위에 옹립하고, 자신은 상국에 올라 국정을 주물렀다. 그 무렵 秦군의 대장 환의는 의안宜安에서 趙군과 대치하고 있었는데, 때마침 일어난 趙나라의 국상을 틈타 趙군 진영을 벼락같이 기습해 들어갔다. 〈의안전투〉에서 趙군이 또다시 대패해 장수 호첩을 포함한 10만에 이르는 趙나라 병사들이 희생을 당하고 말았다.

한단의 趙나라 조정에서는 이제 흉노로부터 대代 땅을 지키던 명장 이목李牧을 급히 불러내는 수밖에 없었다. 이목이 대주代州에서 병거 1,500승, 기병 1만 3천에 정예병 5만을 선발한 다음, 일부를 현지에 남기고 5만의 병력을 이끌고 내려와 한단성 밖에 주둔했다. 조왕 천이 도성을 지키던 10만 병력을 이목에게 지원하자, 이목은 하북 고성의 비루로 옮겨 영채를 두텁게 쌓고는 일체 방어에만 주력했다. 사실 이목은 워낙 수성 위주의 전략을 쓰던 장군으로 흉노가 '겁쟁이 이목'이라는 별명으로 부를 정도였다. 이를 본 대장 환의가 말했다.

"저것은 과거 왕흘에 맞서 염파가 주로 쓰던 전략이다. 이제부터 적들은 싸움에 응하지 않고 지키는 데만 전념할 것이다!"

환의는 돌연 군사의 절반을 이끌고 청하淸河현으로 나가 감천甘泉 땅을 기습했다. 秦군이 둘로 나뉜 것을 알게 된 이목은 즉시 군사를 3로路로 나누어 과감하게 진군의 본영을 때려 버렸다. 불의의 역습에 허를 찔린 본영의 진군이 대패했고, 잔병들이 감천의 환의에게 달아나 사실을 알렸다. 당황한 환의가 전군을 이끌고 달려왔으나, 이목은 마치 새가 양 날개를 펼친 듯한 모습의 병진兵陣을 펼쳐 진군을 궤멸시켰다. 명장 이목이 전투를 대승으로 이끌고 백척간두의 위기에서 극적으로 나라를 구하자, 趙왕 천이 크게 기뻐했다.

"허어, 이목은 싸움에 패한 적이 없다더니 과연 조나라의 백기로다!"

조왕은 이목에게 백기와 같은 무안군武安君의 호를 내리고 1만 호의 식읍을 주어 공을 치하했다. 환의桓齮는 일찍이 〈노애의 난〉 때 군대를 몰고 와 秦왕을 구한 공로가 있었으나, 진왕은 패장으로 돌아온 그를 용서치 않고 서인庶人으로 강등시켜 버렸다.

진왕 政 16년인 BC 231년, 마침내 秦왕이 대장 왕전王翦과 양단화楊端和에게 군사를 주어 趙나라를 재차 공략하게 했다. 왕전은 태원太原, 양단화는 항산恒山으로 향했고, 이와는 별도로 내사 등에게 10만의 군사를 주어 상당에 주둔하면서 선발대를 지원하게 했다. 당시 함양에 볼모로 와 있던 燕나라 태자 단丹이 秦나라의 출정을 보고, 연왕 희喜에게 몰래 서신을 보냈다.

"진왕이 조나라 공략에 다시 나섰는데 군세가 예사롭질 않습니다. 우리 연도 예외가 아닐 테니 부왕께서는 수비에 만전을 기하시고, 병을 사칭해 소자의 귀국을 서두르도록 하십시오!"

그러나 燕왕의 거듭된 요청에도 秦왕이 좀처럼 응하지 않으니, 태자 단은 하인의 복장을 하고 얼굴에 상처까지 내 가면서 함양을 탈출했다.

趙나라에서는 다시금 무안군 이목이 대군代軍을 이끌고 나와 산서 태곡현 회천산灰泉山에 기나긴 군영을 꾸리고, 秦나라의 2路군과 오래도록 대치했다. 소식을 들은 진왕의 고민이 깊어지자, 곁에 있던 대신들이 제안을 했다.

"전하, 이목은 싸움의 귀신으로 우리 군이 趙군을 당해 내기가 그리 쉽지 않을 것입니다. 그러니 이번에도 조나라 왕과 조정을 상대로 뇌물을 써 보는 것이 어떻겠습니까?"

그리하여 秦왕이 왕오를 즉시 한단으로 보내 상국 곽개와 다시금 내통하게 했다. 이번에도 곽개가 趙왕에게 간했다.

"전하, 이목이 주제넘게 진나라와의 강화를 추진하고 있다고 합니다. 그래서 진나라에서는 조나라가 망하고 나면 이목을 대 땅의 왕에 봉할 것이라는 소문이 돌고 있습니다!"

또다시 이간계가 동원된 것이었다. 당시 왕전은 사전에 왕오가 사주한 대로 미리 이목의 군영에 사자를 보내 강화를 협의하게 했다. 곽개가 趙왕에게 왕오의 말을 전하고 현장의 실태를 조사케 하니, 과연 이목이 왕전과 서신을 주고받은 사실이 드러났다. 곽개가 다시 의견을 주었다.

"대왕께서는 사자에게 병부를 주어 조총趙蔥을 대장으로 삼게 하고, 이목에게는 상국으로 삼을 것이라며 이목을 조정으로 불러들이십시오!"

조왕 천이 사마상司馬尚에게 병부를 주어 회천산으로 보냈으나, 사마상은 오히려 이목에게 모든 것이 곽개가 꾸민 짓이라고 귀띔을 해 주고 말았다. 이목이 크게 분개했다.

"악의와 염파가 조나라에서 죽지 못했는데, 이제 그 화가 내게도 미치는 모양이구려. 조총은 대장직을 감당할 위인이 못 되오……"

이목은 어리석은 군주가 간신들의 농간에 놀아나 파 놓은 덫에 걸려 옴짝달싹 못 하게 되었다고 판단했다. 참담한 일이었지만 어쩔 수 없다고 느낀 이목이 한밤을 이용해 미복을 한 채 魏나라를 향해 달아났다. 조총이 군사를 보내 추격하게 하니 병사들이, 실의에 빠져 술에 만취한 채로 여관에서 잠이 든 이목을 찾아냈다. 군사들이 그를 포박한 다음,

그 자리에서 이목의 목을 무자비하게 베어 조총에게 바쳤다. 사마상은 처자식을 데리고 서둘러 달아났고, 평소 이목에게 충성하던 代 출신의 군사들도 뿔뿔이 흩어져 달아나 버렸다.

소식을 들은 秦나라 군영에서는 축하주가 나돌았다. 〈전국戰國 4大명장〉의 하나로 북방의 흉노를 꼼짝 못 하게 막아 냈고, 백만 명의 군사를 동원해도 이겨 낼 수 없었던 이목이 군대 하나 동원되지도 않은 이간계의 희생양이 되어 허망하게 사라져갔다.

이목李牧이 제거되자 왕전과 양단화는 곧바로 진격을 개시했다. 왕전은 큰 골짜기에 군사를 매복시킨 다음 다급해진 조총의 군사들을 유인해 궤멸시켜 버렸고, 조총은 이 전투에서 전사했으니 이목이 예상한 그대로였다. 양단화는 하남의 하읍下邑을 거쳐 항산을 장악한 다음, 이내 趙나라 도읍으로 내달려 한단성을 포위해 버렸다.

함양의 진왕은 趙나라에서의 승전보를 접하고는, 이내 내사 등에게 방향을 바꿔 韓나라를 접수할 것을 명했다. 韓나라는 이미 수년 전부터 秦의 부용국임을 자초했으나, 두려움에 떨던 한왕 안安은 이때 비로소 모든 것을 포기한 채 나라를 통째로 진왕에게 바치고 말았다. 秦왕은 韓나라 땅 모두를 거두어 일개 郡으로 격하시키고 〈영천군潁川郡〉이라 부르게 했으니, BC 230년의 일이었다. 韓나라는 강대국인 秦나라에 너무 가까운 데다, 장수들을 키워 내지 못한 탓인지, 변변한 저항 없이 산동 6국 중 秦나라에 가장 먼저 나라를 내주고 말았다.

그즈음 趙의 한단성에서는 장수 안취顏聚가 사력을 다해 성을 방어하고 있었다. 조왕 천이 뒤늦게 이웃 나라에 구원의 사자를 보내려 들자, 곽개가 이를 대놓고 말리며 아예 항복을 권했다.

"이미 한왕은 진왕에 항복했고, 연왕과 위왕도 자기 나라를 지킬 여유가 없습니다. 차라리 진왕에게 나라를 바치고, 제후의 자리라도 유지하심이 좋지 않겠습니까?"

그러자 태자의 자리에서 쫓겨났던 공자 가嘉가 칼을 뽑아 들고 곽개를 나무랐다.

"네놈이 상국이 되어 나라를 뒤엎는 복국覆國이나 꾀하고 나라의 동량들을 차례로 죽게 하더니, 이제는 감히 나라를 바치라는 말을 참언이라고 지껄이는 것이냐? 내 너를 반드시 죽이고 말겠다, 이놈아!"

趙왕이 나서서 겨우 이들을 뜯어말리고는 내궁으로 돌아왔으나, 별 대책이 없으니 술만 마셔 댔다. 곽개가 그사이 왕전에게 서신을 보내 진왕이 와 준다면 조왕을 설득해 항복의 절차를 밟겠노라고 했다.


그리하여 마침내 진왕 政이 대장 이신李信에게 3천의 정예병으로 호위를 맡게 하고, 직접 한단성으로 향했다. 조왕 천은 秦왕의 깃발이 한단성 밖에 나부낀다는 보고에 사색이 되었다. 곽개는 화씨지벽과 한단의 지도를 바친다면 살 수 있다고 조왕을 설득해 항서降書를 쓰게 했다. 이어 성을 지키고자 사력을 다해 싸우고 있던 공자 가와 대장 안취의 눈을 피해, 예물과 함께 항서를 진왕에게 전달했다. 얼마 후 이 사실을 알게 된 안취가 망연자실해 있는 사이, 공자 가도 놀라서 달려왔다.

"성 위에 조왕의 항복 깃발이 내걸렸소! 이제는 도리가 없게 되었소……"

결국 공자 가嘉와 안취는 그날 밤을 이용해 수백 명의 귀척들을 모아 북문을 열고 밤새도록 달려 代 땅으로 달아났다. 진왕 政은 趙왕의 항복을 받아들이고, 마침내 한단성에 입성해 趙王으로부터 신하의 예로 절을 받았다. 엄숙한 절차가 행해지는 가운데서도 趙나라 대신들의 통곡소리가 궁정에 가득 메아리쳤다. 이튿날 진왕이 화씨지벽和氏之璧을 어루만지며 기분 좋게 말했다.

"이게 바로 선대왕이신 소양왕께서 15개 성읍과 맞바꾸려다 끝내 얻지 못했다던 그 보옥이구려, 허허허!"


秦왕은 趙나라에 〈거록군鉅鹿郡〉을 설치하고, 태수를 파견해 관리토록 했다. 조왕 천遷은 호북의 방릉房陵에 안치시키고, 곽개를 상경에 임명했다. 곽개는 모아 둔 황금이 얼마나 많았던지 함양으로 한꺼번에 가져갈 수 없어서 집 안에 굴을 파고 숨겨 놓을 지경이었다. 나중에 곽개가 휴가를 나와 집 안에 숨겨 두었던 황금을 캐서 여러 대의 수레에 실은 다음 秦으로 옮기던 중이었다. 그때 갑자기 도적 떼가 나타나 길을 막아섰다.

"웬 놈들이냐? 내가 누군 줄 모르는……. 크억!"

곽개가 도적들을 나무라는 사이, 도적들이 막무가내로 칼을 휘둘렀다. 그 바람에 천하의 곽개가 비명횡사했는데, 이목의 빈객들이 저질렀다는 소문이 파다했다. 곽개는 마지막 순간까지도 그토록 좋아하던 황금에 둘러싸여 죽었으니, 그리 나쁜 죽음만은 아니었을 것이다.

代로 피신한 안취는 공자 가를 代왕의 자리에 오르게 한 뒤 〈대국代國〉의 성립을 선포했다. 이제 趙나라는 남북으로 나뉘어 남쪽은 秦에 복속되었고, 북쪽은 수백 리 강역을 지닌 代國이 되어 代王 가가 다스리게 되었다. 代왕은 즉시 동쪽에 이웃한 燕나라에 사자를 보냈다.

"우리 代왕께서는 연과 함께 공동으로 진의 침략에 대비할 것을 제안하셨습니다."

연나라도 이에 호응해 상곡上谷(하북회래) 일대에서 代와 燕 양국의 군사들이 함께 주둔하게 되었다. 그 와중에 어리석고 나약한 조왕 천은 결국 나라를 잃은 것을 한탄하다 병이 나서 죽었다. 소식을 들은 代王은

죽은 조왕 천蹕을 어리숙한 왕이라는 뜻에서 유류왕幽謬王이라 부르게
했다.

그 무렵 燕나라로 돌아온 태자 단은 함양에서 볼모로 지내면서 秦왕
에게 당한 수모를 잊지 못해 복수를 꿈꾸고 있었다. 사실 두 사람은 어
린 시절 趙나라에서 함께 인질로 지낸 적이 있었다. 그렇게 같은 처지에
서 친구처럼 자란 사이였기에, 태자 단의 서운함이 더욱 뼈에 사무쳤던
것이다. 단丹은 수소문 끝에 〈장안군의 난〉 때 燕나라로 숨어든 번오기
를 찾아내 그를 상객으로 예우했다. 아울러 역수易水 동쪽에 작은 성채
하나를 짓게 한 다음, 그곳 번관樊館에 번오기를 살도록 해 주었다.
　또한 13세에 살인을 했다는 소문에다, 감히 쳐다보지 못할 정도로 험
상궂은 얼굴을 가졌다는 진무양秦舞陽을 자신의 문하에 두었는데, 그는
바로 〈동호東胡 원정〉의 영웅 진개秦開의 손자였다. 단의 주변에서는 秦
왕의 표적인 번오기가 위험한 인물이라며, 그를 흉노 땅으로 보낼 것을
권했으나 태자는 고집을 꺾지 않았다.
　그 후에도 태자 단이 주변의 천거를 통해 어렵게 찾아낸 사람이 형가
荊軻라는 인물이었다. 그는 齊나라 대부 경봉慶封의 후손으로 그 조상들
이 여러 나라를 전전하다 魏나라 동쪽 복양濮陽에 자리를 잡고 살았다.
형가는 검술로 이름났으나 등용되지 못했는데, 마침 진나라가 이곳을
빼앗아 東郡을 설치하는 바람에 燕으로 옮겨와 성씨를 형荊으로 바꾸고
살아왔다. 형가는 술을 좋아해 저잣거리에서 축枳이라는 악기를 잘 타
는 친구와 자주 어울려 노래 부르며, 자신의 신세를 한탄했다고 한다.

　어느 날 태자 단이 형가를 만나 넋두리를 늘어놓으며 작금의 세태를
걱정했다.

"진나라가 이웃을 차례로 겸병하는데 우리 연을 비롯한 나머지 열국들이 힘이 없어 합종조차 두려워하고 있으니, 참으로 걱정입니다……"

그리고는 형가의 반응을 살피다가 조심스레 秦王 척살에 대한 얘기를 꺼냈다. 태자 단으로부터 놀라운 얘기를 들은 형가는 처음에는 몹시 신중한 태도로 사양했다. 그러나 그 후에도 계속된 태자 단의 지극한 정성에 마음이 기울더니 마침내 태자의 제의를 수락하고 말았다. 태자는 번오기가 머무는 번관의 오른쪽에 다시 성채를 쌓고 형관荊館이라 부르게 한 뒤 형가를 상경으로 모시게 했다. 이어 좋은 말이 끄는 마차와 미녀들을 보내 주고, 형가가 마음껏 즐기게 하는 등 극진하게 예우했다.

하루는 번오기를 초대해 형가와 인사를 나누게 하고 술자리를 갖게 되었는데, 태자 단이 총애하는 미인을 불러내 거문고를 타게 했다. 형가가 미인의 손가락을 보고 감탄하며 아름답다고 했다. 주연이 끝나고 형가가 집에 돌아와 보니, 하인이 태자가 보내온 것이라며 보자기에 덮인 쟁반을 들고나왔다. 형가가 별생각 없이 쟁반의 덮개를 들춰 보고는 기겁을 했다.

"허억! 이게 무엇이냐? 아아……"

쟁반 위에는 방금 만났던 미인의 절단된 손가락이 가지런히 놓여 있었다. 엽기적인 일이었지만 순간 형가는 태자 단의 강철 같은 의지에 더없이 감복할 수밖에 없었다.


그 무렵 秦王이 왕전을 보내 마침내 燕나라를 공격해 왔다. 태자 단이 조급한 마음으로 형가를 찾아오니, 형가는 삼엄하기 그지없는 함양궁을 어떻게 뚫고 들어가 진왕의 곁에 다가갈 것인지가 관건이라면서 두 가지 방법을 제시했다.

"지금 번오기 장군의 머리에는 1천 근의 황금과 1만 호의 봉읍이 포상으로 걸려 있습니다. 또 연나라의 독항督亢은 비옥한 땅이라 진나라가 탐을 내는 곳입니다. 신이 번장군의 목과, 독항의 지도를 바친다고 하면 틀림없이 진왕이 신을 흔쾌히 만나려 하지 않겠습니까?"

그러자 태자 단이 독항(하북고안固安)의 지도는 아까울 게 없지만, 자신에게 의지해 귀의한 번오기를 차마 죽일 수는 없다고 토로했다.

그러던 어느 날 형가가 은밀하게 번오기를 찾아 태자 단의 뜻과 의리를 전했다. 그러자 번오기가 선뜻 이를 반기며 답했다.

"나는 여태 진왕에게 복수할 묘책이 없어 한탄만 해 왔는데, 마침내 오늘 분명한 가르침을 얻었구려!"

말을 마친 번오기가 패검을 뽑아 가차 없이 자신의 목을 내쳤다. 곁에 있던 형가가 그를 도와 번오기의 목을 마저 잘랐다. 소식을 듣고 달려 온 태자 단이 번오기樊於期의 시신에 엎어져 통곡했고, 후하게 장사 지내 주었다. 그런 다음 번오기의 목을 나무상자에 넣어 소중하게 보관했다. 이어 조나라 서徐부인이 지녔었다는 값비싼 명품 비수를 구해 장인을 시켜 독약을 발라 두니, 비로소 〈秦王 척살계획〉을 위한 준비를 마친 셈이었다.

이후 태자 단은 진왕에게 보내는 국서國書와 함께, 독항의 지도와 번오기의 목이 담긴 목함을 형가에게 전했다. 진무양을 부사副使로 동행케 하고, 1천 금의 황금을 주어 여비로 쓰게 했다. 출발하는 날은 태자와 그 빈객들 모두가 흰옷에 흰 갓을 써서 예의를 차리고 역수까지 나가 일행을 전송했는데, 모두 비분강개해 눈물을 흘리는 비장한 이별의 장이 되고 말았다.

얼마 후 함양에 도착한 형가는 진왕의 총애가 깊다는 몽가蒙嘉에게 손을 써서 그를 만나 사정을 말했다.

"진왕을 만나 연왕이 보낸 독항의 지도와 번오기의 목을 바치러 왔으나 경비가 삼엄해 접근조차 못 하고 있습니다."

그리고는 秦왕 알현을 주선해 달라 당부했다. 형가에게서 잔뜩 뇌물을 받은 몽가는 어쨌든 진왕이 기뻐할 일이었으므로, 즉시 형가가 진왕을 만날 수 있도록 손을 써 주었다.

秦왕은 역적 번오기가 주살되었다는 소식에 크게 기뻐하면서 조복朝服으로 갈아입은 다음, 나라의 귀빈을 맞이하는 의례에 맞추어 상견코자 했다. 형가가 목함을 받쳐 들었고, 진무양이 독항의 지도를 들고 뒤를 따랐다. 함양궁으로 들어간 두 사람이 조정의 계단 아래로 다가설 무렵, 갑자기 진무양이 내궁의 어마어마한 위세에 눌려 하얗게 질린 표정이 되었다. 그 모습을 본 궁인들이 이내 경계하는 눈치를 드러내자, 형가가 짐짓 웃음을 보이고 대신 사죄한다며 말했다.

"진무양이 북쪽 만이蠻夷 출신입니다. 평생 천자를 알현한 적이 없어 두려운 마음에 저러는 것이니, 용서해 주십시오!"

먼발치에서 이를 바라보던 秦왕이 정사正使 1인만을 올라오게 하자, 좌우 측근들이 진무양을 꾸짖어 계단 아래로 내려보냈다. 그렇게 시작부터 일이 꼬이기 시작하더니 결론적으로 형가의 진왕 척살은 허망하게 무위無爲로 끝나고 말았다. 그토록 용맹했다는 진무양은 궁정의 위력에 벌벌 떨었고, 검술에 능하다는 형가 역시 지도를 펼쳐 비수를 꺼냈다는 '도궁비현圖窮匕見'의 결정적인 순간에 秦왕을 찌르는 데 실패했다.

그뿐 아니라 그는 기둥을 사이에 두고 秦왕과 술래잡기하듯 뛰어다니는 촌극을 벌이다가, 오히려 진왕의 장검에 찔리고 말았다. 곧바로 낭중들이 달려들어 두 사람의 자객을 현장에서 난도질해 버렸고, 사건과 연루된 명문 몽蒙씨 일가는 멸문지화를 당해야 했다. 이제 태자 단丹에게는 분기탱천한 진왕의 무자비한 복수극이 기다릴 뿐이었다. 진왕

政 20년, BC 227년의 일이었다.

함양궁을 발칵 뒤집어 놓은 형가의 진왕 암살 시도 이후 秦왕은 도무지 분을 삭이지 못했다. 이미 왕전이 연나라를 공격하던 중이었지만, 분기탱천한 진왕은 왕분王賁을 불러 더 많은 군사들을 내주고, 부친 왕전을 도와 반드시 燕나라를 궤멸시킬 것을 명했다. 한편 燕나라 태자 丹도 분개하기는 마찬가지였다. 그는 의연하게 일어나 모든 군사를 이끌고 역수 서쪽에서 秦의 군대를 맞이해 온 힘을 다해 싸웠으나, 대패하여 일단 도성인 계성蓟城으로 달아났다.

왕전은 秦나라 군사들을 하나로 모은 다음 계성을 포위한 채 맹공을 가했고, 결국 성을 함락시키는 데 성공했다. 위기의 순간에도 연왕 희는 모든 것을 태자 단의 탓으로 돌리고 맹비난하기 바빴다.

"이제 나라가 망한다면 그건 모두 너 때문에 비롯된 것이다!"

그러나 사실 10년 동안 3차례에 걸친 趙와의 전쟁으로 나라를 패망의 지경으로 몰아간 것은 燕왕 자신이었다. 바로 아래 趙나라와는 순망치한의 관계였던 만큼 전쟁이 아닌 합종을 했어도 모자랄 판이었다. 그럼에도 전쟁을 고집하다가 병력을 다 잃고 국력을 고갈시킨 것이야말로, 암살이라도 시도할 수밖에 없게 된 결정적 이유였던 것이다. 태자 丹은 그런 부친에게 포기하지 말고 서둘러 탈출을 감행할 것을 종용했다.

"전하, 성안에는 아직 건재한 2만의 정예병이 있습니다. 그들을 이끌고 동쪽 요동遼東으로 피신해 험준한 산악에 의지하다 보면 반드시 기회가 있을 것이니, 어서 서둘러 여길 떠나셔야 합니다!"

연왕 희도 어쩔 수 없어 병사들을 데리고 요수遼水(영정하)를 넘어 〈기씨조선〉의 강역인 요동으로 들어갔다. 燕왕은 기씨조선의 서북쪽에 위치한 양평성(하북계현)을 조선인들로부터 빼앗아 차지하고, 스스로 요동왕이라 칭했다. 그 인근에는 춘추시대 〈산융전쟁〉 당시 무종無終의 성이 있던 곳으로 험준한 산과 하천으로 둘러싸인 천혜의 요새였다. 갑자기 밀고 들어온 燕나라의 기세에 기씨조선은 얼떨결에 서북의 변경을 내주고 말았으나, 燕과는 이내 치열한 대치 관계로 들어갔다. 진나라 통일전쟁의 불씨가 마침내 요동까지 불어닥친 셈이었다.

한편 노장 왕전王翦은 燕의 도성인 계성(하북탁주涿州) 함락 사실을 秦왕에게 보고했다. 그러나 오랜 원정길에 피로가 겹쳐 병이 나는 바람에 부득이 은퇴해, 섬서 부평의 빈양頻陽에서 노년을 보내게 되었다. 진왕은 장군 이신李信을 燕으로 보내 왕전을 대신하게 하고, 계속해서 燕왕을 뒤쫓게 했다. 연왕은 이신이 요동으로 추격해 온다는 보고에 놀라, 代왕 가에게 구원을 청했으나, 代왕으로부터는 오히려 약을 올리는 듯한 무성의한 답변만 돌아왔다.

"모든 일은 태자 단의 성급한 행동에서 비롯된 것입니다. 그러니 안타까운 일이지만 태자 단을 처벌해 진왕에게 보내고 사죄하는 편이 전쟁을 막고 사직을 지키는 옳은 길일 것입니다."

그러자 상황이 불리하게 돌아가는 것을 감지한 태자가 빈객들과 함께 서둘러 동쪽으로 몸을 숨겼다. 그러나 얼마 후 燕왕이 상의할 것이 있다며 그를 불러들여 술을 먹였다. 태자 丹이 만취해 쓰러지자 연왕은 기어코 병사들을 시켜 목을 졸라 죽이고, 태자의 머리를 잘랐다. 군주로서도, 부친으로서도 해서는 안 될 일이었다.

태자의 머리는 곧바로 秦군의 군영을 거쳐 함양의 진왕에게 전해졌다. 마침 그 무렵 5월인데도 큰 눈이 내려 병사들이 추위에 떨고 애를 먹었다. 이신이 그런 이유를 들어 일시적인 철군을 요청하니 울료가 의견을 냈다.

"지금 연왕은 먼 요동에, 조왕은 代 땅으로 피해 있으나, 모두가 마치 떠도는 유령과 같은 신세이니 조만간 제풀에 주저앉고 말 것입니다. 이 제는 먼저 위나라를 병탄하고, 이어 초나라를 멸망시킬 때입니다. 그리 되면 燕과 代나라를 손에 넣기가 더욱 수월해질 것입니다!"

秦왕은 울료의 계책을 따라 장군 이신에게 요동으로부터의 철군을 허용했다. 그러자 원래 그 땅의 주인이던 기씨조선이 연인燕人들을 내쫓 으려 달려들기 시작했다. 굴러들어온 돌멩이 같은 신세였으나, 燕나라 는 죽기 살기로 양평성(하북계현薊縣) 사수에 매달렸다. 결국 기씨조선 은 그런 연나라를 내쫓는 데 실패했고, 이후 강력한 진나라와의 협공만 을 모색할 뿐이었다.

秦왕은 이번에는 왕분을 대장으로 삼아 군사 10만을 내주며 연의 아 래쪽 魏나라를 치게 했다. 당시 〈위〉나라는 경민왕이 죽고 태자 가假가 다스리고 있었는데, 그도 별 뾰족한 수가 없는 처지라 마지못해 齊나라 에 구원을 요청했다. 제나라는 군왕후君王后가 죽고 그녀의 동생인 후승 后勝이 상국으로 있었는데, 그는 일찍부터 秦나라의 황금을 많이 받아먹 은 터라 당연히 魏나라 지원을 반대하고 나섰다.

"3쯥이 허울뿐인 데다 연나라도 도성을 지키지 못하고 있는 상황입 니다. 이러한 때 위나라와의 합종을 택한다면 강성한 진나라의 분노만 촉발시킬 뿐입니다."

제왕 건建이 후승의 말에 따라 魏나라의 요청을 거절했다.

얼마 후 왕분이 곧바로 도성인 대량(개봉)을 포위했는데, 이때 큰비 가 쏟아졌다. 저지대에 자리한 대량성은 그 서북쪽에 황하가, 서쪽에 변 하汴河가 흐르고 있었다. 왕분이 대량성 서북쪽에 거대한 저수지를 파게 한 다음 두 강의 물길을 끌어들이고, 높다란 제방을 쌓아 물을 가둬 두게 했다. 10여 일이나 지속된 장맛비 속에서 병사들이 갖은 고생 속에 공사를 진행한 결과, 엄청난 양의 물이 너른 저수지를 가득 채웠다. 이 윽고 왕분이 회심의 명령을 하달했다.

"이제부터 수공水攻으로 대량성을 타격할 것이다. 일제히 저수지의 둑을 허물도록 하라!"

秦군이 둑을 터뜨리자 거센 물살에 성안 곳곳이 침수되면서, 대량성 이 3일 동안이나 물에 잠겼다. 그 틈을 이용해 秦나라 병사들이 여기저 기 무너진 곳을 통해 성안으로 들이닥치니, 魏나라 군사들이 진퇴양난 에 빠지고 말았다. 이때 태자 가假는 항서 작성을 놓고 대신들과 상의하 던 중에 포로가 되고 말았다. 그는 함양으로 압송되던 도중에 병사하고 말았다는데, 이 역시 아리송한 일이었다. 秦왕은 魏나라 전체를 병탄한 다음, 〈삼천군三川郡〉을 세웠다. 魏문후가 韓씨, 趙씨와 더불어 晉나라를 삼분하고 나라를 세운 이래 7代에 걸쳐 2백 년을 이어 온 魏나라였다. 그러나 BC 225년, 왕분이 지휘하는 秦군에 변변히 저항도 못 한 채 魏나 라가 망하고 말았다.


# 5. 통일제국 秦의 탄생


魏나라를 손에 넣은 秦왕은 다음으로 楚나라 정벌에 돌입하기로 하 고, 장군들에게 필요한 병력의 수를 물어보았다. 이신이 먼저 20만 정도면 충분하다고 했으나, 왕전은 60만이 아니면 불가하다며 크게 상이한 답을 냈다. 진왕은 이신을 대장, 몽무蒙武를 부장으로 삼고, 20만의 군사를 주어 초나라를 공략하게 했다. 몽씨 일가는 1년 전, 형가의 진왕 시해 미수 사건에 연루되어 멸문지화를 당했으나, 몽무만큼은 전선에 나가 있었다는 이유로 용케 살아남을 수 있었다.

당시 楚나라는 유왕幽王(~BC 228년)이 10년 만에 죽고, 그 쌍둥이 아우인 유猶가 왕위에 올랐으니 楚애왕哀王이었다. 그러나 즉위 2달 만에 서형인 부추負芻(~BC 223년)가 애왕을 죽인 후 나라를 다스리고 있었다. BC 226년, 秦나라 장수 이신이 침공해 들어오자 초왕 부추는 항연項燕을 대장으로 삼고 20여 만의 군사를 주어 수륙으로 진군을 막게 했다.

그 무렵 장군 이신은 燕태자 단을 잡는 데 공을 세운 뒤로 자신감에 충만해 있었다. 그런 이신도 노련한 항연의 매복에 걸려 호북 무한武漢의 〈노대산魯臺山전투〉에서 참패하고 말았다. 이신과 합류하기 위해 성보로 이동 중이던 몽무는 이신의 패배 소식을 듣고는 급히 趙나라 경계로 군대를 물린 다음, 진왕에게 위급한 소식을 전했다. 진왕이 대노해 이신을 삭탈관직하고, 급히 빈양 땅으로 왕전을 찾아갔다.


이윽고 秦왕이 왕전을 만나 출정을 강요했으나, 왕전은 늙음을 핑계 삼아 거듭 사양하다가, 결국 그의 요구대로 60만의 군사를 동원하는 조건으로 명을 받들기로 했다.

노장 왕전王翦이 대장이 되어 출정하던 날, 그는 전송을 나온 진왕에게 청을 하나 넣었는데, 함양의 좋은 전택을 일괄 하사해 달라는 것이었다.

"장군이 승리해 돌아오기만 하면 과인이 장군과 부귀를 함께 할 터인데, 어찌해서 가난을 걱정하는 게요?"

다소 의외의 청이었기에 진왕이 이유를 묻자, 왕전은 이제 늙은 만큼 자손들에게 좋은 전택田宅을 물려주고 싶은 마음뿐이라고 답했다. 진왕이 껄껄 웃으며 이를 수락했는데, 왕전이 함곡관에 이르렀을 때 진왕에게 다시 사람을 보내 좋은 원지園池(연못 딸린 정원)를 더 달라고 부탁했다. 부장으로 따르던 몽무가 너무 심한 게 아니냐며 묻자, 왕전이 넌지시 웃으며 답했다.

"대왕은 사납고 의심이 많소. 지금 내게 정예병 60만 대군을 주셨는데, 이는 온 나라의 병력을 다 준 셈이 아니겠소? 내가 일부러 전택 운운한 것은 권력보다는 물욕만 가득한 모습을 보여 진왕을 안심시키려는 속셈 때문이오, 후후!"


노장 왕전이 이끄는 60만 秦軍은 하남의 여남 천중산天中山을 중심으로 십여 리에 걸쳐 긴 군영을 세우고 견고하게 방어벽을 쳤다. 초왕은 장수 경기에게 추가로 20만의 군사를 주어 항연을 돕도록 했다. 항연이 군사를 보내 싸움을 걸어도 왕전은 수성만 할 뿐, 일체 싸움에 응하지 않았다. 그 대신 병사들을 배불리 먹이고 충분하게 휴식을 취하게 하니, 병사들이 감동해 싸움에 응하자고 보챌 정도였다. 그러나 왕전은 병사들의 출정을 절대 허용하지 않은 채로 몇 달을 더 보냈다.

그사이 진나라 병사들은 군영 안에서 딱히 할 일이 없다 보니, 매일같이 투석 놀이와 멀리 뛰기의 일종인 초거超距놀이에 열중했다. 왕전은 방어를 더욱 철저히 하되, 병사들의 놀이 결과를 일일이 기록하면서 완력의 추이를 살펴보고 있었다. 그 와중에 1년 남짓한 시간이 훌쩍 지나가 버렸다. 그쯤 되자 秦나라와 한 번도 싸워 보지 못한 항연은 왕전이 늙은 나머지 자신을 지키는 데만 급급하다며 얕보기 시작했다. 결국 초나라 병사들의 긴장이 서서히 풀어지기 시작하더니 나중에는 전투 준비마저 소홀히 할 지경이 되었다.

그러던 어느 날 왕전이 장병들을 푸짐하게 먹인 다음, 마침내 입을 열었다.

"드디어 오늘 초나라를 공략할 것이니, 싸울 각오를 단단히 하고, 준비를 철저히 하라!"

"와아! 드디어 전쟁이다!"

秦의 병사들이 싸움에 굶주린 늑대들처럼 환호하며 앞을 다퉈 선봉에 나서려고 하자, 날랜 정병 2만을 선발해 '장사壯士'의 호칭을 붙여 주고 돌격대로 삼았다.

이윽고 거대한 북소리와 함께 돌격 명령이 떨어지자, 秦나라 군사들이 영채의 문을 열고 쏟아져 나와 楚나라 군영으로 홍수처럼 쇄도해 들어갔다.

"둥둥둥! 전군은 돌격하라! 와아아!"

항연의 초나라 군대는 졸지에 기습을 받게 되자 허둥지둥 싸움에 응했으나, 강력한 기세로 달려드는 秦군에 대패하고 말았다. 항연과 경기가 패잔병들을 이끌고 동쪽으로 달아났으나, 승기를 잡은 秦軍이 바짝 추격한 끝에 호북 영안성永安城에 이어 서릉西陵까지 빼앗고 말았다. 그러자 호북 형양荊襄 일대가 순식간에 공포와 혼란에 휩싸였다.

그쯤에서 왕전은 몽무에게 절반의 군사를 나눠 주고는 악저鄂渚에 주둔케 했다. 이어 자신은 나머지 대군을 이끌고 회남을 거쳐 楚의 도성이 있는 안휘 수춘壽春을 급습해, 마침내 성을 함락시키는 데 성공했다. 성을 지키던 경기는 성루에서 목을 찔러 장렬하게 자결했고, 楚왕 부추는 생포되었다. 미리 승전보를 받았던 진왕 政이 악주 경내에 있는 번구樊口까지 가서 포로들을 헌상받았다. 楚왕 부추는 자신의 서제인 군주를 시해한 왕이었지만, 진왕은 그를 처형하지 않은 채 서인으로 폐해 버렸다. '王은 왕을 죽이지 않는다'는 불문율을 가르친 모양새였다.

　회남 위쪽으로 병력을 모으러 갔던 항연은 2만 5천 정도의 병사를 확보하기는 했으나, 그곳에서 수춘이 함락되고 楚왕이 항복했다는 소식을 듣게 되었다. 그는 부추의 동생 창평군昌平君을 초왕으로 옹립한 다음, 근거지를 장강 너머 강소 난릉蘭陵으로 옮긴 채 성을 사수하기로 했다. 항연이 끝까지 저항을 지속하자, 왕전이 몽무에게 새로운 명령을 내렸다.

　"이제부터 장군은 무한에 머물면서 배를 건조토록 하시오. 난릉성을 치려면 아무래도 뱃길을 이용하는 것이 좋을 것 같소!"

　그사이 해가 바뀌어 새해가 되자 마침내 秦군이 배를 타고 장강을 따라 하류로 내려갔다. 수십만 대군이 탄 배들이 끝도 없이 꼬리에 꼬리를 문 채 깃발을 휘날리며 장강을 따라가니 좀처럼 보기 드문 장관이 펼쳐졌다. 그렇게 장강을 내려가 안휘 황산黃山에 이르자 왕전은 10만의 군대를 그곳에 주둔시켜 장강의 어귀를 차단한 다음, 나머지 병력을 몰아 난릉을 포위해 버렸다.

　어마어마한 대군이 난릉성을 겹겹이 에워쌌음에도 맹장 항연은 성밖으로 초나라 군사를 몰고 나와 용감하게 싸움을 걸었다. 그러나 이내 압도적인 秦군의 위세에 눌려 성으로 쫓겨 들어간 다음부터는 철저하게 수성으로 돌아서고 말았다. 진군은 마침내 구름사다리인 운제雲梯를 동원하기 시작했고, 이에 맞서 초군은 불화살을 쏘아 운제를 불태우며 양측의 치열한 공방이 지속되었다.

　"저리 버텨 봤자 항연은 이제 가마솥 안에 든 물고기 신세입니다. 이제 한 달이면 성을 충분히 무너뜨릴 수 있습니다!"

　몽오가 자신감에 차서 난릉성과 같은 높이로 보루를 높게 올려 맹공격을 가했다. 그러던 차에 창평군이 성루를 돌며 끝까지 병사들을 독려하다가 흐르는 화살에 맞아 목숨을 잃고 말았다. 창평군의 전사에 크게 실망한 항연이 더 이상의 전의를 상실한 채 통곡하다가, 돌연 칼을 뽑아 목을 찌르고 자진해 버렸다. 졸지에 지도자를 잃은 충격으로 초나라 진영의 수습이 곤란해진 틈을 타, 진군이 성벽을 넘어 난릉성의 성문을 열어젖히는 데 성공했다.

마침내 진군이 난릉성으로 입성했는데, 왕전은 확실히 노련한 장수였다. 그는 우선 성안의 백성들을 다독이며 안정시키고, 병사들을 시켜 전투로 엉망진창이 된 성안 주변을 깨끗이 정리하게 했다. 그러자 이를 본 초나라 사람들이 지도를 바치며 투항해 왔다. 왕전은 강서 일대에 구강군九江郡과 회계군會稽郡을 설치하고 함양으로 당당하게 개선했다. 진왕 政 24년인 BC 223년의 일이었다.

楚나라는 BC 704년 주환왕周桓王 때 웅통熊通이 초무왕에 올라 열국 가운데 처음으로 王을 칭했다. 이후 초장왕(~BC 591년) 때는 춘추5패春秋五覇의 자리에 오를 정도로 강성했다. 초위왕威王(~BC 329년) 때는 오吳와 월越을 모두 병탄하면서 장강과 회수 일대 절반의 땅을 차지하는 대국이 되었다. 그러나 그다음 초회왕懷王(~BC 299년) 때부터 秦나라에 기만을 당하면서 약화되기 시작한 이래 마지막 부추에 이르러, 마침내 그 길고 긴 5백 년 역사가 끊어지고 말았다.

약속대로 진왕 政은 노장 왕전에게 황금 천 일鎰(스무 냥)을 내려 혁혁한 전공을 치하했고, 이미 나이가 든 왕전은 다시 빈양으로 돌아갔다. 秦이 三晉에 이어 楚나라까지 평정하고 나니, 이제 남은 것은 산동의 齊와 그 위쪽의 燕 그리고 趙의 반쪽짜리 후신인 代나라뿐이었다. 秦왕은

왕전의 아들인 왕분王賁을 대장으로 삼고, 다시금 요동으로 진격해 연왕
희喜를 칠 것을 명했는데 또 다른 주문을 추가했다.

"장군은 요동을 평정하고 나면 내친김에 곧바로 代로 진격하도록
하라!"

왕분이 군사를 이끌고 마침내 요동으로 출정하자, 소식을 접한 〈기씨
조선〉의 조정이 뒤늦게 수선을 떨기 시작했다. 태자 단의 진왕 척살 실
패로 秦나라가 燕을 공격하자, 도성을 함락당한 연왕 희가 요동으로 밀
고 들어와 양평성을 차지하고 버틴 지 벌써 5년 전의 일이었다. 당시 5
월의 때아닌 추위로 진군이 물러갔는데, 이후 秦은 魏와 楚를 상대로 정
복전쟁을 펼치느라 북쪽의 燕에 신경을 쓰지 못했다.

기씨조선으로서는 그사이 연왕 희를 공격해 빼앗긴 성을 되찾고, 오
랜 숙적인 燕을 멸망시킬 절호의 기회였음에도, 기비箕조왕을 비롯한 군
신들이 나약했던지, 기회만을 엿보다 때를 놓치고 말았다. 기씨조선의
군신들이 이 문제를 놓고 격론을 벌였다.

"진군이 이제 다시 연왕을 치기 위해 양평성으로 오고 있다니 실로
큰일이 아닐 수 없습니다. 연왕이 버텨 봤자, 이번에는 진나라의 본대를
막아 낼 도리가 없을 것입니다. 문제는 자칫 이를 방치했다가는 강성한
진나라에 양평 지역을 영원히 내주게 될지도 모른다는 점인데, 늑대를
피하려다 범을 만난 격이 되고 말았습니다. 진군이 오기 전에 우리가 먼
저 연왕을 쳤어야 했는데 실기를 한 것 같습니다."

"아닙니다! 아직도 늦지는 않았습니다. 진군이 양평에 당도하려면 시
간이 걸리는 만큼, 그 전에 우리가 먼저 양평성을 공격하면 될 일이 아
닙니까? 다만 공격에 앞서 미리 진군의 진영으로 사람을 보내 우리가 동
쪽에서 연을 협공하겠다고 알릴 필요가 있습니다. 나중에 양평성이 떨
어지게 된다면 어차피 진과의 협상에 나서야 할 텐데, 그때 우리 측의

협공이 진을 설득할 충분한 명분이 되지 않겠습니까?"

그리하여 기씨조선(箕朝)에서는 秦軍에 사람을 보내 燕나라에 대한 협공을 제안했다. 다행히 진군으로서도 조선과의 협공을 마다할 이유가 없었다. 어차피 연왕 희를 잡아 굴복시키는 것이 주된 목적이었을 뿐, 이민족인 기조箕朝와의 전선 확장을 바란 것은 아니었던 것이다. 또한 연왕을 잡은 다음에는 곧바로 방향을 되돌려 代로 진격해야 하는 과제도 있어서, 연과의 싸움에 기력을 아낄수록 유리했다. 왕분이 지휘하는 진군은 요수遼水를 건너 요동의 양평성에 당도했는데, 그때까지 기조에서는 여러 정보를 제공하는 등 秦軍의 진격을 도와준 것으로 보였다.

양평성(하북계성薊城)은 朝鮮의 오랜 고성古城으로 요새와 같이 튼튼하기 그지없는 성이었다. 秦軍과 기씨箕氏조선의 군대가 합세해 그런 양평성에 대해 총공세를 펼쳤다. 강성한 장수를 곁에 두지 못했던 연왕 희는 양국의 거친 공세에 오래 저항도 못 한 채 이내 항복하고 말았다. 왕분이 연왕을 생포하여 즉시 함양으로 압송해 버리니, 진왕은 이때도 연왕 희를 죽이지 않고 서인으로 폐해 버렸다.

그때서야 비로소 秦軍은 〈기씨조선〉과 함께 양평성을 누가 차지할 것인지, 또 새로이 양국의 경계를 어떻게 할 것인지 등 여러 가지 예민한 문제에 봉착하게 되었다. 그러나 이는 양대 이민족 간에 결코 쉽사리 해결할 수 있는 문제가 아니었기에, 양측은 秦軍의 다음 일정을 평계로 그에 대한 논의를 서로 간에 후일로 미룬 듯했다.

〈燕〉은 주공단周公丹의 아우인 소공석召公奭이 형에게 밀려 동북의 계薊 땅(탁주)에 봉토를 받으면서 시작되었다고 했다. 그러나 周나라 초기에는 동이의 나라들이 산재해 있어서, 燕에게 맡겨진 역할은 북쪽의 강성한 조선 열국들로부터 周나라를 방어하는 것이었다. 따라서 燕나라가 북진을 지속해 계薊에 자리한 것은 한참 후대의 일임이 틀림없었다. 후일 탁주涿州의 계성조차 요동의 계성으로 바뀌어 고대사 해석에 혼란이 가중되었다.

기본적으로 燕이 중원에서 멀리 떨어진 탓에 발전이 더딘 데다, 오랜 세월 이웃인 朝鮮(진한, 동호)과 다투고 교류하다 보니, 북방의 영향과 습속에 가장 익숙한 나라였다. 그런 탓에 중원으로부터 오래도록 변방 취급을 받아야 했으며, 특히 춘추시대에는 〈진한〉(북융)의 침공에 크게 시달렸다. 그러다 연장공莊公(~BC 658년) 때에 이르러 제환공齊桓公과 함께 〈산융山戎전쟁〉에 나서 영지令支, 고죽孤竹과 같은 古조선의 후국들을 밀어 내는 데 성공했다.

그러나 이후 전국시대가 되자 산융의 뒤를 이은 〈동도〉와 〈번조선〉에 시달리면서 산융의 옛 땅을 거의 모두 내주고, 동도에 세자를 인질로 보내는 등 굴욕을 겪어야 했다. 연소왕昭王(~BC 279년) 때 국력을 키우고 기회를 엿보다, 마침내 진개를 시켜 숙적인 동도東屠와 기씨箕氏조선(낙랑)을 제압한 데 이어, 齊나라를 지배하면서 燕은 짧은 전성기를 누릴 수 있었다.

그럼에도 이후의 군주들이 전국시대의 혼란 속에서 특히 趙나라와의 3차례에 걸친 전쟁으로 국력을 소진한 결과, 이때 이르러 秦나라에 멸망 당하고 말았다. 燕나라는 조선을 비롯한 북방민족과 역사와 문화를 공유했던 나라로서 〈중원〉과 〈조선〉의 충돌을 방지해 주는 완충제 역할을 함과 동시에, 양측을 잇는 가교 역할을 해 왔으므로 조선의 입장에서는 齊와 함께 가장 중요한 나라 중 하나였다.

〈기씨조선〉(번조선)과의 협공으로 양평(요동)성을 함락시키고 燕나라를 평정한 왕분은, 원래의 일정대로 이후 군사를 반대편인 서쪽으로 되돌려 代를 공격했다. 비록 代왕 가嘉가 분전했으나, 최강 秦軍을 당해 낼 수는 없었다. 싸움에 패한 代왕이 흉노 땅으로 달아났으나, 그는 이 내 秦나라의 추격군에 생포되고 말았다. 옥에 갇힌 그 역시 절망해 자살로 생을 마감했고, 이로써 호복기사의 나라 趙나라도 완전히 멸망하고 말았다.

〈趙〉나라는 3晉의 나라 중 최강자로 염파와 방난, 이목과 같은 수많은 전국戰國시대의 명장들을 배출하면서 사실상 유일하게 秦나라에 대적할 만큼 강성한 나라였다. 그러나 무령왕 이후로는 중원을 통일하겠다는 원대한 포부vision를 지닌 군주가 없었고, 秦나라의 현란한 반간계에 놀아나 인재들을 핍박하는 대신, 이웃과의 합종을 주도하지 못해 끝내 역사 속으로 사라져야 했다. BC 222년의 일이었다.

〈代國〉의 공략에 나섰던 왕분이 내친김에 내몽골의 운중雲中과 안문雁門 일대까지 평정하고 함양으로 승전보를 알렸다. 연燕과 代 땅의 2천여 리가 순식간에 秦의 강역으로 들어온 데 대해 秦왕은 몹시 기뻐했다. 이제 〈산동山東 6국〉 가운데 남은 것은 오직 제齊나라뿐이었다. 진왕은 왕분에게 친필을 보내 공을 치하하고, 마지막 명령을 추가했다.

"그대의 공로는 결코 부친에 뒤지지 않을 정도로 대단한 것이오. 그러니 그 여세를 몰아 이번에 반드시 齊나라마저 굴복시켜 6국 통일의 대업을 완성시켜 주길 바라오!"

그 무렵 제왕 건建은 상국 후승의 견해를 쫓아 韓과 魏나라에 대한 지원요청을 철저하게 외면해 왔다. 그러나 이 나라들이 차례로 망할 때마다 秦왕의 눈치를 살피느라 축하 사절을 보내고 막대한 금을 바쳐야 했다. 사자들이 그때마다 귀국해 진왕으로부터 극진한 대접을 받았다고 보고했다. 齊왕은 秦王의 우호적인 태도를 의심하기보다는, 그럴수록 진왕의 비위를 거스르지 않기 위해 만일에 대비한 최소한의 전쟁 준비조차도 하지 못했다.

그러던 중 왕분이 연산산맥을 거쳐 남진 중이라는 보고를 받자 제왕은 그야말로 충격에 빠지고 말았다. 당시 제나라 또한 수십만의 군사를 보유하고 있었으나, 군대가 무기력하기 그지없었다. 건이 즉위한 이래 40여 년 동안 전쟁을 겪지 않은 탓에, 장수 중에 전투 경험이 있는 자가 거의 없을 지경이었던 것이다. 齊왕이 처음으로 군사를 일으켜 서쪽 변방을 지키라고 명을 내리긴 했으나, 워낙 사전 대비가 없었던 터라 명 자체가 그다지 의미가 없었다.

일찍이 BC 284년, 燕소왕이 주도한 〈5國 합종〉으로 악의가 齊나라를 공략했을 때, 민왕湣王은 거읍莒邑으로 달아났다. 그때 태자 법장法章은 왕립王立이라 성명을 바꾸고, 낙향한 옛 태사太史 교敽라는 인물의 집에 들어갔다. 이후로 태자는 신분을 속인 채 정원에 물을 주는 하인으로 숨어 지냈는데, 마침 눈썰미 좋은 태사의 과년한 딸이 그를 마음에 품어 친절을 베풀었고, 둘은 이내 정분이 났다.

이듬해 즉묵의 백성들과 전단田單 등이 법장을 찾아낸 다음, 즉묵即墨에서 왕으로 옹립하니 제양왕襄王(~BC 264년)이었다. 그즈음 태사 교는 혼인도 하기 전에 왕립과 눈이 맞은 딸을 내쫓았었는데, 이제 그녀가 왕후에 오르니 바로 군왕후君王后였다. 이후 BC 279년 전단이 〈화우지전火牛之戰〉을 펼쳐, 기겁騎劫이 이끄는 燕軍을 대파하고 燕에 빼앗겼던 齊나라 땅 모두를 되찾았던 것이다.

齊양왕 사후 아들 건建(~BC 221년)이 뒤를 이었는데, 초기 15년간 모후인 君왕후가 사실상 섭정을 하며 정치를 좌우했다. 이때 그녀는 철저하게 친진親秦 정책으로 일관하면서 이웃한 3진과는 거리를 두는 외교를 택했다. 민왕 시절 3진으로부터 공격당했던 齊나라였기에 강성한 秦나라의 원교근공遠交近攻 논리를 자국에 그대로 적용하려 했던 것이다.

이를 위해 3진을 적대시하는 대신, 멀리 떨어진 秦과의 강화를 고수해 왔다. BC 260년 〈장평대전〉에 이은 〈한단전투〉 때도 위기에 처한 趙나라가 식량 등 지원을 요청해 왔으나, 대세를 읽지 못한 제나라는 순망치한의 관계인 조나라를 차갑게 외면했다.

秦왕은 울료의 정책을 받아들여 군사뿐 아니라 외교에도 공을 들이면서, 끊임없이 열국의 합종을 무력화시키는 데 주력해 왔다. 이를 위해 진나라는 일찌감치 君왕후의 동생 후승에게 막대한 재물을 바치고 매수하여, 군왕후 사후에도 친진親秦 정책이 지속되도록 했다. 제나라는 그 덕분에 40여 년 동안 전쟁은 면했으나 정치는 부패했고, 결정적으로 군사력이 크게 약화 되고 말았다. 3진의 뒤에 있던 전통의 강호 齊나라가 순한 양이 되었기에, 秦나라는 마음 놓고 3진 등 열국을 공략할 수 있었던 것이다.


그런 지경에 왕분의 군대는 제남濟南을 지나 거칠 것 없이 齊의 도성인 임치臨淄로 진격했다. 임치성의 백성들이 혼비백산해 달아나기 바빴는데, 심지어 성문을 지키던 군사들마저 보이지 않을 정도였다고 한다. 秦왕은 왕분의 大軍을 齊나라에 진격시키는 동시에 齊왕에게 사자를 보내 항복을 종용했다.

"제나라의 땅을 그대로 진왕에게 바치신다면, 반드시 군후로 봉해 앞으로도 계속 조상을 모실 수 있도록 해 줄 것입니다!"

외숙인 후승이 제왕 건에게 항복을 권유하니, 왕분의 秦나라 군대는 칼 한 번 제대로 휘둘러 보지도 않고 齊나라 전체를 손에 넣을 수 있었다. 일찍이 제나라 출신 손자孫子가 싸우지 않고 적을 제압하는 것을 제일로 삼았다더니, 실제로 이것이 그의 모국에서 실현된 셈이었다. 이때 왕분은 秦왕의 은밀한 명에 따라 간신 후승을 잡아 가차 없이 참수해 버렸다. 이어 齊왕을 하남 태항산 기슭의 황폐하기 그지없는 공성共城으로 압송해 가두었다. 우매한 제왕 건建은 어린 아들과 함께 기아에 시달리며 살다가, 결국 굶어 죽었다고 했다.

〈齊〉나라의 패망은 齊민왕이 BC 286년, 魏, 楚나라와 함께 강왕康王이 다스리던 宋나라를 멸망시키면서 시작되었다. 민왕湣王은 승리 후 귀국길에 오른 魏와 楚군을 배후에서 공격해 宋나라 땅 모두를 차지하면서, 열국의 강자로 올라섰다. 그때도 秦과 燕나라는 齊나라에게 宋을 치라며 부추겼는데, 결국에는 이를 빌미로 燕소왕이 秦과, 3진晉을 끌어들인 다음, 〈5國합종〉으로 齊나라에 복수를 가했다. 燕나라는 이후 5년간이나 齊나라를 사실상 지배했으니, 齊민왕은 필요 이상의 무력을 행사하며 힘자랑을 하다가 나라를 망국의 길로 이끌고 만 셈이었다.

周나라 초기부터 강태공이 나라를 일으킨 이래, 사실상 齊나라는 그 이전부터 산동에 진출해 있던 조선(동이)의 열국들을 막아 내는 방파제였다. 그런 점에서 그 백성들은 燕나라와 같이 동이와 다투고 교역하면서, 조선과 가장 많은 문화를 공유한 사람들이었다. 그래서 〈춘추전국시대〉에 등장했던 영웅들과 사상가들 중 많은 인물들을 동이(조이)의 후예로 보는 시각이 강했고, 시조인 강태공조차도 예외가 아니었다.

춘추전국의 교체기에 전田씨들이 강姜씨의 齊나라를 빼앗긴 했으나, 그런 와중에도 무려 9백 년이나 나라의 정체성을 이어 오며 종주국인 周나라보다도 더 오래 버티던 齊나라였다. 그러나 결국은 중원통일이라는 거대한 시대의 흐름에서 벗어나지 못하고, 홀연히 역사 속으로 사라지고 말았다. 〈제〉나라의 멸망은 마치 영원히 지속 가능한 나라가 있을 수 없다는 역사적 교훈을 일깨워 주는 일이었다.

이로써 秦왕 政 36년인 BC 221년, 〈秦〉나라는 마침내 산동의 6國 모두를 평정하고 오매불망 그토록 고대하던 〈중원통일〉의 대업을 달성했다. 秦의 통일에는 막강한 군사력을 유지하는 외에, 산동 열국들의 합종을 깨뜨리는 외교계책을 끊임없이 펼친 秦왕의 공이 제일이었을 것이다. 진왕이 BC 230년부터 10년간 초지일관 통일에 집중한 반면, 공교롭게도 다른 산동 열국의 군주들은 하나같이 서로를 믿지 못하고 번번이 합종에 실패했다. 게다가 秦나라의 현란한 반간계에 놀아나 측근의 대신들에게 배신당하는 어리숙한 정치를 일삼다가, 6國 모두가 스스로 무너져 내린 것이었다.

사실 秦의 통일 기반은 진왕의 증조부인 소양왕 때 대부분 완성된 것이나 다름없었다. 무안군 백기가 〈장평대전〉을 승리로 이끌고 여세를 몰아 趙나라 한단을 공략하려 했으나, 범저의 방해로 무산되면서 통일의 기회가 지연되었을 뿐이었다. 그러나 진왕은 소양왕보다 훨씬 더, 인재 등용에 개방적이었던 데다 문무신 인재들을 최고의 예우로 우대하고, 그들의 정책에 귀 기울이는 도량이 큰 정치를 펼쳤다. 불효라며 왕을 비난하고 절하는 것마저 기피하던 돈약頓弱의 말을 경청했고, 楚나라 공략에 실패한 이신李信을 燕나라 공략 때 재기용했으며, 노장 왕전王翦의 요구를 모두 들어주는 한편, 왕의 인상이 나쁘다며 피하기만 하던 울료尉繚를 기용할 줄 알았던 것이다.

그러나 중원을 최초로 통일한 秦나라의 가장 큰 힘은 진효공孝公(~BC 338년)이 상앙商鞅을 등용해 변법變法을 실시하고, 본격적으로 〈개혁과 경쟁〉의 길로 향하는 초석을 깔아 놓은 데서 비롯되었을 것이다. 강력한 1인 군주 체제를 위해 중앙집권제라는 행정 혁신을 이루고, 20 등급의 군공수작제軍功受爵制라는 성과 위주의 경쟁체제를 도입한 것이 야말로 진나라를 부국강병의 나라로 이끌어 준 '신의 한 수'였던 것이다.

그런데 이러한 변법은 魏나라가 秦에 반세기 앞서 훨씬 먼저 실시한 것이었다. BC 406년, 위문후魏文侯(~BC 387년)는 이회李悝를 상국으로 등용해 관작官爵세습제를 폐지하고, 귀족과 공신들의 수와 특권을 줄여 중앙 군주의 권력을 강화했다. 또 최초의 봉건법전인 《법경法經》을 완성 해 법치를 강화했고, 능력 위주의 인재선발에 힘썼다. 호적제와 수전제 水田制를 도입하는 외에, 정전제를 개혁하고 토지매매를 허용하면서 개 간을 장려했다. 그 결과 위나라는 6백만 묘의 땅을 확보해 세수를 크게 늘릴 수 있었다. 장수인 오기吳起 또한 4판 축성법으로 진보된 축성 기술 을 도입하고, 무기 개발에 힘써 강병強兵을 이루는 데 일조했다.

그 결과 魏문후는 3晉 중 가장 강한 나라의 군주가 되었으며, 이후로 부국강병을 위한 변법이 널리 유행함에 따라 열국들이 앞다투어 개혁에 박차를 가하게 되는 계기를 제공했다. 그러나 문후 사후 그의 뒤를 이은 위무후武侯(~BC 371년) 시절부터 공족公族들의 저항으로 변법이 지속되 지 못했고, 오기와 상앙처럼 실망한 인재들이 이웃 나라로 떠나는 인재 유출이 이어졌다.


다른 열국의 경우에도 BC 493년, 조열후趙烈侯(~BC 400년) 역시 공중 련公仲連을 등용해 변법을 시행했고, 초도왕楚悼王도 BC 385년 위장魏將 오기를 받아들여 개혁을 추진했다. 秦나라가 상앙의 변법을 시행한 것 은 楚나라보다도 한 세대나 뒤처진 BC 359년의 일이었다. 2년 뒤인 BC 357년 齊나라에서는 추기鄒忌가, BC 351년 韓나라는 신불해申不害가 강력한 중앙집권제를 시행했고, 가장 늦은 燕나라마저도 BC 316년경에 변법을 도입했다.

그러나 대부분의 열국에서는 공족들의 저항 등으로 변법이 제대로 추진되지 못했다. 변법이 가장 성공을 이룬 나라는 秦효공의 강력한 지지를 받은 상앙의 秦나라였다. 효공과 상앙의 사후에도 진나라는 인재 등용에 가장 문호를 넓게 개방했고, 특히 선태후와 소양왕 시절에 일관되게 강력한 법치국가를 만드는 데 주력했다. 趙나라는 무령왕 때 〈호복기사〉로 강도 높은 군사개혁을 추진해 최고의 성과를 올렸으나, 강력한 秦나라와의 잦은 충돌로 결국은 秦에 병합되고 말았다. 진왕 영정嬴政이 선대의 이런 노력과 성과를 물려받은 데다, 자신의 의지를 더해 통일대업을 완성한 셈이니, 그는 실로 중원통일의 운명을 타고난 인물이 아닐 수 없었다.

秦의 중원통일로, 2백 년에 걸친 〈전국戰國시대〉와 함께, 550년에 걸친 〈춘추전국시대〉가 대단원의 막을 내렸다. 철기시대의 도래로 농업생산 및 인구가 증가한 대신 치열한 영토전쟁이 전개되면서, 대규모 전쟁과 살상이 일상화된 무자비한 승자독식의 시대였다. 혁신을 통한 부국강병만이 생존을 위한 최대의 화두話頭agenda였으며, 그 과정에서 인간의 기술과 제도, 〈제자백가諸子百家〉의 다양한 철학과 사상 등 거의 모든 면에서 눈부신 발전을 이루었다. 가장 뜨겁고 치열했던 이 시대에 완성된 문명은 중국中國의 후대는 물론, 朝鮮을 비롯한 주변국들에 방대한 영향을 주었고, 이후 19세기 산업혁명이 도래하기 전까지 무려 2천 년 동안 끊임없이 유지되었다.

한편 상고시대 수천 년간 아시아의 문명을 선도했던 동북의 조선은 이 시대를 거치며 중원의 화하족에게 중원진출을 차단당하게 되었을 뿐 아니라, 더욱 멀리 동북의 요수遼水 너머로 밀려나게 되었다. 그 바람에 고대로부터 태항산과 산동, 회수 아래까지 진출해 있던 동이 역시 빠르게 중원화의 길을 걷기 시작했다.

〈산융전쟁〉과 진개의 〈동호 원정〉은 가뜩이나 분열의 조짐을 보이던 古조선에 거듭 치명타를 가하면서, 朝鮮의 붕괴를 가속화시켰다. 중원이 수백 년간 치열한 전쟁의 소용돌이에 휘말려 있었음에도, 朝鮮연맹은 강 건너 불구경하듯 안일한 태도로 일관한 결과, 다시금 중원으로 진출할 기회를 만들지 못했다.

그 결과 이후로는 모든 것이 역전되어, 古조선의 후예들은 이제 하나로 통일된 중원의 거대제국들을 넘어서기가 어렵게 되었다. 찬란했던 古조선의 영광은 찢기고 윤색된 채 역사의 뒤안길로 사라지기 시작했고, 사람들의 기억 속에서 점차 잊히는 시련을 겪어야만 했다. 이와는 별개로 초원을 기반으로 유목생활을 하던 또 다른 북방 기마민족은 朝鮮의 분열과 함께 더욱 자립의 길을 걷게 되었다. 그들은 강력한 전투력으로 중국의 서쪽과 북쪽에서 끊임없이 중원의 나라들을 약탈하고 괴롭혔으나, 결코 중원을 압도하지는 못했다.

이제 북방민족들은 과거와는 비교도 할 수 없는 거대통일제국 〈秦〉에 맞서야 하는 엄혹한 상황에 직면하게 되었다. 이 모든 것이 진왕 政이 통일전쟁을 시작한 지 단 10년 만에 이루어진 일이라, 주변국들 모두가 그 막대한 영향을 실감하기까지는 상당한 시간이 소요되었을 것이다. 물론, 중원대륙은 이후에도 분열과 통일을 반복했지만, 중원과 경계를 둔 주변의 나라들은 모든 것을 빨아들일 듯한 〈중국中國〉이라는 거대한 태풍에 휘말리지 않기 위해 사력을 다해야 하는 운명에 처하고 말았다.

2부

저무는 고조선

# 6. 조선의 몰락과 창해역사

연나라 진개의 침공을 전후한 BC 295년경, 대부여大夫餘(진조선)에서
는 보을普乙천왕이 어수선한 정국을 뒤로한 채 사망했는데, 후사를 남기
지도 못한 상태였다. 결국 고열가古列加가 한개의 난을 진압한 전공이 있
는 데다, 물리勿理 단군의 혈통이라며 많은 사람의 추대로 천왕에 올랐
다. 이듬해부터 고열가천왕이 직접 국정을 수행하면서 어질고 능력 있
는 사람들을 기용하기 시작했다. 그 결과 마침내 외척 환윤 세력을 조정
에서 축출하는 데 성공해 정권을 되찾게 되었다.

〈대부여〉는 동북 멀리 떨어져 있어 진개의 침공으로부터 자유로웠지
만, 동도를 비롯해 〈진한〉 등으로부터 유민들이 이주해 오는 등 나라의
분위기가 어수선해졌다. 고열가천왕은 이를 빠르게 수습하고 국정을
안정시키고자 주력했다. 그 결과 BC 291년경엔 朝鮮에 대항하던 견융犬
戎에 군사를 보내 원정을 단행하기도 했다.

진개의 동정東征으로 동도東屠와는 별개로 낙랑 등 나라의 절반을 상
실하고 큰 타격을 입은 〈번조선〉(기씨조선)에서는 이듬해에 기석箕釋
(~BC 251년)이 기욱의 뒤를 이어 왕위에 올랐다. 정확히는 알 수 없지
만 아마도 진개의 침공을 전후해 비슷한 시기에 번조선왕 기욱과 진조
선의 보을천왕이 사망한 것으로 보였다. 번조선왕 기석 또한 왕위에 오
르자마자 서둘러 난리를 수습하고, 흐트러진 민심을 바로 세우는 일에
매달렸다. 그가 서둘러 모든 州郡에 명을 내리게 했다.

"아무래도 인재들이 부족하다. 이제부터 각 주군에 빠짐없이 현량을
천거하라 이르도록 하라!"

그 결과 전국에서 270여 명에 이르는 인재들이 천거되기도 했다. 그 즈음 조선연맹 전체는 각자도생하는 단계로 분열된 상태였기에, 〈기씨조선〉은 독자 노선을 강화하면서 착실하게 국력을 회복해 나갔다. 그 결과 BC 276년경에는 연혜왕의 실정으로 국력이 크게 기운 燕나라가 기씨조선에 다시 조공해야 할 정도로 상황이 역전되기에 이르렀다.

그렇게 진개의 동정 이후 반세기가 지나는 동안, 국력을 회복한 기씨조선이 갈수록 강력해지자, 주변의 제후국들도 서서히 기씨조선으로 기울게 되었다. 시기적으로 〈전국시대〉 말엽에 진입한 중원은 최강 秦나라를 중심으로 합종연횡이 난무하는 가운데 사활을 건 영토전쟁에 몰입해 있었다.

그 무렵 기씨조선과 국경을 나누고 있던 숙적 燕나라는 혜왕이 齊나라에 패하여 군병을 철수한 이래로, 20여 년간 별 이렇다 할 힘을 쓰지 못했다. 그러던 중 연왕 희가 군주가 된 이후로 아래쪽의 趙나라에 무리한 싸움을 걸었다가 연거푸 패하면서 국력을 크게 소진했고, 이내 변방의 약소국으로 전락한 상태였다.


〈기씨조선〉이 착실히 국력을 키우고 있던 데 반해, 그 배후에 있던 부여夫餘는 고열가천왕의 후반기에 이르러 다시금 국운이 날로 쇠약해 가고 있었다. 급기야 BC 240년경, 북쪽 고리국藁離國 출신 고모수高慕漱란 인물이 흐트러진 〈단군조선〉(진조선)을 접수해 새로운 왕조를 열겠다는 야심을 품었다. 그가 당시 새로이 번조선왕에 오른 기비箕丕에게 사람을 보내 협조를 구했다.

"나는 단군조선의 종실 사람으로 고리국 출신 고모수라 합니다. 알다시피 지금 단군조선은 국운이 다해 주변 제후국들에게 천왕의 명이 서질 않고, 잘못된 정사로 백성들이 흩어져 겨우 그 오랜 명맥만 이어 오고 있을 뿐입니다. 이번에 이런 분란을 잠재우고 천하를 안정시키고자 군대를 일으켜 단군의 옥새를 인수하고자 합니다. 번조선왕께서 이에 호응해 주신다면 후일 기씨箕氏가 다스리는 번조선의 자주권을 전하에게 일임할 것임을 약속드립니다!"

〈부여〉와는 이미 오래전부터 적대관계였으므로 기씨조선의 기비왕은 누구든지 〈단군조선〉(부여)에 등을 돌린 세력이라면 기꺼이 손을 잡겠다는 유연한 입장이었다. 기씨왕조가 된 번조선은 부여와는 독자적으로 자주권을 행사하고 있던 데다가, 겨우 명맥을 유지하기에도 바쁜 부여보다는 시시각각 변하는 중원의 움직임에 촉각을 세우고 있었다. 따라서 새로이 기씨왕조에 친화적인 왕조가 부여를 다스린다면, 배후를 신경 쓸 일이 줄어드니 고모수의 제안을 마다할 이유가 없었다. 기비왕이 고모수의 사신에게 이런 뜻을 전하고, 혁명으로 부여를 무너뜨리려는 고모수에게 협조하기로 했다.

이제 20대 초반에 불과해 야심만만했던 고모수가 그렇게 번조선왕 기비와 몰래 내통하고 마침내 근거지였던 웅심산熊心山(적성 추정)에서 내려와 군대를 일으켰다. 그리고는 〈부여〉(진조선)의 이전 도읍지인 백악산白岳山아사달을 습격해 점령하고, 스스로 천왕랑天王郞이라 칭했다. 고모수의 목표는 역성혁명으로 대부여의 새로운 천왕이 되는 것이었다. 고모수가 백악산아사달을 장악한 데 이어, 웅심산 인근에 궁실인 난빈蘭濱을 짓고 자신을 따르는 5백여 무리와 함께 정사를 보기 시작하자, 사방에서 사람들이 모여들기 시작했다.

그때 고열가천왕은 장당경藏堂京(창려)에 머물고 있었는데, 이미 나이가 들어 의욕을 잃은 지 오래였다. 북쪽 아사달에서 고모수가 난을 일으켰다는 소식은 고열가천왕을 더욱 궁지로 몰고 말았다. 사태를 수습하기가 벅차다고 느낀 천왕이 숙고 끝에 어느 날 정사를 논의하자며 오가五加의 군장들을 불러 모았다.

"고래로 조선은 천하의 중심이었고, 그를 다스리는 단군(천왕)은 천손으로 널리 인정되어 주변의 모든 군장들이 섬기고 따라왔소. 그러나 오늘날 천왕인 내가 명을 내려도 그 명이 서질 않고, 여러 장수들이 사방에서 자신들의 용맹함만을 믿고 난을 일으키니, 조선의 왕도가 무너지고 나라의 기운이 쇠퇴한 지 오래되었소. 이 모두는 내가 덕이 부족한데다 겁이 많아 천하를 능히 다스리지 못한 데 기인한 것이오. 그러니 앞으로는 여러 오가들이 어질고 덕이 있는 사람을 택해 천왕으로 천거토록 하시오!"

고열가천왕은 스스로 퇴위를 선언하고 옥문을 열게 해 사형수 이하 모든 죄수를 풀어 주라 명했다. 이튿날 그는 천왕의 자리를 비우고 아사달 산으로 들어가 수도를 하겠다며 홀연히 입산해 버렸다. 이후로는 아예 소식이 끊어져 버렸는데 사람들은 그가 선인仙人이 되었다고 했다. 당황한 오가의 군장들이 이렇다 할 결론을 내리지 못한 채 서로 견제를 일삼기만 했는데, 그렇게 모호한 상태에서 일종의 공화정치와 같은 집단지도체제가 무려 6년이나 지속되기에 이르렀다.


결국 북쪽 아사달에 있던 천왕랑 고모수가 무리를 이끌고 내려와 〈단군조선〉의 도읍인 장당경에 입성했고, 진조선 오가의 무리들을 설득, 회유한 끝에 마침내 공화정을 끝내기로 했다. 사실상 고모수가 무력으로 권력을 장악함으로써 혁명을 완성시킨 것이나 다름없는 일이었다. 결국 만백성이 추대하는 형식으로 고모수가 단군檀君에 즉위했고, 하늘에 높이 뜬 '해를 숭상한다'는 의미에서 '고高'씨를 '해解'씨로 바꾸어 해모수라 부르게 했다. 그리고는 앞으로 조선朝鮮이라는 이름을 쓰지 말고,

새로운 나라의 국호를 〈부여夫餘〉라 부르게 했는데, BC 232년경의 일이었다.

이때 해모수解慕漱단군은 형식적이긴 하나 약속대로 기씨箕氏조선의 기비왕을 번조선의 공식적인 왕으로 인정했다. 사실 〈부여〉란 국호는 그 2백여 년 전에 〈우화충의 난〉을 진압하고 천왕에 오른 구물단군이 〈대부여〉로 부르게 했으나, 이제껏 진조선과 혼용된 감이 없지 않았다. 해모수천왕은 의도적으로 진조선과의 단절을 분명히 함으로써, 본인이 새로운 왕조의 국조國祖임을 드러내고, 신흥국 〈부여〉를 건설하는 데 매진하려 했다.

이로써 2,100년이라는 오랜 세월을 지속해 온 위대한 〈고조선古朝鮮〉 (단군조선)의 시대가 마침내 종말을 고하고 말았다. 단군왕검이 아사달에 도읍을 정하고 아시아 최초로 나라를 건설한 이래, 농업을 비롯한 고대의 각종 선진문명을 개척하고 이를 중원과 사방에 퍼뜨림으로써, 고조선은 아시아의 고대국가 체제와 문명을 선도했던 위대한 나라였다.

그 오랜 세월 동안 古조선을 주도했던 세력들은 시대별로 변했을지라도, 정치적으로 단군의 삼한三韓에 이어 삼조선三朝鮮 체제를 유지하면서 중원의 나라들과 치열하게 경쟁해 왔다. 비록 이 시기에 古조선이 몰락하기는 했지만, 그러나 하나의 끝은 늘 그렇듯이 새로운 시작을 의미했다. 〈단군조선〉의 붕괴는 광활한 동북아 지역의 분열과 또 다른 열국 시대의 시작을 알리는 새로운 신호탄이었던 것이다. 공교롭게도 이런 시기에 중원은 오랜 춘추전국시대를 마감하고 사상 최초로 秦이라는 통일제국을 탄생시켰으니, 조선은 중원과는 전혀 다른 반대의 길을 걷게된 셈이었다.

BC 221년, 함양의 秦나라 조정에서는 마지막으로 齊나라가 항복했다는 보고가 들어오자, 대신들 모두가 기쁨에 들떠 박수를 치고 큰 소리를 지르며 열광적으로 환호했다.

"와아! 만세, 만세, 진왕 만세! 통일 만세!"

한참 동안의 흥분이 가라앉고 나자, 秦왕이 차분하게 말을 이었다.

"다들 참으로 노고가 많았소! 그동안 얼마나 많은 백성들이 땀과 피를 흘려 왔겠소? 이렇게 온 백성들과 대신들의 노력으로 이제 중원을 통일한 만큼, 통일 秦나라는 예전의 그것과는 크게 달라져야 할 것이오."

그러자 대신들 모두 숙연해져서 고개를 끄덕이며 진왕의 말에 귀 기울였다. 진왕이 말을 이었다.

"이제 과인은 진정한 왕들의 왕이 되었소. 이제부터는 마땅히 천자를 능가하는 자리여야 할 것이니, 우선 당장 통일왕국의 왕인 과인에 대한 칭호부터 달라져야 할 것이오. 그러니 이 자리에서 여러 대신들이 논하여 정해 보도록 하시오!"

통일의 기쁨을 만끽하기도 전에 秦왕이 내놓은 새로운 과제에 대신들이 크게 술렁거렸다. 격론 끝에 천황天皇, 지地황, 태太황 등의 호칭이 거론되었으나, 최종적으로는 삼황오제三皇五帝의 맥을 잇는다는 의미에서 "皇"과 "帝"를 따와 〈황제皇帝〉라 칭하기로 하고, 폐하陛下라 부르기로 했다. 또한 황제 자신을 일컫는 호칭으로는 짐朕을 사용하기로 하고, 이 단어를 황제를 제외한 일반백성 그 누구도 사용할 수 없도록 했다.

齊나라 항복의 보고를 접한 당일 조정회의에서 이토록 급하게 칭호를 새로 정한 것으로 미루어, 秦왕은 진작부터 통일제국의 통치에 대해 깊이 고민해 온 것이 틀림없었다. 진왕은 거대제국을 다스리기 위해 강력한 절대군주의 이미지가 절실하다고 느껴 왔기에, 첫날부터 자신을 신격화하기에 바빴던 것이다. 흔히 왕의 시호는 그의 통치에 대한 평가를 기준으로 사후에 결정되는 법이었다. 그러나 秦왕은 스스로 통일 〈秦〉의 첫 황제라는 의미에서 한 글자인 시始만을 택하여 생전에 시황제始皇帝라 부르게 했고, 통일 秦나라가 영원할 것이라는 믿음 속에서 그의 사후에 붙일 시호를 거부했다. 아울러 그의 후손들에게는 2세, 3세 황제 등의 시호로 이어 가도록 했으니, 다분히 생각이 깊고 창의적인 발상이었다.

또한 멸망한 周나라가 불火의 나라였으므로, 秦나라는 물을 숭상하는 수水의 나라라고 해석했다. 동시에 이는 겨울과 北쪽을 의미했으므로 秦나라를 상징하는 색깔을 흑색으로 정했다. 아울러 8괘 중에 양陽을 뜻하는 건乾의 의미를 좇아 그 숫자인 육六을 숭상하기로 하고, 모든 도량과 척도의 기준을 6으로 삼았다. 마차의 폭도 6척으로 했고, 대신들의 관모 높이도 6촌으로 맞췄으며, 전국의 지방행정조직으로 6의 배수인 36郡을 두기로 했다.

원래 춘추시대 진晉나라 때 처음 군현제郡縣制를 실시할 당시에는 縣이 郡보다 더 큰 조직이었고, 전국 7웅의 나라 모두가 변방에 郡을 두고 있었다. 그러던 것을 진시황 때에 이르러 군郡을 위주로 하는 군현제로 바꾸고 중앙집권체제를 더욱 공고하게 했다. 이와 관련해 秦나라 조정에서 여러 논의를 거쳤는데 이때 승상인 왕관이 진시황에게 간했다.

"폐하, 연, 제, 초나라의 지역은 도성에서 너무 원거리에 있는 만큼, 이들 지역을 예외로 하되 특별히 태자들을 봉해 다스리는 것이 좋을 듯하옵니다!"

바로 왕관이 지명한 나라들은 하나같이 朝鮮과 경계를 이루고 있는 지역들로 충성도가 남다른 황제의 혈육들이 다스려야 한다는 뜻이었다. 물론 이 말 속에는 다분히 진시황의 비위를 맞추려는 의도가 깔려 있어서 다른 대신들 모두가 고개를 끄덕이며 찬동하는 분위기였다. 그때 유독 이 제안에 반대하는 목소리가 들려와 모두들 그쪽으로 고개를 돌렸다.

"폐하, 아니 되옵니다! 지금 당장은 태자들을 봉해 다스려도 무방할 것이나, 후일 몇 대가 지나게 되면 필시 후손들끼리 봉토를 놓고 다투게 될 터인데, 그리되면 이는 周나라 시절의 폐단을 되풀이하는 것과 다를 것이 무엇이겠습니까?"

황제의 뜻에 반할 수 있었음에도 이토록 배포 있게 반론을 제시한 인물은 처음부터 군현제의 도입을 주도했던 이사李斯였다. 법률을 담당하는 정위廷尉의 자리에 있던 그가 원래의 정신을 그대로 살린 군현제의 이행을 고집하자, 진시황도 그의 뜻에 따르기로 했다. 한편 중앙에는 최고의 관직인 승상丞相을 비롯해, 태위太尉, 어사대부御史大夫라는 3공公 외에 9경卿을 두어 다스리기로 했다. 이런 중앙관료 체계는 후대에 약간씩의 변화를 두었으나, 이후 2천 년 동안 중국을 비롯한 아시아 여러 나라가 채택하던 관료체제의 기본 골격이 되었다.

한편 秦시황은 이사의 권유를 받아들여 나라의 문자를 秦나라 문자 하나로 통일하기로 했는데, 그 주요 골자는 다른 나라의 문자를 없애 버리고 일체 사용할 수 없도록 하는 것이었다. 광대한 나라에 존재하는 수많은 지방의 방언을 극복하고자 통일된 문자로 소통하게 함으로써, 황제의 명령이 바로 전달되게 함과 동시에 중화민족의 정신과 문화를 하나로 묶으려는 시도였던 것이다. 오늘날 중국의 문자는 〈한자漢字〉로 불리고 있지만, 사실은 통일 秦나라 때 그 기틀이 다져진 것임에도 이후 漢나라의 연한이 오래되다 보니 漢字라는 말을 택하게 된 것이었다.

또 문자 자체 외에도 이미 다양한 글씨체가 존재했는데, 시황은 특별히 글씨의 모양새가 미려하고 아름다운 소전체小篆體를 택하도록 했다.

그러나 소전체는 쓰거나 읽기가 어렵고 실용성이 떨어져, 실제로는 보다 편리한 예서체隸書體가 널리 활용되었고 이는 후일 한대漢代의 필체로 통일되었다고 한다.

문자 통일에 이어 시황이 시도한 또 하나의 작업은 경제 일상에서 사용되는 각종 화폐나 도량형, 도구 등을 통일시키는 일이었다. 전국시대에는 6국의 화폐가 모두 달랐는데, 3진의 나라들은 삽과 같은 농기구 모양의 포폐布幣를, 제, 초, 연나라는 칼 모양의 도폐刀幣(칼돈)를 사용했다. 특히 도폐는 곧바로 칼과 같은 무기로 변형시켜 사용할 수 있는 장점이 있어 낙랑과 같은 북방 朝鮮계열 화폐의 영향을 받은 듯하며, 중산국 등에서도 널리 사용되었다. 秦나라 만큼은 가운데 사각의 구멍을 낸 동전인 반량전半兩錢이 사용되었고, 기타 금 자체를 이용한 금폐金幣 등이 활용되었다.

시황은 이 가운데 귀한 금폐를 上폐로, 나머지는 실용성이 뛰어난 진반냥秦半兩을 下폐로 규정해 2가지 화폐가 일상에서 널리 쓰이도록 했다. 화폐의 주조권은 오직 나라에만 두게 해 개인의 화폐 조제를 철저히 금지했고, 이로써 정부가 돈줄을 장악하게 했다. 秦반냥은 동전 표면에 반냥半兩이라는 글자가 쓰여 있어 붙여진 이름이기도 한데, 둥근 원형은 하늘天을, 가운데 네모난 구멍은 땅地을 뜻하는 것으로, 고대 秦나라 사람들의 우주관을 반영한 것이었다. 진반냥은 가벼운 데다 보관성 등 실용성이 뛰어나 백성들의 일상생활에서도 널리 사용되었으므로, 고대의 여러 발명품 가운데서도 단연 두드러진 혁신적 도구로 자리 잡았다.

이외에도 조세의 공평한 수입을 위해 길이와 무게, 용량을 나타내는 계량 도구의 단위 또한 통일된 기준을 사용하게 했다. 이처럼 통일제국을 효과적으로 다스리기 위한 다양한 시도들은 고대 아시아 국가 중 그 어느 나라도 이룩해 내지 못했던 혁신적 성과로, 秦시황의 업적 중에서도 가장 뛰어나다고 평가받는 것들이었다.

진시황은 이어 통일 전前 열국의 부호들을 도성인 함양으로 강제 이주시키도록 했는데, 그 수가 12만 호에 달할 정도였다고 한다. 이듬해 시황은 농서와 북지를 순행해 서북쪽 변방의 상황을 파악하고 돌아왔다. 또 도성에 새로운 궁실 등을 짓게 하고, 함양을 사통팔달의 교통중심지로 삼기 위해 대로大路인 용도甬道와 치도馳道를 닦게 했다.

도성의 주요 도로인 〈용도〉는 3장丈(6~7m)마다 길 위에 수목을 심어 멀리서도 보이게 함으로써 아름다움을 더하게 했다. 〈치도〉는 도성인 함양을 중심으로 사통팔달의 외곽을 향해 수월하게 뻗어 나가기 위해 만든 행정 도로망이었다. 동쪽 산동의 임치에서 서쪽 감숙의 동서 대륙을 가로지르는 동방東方 및 서방대로西方大路, 동북의 요동을 잇는 임진도臨晉道와 상군도上郡道, 남쪽의 촉蜀으로 향하는 잔도棧道 및 양자강 아래 광동廣東으로 이어지는 무관대로武關大路, 동남방 회계에 이르는 황해도黃海道가 그것이었다.

치도의 폭은 50보步로 무려 약 67m에 달하는 것이었는데, 사방으로부터 조세를 거두어들이는 외에 주로 군사 용도를 위한 대로였다. 이를 위해 산을 깎고 골짜기를 메우는 대규모 토목공사가 곳곳에서 벌어졌다. 이는 고대에 마차가 다닐 수 있는 아우토반급 고속도로를 사방에 건설한 것이나 다름없는 것으로, 규모에 있어서 유럽의 중앙을 종縱으로 내달리던 로만Romantic가도街道는 비교도 되지 않는 것이었다. 대륙을 통치하기 위한 진시황의 생각과 그 크기가 이토록 남다른 것이었다.

진시황은 또 BC 212년에는 천하를 순행할 때 구원九原에서 감천甘泉까지 곧장 가기 위해 몽염을 시켜 길을 내게 했다. 그리하여 도성인 함양 위쪽의 운양雲陽에서 시작해 오르도스의 초원을 지나, 북쪽 음산陰

山 아래 황하의 최북단인 구원(후허하오터)까지 통하는 1,800여 리里의 〈직도直道〉가 만들어지게 되었다. 이는 또 북방의 흉노를 대비해 여차하면 군사들을 빠르게 이동시킬 수 있는 군용도로이기도 했다.

진시황이 획기적으로 건설한 이 길은 공교롭게도 후일 흉노를 포함한 북방민족들이 반대로 秦을 포함한 중원의 나라를 빠르게 공격해 내려오는 통로로 활용되었으니, 양날을 가진 칼을 만든 셈이었다. 어쨌거나 직도를 추가한 것은 함양을 중심으로 하는 팔대로八大路의 완성을 의미하는 것이었고, 그만큼 사람과 문명의 이동을 혁신적으로 빠르게 해준 이기利器가 틀림없었다.


시황 28년이자 통일 이후 2년째 되던 BC 219년, 그사이 나라가 안정되니 진시황이 자신의 나라를 돌아보는 일에 나서고자 명을 내렸다.

"동쪽으로 순행을 나갈 것이니 만반의 준비를 하라!"

진시황이 황제에 올라 처음으로 나선 순행 길의 목적지는 산동반도 서쪽 평원에 솟아오른 태산泰山이었다. 시황이 이때 태산에 올라 조상과 하늘에 제를 올리는 봉선封禪을 행했는데, 옛 노魯나라 땅의 유생들을 모아 비석을 세우고, 제단을 쌓게 했다. 태산은 그때까지 중원의 화하족들이 신성하게 여기던 선산仙山이 아니었고, 오히려 동이東夷족이 널리 숭배하던 산이었다.

태산은 원래 대산岱山이라고 불렀다. 일찍이 BC 13세기 말, 남국왕藍國王 금달今達이 아홀阿忽단군의 명을 받아 무을왕武乙王이 다스리던 은殷나라 정벌에 나서, 회대淮岱 땅을 평정하고 산동 일대에 엄이淹夷, 서이徐夷, 회이淮夷 등을 세웠는데, 바로 그 岱 땅이 태산 일대를 말하는 것이었다. 따라서 시황의 태산 봉선은 이후로 분분한 해석을 낳았다.

진시황의 시조로 일컬어지는 백익伯益은 원래부터 東夷부족의 수령으로 알려졌으며, 순임금이 그에게 영嬴씨 성을 하사했었다. 이후 우순虞舜의 뒤를 이어 하夏나라를 세운 우임금이 자신의 오른팔 격인 백익에게 임금의 자리를 선양하려 했으나, 동이족 출신에게 임금 자리를 내줄 수 없다 하여 우의 아들인 계啓와 그 일파가 백익을 축출해 버렸던 것이다.

영嬴씨 성을 가진 백익의 후손들은 夏나라를 거쳐 상商에 이르기까지 역대 왕실에 충성을 다했다. 그러나 BC 11세기경 周나라의 건국과 함께 周왕실로부터 홀대를 당하면서 서쪽 변방으로 내쳐지고 말았다. 이후 8백 년을 버티며 갖은 노력 끝에 진시황에 이르러 오히려 중원을 통일시키고 마침내 대륙의 주인이 되었으니, 시황의 조상에 대한 자부심과 감회가 남달랐을 것이다.

따라서 당시 진시황이 태산에 오른 것은 자신의 조상들이 처음 일어난 동쪽의 태산 일대를 신성시함으로써, 영씨 조상들의 뿌리 깊은 근원을 과시하려는 중요한 정치적 행위가 아닐 수 없었다. 시황은 당시 태산에 이어 발해渤海(창해滄海) 바다가 내려다보이는 지부산之罘山에 올랐고, 그 남쪽 낭야산琅邪山에서도 석 달이나 머물면서 명을 하나 내렸다.

"인근의 백성 3만 호를 낭야산 기슭으로 옮겨 살게 하되, 한 해 동안의 요역을 면제해 주도록 하라!"

그리고는 사실상 자신의 공을 기리는 공덕비까지 세우고 돌아왔다. 시황은 이후로도 태산 주변을 두루 순행하면서 이 지역에 많은 관심을 드러냈다. 그런 연유로 중국인들은 태산을 〈동악東岳〉이라 부르며 신성시했고, 후대의 여러 제왕들이 시황을 흉내 내며 봉선 의식을 거행하곤 했다.

이듬해인 BC 218년 봄에도 시황은 동순東巡을 감행해 동관東關의 하남 양무현陽武縣에 있는 박랑사博浪沙를 지나게 되었다. 그때 뜻밖에도 천하를 떠들썩하게 한 엄청난 사건과 마주치게 되는데, 바로 시황제를 시해하려는 또 다른 시도가 있었던 것이다.

당시 천진 아래 발해만을 끼고 여씨黎氏 왕족이 다스리는 〈창해국滄海國〉(예국濊國)이 있었는데, 〈기씨조선〉의 번국으로 추정되었다. 필시 이들은 여국黎國을 비롯해 기씨에 멸망당했던 낙랑과 고죽의 일파들이 일어나 세운 나라로 보였다. 그런데 창해왕의 신하 중에 여씨 왕족의 일원으로 여홍성黎洪星이라는 이름난 역사力士가 있었다.

그는 燕나라가 秦에 의해 핍박을 당하는 것을 보고 장차 그 화가 조선에도 미칠 것을 염려했다. 여홍성은 창해왕에게 〈부여〉와 〈진한〉, 〈기씨조선〉 등과 연합해 秦에 맞서야 한다고 건의하는 한편, 실제로 이 뜻에 공감하는 동지들을 찾아 나섰다. 그러나 소국(창해)의 왕이 이를 수용할 리도 만무했고, 같은 이유로 세력을 규합하는 데도 실패했다.

여홍성은 잔뜩 실망한 채로 燕나라로 들어갔는데, 그때 형가荊軻를 만나 사귀고는 두 사람이 장차 죽음을 같이하자고 할 정도로 깊게 우의를 다짐한 벗이 되었다. 여홍성이 귀국한 뒤로 형가는 燕태자 단에게 포섭되어 秦왕 시해 음모를 꾸미게 되었다. 형가는 즉시 창해역사 여홍성에게 연락해 거사를 함께 도모하자고 했다. 당시 형가가 역수를 건너기 전에 애타게 기다린 인물이 바로 여홍성이었다는데, 태자 단이 부단히도 재촉하는 바람에 부득이 태자가 천거한 진무양과 함께 먼저 길을 떠나야 했던 것이다. 그러나 끝내 진왕을 시해하는 데 실패하여 형가는 장렬한 죽음을 맞고 말았다.

뒤늦게 이런 사실을 알게 된 여홍성이 역수에 와서 형가의 안타까운 죽음을 애도하며 구슬피 울었다.

"에구, 이 야속한 친구야! 어차피 죽음으로 가는 길을 조금 더 기다리지 못하고 무예 그리 빨리 가야 했는가? 흑흑!"

여홍성은 형가의 시해 미수 사건으로 진왕의 분노를 산 연나라가 이제 곧 망할 것이고, 그리되고 나면 秦王이 더욱 노골적으로 야심을 드러낼 것으로 판단했다. 그는 이번에는 마지막 남은 齊나라로 가서 즉묵卽墨대부의 주선으로 제왕 건建을 만나 자신의 계책을 고했다.

"秦王이 여태 齊나라를 공격하지 않은 이유는 산동의 5국을 멸망시키지 못했기 때문이지, 제나라를 아껴서가 결코 아닙니다. 이제 다섯 나라 모두가 망했으니 진왕은 반드시 제나라로 공격해 들어올 것입니다. 그러니 제나라가 먼저 군사를 일으켜 秦을 공격하고, 다른 한편으로 이제는 秦에 병합된 삼진(韓, 魏, 趙)의 나라들을 공격하는 것이 좋을 것입니다."

"……."

齊왕이 갑자기 뜬금없는 소리를 하는 여홍성을 마뜩하지 않게 바라보는 가운데 홍성이 말을 이어 나갔다.

"지금 삼진의 영웅호걸 중에 망해 버린 자신의 조국을 떠나, 견甄과 아阿 등지로 망명해 있는 자가 적지 않습니다. 이들을 불러 모아 삼진을 공격하는 데 선봉으로 삼는다면, 그 유민들도 그들의 소리에 놀라 호응해 돌아올 것이고, 그리되면 굳이 힘을 들이지 않고도 삼진을 다시 복원시킬 수 있지 않겠습니까? 삼진이 다시 일어선다면 중원의 반을 차지하게 되니, 그때 열국이 모두 연합한다면 다시금 秦과 겨룰 만할 것입니다."

그러나 안타깝게도 齊왕은 秦王에 맞서 싸울 결기를 가진 인물이 아니었고, 제나라 조정이 진나라의 뇌물을 먹은 간신들로 가득하니 그 뜻이 통할 리가 없었다. 그 후 얼마 지나지 않아 여홍성이 경고한 대로 齊나라가 망해 버렸고, 그 이상 기댈 곳을 찾지 못하게 된 그는 더욱 분개한 끝에 홀로 함양궁에 들어가 시황을 암살하려 했다. 그러나 형가의 시해 미수 사건 이후 시황이 도무지 외지 인사들을 만나 주지 않았으므로 그 뜻을 펴지 못한 채, 쓸쓸히 귀국해야 했다.

그럴 즈음에 가장 먼저 망해 버린 韓나라에서 장량張良이란 자가 용케 여홍성을 찾아왔다. 장량은 韓나라의 왕족으로 그의 조부와 부친 모두가 韓의 5代 군주를 모신 상국 출신이었다. 장량은 韓이 秦에 병합되는 과정에서 3백여 일문의 가족들이 피살되었기에 秦시황에게 뼛속 깊은 한恨을 품고 있었다. 그런 장량이었기에 韓왕실의 원수를 갚겠다는 일념으로 막대한 가산을 정리해, 창해국으로 피해 와 있었다. 그 무렵 장량이 창해왕을 찾아와 알현하니, 마침 창해왕이 여홍성의 이야기를 해 주었던 것이다. 장량이 그 즉시 여홍성을 찾아 조심스레 인사말을 건넸다.

"망국 韓나라에서 온 장량이라 합니다. 창해왕의 소개로 고명하신 역사를 만나 보고자 이렇게 찾아뵈었습니다만……"

장량이 여홍성에게 가슴속 깊은 원한을 슬그머니 풀어놓자니, 여홍성이 크게 위로하면서 오히려 시황에 대한 분노를 아낌없이 표출하는 것이었다. 장량이 그런 여홍성에게 마침 좋은 정보가 하나 있다며 귀띔해 주었다.

"진시황이 이번에 봉선 의식을 거행하고자 산동으로 순행을 나온답니다. 이 기회를 잘만 이용한다면 그를 격살해 버릴 수 있지 않겠습니까?"

그 말을 들은 여홍성이 두 눈을 번쩍이면서 크게 기뻐했고, 장량과 여홍성은 이내 뜻을 같이하기로 철석같이 약속했다. 여홍성은 창해국에서 그 힘을 따를 자가 없는 괴력을 지닌 장사였다. 그는 순행이 예정된 날에 120근(약 30kg)이나 되는 철추(쇠망치)를 준비해, 시황이 지날 것이라는 양무 박랑(회경懷慶)의 모래언덕에 잠복한 채 진시황이 나타나기를 기다렸다.

시황의 순행단에는 화려하기 그지없는 수십 대의 마차가 항상 동행
했고, 무예가 출중한 맹장과 무사들이 시황 일행을 철통같이 경호했다.
또한 구름같이 많은 일행의 앞뒤, 양옆으로도 철갑을 입은 기마무사들
이 번쩍이는 창을 들고 따르는 데다, 전통을 멘 갑사들의 눈길이 삼엄해
가까이 접근하는 것 자체가 힘들었다. 게다가 시황이 타는 3대 이상의
초대형 마차는 온통 지붕과 덮개로 가려져 있었고, 매번 수레를 바꾸어
타면서 철저히 비밀에 부치니 시황이 어느 마차에 타고 있는지를 제대
로 알 길이 없었다.

마침내 진시황 일행이 박랑에 당도해 요란한 행차를 서두르고 있었
다. 모래언덕에 숨어 이를 지켜보던 여홍성은 막상 시황 일행이 눈앞에
나타났음에도 도무지 시황이 어느 마차에 탔는지 몰라 크게 당황했다.

'아뿔싸, 대체 시황이 어느 마차에 탔는지 도통 알 수가 없게 만들었
구나……. 지독한 놈들!'

평소 시황이 의심이 많다 보니 부副마차의 위세가 정正마차보다 더하
게 꾸미고 다녔던지라, 순간 여홍성은 시황이 부마차 안에 타고 있을 것
으로 판단했다. 마차에서 멀찌감치 떨어져 있던 여홍성이 벌떡 일어나
가장 화려하게 꾸며진 부마차를 향해 땅이 꺼질 것 같은 괴성을 내지르
며, 예의 무거운 철망치를 해머처럼 빙빙 돌려 힘껏 날려 버렸다.

"이야압!"

"휘리릭 쾅, 와지끈!"

갑자기 하늘에서 날벼락이 떨어지는 소리와 함께, 시황의 부마차 가
운데 한 대가 지붕부터 수레바퀴에 이르기까지 박살이 나고 말았다. 워
낙 놀라운 소동이 순식간에 눈앞에 펼쳐지니, 마차를 호위하던 무사들

과 수많은 군사가 정신을 차리지 못해 감히 여홍성을 추격할 생각조차 하질 못했다. 여홍성은 시황의 시해 여부를 제대로 파악도 하지 못한 채, 번개처럼 말을 몰아 박랑의 모래언덕을 탈출하기 바빴다.

천운인지 용의주도함 때문인지, 어쨌든 진시황은 창해역사 여홍성의 격살 시도에도 용케 살아남았다. 극도로 분노한 진시황이 주변에 추상같이 명을 내렸다.

"나라 전역에 20일간의 계엄령을 내리고, 열흘 안으로 범인을 잡아들여라!"

그 바람에 애꿎은 인근 마을의 백성들이 잡혀 들어가 온갖 고초를 당했고, 수많은 마을이 초토화되었다. 얼마 후 진시황 격살이 실패한 사실을 알고는 장량과 여홍성은 크게 낙담했다. 두 사람은 이름을 숨긴 채 신속하게 강소江蘇 땅으로 피해 오랜 세월을 숨어 지내야 했다.

비록 장량과 창해역사 여홍성이 박랑에서 벌였던 〈진시황 격살〉 시도가 실패로 돌아가긴 했으나, 이 사건은 秦에 병합된 산동 6국의 백성들과 공족公族들, 애국지사들의 가슴을 뒤흔들기에 충분했다. 당시 시황제가 통일 전쟁을 통해 벌인 대량학살과 강제이주, 대규모 공사 현장의 가혹한 노역 등으로 6국 백성들의 분노가 한창 끓어오르던 중이었다. 창해역사의 시황 격살 시도는 마치 타는 불에 기름을 끼얹은 듯 그들의 복수심을 훨훨 타오르게 했던 것이다.

실제로 이들의 분노는 10년 후 〈진승陳勝·오광吳廣의 난〉으로 이어지게 되었고, 결국 이듬해 진시황을 죽음에 이르게 했다. 이후로 6國의 공족들이 저마다의 나라를 다시 일으켜 세우면서, 秦나라 전역이 8년간이나 전란에 휘말린 끝에 망하고 말았으니, 창해역사의 시황 격살 시도는 결코 실패한 게 아니었던 것이다. 이는 마치 20세기 초에 하얼빈역에서 일본제국의 이토 히로부미伊藤博文를 향해 방아쇠를 당겼던 안중근安重根 열사의 총성이, 잠자고 있던 중국인들의 분노와 애국심을 일깨운 것과 다를 바 없는 역사적 사건이었던 것이다.

　장량은 나중에 유방劉邦을 도와 한漢나라 건국의 일등공신이 되었다. 당시 진시황의 보복을 두려워한 창해왕은 이 사건을 쉬쉬하며 모른 척 한 데다, 후대의 한무제漢武帝 때 나라가 소멸되다 보니 장량의 이름만이 기억될 뿐이었다. 그러나 당시 秦나라의 위세에 억눌려 있던 산동 6국 백성들의 자존심과 애국심을 흔들어 깨운 것은, 창해역사滄海力士 여홍 성黎洪星이 박랑의 모래언덕에서 일으켰던 청천벽력 같은 철망치 소리였음을 기억해야 할 것이다.


# 7. 秦의 장성과 멸망


　진시황 32년인 BC 215년, 시황이 동쪽으로 또다시 순행을 나갔다가 갈석산에서 燕나라 출신인 노생盧生을 시켜 신선과 고서古書를 찾아오게 했다. 이제 통일 秦나라의 주인이 된 시황으로서는 더는 이뤄야 할 목표가 사라진 만큼, 불로장생이 최대의 관심사가 되어 있었다. 그리하여 어느 때부턴가 신선술神仙術과 그에 달통한 선인仙人들을 가까이하기 시작했다. 노생은 시황에게 많은 경비를 지원받아 바다로 나갔다 돌아왔다는데, 아마도 古조선 지역을 다녀온 것으로 보였다. 당연히 신선을 만났거나 불로초를 찾았을 리 만무했으므로, 그는 불로초 대신에《녹도서錄圖書》라는 예언서를 구해 시황에게 바쳤다.

문제는 이 책에 들어 있던 다음의 문구였다.

"秦을 망하게 할 자는 호胡다!"

여러 논의 끝에 시황은 '胡'가 바로 이리 떼처럼 몰려다니며 秦의 서북쪽 변방을 어지럽히는 오랑캐 〈흉노匈奴〉라 믿었다고 한다. 그렇지 않아도 수시로 하남을 침범해 오는 흉노를 언젠가는 손보려던 참에 이런 불길한 예언을 대하자, 마침내 시황이 분연히 일어섰다. 시황이 명문 무가武家 출신의 몽염蒙恬을 불러 추상같이 명을 내렸다.

"몽염은 들으라! 장군에게 십만의 대군을 줄 것이다. 그대는 이제부터 서북방의 흉노를 끝까지 추격해 완전히 토벌해 버리도록 하라!"

북방의 흉노는 당시 흉노대인大人이던 두만頭曼이 나타나 선우單于(단우)를 표방하긴 했지만, 아직 국가의 체계를 갖추지 못한 상태였다. 또 유목민의 특성상 너른 초원에 구름처럼 여기저기 흩어져 살다 보니, 秦의 강력한 대군을 막아 내기에는 역부족이었다. 몽염은 시황이 내준 십만(또는 30만)의 대군을 이끌고 마치 토끼몰이 하듯 흉노를 북쪽으로 몰아붙였고, 그 결과 단숨에 황하 안쪽의 드넓은 하남河南의 땅을 차지하는 데 성공했다.

몽염은 내친김에 황하를 넘어 북쪽 훈족의 주요 거점인 고궐高闕과 음산陰山마저 장악해 버렸다. 뜻밖에 秦나라의 엄청난 반격에 직면한 두만은 사태의 심각성을 파악하고는 속절없이 북으로 7백여 리를 달아나 삭방朔方 근처로 피해 버렸다. 이듬해가 되자 시황은 흉노를 내쫓고 빼앗은 땅에 죄수들을 보내 살게 했고, 이로써 통일제국 秦나라가 다시금 음산 아래와 하남 지역을 완전히 장악하면서 절대적 우위를 차지하게 되었다.

몽염이 대공세를 펼쳐 흉노를 황하 북쪽으로 패퇴시키기는 했지만, 그렇다고 훈족 모두가 완전히 사라진 것은 아니었다. 북쪽으로 달아난 훈족은 때를 기다려 언제든지 다시금 남하해 秦나라를 괴롭힐 수 있는 상황이었고, 사실 이는 기동력을 자랑하는 훈족의 주된 전술이기도 했다. 이런 이유로 여전히 마음이 놓이지 않았던 진시황은 서북방의 흉노를 대비해 변방을 더욱 단단히 하겠다는 새로운 구상에 들어갔다.

秦나라의 하남지방 곳곳에는 전국시대 秦을 비롯해 여러 나라가 쌓아 놓은 성곽과 성벽들이 곳곳에 산재해 있었다. 진시황은 이들 기존의 성들을 개보수하고 성과 성을 연결해, 흉노의 주 무대인 서북쪽 하투 지역에 새로이 장성長城great wall을 쌓겠다는 대역사大役事를 꿈꾸고 있었다. 장성은 목표한 지점 사이에 빈틈없이 장벽障壁을 이어 쌓는 거대 공사로, 관건은 그 길이가 얼마인가에 달려 있었다. 시황이 다시금 몽염에게 명을 내렸다.

"장군은 이제부터 나라의 장성을 축조하는 일에 나서야겠다. 이는 보통의 역사가 아닐 것이다. 오랜 시간과 수많은 인부들의 공력이 필요한 만큼, 이제부터 전쟁 포로와 죄수들을 적극 동원하도록 하라! 천하제일 秦의 안위가 그대의 어깨에 놓여 있음을 절대로 잊지 말라!"

그리하여 이른바 진시황의 장성 축조가 시작되었다. 당시 장성을 축조하게 된 주된 목적은 어디까지나 황하 안쪽의 하투 지역을 흉노로부터 방어하기 위한 것이었다. 원래 진장성의 시작은 소양왕(~BC 251년) 때부터였다고 한다. 소왕이 농서와 북지, 상군 일대를 차지하면서 장성을 쌓고 호胡(흉노)를 막으려 했다는 것이다. 그러나 실제로 그 길이 등에 대해 구체적인 기록이 없던 것으로 보아, 이들 장성의 일부를 개보수했더라도 실제 秦장성의 대부분은 이때 새로 쌓는 방식으로 완성된 것으로 보였다.

이를 위해 현 감숙 임조臨洮(민현)에서 출발해 하투를 동서로 비스듬하게 가로질러 섬서 동북 상군上郡의 황하 연변 수덕綬德까지 수천 리에 달하는 장성을 쌓게 되었는데, 이것이 바로 〈진장성秦長城〉의 실체였다. 따라서 널리 알려진 바와는 달리, 진시황이 이때 만리장성萬里長城을 쌓은 것은 결코 아니었다. 당시 시황이 통일 대업을 이룬 만큼, 새로이 산서山西나 하북河北을 가로지르는 장성을 쌓게 할 정도로 거대 공사를 추진할 필요까지는 없었던 것이다.

게다가 진시황이 도로 및 하천 정비를 위한 거대 토목공사 외에 궁궐과 묘지 등의 축조를 끊임없이 추진했으니, 진나라 전체를 노역장으로 만들기에는 다분히 역부족이었을 것이다. 또 이후 시황은 4년을 살았을 뿐이므로, 진장성 축조는 몽염을 통해 시황의 사망 전후를 포함한 10여 년에 걸쳐 이루어진 일이었다. 흉노의 중심부도 산서의 서북부와 내몽골 중서부였으므로, 시황은 황하(河水)에 기대 새塞를 만들고 44개 현에 성을 쌓아 섬서 북쪽의 황하를 방어하는 것을 제일의 목표로 삼았던 것이다.

秦장성이 서북의 흉노를 겨냥한 것임은 나중에 몽염이 장성 축조를 마치고 나서도 주로 上郡에 대군大軍을 오래 주둔시키며 방어에 주력한 사실을 통해서도 알 수 있다. 상군의 바로 동북에 인접한 정양定襄 또한 후일 선비족의 주요 거점으로 현 내몽골 서쪽 지역은 오래전부터 북방 기마민족의 근거지였다. 즉 진한秦漢시대 흉노의 주된 침공 루트가 바로 황하의 북지北地와 함께 동쪽의 상군上郡이었던 것이다. 그 남쪽으로는 황하의 폭이 깊고 넓다 보니 거대하고 물살이 센 강을 가로지르기가 사실상 불가능했고, 실제로 북방민족이 황하를 건너 上郡 아래로 중원을 침공한 사례도 거의 없었다고 한다.

그런데 당시 흉노는 두만선우를 중심으로 겨우 결집하는 국면에 있었고, 중원이 통일 전쟁에 휘말린 틈을 타 하남으로 내려와 살면서 수시로 변방을 노략질하던 수준이라 당장 秦에 치명적인 위협이 된 것도 아니었다. 따라서 하투 지역에서의 갑작스러운 장성 구축은 분명 이례적인 것으로 녹도서의 예언이 시황의 결정에 적지 않은 영향을 준 듯했다. 게다가 진장성 이전부터도 秦을 포함한 중원의 열국들은 부분적으로 여러 곳에 장성을 쌓아 둔 상태였다.

원래 황하의 최북단, 음산 아래의 정양定襄, 운중雲中, 오원五原 등은 오래전부터 융족戎族(맥족)의 강역으로 古조선 진한辰韓의 번국들이 다스리던 지역이었다. 그러다 춘추春秋 말기인 BC 5세기에 조양자趙襄子가 代를 깨뜨리는 데 성공한 이후로 晋이 차지했었다. 이어 晋이 삼진으로 분리될 때 趙나라가 代와 구주산 북쪽을 차지했고, 魏나라가 상군과 하서를 가지면서 각각 융과 경계를 마주하게 된 것이었다.

그 후 전국시대에 하투 내 남서변의 의거국이 성곽을 쌓아 秦과 대치했으나, 혜문왕이 의거의 25개 성을 모두 빼앗은 데 이어, 魏까지 공격해 서하와 상군 전부를 秦이 차지해 버렸다. 다시 소양왕 때 선태후가 의거왕을 감천궁에서 죽이고 〈의거〉를 멸망시킨 다음에는 秦이 농서隴西, 북지, 상군을 차지해 장성을 쌓고 호胡(융戎)를 막아 내려 했다. 그 밖에도 태항산 아래 중산국 또한 趙나라의 침공을 방어하기 위해 남쪽으로 성을 쌓았고, 齊와 魏, 월越, 燕나라 등도 제각각 방성 등을 쌓았다.

BC 4세기 말엽에는 이와는 별개로 趙무령왕이 호복기사를 양성해

辰韓(동호)의 번국이면서 하투 안팎에 있던 임호林胡와 누번樓煩을 정복하는 데 성공했다. 무령왕은 음산 서쪽 기슭을 따라 고궐高闕까지 매우 긴 장성을 쌓아 새塞로 삼았고, 운중, 안문雁門, 대군代郡을 설치했다. 얼마 후 燕소왕 때는 진개가 〈東胡 원정〉에 성공해 조양造陽에서 양평陽平까지 장성을 쌓고 상곡 등 연오군燕五郡을 두어 胡를 막았다고 했다.

그런데 이 양평은 북경 위의 창평昌平이고, 조양 또한 현 요령의 조양朝陽이 아닌 하북의 조양造陽으로 조선하의 상류인 조하潮河와 백하白河 사이에 있었다. 따라서 애당초 燕장성은 실제로 그리 길지도 않았고, 동호(진한)의 공격에 대비해 남북으로 세운 장성이었다. 그런데도 후일 燕장성의 동단이 요동의 양평이라며 동서로 길게 세웠다는 주장은, 주로 후대인 16세기경 명조明朝 때 세운 것을 연조燕朝 때 세웠다고 조작한 것들이었다. 전국시대의 燕나라는 결코 패수浿水(조선하)를 넘지 못했기 때문이었다.

따라서 후일 진시황 때 서쪽 임조에서 요동까지 〈만리萬里장성〉을 쌓았다고 주장하는 것은 역대 중국의 왕조들이 거대제국의 분열을 막고 중국을 하나로 단결시키고자, 이를 중국을 표상하는 대표적 상징으로 이용해 왔기 때문이었다. 실제로 통일제국 秦은 15년 단명으로 급하게 망하고 말았는데, 秦 멸망 이후 후대에도 진장성長城을 포함해 기존에 쌓은 趙장성과 燕의 장새長塞 등을 연결하고 새로이 축조하는 작업이 끊임없이 이어졌다. 한漢은 물론, 북제北齊와 북주北周, 북위北魏 등의 선비 왕조들까지 꾸준히 성을 쌓았고, 심지어 그 일부에는 고구려가 쌓은 성곽들도 포함되어 있었다.

특히 명明 왕조는 유독 원元의 후예인 몽골과 여진인 후금後金, 朝鮮 등 북방민족을 의식해, 본격적으로 동쪽 산해관山海關에서 서쪽의 가욕

관嘉峪關에 이르는 장성 축조에 몰두했다. 따라서 〈만리장성〉을 완성한 것은 주로 明나라 때의 일이었으며, 서달徐達이라는 걸출한 토목영웅이 이를 주도했다. 북경을 위시해 동북의 고산지대에 단단한 벽돌을 쌓아 수려한 성곽과 봉화대의 모습을 갖추게 된 것도 대부분 명대明代의 공사였다. 반면 춘추전국시대는 물론 명대에 이르러서도 황하 인근에 쌓은 성의 대부분은 진흙 판축을 이용한 토성土城이었다.

결과적으로 만리장성이 구축된 역사는 크게 진시황 치세와 그 前과 後의 3시기로 구분된다. 만리장성은 그렇게 2천 년이라는 오랜 세월에 걸쳐 여러 왕조가 복합적으로 지어 낸 결과물이지, 진시황 대의 짧은 기간 동안 한꺼번에 완성된 것이 결코 아니었던 것이다. 그런 역사적 사실을 간과한 채 사람들은 그 거대한 성곽의 크기와 규모 앞에서 우선 압도당하기 바빴고, 중국인들은 오래도록 만리장성이 진시황 때 완성된 것처럼 꾸며 왔다.


만리장성의 진정한 가치는 2천 년 동안 번갈아 가며 중국을 지배했던 수많은 왕조들이 함께 이룩한 문화유산으로, 그 속에 다양하고 복잡한 여러 민족의 역사가 중첩적으로 뒤섞여 있다는 점에 있을 것이다. 그러나 시대를 불문하고 일관되게 이어진 만리장성의 핵심 역할은 바로 강성한 북방민족으로부터 중원中原을 방어하려던 것이었다. 달을 가리키는데 그 손가락만을 보려는 것처럼, 중국인들의 과장이나 지나친 미화, 당장 눈앞에 펼쳐지는 장성의 위용에 현혹될 일이 결코 아닌 것이다.

더구나 秦장성 하나에만 30~40만에 달하는 인부들이 동원되었다니, 장성의 벽돌 하나하나에는 성 축조를 위해 노역장으로 끌려갔던 전쟁 포로나 죄수 등 수많은 인부의 피와 땀, 눈물이 배어 있었다. 수십 년에 걸친 秦의 통일전쟁과 대규모 토목공사를 위한 징발로 집마다 남자가 귀해졌으니, 민초들이 겪는 고통과 애환은 말로 다 할 수 없었을 것이다. 이는 훗날 秦나라에 대한 대대적인 민심 이반으로 이어져, 천하의 첫 통일제국 秦나라가 고작 15년 만에 단명하는 결정적 원인이 되었다. 진시황은 단 한 번도 상상해 보지 못한 일이었을 것이다.

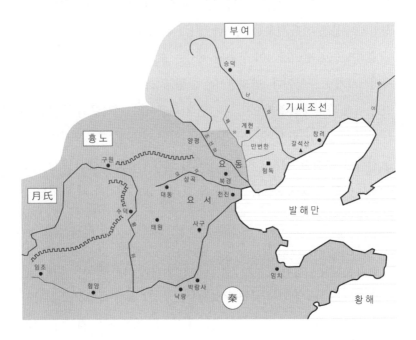

秦의 중원통일과 진장성

시황 34년인 BC 213년, 시황이 함양 궁궐의 조정에서 70여 박사들에게 연회를 베풀자, 박사들이 돌아가며 시황의 장수를 축원했다. 복야僕射 주청신周靑臣이 시황의 비위를 맞추는 말을 했다.

"그 옛날 진나라 땅은 사방 천 리에 불과했으나, 폐하의 성덕으로 온 세상을 평정하고 만이蠻夷를 쫓아내니 복종하지 않는 자가 없게 되었습니다. 또 제후국을 군현으로 삼으시니 모두가 평안하고 전쟁이 사라졌습니다. 그러니 상고시대부터 그 어떤 군주도 폐하의 위엄과 덕망에 이르지는 못할 것입니다!"

시황제가 크게 기뻐하고 있는데, 느닷없이 齊나라 출신 박사 순우월 淳于越이 나서서 뜻밖의 문제를 제기했다.

"은나라, 주나라가 천 년을 간 것은 그 자제나 공신들을 제후로 봉해 왕조의 버팀목으로 삼았기 때문입니다. 이제 폐하께옵서 천하를 가지셨으나, 자제들은 모두 평민 신분이라 갑자기 조정이 위태로움에 처하게 된다면 누가 나서서 폐하를 도울 수 있겠습니까? 옛사람을 본받지 않고서는 오래 유지될 수 있는 것이 없다 하였습니다. 지금 주청신이 아첨하며 폐하의 잘못을 가리려 하니 충성스럽지 못한 사람입니다!"

이는 그동안 잘 시행되어 오던 군현제郡縣制의 문제가 크다며 前과 같은 분봉제分封制로 돌아가야 한다는 주장이었다. 당시 진시황은 수십 명의 자식을 두었는데, 그중 장남인 부소扶蘇를 포함해 이십여 명의 태자들이 있었다. 순우월의 말 또한 황제의 자식들을 배려해야 한다는 뜻이었으니, 그 역시 또 다른 아첨의 말을 하기는 마찬가지였던 셈이다. 그러자 시황제가 갸우뚱하며 대신들에게 한번 이 문제를 논의해 보라고 일렀다.

그러자 이때도 예외 없이 승상 이사가 나서서 순우월의 말을 대놓고 성토했다.

"예전에는 제후들이 서로 다투다 보니 떠도는 선비들을 후하게 대접했으나, 천하가 안정된 지금은 통일된 법령으로 다스리니 백성이나 선비들이 그를 따르면 될 일입니다. 그런데도 유생들이 법령을 따르려 하지 않고 옛것을 들어 이 시대를 비난하면서 세상을 어지럽히고 있습니다. 또 황제께서 천하를 합하여 흑백을 구별하고 지존 한 분에 의해 모든 것이 결정되거늘, 사사로운 학문 따위로 법령과 교화를 비난하고 함부로 이를 논하며, 아랫사람들 앞에서 이를 비방하고 있습니다."

그러자 모두 눈이 휘둥그레져 이사의 말에 촉각을 곤두세웠고, 시황 또한 흥미롭다는 표정으로 경청했다. 이사가 더욱 결연한 눈빛으로 거침없이 강경 발언을 이어 나갔다.

"그러니 장차 이를 금하지 않는다면 군주의 위세를 떨어뜨리고 붕당이 만들어질 것이므로, 신이 사관에게 명해 秦나라 기록 이외에는 모두 태워 버릴 것을 주문하고자 합니다. 또 박사도 아닌 자가 감히 시詩와 서書 및 제자백가의 저작을 소장하고 있다면 모두 태우게 하시고, 그래도 끼리끼리 모여 여전히 詩와 書를 말하는 자가 있다면 저잣거리에서 죽여 보이시옵소서! 옛것으로 오늘을 비난하는 자는 일족을 멸하시고, 이를 태만히 하는 관리에게도 같은 죄를 물으시옵소서. 다만, 없애지 말아도 될 것은 의약, 점복, 종수種樹에 관련된 서적들일 것입니다!"

"……."

이사의 살기등등한 성토에 조정의 대신들과 박사들이 기겁하여 침만 꼴깍 삼킬 뿐, 한참 동안 조용한 침묵이 감돌았다. 그런 상황을 말없이 예의주시하던 황제의 입에서 간단한 영이 떨어졌다.

"허락하노라!"


그렇게 〈분서령焚書令〉이 내려짐에 따라 秦나라 역사와 백성들의 일상생활에 긴요한 생활 서적류를 제외하고는 《시경詩經》, 《서경書經》과 같은 다른 나라의 역사서는 물론, 제자백가를 비롯한 유교 관련 서적들이 대거 불에 타는 참화를 당하고 말았다. 이처럼 이 사건의 본질은 사상 초유의 대규모 분서사건에 가려지기 쉬운 것이었지만, 사실은 당시 대신들 사이의 노선투쟁이 생각보다 극심했음을 상징하는 것이었다.

사실 공자孔子가 집대성한 유교儒教의 논리는 하늘의 도리를 실행하는 천자天子를 중심으로 그 아래 제후諸侯와 대부大夫, 사士, 평민 등 신분의 차별을 인정하는 것이었다. 소위 종법제宗法制를 통해 정해진 신분을 세습하고, 각자의 신분에 맞는 질서인 〈예禮〉를 중시하며, 그 예를 따르기 위해 〈인仁〉을 지키는 것이 사회 안정에 유효하다는 논리였다. 이에 반해 신흥세력들은 능력과 강력한 법질서를 중시하는 법가法家 학설로 대응하면서 봉건체제와 구질서의 타파를 위한 개혁을 강조했다.

　그러나 이제 秦시황이 천자인 황제에 오른 만큼, 유학자들은 황제를 중심으로 하는 구질서로 돌아가면 되는 것이라며 황제를 설득하려 했다. 즉 1인 황제 중심의 법령에 기대려는 신체제에 맞서, 다양한 신분과 계급에 맞추어 자연스럽게 권력의 분산을 지향하는 구체제로의 복귀를 꾀한 것이었다. 이처럼 구체제의 저항이 결코 만만한 게 아니었음에도, 결국 진시황이 황제의 권위와 통일제국의 효율적인 통치를 위해 황제 중심의 신체제를 고수했음은 당연한 귀결이었다.

　그럼에도 상고시대의 오랜 세월에 걸쳐 만들어진 인류의 소중한 문화적, 지적 자산을 앞뒤 가리지 않고 불태운 결과는 짧은 식견을 떠나 모든 인류를 상대로 저지른 중대 범죄가 아닐 수 없다. 진시황과 그 추종자들은 멀리 앞을 내다보는 역사관으로 세상을 대하기보다는, 당장 눈앞의 권력과 체제 유지에 더욱 급급했던 것이다. 이로써 당대 지식인들의 입을 막아 여론을 더욱 옥죄고, 가혹한 형벌과 연좌라는 강압적인 정치 탄압을 통해 〈황제 1인 중심〉의 독재 체제만을 더욱 강화했을 뿐이었다. 통일 이전에는 신하들의 충언에 인내할 줄 알았던 秦왕이었으나, 통일의 목표를 이룬 다음부터는 황제 자신의 우상화와 함께 우민愚民정치의 길을 향해 줄달음치기 시작했던 것이다.

분서사건에 이어 이듬해 BC 212년이 되자 또 다른 대형사건이 터지고 말았다. 그해에 시황은 각종 도로 확장과 함께 음산 아래 구원九原까지 〈직도直道〉를 건설하게 했다. 아울러 아방궁阿房宮을 비롯해 곳곳에 수백 채의 궁궐을 짓게 하는 한편, 여산驪山에 장차 자신이 묻히게 될 대형 능묘를 조성하게 했다. 이런저런 공사에 궁형宮刑이나 도형徒刑(유배)을 받은 죄수들이 총동원되었는데 그 인원이 무려 70여만 명에 달했다고 한다.

그 무렵 진시황의 주된 관심은 불로장생不老長生으로 이 좋은 권세와 화복을 영원히 누리고자 하는 것이었다. 특히 시황이 신선神仙사상에 매료되다 보니 시황의 욕망을 간파한 선사仙師와 방사方士, 점술사들이 궁 안을 드나들며 진시황을 부추겼다. 그중에서도 시황의 신임을 가장 많이 얻은 인물은 후생侯生과 노생盧生, 서복徐福 등이었다. 시황은 이들에게 각종 경비를 아낌없이 지원해 주면서 불로초나 단약丹藥 등을 구해 오라 일렀다. 그러나 이들 중 불로초를 구해 오거나 신선을 데려온 자들이 있을 리 만무했다.

노생과 후생 역시 시황으로부터 거금의 돈만 받아 챙기고는 그길로 달아나 버렸다. 문제는 이들이 시황을 농락한 것에 그치지 않고, 시황에 대한 악평을 널리 퍼뜨렸다는 점이었다. 즉, 천하통일 후 더욱 교만해진 시황이 자신을 전지전능한 것으로 여겨 다른 이의 말을 듣지 않고, 독단과 전횡을 일삼는다는 비난의 소리가 퍼지기 시작한 것이었다. 이를 전해 들은 시황이 크게 노했다.

"짐이 방사를 부른 것은 배우고 익혀 선약을 구하려 함이었다. 그런데 이들이 온갖 방도를 쓰고도 불사약을 얻지 못한 채 이익만 챙긴다는 소리가 들리고, 노생 등은 심지어 짐의 부덕함을 비방하고 다닌다고 한다."

결국 시황이 궁 안팎의 방사와 술사 등을 대거 잡아들여 대대적인 심문을 하게 했다. 그 과정에 자기들끼리 서로를 모함하고 고발하니 법령을 위반한 자들이 수백 명이나 되었다. 시황이 강력한 징벌로 널리 경고하겠다는 뜻에서 이들을 함양 땅에 생매장하라는 엄명을 내리는 동시에, 그에 연루된 수많은 사람들을 변경으로 유배시켜 버렸다. 시황의 맏아들 부소扶蘇가 보다 못해 이를 말리고자 간하였다.

"천하가 평정되었으나 멀리 떨어진 곳의 백성들은 여전히 황상을 따르지 않고 있고, 유생들은 공자를 본받으려 할 뿐입니다. 황상께서 법을 엄격하게 적용해 저들을 지나치게 옭아매시게 되면 자칫 천하가 안정되지 못할까 두렵사오니, 이를 살펴 주시기 바라옵니다!"

그러나 시황은 오히려 더욱 화가 나서 자신을 말리는 부소를 감군監軍으로 임명한 다음, 북쪽 변경 上郡의 몽염을 감시케 했으니 아예 도성에서 내친 것이나 다름없는 처사였다. 결국 460여 명의 방사와 선사들이 땅속에 생매장되는 초유의 사건이 벌어지고 말았다. 다만, 이때 이들과 연루된 일부 유생들이 희생되다 보니, 후대에 전적으로 유생들을 탄압한 것으로 변질되고 말았다. 이처럼 시황 말년에 일어났던 희대의 사건들을 〈분서갱유焚書坑儒〉라 부르는데, 오늘날까지도 진시황의 포악함이 드러난 상징적 사건으로 여겨지고 있다.


그러나 이는 다분히 과장된 것으로 秦 정권에 대항하거나 秦나라 멸망 이후 새로운 정권, 특히 漢나라 등에서 자신들의 집권 명분을 위해 진시황을 폄훼하고 그 권위를 훼손하려는 의도에서 크게 부풀려진 측면도 있었다. 그토록 호화롭게 지었다는 아방궁 역시 여전히 그 흔적이 드러나지 않다 보니 후대에 꾸며 낸 이야기라는 설도 있고, 만리장성을 진시황이 모두 쌓은 것처럼 서술하는 것도 같은 맥락이라는 것이었다. 실제 진시황은 온종일 정무에 매달렸던 지독한 일벌레였고, 관리들의 부패에도 지극히 엄격한 군주였다.

그렇더라도 분서焚書는 인류의 문화자산을 불태운 야만적인 행동인데다, 여론을 탄압하고 자신의 통치 방식만을 강요한 데서 비롯된 것임이 틀림없었다. 갱유坑儒 또한 삶과 죽음에 대한 자신의 잘못된 인식과 욕망에서 비롯된 과오를 덮어 버리려는 공포정치와 같은 것이었으니, 그리 변명할 여지가 없기는 하다. 실제로 이들 사건과 창해역사의 시황 격살 시도 등의 영향으로 유생들을 포함한 수많은 지식인들이 秦정권에 등을 돌리고, 공자의 후손들까지도 난에 가담했다고 한다. 〈분서갱유〉의 역사적 실체는 오늘날 일반적으로 알려진 것과는 사뭇 거리가 있고, 오히려 이 사건들이야말로 당시 진시황의 통일 정권이 그리 안정된 게 아니었음을 입증하는 사건이었던 것이다.


이처럼 秦나라 조정이 안팎으로 어수선한 분위기가 이어지는 가운데, 이듬해 BC 211년이 되자, 화성火星이 심수心宿(전갈자리 중심별)와 가까이 만나는 형혹수심熒惑守心 현상이 일어났다. 별자리에 이 현상이 나타나면 제왕이 쫓겨나거나 죽는 수라 하여, 점성가들이 매우 불길한 징조로 여겼다. 그러나 이러한 기록들 또한 주로 왕조가 바뀌거나 나라에 커다란 변고가 생긴 사건에 대해 사후에 기록되는 경우가 많았고, 특히 쿠데타에 대한 명분으로 자주 활용되는 측면도 있었다.

형혹수심 외에도 그해에 유성이 동군東郡에 떨어지는 등 여러 불길한 현상들이 겹쳐 조정의 분위기가 더욱 스산했다. 진시황이 여러 점을 치게 했더니, 불길한 기운으로 가득한 도성을 피해 잠시 순행을 다녀오는 것이 좋겠다는 결론을 얻었다. 결국 이듬해인 BC 210년, 시황이 다섯 번째 순행 길에 나섰는데, 주로 남쪽의 운몽雲夢과 회계지방을 돌아보는 일정이었다. 좌승상 이사와 몽염의 아우로 상경上卿의 자리에 있던 몽의

蒙毅, 막내아들인 호해胡亥 등이 따르고, 우승상 풍거질馮去疾이 수도 함양을 지켰다.

이때 시황은 구의산九疑山에 올라 우禹와 순舜임금께 제사를 지냈다. 또 회계산에 들러서도 재차 대우大禹(우임금)께 제사 지내는 외에, 6國을 통일함으로써 천하에 평화를 가져온 황제 자신의 공덕비를 세우게 했다. 돌아오는 길에는 바닷길을 따라 산동의 낭야에 이르렀는데, 그때 뜻밖에도 9년 전 선약仙藥을 찾아 바다로 떠난 뒤 돌아오지 않았던 서복徐福(서불徐市)이 찾아왔다. 서복이 선약을 찾아 바다로 떠날 때 시황은 그에게 어린 남녀 수천 명을 딸려 보낼 정도로 커다란 기대를 했었다. 서복이 돈만 많이 쓰고 이렇다 할 성과가 없음을 추궁당할까 두려웠는지 또다시 거짓을 늘어놓았다.

"바닷물 속의 봉래산蓬萊山에서 선약을 찾을 수는 있겠으나, 대형 상어가 돌아오는 길을 방해한 탓에 이를 가져오지 못했습니다."

그리고는 활을 잘 쏘는 사람을 보내 상어를 죽여 달라는 청을 했다. 서복이 대범하게도 재차 시황을 속여 잔뜩 돈을 뜯어내려는 속셈을 드러낸 것이었다. 그러나 이번에도 시황은 그에게 지원을 아끼지 않은 채 선약을 찾아오라며 또다시 기회를 주었다. 시황이 말년에 총기를 잃어 정신이 혼미해진 것이 아니라면, 상식적으로 납득하기 어려운 처사였다. 이는 시황이 그토록 선약에 집착할 정도로 장수를 염원했다는 의미였을 것이고, 과학이 충분히 발달하지 않은 고대에 있을 법한 이야기였다.

시황 일행이 다시 낭야를 떠나 7월에는 산동의 평원진平原津에 당도했는데, 무더운 날씨 속에 장거리 순행을 강행한 탓인지 진시황이 덜컥 중병에 걸리고 말았다. 평원진의 서남쪽 사구沙丘(광종현)에 이르기까지 시황의 병세가 더욱 악화되더니, 갑자기 죽을 날만을 기다리는 황망한 처지가 되고 말았다. 그곳은 한때 은殷(商)나라 주왕紂王이 사냥을 위해 짐승을 키우게 했던 곳으로, 황량한 지역에 낡은 궁궐이 남아 있을 뿐이었다. 호복기사로 유명했던 趙나라 무령왕이 〈사구의 변〉으로 장남을 도와주려다 궁 안에 갇힌 채로 굶어 죽은 곳이기도 했다.

그런데 시황은 평소 하루에도 30kg에 달하는 많은 분량의 죽간竹簡을 읽으며 직접 정사를 챙겼을 정도로 근면한 군주였다. 때로는 그 답변이 더욱 길 때도 있었으니, 말이 황제지 시황은 그야말로 지독한 일 중독에 빠져 지낸 지 오래였다. 게다가 진시황 일행이 10개월 동안 달린 길만 해도 대략 15,000km나 되었다니, 하루에 마차로 50km씩을 이동하는 강행군을 지속한 셈이었다. 무더운 날씨에 수만 리에 달하는 장거리 순행에 피로가 누적되고 스트레스가 겹치다 보니, 강건했던 시황의 체력이 이를 견디지 못한 듯했다.

문제는 죽음을 앞둔 시황이 재위 37년에 이르도록 여전히 황후와 태자를 정해 두지 않았다는 데 있었다. 그토록 말들이 많았던 모친 조희趙姬의 영향 때문이었는지 숱한 비妃들을 두고도 딱히 황후를 정하지 않았고, 그러다 보니 장남인 부소를 포함해 이십여 명의 아들이 있었음에도 후계자를 정해 두지 않았던 것이다. 그럼에도 시황 앞에서 죽음을 언급하는 것이 금기시되다 보니, 다들 눈치만 보고 차마 후계 문제를 꺼내지도 못했다.

그런 분위기 속에서의 중병이라 시황도 죽음이 임박했음을 깨달았는지, 환관 조고趙高를 불러 변방에 나가 있던 장남 부소에게 보내는 조서를 쓰게 하고는 옥새까지 찍게 했다.

"몽염에게 군대를 맡기고, 즉시 함양으로 와서 짐의 유해를 맞이한 다음 장례를 치르도록 하라!"

이는 사실상 부소에게 후사를 잇게 한다는 중차대한 내용이었는데, 시황은 이 조서를 밀봉해 조고의 관부에 두게 하고는, 어쩐 일인지 사자에게 내주지는 않았다. 그러다 사구의 평대平臺에서 덜컥 세상을 떠나고 말았다. 한창 활약을 할 수 있는 49세의 나이였다.

황제가 궁 밖의 외지에서 갑자기 사망해 버리자, 승상 이사는 커다란 고민에 휩싸였다.

'나라가 통일된 지 10년밖에 되지 않았는데, 황후와 태자를 정해 놓지 않았으니 그야말로 큰일이다. 이대로 국상이 알려지는 날엔 황상의 시신이 함양에 닿기도 전에 여러 공자들은 물론이고, 통일 전 열국의 공족들까지 일어나 자칫 나라의 변란으로 번질 공산이 크다. 장차 이를 어찌하면 좋단 말인가?'

분명 통일 秦나라가 대제국이긴 하나, 그 연혁이 너무 짧아 여전히 정정이 불안하다 보니 승상인 이사로서는 당연한 우려였다. 이사는 조고 및 시황의 막내아들 호해와 함께 황제의 국상을 일체 비밀에 부치기로 하고, 시신을 통풍이 잘되는 온량거輼涼車 속에 몰래 안치했다. 또 시황의 총애를 받던 환관을 내세워 가짜 황제 행사를 하게 시키고는, 평소처럼 음식을 바치고 장막 안에서 조회까지 보도록 했다.

그렇게 일행이 구원에 이르자 무더위에 시신이 부패하면서 악취가 진동하기 시작했다. 그러자 이사는 소금에 절인 전복을 가득 실은 마차를 온량거 가까이 두게 해 사람들이 냄새를 구별하지 못하게 조치했다. 당시 환관 조고는 마차와 경호를 담당하는 중거부령中車府令에 황제의 명을 전달하는 행부새사行符璽事를 겸하는 중책을 맡고 있었다. 조고는 전에 호해에게 서법 및 법령 등을 가르친 적이 있어 그를 총애했으므로 호해를 황제로 올려야겠다는 흑심을 품고 있었다.

공교롭게도 그 무렵 몽의는 시황이 병이 나자 이름난 산천에 황제의 쾌유를 기원하라는 명을 받아 황제 곁을 떠난 후였다. 조고와 몽의는 정치적으로 앙숙인 관계였는데, 일찍이 조고가 중죄를 저질렀을 때 몽의가 법대로 사형을 내린 것을 황제가 구제해 준 일 때문이었다. 따라서 조고는 변방에 나가 있던 부소가 황제에 오르는 날엔 그와 친한 몽염과 몽의蒙毅 형제가 부상할 것을 내심 우려하고 있었다.

조고가 먼저 어린 호해를 불러 황제에 오를 것을 설득했다. 승상 이사는 조고의 계획에 완강히 반대했지만 결국은 몽염 형제에게 밀려날 것이라는 둥, 협박에 가까운 설득 끝에 호해를 황제로 올리기로 공모했다. 그들은 부소에게 보내려던 시황의 밀봉 서신을 뜯어, 이사李斯가 사구에서 유조遺詔(유언)를 받은 것으로 날조했는데, 그 핵심은 부소가 아닌 공자 호해를 황태자로 삼으라는 것이었다.

이어 변방을 지키던 공자 부소와 장군 몽염에게 보내는 또 다른 조서를 꾸몄는데, 그 안에 그들의 억지 죄상을 열거하고는 그 죄를 묻기 위해 칼을 내리고 스스로 자진하라는 황명을 포함시켰다. 부소는 호해의 식객으로부터 편지를 전해 받고는 울면서 이내 황제의 명을 시행하려 들었다. 몽염이 이를 말렸다.

"겨우 사자 한 명이 가져온 편지니 그 진위를 어찌 알겠습니까? 우선 용서를 구한 뒤에 자진해도 늦지 않은 일입니다."

그러나 사자가 연일 재촉을 해 대자 강직했던 부소는 몽염의 만류에도 불구하고 스스로 목숨을 끊고 말았다. 자결을 완강하게 거부하던 몽염은 별수 없이 양주陽周의 옥에 갇히고 말았다.

얼마 후 사자가 돌아와 부소의 죽음을 알리자, 조고 등은 즉시 순행

길을 재촉해 직도를 통해 서둘러 함양으로 귀경했다. 이어 비로소 시황제의 죽음을 널리 알린 다음, 시황의 18째 아들인 호해를 2세황제의 자리에 올렸다. 9월에 시황이 그토록 공을 들여 미리 조성해 놓았던 여산의 대릉에 시신을 안장하고 장례를 치렀다. 이때 시황의 무덤 안에는 시신을 보호하기 위한 기발한 기계장치들과 함께 진귀한 보물들이 잔뜩 들어갔다. 따라서 그런 사실이 누설되는 것을 막고자, 공사를 했던 수많은 기술자들과 인부들이 밖으로 나오지 못하도록 묘 안을 폐쇄한 채 모두를 파묻어 버렸다.

이듬해 이세二世 황제 원년인 BC 209년, 21세의 호해가 조고를 낭중령郎中令으로 올리고 나랏일을 도맡게 하니, 사실상 조고가 섭정을 맡아 최고의 권좌에 오른 셈이 되었다. 봄이 되자 호해도 동쪽으로 순행을 나갔다 돌아왔는데, 돌아오자마자 조고는 황제에게 새로운 법령을 발표하게 했다. 이는 황제의 권력을 공고히 하고자 죄지은 자들을 무겁게 다스리겠다는 것이었는데, 장차 황제의 짐이 될 수도 있는 시황제의 자식들과 함께 황제를 최측근에서 보필하던 자들을 제거하려는 것이었다. 결국 몽염과 몽의 형제가 각각 희생되었고, 진시황의 자녀 중 열두 명의 공자와 열 명의 공주들이 무자비하게 죽임을 당했다. 그 와중에 이들과 연루된 수많은 사람이 따라서 희생되었음은 말할 필요도 없었다.

애당초 몽염은 죽음을 끝까지 거부했다. 그러다가 어느 순간 자신의 죄를 인정하면서 이내 죽음을 받아들였다고 한다.

"장성을 포함한 수없는 공사로 여기저기 지맥을 끊어 놓았으니 큰 죄가 아닐 수 없을 것이다……"

몽염의 조상은 齊나라 출신들로 그의 조부는 韓나라를 멸망시키고 삼천군을 세운 몽오蒙驁였고, 부친은 楚나라 항연을 깨뜨린 몽무蒙武로 모두 천하의 명장들이었다. 몽염 또한 齊나라를 깨뜨린 공으로 내사內史

(함양 담당)의 지위에 올랐다. 이후로도 10년이 넘도록 진장성 축조에 매달리며 나라에 충성했으나, 허무한 죽음과 함께 멸문지화를 당하고 말았다.

이후로 조고는 황제를 능가하는 권세를 누리며 어린 2세황제를 마음 껏 농락했다. 조고가 법령을 가혹하게 적용하면서 나날이 죽거나 처벌을 받는 사람들이 늘어나자, 신하들 가운데서도 위험을 느끼고 모반을 생각하는 자들이 늘어 갔다. 그해 여름, 마침내 산동에서 楚나라 수비병이었던 진승陳勝과 오광吳廣 등이 반란을 일으켰고, 이를 시작으로 곳곳에서 준걸들이 일어나 스스로 왕이나 제후를 칭했다.

진승의 부장 출신 무신武臣은 趙나라 왕을 칭했고, 위구魏咎는 魏왕을, 전담田儋은 齊나라 왕을 칭했다. 패현沛縣에서도 패공沛公 유방劉邦이 일어났고, 항량項梁은 회계군에서 거병했다. 이듬해가 되자 진승 무리의 규모가 십만을 넘는다는 보고에 호해가 잔뜩 놀랐다. 소부少府 장한章邯이 황제에게 건의했다.

"지금 군사들을 징발하기에도 너무 늦었습니다. 여산에 죄수들이 많으니 그들을 사면하고 무기를 내주어 도적들을 무찌르게 하옵소서!"

호해가 즉시 대사면령을 내리고 장한을 시켜 반란을 평정하게 했다. 장한이 선전한 끝에 성보城父에서 마침내 진승의 목을 베는 데 성공할 수 있었다. 사기가 오른 장한의 정부군은 정도定陶에서도 항량을 무찔렀으며, 이어 임제臨濟에서도 위구의 반란군을 깨뜨리고 그를 죽였다. 장한이 과거 楚나라 땅에서 일어난 반란을 모두 평정한 다음, 북쪽으로 방향을 돌려 하수洹水를 건너 거록鉅鹿에 주둔해 있던 趙왕 헐歇의 무리까지 공격하니, 2세황제의 입장에서 장한을 발탁한 것은 그야말로 최고의 선택인 셈이었다.

그 무렵 조고가 호해에게 엉뚱한 간언을 했다.

"폐하께서는 한창 젊으신 데다 즉위하신 지 얼마 되지도 않았는데, 어째서 공경들과 함부로 나랏일을 논의하십니까? 일이 잘못되면 자칫 신하들에게 약점만을 내보이지 않겠습니까?"

이 말에 호해가 궁궐 깊은 곳에서 좀처럼 모습을 드러내지 않은 채, 조고와 모든 일을 상의했다. 공경들이 황제를 알현하기가 더욱 어렵게 된 가운데, 갈수록 반란군과 도적들이 늘어나기만 했다. 보다 못해 좌승상 이사와 우승상 풍거질, 장군 풍겁 등이 황제에게 건의했다.

"황상, 도적들이 늘어만 가는 것은 변경을 지키거나 수송하는 일에 시달리고, 세금이 무겁기 때문입니다. 청컨대 잠시 아방궁 공사를 멈추게 하시고, 변방의 요역과 운송을 줄여 주옵소서!"

그러자 2세황제가 화를 내며 비아냥거렸다.

"그대들 모두가 선제께서 남기신 업적을 잘 알 것이오. 그대들은 짐이 즉위한 지 2년 만에 사방에서 도적 떼가 일어나도 이를 막지 못하더니, 이제는 선제께서 착수하신 사업들을 버리려 드는 것이오? 대체 선제께 보답하지 않고 짐에게도 충성하지 않으려면 무엇 하러 그 자리에들 있는 것이오?"

결국 호해가 옥리를 시켜 이들을 심문하게 했다. 풍거질과 풍겁은 장상長相으로서의 모욕을 견딜 수 없다며 의연하게 자진해 버렸고, 이사는 옥에 갇히고 말았다.


호해 3년인 BC 207년, 장한이 이끄는 정부군이 드디어 거록을 포위했다. 그러자 楚나라의 상장군 항우項羽가 이를 구원하고자 출병했다. 그해 겨울이 되자 조고는 마침내 승상에 올랐다. 그런데 그 이전에 전국이 반란으로 어지러워지자, 보다 못한 이사李斯가 2세황제에게 조고가 사악한 뜻을 품고 있다며 그를 내칠 것을 건의했다. 그러나 조고를 더 신임하던 황제는 오히려 조고에게 이런 사실을 말해 이사를 조사하게 했고, 이에 따라 승상에 오른 조고의 날카로운 칼끝이 마침내 이사를 향하게 되었다.

결국 조고는 이사가 삼천군의 태수로 있던 장남 이유李由와 모반을 꾀했다며 죄를 뒤집어씌웠다. 이후 가혹한 고문 끝에 억지 자백을 받아내고는, 함양의 시장터에서 무자비하게 요참형에 처해 버리는 한편 그의 삼족까지 멸해 버렸다. 원래 楚나라 출신이었던 이사는 입신을 위해 순자의 문하에 들어가 제왕학 등을 공부한 다음, 최강 秦나라로 들어가 여불위의 사인私人으로 출발했다. 이사는 여불위의 천거로 진왕을 처음 만났을 때 이렇게 설득했다.

"어수룩한 이는 기회를 놓치지만, 큰 공을 세우려는 이들은 남의 약점을 파고들어 밀어붙이는 법입니다."

秦왕이 대범하기 그지없는 이사의 말과 계책을 마음에 들어 해 그를 가까이 두기 시작했고, 이후 진왕의 사주로 열국의 권신들을 찾아 뇌물 공세나 암살을 주도한 끝에 객경으로 발탁되었다. 동문수학했던 한비자韓非子를 죽음에 이르게 한 것도 이사였다. 이후 통일 秦나라에서는 그 활약이 더욱 두드러져 강력한 군현제를 포함해 오로지 황제 1인을 중심으로 하는 각종 행정개혁을 주도했다.

이사는 지방의 권력이 다시는 중앙에 있는 황제의 권위에 도전할 수 없도록 郡과 縣의 성벽을 허물게 하고, 수많은 병장기를 거두어 무기로 쓰일 수 없도록 녹이게 했다. 또 훗날의 근심거리를 근원적으로 차단하기 위해 황제를 제외한 그 누구에게도 땅 한 뼘 나누어 주지 못하도록 했고, 황제의 친자식인 공자들을 포함해 공신들 그 누구도 제후로 삼을 수 없게 했다. 그런 충성의 대가로 그 자신은 승상의 자리에 올라 최고의 권세를 누렸다. 그러나 그토록 뛰어난 능력에도 불구하고 그 쓰임이 백성들의 행복과 안녕보다는 황제 1인의 비위를 맞추고 권력을 좇는 데만 집중되다 보니, 최후로는 허리가 잘리는 참혹한 죽음을 당한 데다 명예롭지 못한 이름만을 영원히 남기고 말았다.

이사를 제거한 조고는 새로이 중승상中丞相에 올라 조정의 모든 일을 결정했다. 그런데 그 무렵 장한 등이 항우가 지휘하는 반란군에 밀리면서 수차례나 퇴각을 거듭했다. 황제가 사신을 보내 호되게 추궁하자, 장한은 장사長史 사마흔司馬欣을 함양에 보내 지원을 요청하게 했다. 그러나 조고가 사마흔을 만나 주지도 않자, 사마흔이 서둘러 돌아와 장한에게 비장하게 말했다.

"조고가 조정을 완전히 장악하고 있어 장군께서는 공이 있든 없든 이래저래 죽게 될 것입니다."

장한이 크게 실망해 있던 터에, 마침 항우의 기습으로 왕리王離가 사로잡히고 말았다. 앞날을 걱정하던 장한이 이참에 군사들을 거느리고 돌연 항우에게 항복해 버리니, 이제 秦나라의 앞날은 그야말로 풍전등화 자체였다. 그 무렵에는 연燕, 조趙, 제齊, 초楚, 한韓, 위魏나라 등 통일 전의 열국 모든 땅에서 제후들이 일어나 저마다 칭왕을 하는 지경에 이르렀고, 모두가 앞다투어 서쪽의 함양으로 향하고 있었다.

조고는 2세황제를 기만하여 궁궐을 벗어나 망이궁望夷宮에 머물게 했다. 그 무렵 패공(유방)이 우여곡절 끝에 항우 밑에 들어가 楚나라의 장수로 있었다. 마침내 유방이 수만에 이르는 반란군을 이끌고 무관武關을 함락시킨 다음, 사람을 보내서 조고와 사사로이 담판을 갖게 했다. 이후부터 조고는 병을 핑계로 조회에 나가지 않았다. 그때서야 이상한 낌새를 알아차린 2세황제가 사람을 보내 사태를 파악하고는 조고를 문책하려 들었다.

소식을 들은 조고가 황제에 앞서 선수를 치기로 하고, 사위인 함양령
咸陽令 염락閻樂을 시켜 사졸 1천여 명을 데리고 망이궁 안으로 진입하게
했다. 사전에 궁 안의 낭중령과 결탁한 염락이 호위무관들과 병사들을
신속하게 제압하고는, 황제를 찾아 스스로 목숨을 끊으라며 겁박했다.
호해는 승상인 조고를 만나게 해 달라 애원했으나 거절당하자 결국 자
결하고 말았다.

염락이 돌아가 조고에게 상황이 종료되었음을 보고하자, 조고는 황
제의 옥새를 슬그머니 꺼내 허리춤에 찬 다음 여기저기 걸어 다녀 보았
다. 그러나 곁에 있던 신하들 누구도 그를 따르려 하지 않았다. 조고가
자신의 한계를 느꼈는지 비로소 여러 대신과 공자들을 불러 2세황제의
죽음을 알리고는 엉뚱한 소리를 했다.

"秦나라도 예전엔 왕국이었소. 이제 다시금 산동의 6국이 일어나는
바람에 진의 영토가 줄어든 만큼, 마땅히 예전의 왕국으로 돌아가는 것
이 합당할 것이오!"

그리고는 시황제의 손자인 자영子嬰을 불러 옥새를 내어 주되, 황제
가 아닌 진왕秦王으로 즉위시켰다. 2세황제 호해는 평민의 예로써 두남
杜南에서 장사 지냈다.

처음부터 조고를 두려워하던 자영이었지만 그는 그리 만만한 인물이
아니었다. 상황을 예의주시하던 자영이 재계齋戒한 지 닷새 만에 환관
한담韓談을 은밀하게 불러 모의했다.

"승상 조고가 망이궁에서 이세二世를 죽이고 거짓으로 나를 내세운
것이다. 들자니 조고는 초나라와 밀약을 맺어 秦나라 종실을 멸망케 한

다음, 관중에서 왕 노릇을 하기로 했다고 한다. 이제 나보고 종묘에 나가 알현을 하라고 하니, 틀림없이 그곳에서 나를 죽이려 들 것이다. 내가 병을 핑계 삼아 나가지 않는다면 조고가 나를 데리러 올 테니 그때 그를 주살해 버려라!"

조고가 여러 번을 불러도 자영이 응하지 않자, 과연 자신이 직접 문병 삼아 왕을 찾아와 책망하는 말을 늘어놓았다.

"종묘에 알현하는 일이 얼마나 중요한 것인데 왕께서 가지 않는 것입니까?"

그러는 사이에 재궁齋宮에서 대기하고 있던 한담이 조고에게 번개처럼 달려들어 그를 찔러 죽이고 말았다. 자영이 조고의 시신을 끌어다 저 잣거리에서 백성들이 보는 가운데 거열형에 처해 버렸고, 이어 조고의 삼족까지 멸해 버렸으니 참으로 대범한 처사였다. 조고는 趙나라의 귀족 출신이었으나 秦과의 전쟁에서 그 부모가 포로로 끌려오면서 하루아침에 비천한 신분으로 추락했다고 한다. 다행히 그가 법령에 조예가 깊은 덕에 시황에게 발탁되었으나, 시황에 대해 깊은 원한을 지녔을 수도 있었다. 그런저런 이유로 진시황은 마지막 순행 때 병사한 것이 아니라 조고에 의해 살해된 것이라는 소문도 파다했다.


함양의 조정이 이렇게 엉망이다 보니, 자영이 즉위한 지 46일 만에 패공沛公 유방이 군대를 이끌고 무관을 넘어 함양궁에 입성했다. 이때 秦나라 조정 대신 중 누구 하나 반란군에 맞서 싸우려는 자가 없었으니, 자영도 어쩔 도리가 없었다. 그는 인수印綬(옥새끈)를 목에 건 비참한 모습으로 황제의 옥새와 부절을 받들고 지도軹道 인근에서 항복했다.

유방이 자영을 옥리에게 넘겼으나, 이내 들이닥친 항왕項王(항우)은 이름뿐인 秦왕에 대해 무자비하게 대했다.

"진왕은 일고의 가치도 없는 자니, 자영의 목을 가차 없이 베어 버려라!"

이어서 秦나라의 도성 함양궁에 불을 놓아 태워 버리라는 명을 내렸다. 진시황 사후 3년 만인 BC 207년의 일로, 이로써 중원 최초의 통일제국 秦나라가 단 15년 만에 연기처럼 사라지고 말았다.

비록 秦나라가 단명으로 사라지기는 했어도, 중원을 호령하기 시작한 효공孝公 때부터 시황까지 7인의 군주가 150여 년을 통치했으니, 오랜 세월 중원의 맹주로서 영嬴씨들의 전성기를 누린 셈이었다. 분명 秦나라는 고대에 최초로 중원을 통일했던 명실상부한 통일제국이었고, 그 너른 강역과 인구에 있어 당대 세계사 어느 곳에서도 보기 힘든 강력한 대국이었다. 진시황에 앞서 백 년 전에 알렉산드로스가 이룩했던 마케도니아왕국이 있었으나, 지배구조 등에서 현격한 차이가 있었고, 후대의 로마제국 또한 진한秦漢에 결코 비교될 바는 아니었다.

秦시황의 노력과 열정으로 중원이 통일되기는 했으나, 그것으로 전쟁을 끝내고 평안을 제공하겠다는 명분은 이내 사라져 버렸다. 대신 진장성을 비롯한 거대하고 끝없는 공사에 당대 백성들의 삶은 더욱 고달프고 비참한 것이었다. 그런저런 이유로 후대의 유학자들은 진시황의 업적을 평가하는 데 지극히 인색한 대신, 오히려 자신의 권력만을 탐낸 희대의 폭군으로까지 폄하시켰다. 제국을 일으키는 것과 그를 지키고 유지하는 것은 서로 다른 방식으로 다루어져야 했건만, 진시황 스스로가 변한 게 없다 보니 결국 실패할 수밖에 없었다는 것이다.

확실히 통일 이후 시황의 행적에는 공도 많았지만, 독선과 아집으로 공경대부와 선비들을 멀리했고, 지나치게 엄격한 형벌로 백성들을 억압했다. 무엇보다 군주로서 인의仁義를 베풀고 미풍양속으로 나라를 다스려야 했건만, 백성들끼리 서로를 감시하게 하고 연좌제를 동원해, 살벌하기 그지없는 경찰국가로 만들어 버렸다. 진장성이나 치도 등 나라의 기반시설(인프라)이 되는 대규모 공사도 진시황이 자신의 거대한 권력과 진나라의 체제 유지를 위해 추진한 것이었을 뿐, 결코 백성들의 안위를 위한 것으로 보기 어렵다는 것이었다.

위로는 공경 대신들에서 일반 백성에 이르기까지 하나같이 시황을 두려워할 뿐 마음이 떠나 있다 보니, 가난한 노비 출신에 일개 수자리(변방 수비) 병사에 불과했던 진승(진섭陳涉)이 나무를 베어 무기로 삼고 장대를 세워 깃발을 높였을 뿐인데도, 세상 사람들이 구름처럼 모여들어 황제에 반기를 들었던 것이다. 백성들을 위하지 못해 민심이 크게 이반된 사실이야말로 강대했던 秦나라가 멸망하는 결정적 원인이었던 것이다.

진시황은 태산에서 봉선제를 올리고 중원통일이라는 조상 대대로의 숙원을 이룩한 자신의 치적을 조상에게 고했다. 그러나 찬란했던 영광은 고작 15년이라는 짧은 시간에 불과했던 반면, 2천 년을 이어 오던 영嬴씨들이 하루아침에 완전히 몰락해 버리고 말았으니, 과연 시황이 저승에서 자신의 선대 조상을 만났더라면 어찌 대했을까? 진시황과 통일 秦나라의 몰락은 권력자가 무엇을 두려워하고 어떻게 나라를 다스려야 하는지와 더불어, 절대권력이라는 자체가 허상에 불과한 것임을 적나라하게 깨우쳐 주는 사례였다.


비록 영嬴씨들과 秦나라는 허망하게 몰락해 버렸지만, 秦시황은 거대제국을 통치하는 데 필요한 행정체제와 국가 기반시설의 구축, 각종 사회제도를 개혁하는 데 있어 타의 추종을 불허할 정도로 눈부신 성과를 보여 준 황제였다. 무엇보다 중국의 화하족들로 하여금 하나로 통일된 제국(One China)의 표본을 선보임으로써, 중화제일주의(China first!)의 이상을 갖게 했고, 후대 중국의 변함없는 핵심 가치로 자리 잡게 했다는 점이야말로 제일의 업적일 것이다.

또한 강력한 통일제국이 중원에 등장함으로써 〈古조선〉을 비롯한 주변국들이 중국(秦)을 넘볼 수 없게 되었을 뿐 아니라, 중국을 두려워하기 시작했다. 상고시대에 2천 년이 넘도록 중원을 호령했던 북방 韓(조선)민족의 역사적 지위는 진시황의 통일 전과 후로 완전히 뒤바뀌고 말았고, 중국이라는 거대한 회오리바람에 빨려들지 않기 위해 몸부림쳐야 하는 절박한 상황으로 내몰리게 되었다. 그런 점에서 후대의 중국인들은 오늘날까지도 진시황에게 가장 큰 빛을 지고 있음이 분명하다. 오늘날 중국의 국호를 秦에서 유래한 차이나China로 부른다는 사실 자체가 중국인들의 인식을 대변한다 하겠다.


한편으로 秦의 멸망은 또 다른 갈등과 새로운 분열의 시대를 초래했는데, 이는 중원이 통일 이전의 열국시대로 되돌아가 버렸다는 사실이었다. 그것은 대규모 전쟁으로 참혹한 죽음이 일상이 되는 혼돈의 시대를 의미했다. 초기에는 팽성에 도읍을 둔 초패왕楚覇王 항우가 단연 두각을 나타내면서, 양梁과 초楚 땅의 9郡을 거느렸다. 항우가 사방의 호걸들을 제후인 왕에 봉하고 군림하는 듯했으나, 그의 일방적인 독단에 반발하거나 논공행상에 밀린 자들을 중심으로 이내 대오가 깨지고 말았다. 이후로는 중원 전체가 제후국들 사이의 피비린내 나는 전쟁의 소용돌이 속으로 다시금 휘말리게 되었다.

무관에서 자영의 항복을 받아냈던 유방은 얼마 후 항우가 주관했던 〈홍문지연鴻門之宴〉(홍문의 잔치)에서 간신히 살아나 한중漢中 땅으로 달아났다. 이후 장량張良, 한신韓信 등의 도움으로 서서히 세력을 키우면서 마침내 항우와 양강兩强 구도를 이루게 되었다. 이미 진시황의 통일제국을 경험한 제후들은 자신의 나라에 만족하지 않고, 너 나 할 것 없이 중원의 재통일을 향해 뛰고 있었다. 秦나라 멸망 후 그렇게 〈8년 전쟁〉의 시대가 이어지게 되었다.

## 8. 묵돌의 동도 공략

생전의 秦시황이 중원을 통일했을 무렵이었다. 중원 안에 더 이상의 적이 없게 되자, 시황은 자연스레 바깥으로 시선을 돌리기 시작했다. 중원의 화하족에게 있어 가장 큰 외부의 적은 고래로부터 동북아시아의 종주국이나 다름없던 전통의 강호 朝鮮이었다. 그러나 燕나라 진개의 〈동호 원정〉으로 진한辰韓이 쇠락하는 등 古조선이 크게 힘을 잃은 지 오래였다. 조선연맹은 구심점을 잃게 되자 갈수록 분열 양상이 가중되었고, 그나마 기씨왕조가 다스리는 〈번조선〉만이 명맥을 유지하는 상황이었다.

그럴 즈음 번조선왕이 사신을 보내 통일 秦나라에 대해 스스로 몸을 낮추면서 화친을 제안했다. 번조선은 진나라가 燕왕 희를 재차 공략할 때 秦나라와 연합해 연나라 멸망에 공을 세운 만큼, 시황도 番조선과의 화친에 응했다. 시황이 이때 番조선과의 국경 지대에 광활한 중립지대를 두어, 서로 간에 침범하지 않기로 하면서 국경선을 정리했다.

그렇게 동북 번조선과의 관계를 외교적으로 원만하게 마무리 지은 진시황은 이제 본격적으로 서북의 흉노(훈족)에 눈을 돌리기 시작했다.

번조선이 통일제국 秦의 등장에 유연하게 대처하면서 충돌을 피한 것과는 달리, 秦의 서북쪽에 무리 지어 살던 〈흉노〉는 변함없이 하남의 변경을 노략질해 댔다. 당시 흉노의 지도자 두만은 스스로 선우單于라 칭하며 제왕의 행세를 하고 있었는데, 원래 두만頭曼 자체는 1만의 병사를 지휘하는 사령관을 지칭하는 고조선의 용어였다.

훈족薰族은 〈춘추시대〉 서융 또는 산융의 당당한 후예들로 융戎(훈Hun, 사람)이라는 민족 고유의 이름 그대로를 쓰고 있었다. 이들이 고조선 서쪽 西몽골의 드넓은 초원으로 진출하면서 오랜 세월 유목생활을 하다 보니, 농경과 수렵에 의존하는 조선민족과 생활방식이나 습성에서 커다란 차이가 났을 뿐이었다. 따라서 훈족은 朝鮮과 같은 계통의 언어를 사용했을 뿐 아니라, 신앙도 같은 천신天神(단군)을 숭배했다.

다만 초원을 따라 여기저기 무리를 지어 이동하는 유목민의 특성상, 세력을 결집하지 못하다 보니 일찍부터 朝鮮의 속민으로 지내 왔으며, 특히 〈전국시대〉에는 주로 辰韓(동도)이 그 종주국이었다. 그러다가 〈진한〉이 쇠퇴하게 되자 서서히 자립의 길을 걷기 시작했고, 전국戰國 말기에는 중원의 나라들을 자주 공격하면서 변방을 어지럽혔다.

그런 탓에 결국은 秦이나 趙나라 같은 중원의 강국을 수시로 괴롭혀 왔다. 특히 진시황이 秦장성을 쌓고 이들을 강력하게 견제하게 되자, 그 기세에 놀란 훈족의 일부는 아예 서쪽 천산天山을 넘어 중앙아시아로 들어가기도 했고, 상당한 수의 훈족들이 외몽골로 피해 들어갔다. 이들 중 서쪽으로 진출한 훈족의 후예들이 중앙아시아를 거쳐 유럽으로까지 진출해, 5세기경에는 게르만족을 압박하기에 이르렀다.

훈족은 사거리가 탁월한 단궁檀弓으로 무장한 데다 강력한 기마부대를 앞세워 질풍노도처럼 달려드니, 게르만족은 그 말발굽 아래 속수무책이었다. 특히 아달라(아틸라Attila)왕이 이끄는 훈족에게 밀린 게르만 민족의 대이동은 유럽 전체를 뒤흔들었고, 결국 〈로마제국〉이 멸망하는 결정적 원인이 되기도 했다. 인류사에 있어 알렉산드로스의 동방 진출 이래, 그와는 반대로 아시아의 동쪽에서 서쪽 유럽으로 진출하여 동서 양이 교류하는 결정적 계기를 제공한 민족이 바로 융족(훈족)의 후예들이었다. 이들의 눈부신 활약은 13세기 그들의 또 다른 후예인 몽골蒙古의 칭기스칸보다 7백 년이나 앞선 것이었다.

두만頭曼선우의 등장 이후로 진시황은 장군 몽염에게 10만 대군을 내주고 흉노를 황하 북쪽으로 패퇴시켰다. 그뿐 아니라 몽염이 10여 년을 매달린 끝에, 하남지방의 임조에서 상군의 수덕까지 동서로 수천 리에 이르는 秦장성을 축조해, 흉노의 남진을 근원적으로 차단코자 했다. 秦나라는 거점별로 성곽마다 성을 지키는 장수와 병사들을 상시 주둔시키면서 변방의 순찰과 방비를 전에 없이 강화했다. 이로써 하남 지역에서 더는 흉노의 모습이 보이지 않게 되었다.

그런데 천년만년 갈 것만 같던 통일제국 秦나라가 고작 15년 만에 하루아침에 무너지는 대격변이 일어나고 말았다. 이후 중국 전역에 흩어져 있던 제후들이 연달아 일어서면서 중국이 거대한 내란의 소용돌이에 휘말리고 말았던 것이다. 그렇게 혼란이 가중되는 가운데 시간이 흐르자, 중원中原이 점차 항우項羽와 유방劉邦을 중심으로 한 양대 세력 간의 다툼으로 정리되는 양상을 보였다. 중원이 이렇게 어수선해진 틈을 이용해 하남지방에 강제로 이주당했던 죄수들 대다수가 자신들이 살던 곳으로 달아나 버리면서, 너른 하남 땅이 어느 순간 텅 비게 되었다.

같은 시기에 동북의 기씨조선(번조선)은 중원의 혼란스러운 사태를 예의주시하고 있었다. 그 틈을 타고 국경지대인 상곡, 어양, 우북평 등지에 살던 옛 辰韓의 유민들과 과거 중원의 燕, 趙, 齊나라 지역의 백성들이 난을 피해 朝鮮으로 대거 쏟아져 들어왔다. 秦나라가 통일되던 해에 기비왕의 뒤를 이은 사람은 그의 아들인 준왕準王(~BC 194년)이었다.

준왕은 조금이라도 세를 불리기 위해 朝鮮으로 쏟아져 들어오는 유민들을 수용하기로 하고, 이들이 秦과 설정했던 패수浿水 서쪽 변경의 중립지대(진고공지秦古空地)에서 살 수 있도록 허락했다. 이처럼 〈기씨조선〉은 진시황 이래 외교 및 군사행동에 과감하고 발 빠르게 대응함으로써, 이미 단군조선의 후신인 부여夫餘를 누르고 사실상 동북방의 맹주이자 古조선을 대표하는 나라로 자리매김해 가고 있었다.

그런데 그 무렵에 秦나라가 어수선한 틈을 타 秦의 북쪽 변방 곳곳에서도 북방민족들이 빠르게 일어나고 있었다. 우선 몽염에게 사정없이 내쫓겼던 훈족(흉노)이 기지개를 켜듯 서둘러 세력을 키우고 있었다. 그러나 가장 크게 재기한 나라는 燕나라 진개에게 초토화되었던 옛 辰韓의 세력이었던 동도東屠였다. 중원에서는 이들을 동호東胡(퉁구스)라는 통칭으로도 불렀는데, 진개의 침공에 쫓겨 사방으로 뿔뿔이 흩어져 있었다. 이후 燕이 秦나라에 망하고 난 뒤부터 다시금 일어나기 시작했는데, 특히 누번樓煩과 오환烏桓 등의 부족들이 강성했다. 중원의 秦나라가 내란에 휘말리고, 기씨조선 또한 중원에만 신경을 쓰는 사이 〈동도〉가 백 년 만에 재차 일어난 것이었다.

마침 새로운 동도왕(미상)의 신하들이 때를 놓치지 말 것을 건의했다.

"대왕, 지금 진나라가 내란으로 혼란스러운 이때, 난을 피해 조선의 공지로 망명해 오는 난민들의 수가 갈수록 늘고 있습니다. 차제에 과감하게 출병해 남쪽 변경의 옛 고토를 되찾을 적기가 아니겠습니까?"

그리하여 동도왕이 군사를 보내 燕나라 진개에게 잃었던 요서 지역의 공략에 적극적으로 나섰다. 기회는 찾는 자에게 주어지는 법! 기씨조선이 중원의 눈치를 보며 사태추이를 관망하던 것과는 달리, 동도는 적극적으로 상곡, 어양 등지를 공격해 성을 빼앗고 요서遼西 지역의 변경을 진개의 침공 이전 수준으로 되돌려 놓고 말았다. 동도왕은 이에 크게 고무되어 아예 방향을 대흥안령산맥의 북쪽으로 돌려 동몽고 일대의 선비족들을 복속시키는 데도 성공했다. 짧은 기간에 〈동도〉는 수천 리의 강역을 확보한 채, 東으로 번조선(기씨조선)과 西로 흉노를 압박하는 거대 세력으로 일어나 마치 예전 辰韓의 모습으로 되돌아온 듯했다.

그사이 황하 하투 지역의 감숙 서쪽에서는 새로이 〈월지月支〉가 세력을 키워 가고 있었다. 훈족이 秦나라에 밀려 광대한 목초지를 잃고 주춤하는 사이 북방 초원과 삼림 지역에서 힘의 균형이 무너졌기 때문이었다. 월지처럼 이전까지 훈족에 예속된 것이나 다름없던 주변국들이 상황이 역전되면서 이제 오히려 훈족을 겨냥하고 있었던 것이다.

따라서 말년의 두만선우가 지배하던 훈족은 텅 빈 하투 지역을 되찾기는커녕, 새로이 부상한 주변국들에게도 시달리기 바빴다. 사실상 상고시대부터 훈족을 속국으로 대했던 동도는 훈족을 아예 무시해 버렸고, 하서주랑을 빼앗은 월지는 툭하면 훈족에게 공물과 볼모를 요구했다. 심지어 최북단에 있던 정령丁零(원元돌궐)마저도 남쪽의 훈족을 침범하기 일쑤였다.

당시 두만에게는 묵돌(모돈冒頓, 묵특)이라는 장성한 태자가 있었다. 그런데 훗날 두만이 총애하던 연지關氏(알씨)가 묵돌을 끌어내리고 자기가 낳은 아들을 태자로 세우고자 했다. 마음이 연지에게 기운 두만선우는 궁리 끝에 마침 서쪽 월지국으로부터 공물을 요청하는 사신이 와 있음을 계기로 군신들을 소집했다.

"서쪽으로부터의 압력이 심상치 않다. 툭하면 공물과 볼모를 보내라 하고 우리를 시험하니, 이제 월지왕의 교만이 하늘을 찌를 정도다. 더 이상의 굴욕은 아니 되겠다. 이참에 사신의 목을 쳐 버리고 전쟁을 택하든지 해야겠다!"

우대당호右大當戸(관직)가 성급히 나서서 선우에게 아뢰었다.

"선우의 분노는 지극히 당연합니다. 허나 전쟁은 감정으로 치르는 것이 아니질 않습니까? 아직은 우리의 전력이 저들을 압도하지 못하고, 사방이 우리를 겨냥하고 있으니, 당분간 화친의 기조를 유지하심이 옳을 것입니다."

이에 선우와 눈이 마주친 좌골도후左骨都侯가 앞의 말에 동조하는 듯한 발언을 이어 나갔다.

"그렇습니다, 선우. 아직은 화친이 더 유효한 듯하니 이렇게 하심이 어떨지요? 우선 저들의 지나친 요구에 항의하는 뜻에서 월지 사신들을 가두고 인질로 삼으십시오. 또한 저들이 요구하는 공물은 반만을 들어 주되, 반감反感을 무마하기 위해 부득이 태자를 볼모로 보내시옵소서. 그렇게 하면 선우의 불만을 분명히 표하면서도, 여전히 선우의 화친 의지가 확고함은 물론 나름의 성의를 드러낼 수 있으니 월지왕도 어쩌지 못할 것입니다. 그다음 기회를 보아 인질을 바꾸든지 해서 태자를 귀국하게 하심이 좋을 듯합니다만……"

"에잇! 볼모를 보내란 말이더냐?"

두만은 대신들이 패기와 싸울 의지가 부족하다는 등 불만 섞인 말을 이어 가다가 짐짓 못 이기는 척하면서, 그들의 간언에 따르기로 결정을 내렸다. 그리하여 묵돌태자는 졸지에 천여 리나 떨어진 서쪽 월지국으로 인질이 되어 가는 신세가 되고 말았다. 선우가 월지月支로 떠나는 태자를 불러 타일렀다.

"태자는 아무런 염려하지 말고, 이참에 월지국을 여행하고 견문을 넓히는 기회로 삼도록 하라! 또 월지왕의 동태나 그 나라의 습속, 좋은 관행 등을 눈여겨보아 두고, 후일 참고토록 하라!"

묵돌태자는 연지의 거동이 잔뜩 의심스럽기는 했지만, 나라의 형편과 부왕의 명령을 고려해 그 뜻에 따르기로 하고 순순히 〈월지〉로 향했다. 눈엣가시 같던 묵돌이 떠나자 기쁨에 겨운 연지가 선우에게 치하의 말을 아끼지 않았다.

"과연 선우십니다. 소첩의 소원을 들어주셨어요. 그런데 그 처리 수단도 절묘하기 그지없습니다. 호호!"

"무얼 그걸 두고 그러시오. 이제 시작일 뿐이오, 두고 보시오, 더 놀랄 일이 벌어질 것이오, 흠흠!"

두만이 의미심장한 말을 남기며 미소 지었다.


그 후로 묵돌이 월지국에 도착했다는 기별이 온 지 얼마 지나지 않아, 두만선우의 왕정에서는 모두를 놀라게 할 명령이 연달아 내려졌다.

"옥에 가둔 월지 사신들을 끌어내 모조리 목을 베어 버려라!"

자기 아들을 인질로 보내 놓고는 이제야 새삼 월지 사신의 목을 베라니, 이는 곧 월지왕에게 묵돌을 죽여 버리라는 것과 다를 바 없는 것이었다. 그뿐이 아니었다. 선우는 곧바로 우현왕부에 명하여, 월지국에 총공격을 가하게 했다.

태자를 볼모로 보낼 정도로 화친의 뜻을 분명히 밝혔던 터라 안심하고 있던 월지왕은 훈족의 기습에 놀라서 분노에 치를 떨었다. 당연히 묵돌태자를 그 화풀이 대상으로 삼으려 들었다.

"아니, 두만이 실성을 한 게냐? 자식을 볼모로 보낼 때는 언제고…….당장 흉노 태자 놈을 잡아들이고, 목을 베어 두만 그놈에게 보내 버려라!"

그 후로 한동안 시간이 흘러, 훈국과 월지의 충돌이 소강상태로 접어들었다. 그러던 어느 날인가, 훈족 두만선우의 개실開室(게르) 안으로 놀라운 보고가 날아들었다.

"아뢰오! 지금 밖에 태자께서 돌아오셨습니다. 묵돌태자께서 월지에서 살아 돌아오셨습니다!"

소스라치게 놀란 두만선우와 연지가 개실 밖으로 나가 보니, 과연 누군가 병사들의 환호와 부축 속에 선우 쪽을 향해 다가오고 있었다. 자세히 보니 머리가 헝클어지고 몰골이 말이 아닌 채, 모습을 알아보기 힘들 정도로 여윈 묵돌이 틀림없었다. 연지는 놀라 입을 가린 채 뒷걸음질 쳤고, 두만선우는 한참을 어이없다는 듯 쳐다보다가 문득 정신을 차려 주위를 둘러보고는 한바탕 호탕하게 웃으며 말했다.

"껄껄껄, 이게 누구냐? 과연 태자로구나. 네가 돌아왔어. 용케도 살아 돌아왔어!"

묵돌은 그런 아버지를 원망과 의심 가득한 눈으로 뚫어지게 쳐다볼 뿐이었다. 다시금 자신을 체포할지도 모르는 일이기 때문이었다.

"태자야, 이게 어찌 된 게냐? 네가 정녕 살아 돌아왔단 말이지! 과연 내 아들답도다. 진정 너는 훈薰의 태자로다, 껄껄껄!"

큰 웃음으로 너스레를 떨던 선우가 무사히 사지에서 탈출해 살아 돌아온 아들을 덥석 끌어안고는 등을 두드리며 격려했다. 그때서야 이를 악문 채 선우의 품에 안겼던 태자가 어렵사리 말을 이었다.

"그간 강녕하셨습니까?"

미안함보다는 진정 대견한 마음이 앞서 선우는 아들이 자랑스럽다는 듯 주변을 향해 태자의 손을 번쩍 치켜들었다. 순간 주변에 몰려 있던 병사들로부터 탄성과 환호가 한꺼번에 터져 나왔다.

"와아, 선우 만세! 묵돌태자 만세!"

이후 월지로부터 살아 돌아온 묵돌의 무용담은 훈족 왕정 안에서 커다란 화제가 되었고, 신하들로부터 칭송의 대상이 되었다. 선우 역시 태자의 용기와 지혜를 장하게 여긴 나머지, 연지의 호소에 아랑곳하지 않고 묵돌에게 기병 1만 기를 내주면서 좌도기왕左屠耆王에 임명했다. 훈족에서는 현명한 것을 도기屠耆라 하여 태자를 좌도기왕으로 삼고 있었는데, 비로소 선우가 묵돌을 명실공히 태자로 인정한 것이나 다름없었다.

당당하게 좌도기왕에 오른 묵돌은 성실하게 군무에 임하면서도, 그 때부터 선우왕정의 정보 입수에 각별하게 신경을 썼다. 그 결과 여전히 연지가 태자의 폐위를 노린다는 소문이 속속 들어와 그의 심기를 불편하게 했다. 어느 날 묵돌이 화살을 만드는 장인을 은밀히 부르더니 특별한 주문 하나를 했다.

"네가 화살을 잘 만든다고 들었다. 소리가 나는 화살도 만들 수 있겠지?"

"그러믄입쇼, 전하! 명적鳴鏑이라 합니다. 소리를 내며 날아가는 화살이라 특별한 신호를 보낼 때 주로 사용하고 있습지요."

"그래, 쓸 데가 있으니 다른 데 알리지 말고, 그 명적을 만들어 오너라!"

그리고는 이내 수하 기병들에게 부지런히 활쏘기를 연마하게 했다. 얼마 후 그 장인이 만들어 온 명적을 손에 넣게 되자, 묵돌은 다시 부하들을 모아 놓고 각별한 명령을 내렸다.

"바로 이것이 소리를 내며 날아간다는 명적이다. 이제부터 내가 하는 말을 잘 들어라! 앞으로 언제든 내가 이 명적을 날리게 되면, 너희들도 나를 따라 그 명적이 꽂히는 곳으로 일제히 화살을 날려라! 만일에 명을 어기고 그렇게 하지 않는 자가 있다면 군령을 어긴 죄로 가차 없이 목을 벨 것이다. 알겠느냐?"

"네, 그리하겠습니다!"

유별난 주문에 다소 이상하다 싶었으나 병졸들은 명을 어길 시 죽을 수도 있다는 사실에 일단 그러겠노라고 일제히 답했다. 그런 다음 어느 날 묵돌이 실험을 위해 병사들을 데리고 사냥을 나갔는데, 갑자기 새나 짐승을 향해 명적을 날렸다. 그리고는 이내 자신을 따라 명적이 맞힌 곳을 쏘지 않은 자를 가려내 그 자리에서 목을 베어 버렸다. 설마 하던 병사들이 화들짝 놀라 동요했으나 묵돌은 조금도 개의치 않았다.

얼마의 시간이 흐른 뒤, 묵돌이 이번에는 자기가 타던 애마를 향해 명적을 날렸다. 순간적으로 목표물이 태자가 아끼던 애마임을 알고는 주저하다가 미처 화살을 날리지 못한 병사들이 좌우에서 나왔다. 묵돌은 또다시 가차 없이 그들의 목을 베어 버렸다. 병사들이 태자의 냉혹함에 치를 떨었지만, 그때서야 비로소 잘못하면 정말로 죽는다는 사실에 더욱 긴장하고 명령에 집중하게 되었다.

그다음 어느 날, 이번엔 묵돌이 길을 나서던 자신의 애첩을 향해 느닷없이 명적을 날렸다. 두려움에 떨면서 차마 화살을 날리지 못한 병사들의 목이 이번에도 예외 없이 날아갔다. 이쯤 되자 병사들의 눈에 독기가 차올라 완전히 뒤집힐 정도였다. 묵돌이 어느 날 사냥을 나갔다가 선우의 명마를 보고는 또다시 명적으로 쏘았다. 이에 곁에 있던 병사들이 선우의 명마를 향해 일사불란하게 화살을 쏘았다. 묵돌이 흡족한 듯 좌우를 돌아보며 말했다.

"흐음, 이제야 그대들 모두가 제법 쓸 만해졌구먼……"

그러던 어느 날, 묵돌이 아버지 두만선우를 따라 사냥을 나섰다. 그날따라 두만은 기분이 좋아 호탕한 웃음소리를 자주 내며 사슴을 쫓고 있었다. 적당한 거리를 두고 부친을 따르던 묵돌이 어느 순간 말을 멈춰 세우고는 나무숲 사이로 두만의 거동을 뚫어지게 지켜보고 있었다. 그리고는 무언가를 결심한 듯 아버지 두만을 향해 이내 명적을 날렸다. 그러자 묵돌의 행동거지를 예의주시하며 그를 따르던 병사들도 일제히 선우를 향해 화살을 날렸다.

"슈슈슉, 커억!"

순식간에 화살 세례를 받은 두만이 말에서 떨어진 채로 숲속 땅바닥을 뒹굴었다. 호위 병사들이 놀라 어쩔 줄 모르고 있는 틈을 헤집고 나타난 묵돌이 고슴도치가 된 두만선우의 시신을 말없이 내려다보았다.

이윽고 왕정으로 돌아온 묵돌은 즉시 그의 계모인 연지와 배다른 아우는 물론, 자신을 지지하지 않던 대신들을 찾아 모조리 죽여 없앴다. 그리고는 스스로 선우의 자리에 올랐음을 선포했다. 그는 자신을 사지로 내몰았을 뿐 아니라, 이후에도 연지의 꼬임에 흔들리던 아버지 두만을 용서할 수 없었던 것이다. 훈족으로서도 주변국에 시달리며 두만선우와 함께 쇠퇴의 길을 가느니, 새로운 전환점이 필요했을 터였다. 아버지를 죽일 만큼 냉철하고 적지에서 살아 돌아올 만큼 지혜로우며, 행동하기 전에 미리 계획을 세울 줄 아는 지도자를 만나서였는지, 이때부터 훈족은 불같이 일어서기 시작했다. 묵돌의 나이 스물다섯 정도, 진시황 사망 후 1년 뒤인 BC 209년의 일이었다.

〈薰〉(흉노)의 선우가 된 묵돌은 곧 친위부대를 조직한 다음 대대적으로 軍의 편제를 개편하고 새로이 인사를 단행하면서, 선우 왕정을 빠르게 장악해 나갔다. 묵돌이 반란을 일으켜 부친을 제거하고 훈족의 선우가 되었다는 소식은 이웃 나라 왕들에게도 충격적인 것이었다. 그중에서도 당시 북방에서 가장 강했던 나라는 옛 辰韓의 후예인 동도였다.

당시 동도왕이 과거 燕나라에 빼앗겼던 땅을 되찾은 데 이어, 북쪽의 선비鮮卑마저 굴복시키다 보니, 이제 동도가 흉노와 바로 인접하게 되었다. 흉노는 세력이 아직 동도에 미치지 못한 만큼, 동도를 예전처럼 종주국으로 예우하여 매년 공물을 보내면서 화친의 관계를 이어 왔고, 이는 묵돌이 선우가 되어서도 변함이 없었다. 그러던 차에 새로이 선우에 오른 젊은 묵돌에게 동도왕이 지대한 관심을 보였다.

'제 아비를 죽일 만큼 냉정하다니, 젊은 것이 제법이로구나……. 어디 이참에 이자를 한번 시험해 봐야겠다!'

그는 즉시 묵돌선우에게 보내는 축하 사절을 통해 부친인 두만선우가 생전에 타던 천리마를 보내 달라는 청을 넣었다. 말 그대로 무모하기 짝이 없는 요구이자 젊은 선우를 얕잡아보는 도발이었다. 묵돌이 동도왕의 요구에 어찌 대할지 신하들에게 물어보았다.

"그것은 아니 됩니다. 귀하기 그지없는 천리마도 내줄 수 없지만, 그보다는 동도왕이 선우를 떠보고 도발하려는 것이 아니겠습니까? 사신을 보내 강력히 항의하시고, 선우의 위엄을 드러내셔야 합니다!"

그러자 묵돌이 대수롭지 않다는 듯 답했다.

"우리가 까짓 말 한 마리를 아껴 무엇에 쓰겠는가? 공연히 싸움에 휘말릴지도 모르니 그냥 보내 주도록 하라!"

얼마 후 묵돌이 보내 준 천리마가 동도 왕궁에 도착하자, 이를 본 동도왕이 득의만만하여 껄껄 웃었다.

"새로운 선우가 소문보다는 겁이 많은 모양이로구나. 허나 이깟 말 한 마리로 적당히 때울 문제는 아니다. 이참에 어디 그 예쁘다는 연지를 하나 보내 달라고 해 보자. 선우가 어찌 나오는지 두고 봐야겠다, 하하하!"

묵돌이 다시금 주변 신하들의 의중을 떠보았다. 대신들이 흥분해서 말했다.

"아뢰옵기 황송하오나, 동도왕이 제정신이 아닌 게 분명합니다. 지난번에 이어 또다시 선우와 우리를 얕잡아보고 능멸하는 것이니 당장 동도 사신의 목을 베어 보내 버리시고, 당연히 떨치고 일어나 그들을 쳐야 할 것입니다!"

그러자 묵돌은 이번에도 빙그레 웃으며 말했다.

"어찌 이웃한 상국과 여자 하나를 두고 다투겠는가? 그냥 보내 주도록 하라!"

이번에도 순순히 연지 한 명을 골라 보내 주니, 동도왕은 실로 묵돌이 자기네를 두려워하는 것으로 판단할 만했다. 당시 동도와 훈족 사이에는 사람이 살지 않는 구탈歐脫이라는 땅이 수백 리에 걸쳐 있었는데, 양국 간 일종의 완충지대(DMZ) 같은 땅이었다. 그러나 구탈이 과도하게 넓은 데다 공지로 남아 있는 것이 아까워 동도왕은 전부터 이 땅을 갖고 싶어 했다.

젊은 묵돌이 거듭 유순한 태도를 보이자 더욱 교만해진 동도왕이 이참에 구탈을 차지할 기회라 판단하고, 서쪽으로 무작정 병력을 몰고 진입해 들어갔다. 그리고는 묵돌에게 사신을 보내 상국의 입장에서 버려진 구탈을 자기네가 차지하겠노라고 일방적으로 선언해 버렸다.


동도왕이 느닷없이 구탈을 침공해 들어왔다는 소식을 접한 묵돌이 이번에도 군신들을 소집해 의견을 물었는데, 전과 달리 그의 표정이 매우 결연해 보였다. 대신 한 명이 나서서 말했다.

"구탈은 어차피 버려진 땅이니 동도에 내주어도 그만, 주지 않아도 그만이라 사료됩니다!"

순간 그 말을 들은 묵돌이 탁자를 내려치며 버럭 화를 냈다.

"그게 무슨 소리냐? 땅은 나라의 기본일진대 어찌하여 그리 쉽게 내

주어도 좋다는 말이 나올 수 있는 것이냐?"

대신들이 선우가 벽력같이 고함치는 소리에 놀라 서로를 쳐다보며 의아해했다.

"소위 공경이란 자들이 영혼도 없는 게로구나, 저자들을 끌어내 당장 목을 베어 버려라!"

묵돌은 땅을 내주어도 좋다고 찬동한 신하들을 그 자리에서 베어 죽이고는, 그 즉시 말 위에 올라 사자후를 토해 냈다.

"우리는 동도에 대해 옛정을 생각해 상국의 예우로 대했다. 그런데 동도왕은 그런 우리의 성의를 무시한 채 급기야 구탈을 차지하겠다는 속내를 드러내고 말았다. 이것은 양측에서 오랫동안 지켜오던 불문율을 일방적으로 깬 것으로 이제 모든 책임은 무도한 동도왕에게 있는 것이다. 이참에 동도를 기습해 옛날의 훈이 아님을 반드시 일깨워 주고 말 것이다!"

묵돌은 이제부터 〈동도〉에 대해 기습을 하겠노라며 벼락같은 공격 명령을 내림과 동시에 출정을 독려하기 위해 서슬 퍼렇게 으름장을 놓았다.

"명심하라, 이제부터 꾸물거리고 출전을 게을리하는 자들이 있다면 그 역시 가차 없이 목을 베어 버릴 것이다!"

그리고는 이내 전 지역에 출병을 명하는 봉화를 올리게 했다. 사실 묵돌은 오래전부터 〈동도〉를 기습적으로 때릴 기회를 노려 온 것이었다. 〈흉노〉 전역에서 말 탄 병사들이 거점별로 속속 구름처럼 모여들기 시작했고, 태풍같이 몰아붙이는 묵돌의 위엄에 놀란 부하 장졸들이 일제히 동쪽의 구탈을 향해 쇄도해 들어갔다.

그 무렵 흉노를 얕잡아보고 이미 구탈에 들어와 있던 동도군은 훈족의 기습을 전혀 생각지도 못했기에 별다른 방어태세도 갖추지 않은 상태였다. 그때 느닷없이 나타난 흉노병들이 질풍처럼 달려들어 무차별로 공격해 대니, 동도군의 방어선이 속수무책으로 허물어졌다. 화들짝 놀란 동도왕은 흉노가 공격해 왔다는 보고를 도무지 믿지 않으려 했다.

"무어라? 묵돌이 쳐들어왔다고? 말이 되는 소리를 하라! 묵돌이 귀신이 아닌 이상 어떻게 그 먼 거리를 이처럼 빨리 내달려 여기까지 올 수 있단 말이냐?"

그의 말이 떨어지기 무섭게 흉노병들이 들이닥쳤고, 손쓸 겨를도 없이 동도왕의 목이 날아가고 말았다. 그토록 승승장구하던 동도왕이 졸지에 허망한 죽음을 맞고 말았던 것이다. 묵돌이 그동안 속내를 감춘 채 동도왕의 무리한 요구를 참을성 있게 수용한 것은, 상대를 잔뜩 방심하게 해 놓고는 전광석화와 같은 기습으로 허를 찌르기 위한 고도의 기만술이었던 셈이다.

그는 이미 동도왕이 훈족에 대한 의심을 거둔 채 전혀 무방비 상태라는 정보를 모두 파악하고 있었던 것이다. 그렇더라도 그때까지 오랜 상국인 동도와 전면전을 펼친 적이 없었기에, 묵돌은 훈薰의 전 병력을 동원하다시피 해 사활을 건다는 각오로 전쟁에 임한 것이었다.


얼마 후, 묵돌이 목이 잘린 동도왕의 시신을 앞에 놓고 부하들에게 외쳤다.

"동도는 옛날부터 사실상 우리 훈국의 모국이자 상국이나 다름없었다. 오늘 그런 동도를 대파하고 그 왕의 목을 베니, 조상 대대로의 숙원을 이뤄 낸 것이나 다름없다. 그러나 이것은 시작에 불과할 것이다. 제군들과 나는 이제부터 위대한 훈국의 역사를 새롭게 바꾼 사람들로 기억되게 될 것이다! 다 같이 힘을 합해 위대한 초원의 제국 훈국을 건설하자!"

묵돌이 칼을 높이 빼 들고 초원제국의 건설을 외치자, 훈족 병사들이 목이 터져라 만세를 부르며 호응했다.

"대훈 만세! 대선우 만세! 와아, 와아!"

그의 말대로 묵돌은 동도를 격파하는 데서 멈추지 않았다. 그는 방향을 동북의 대흥안령산맥 쪽으로 돌려 東몽골 등지를 습격해서, 동도의 속민으로 있던 선비족 주민들을 잔인하게 유린해 나갔다. 선비족들은 이때 훈족의 공격에 괴멸되다시피 했고, 용케 살아남은 사람들은 선비산 동쪽으로 달아나 뿔뿔이 흩어져야 했다. 일설에는 당시 묵돌에게 죽은 동도왕이 선비와 가까운 고리국槀離國의 왕이라는 주장도 있었다.

묵돌의 〈동도침공〉으로 인해 朝鮮은 장성 바깥 수천 리에 달하는 땅을 훈족에게 내주면서 또다시 그 지역을 상실하게 되었다. 상고시대에 훈족(흉노)은 朝鮮과 같은 계통의 우랄어족으로, 조선의 삼일신三一神, 즉 天, 地, 태일太一을 신봉했다니, 사실상 조선의 속민이나 다름없던 민족이었다. 몽골 등지에 흩어져 살던 이들이 언제부터인가 강력한 기마부대를 거느린 채 초원을 누비고 다니면서 중원은 물론, 古조선에 대해서도 반란과 항복을 되풀이해 왔다. 그러던 훈족이 묵돌의 영도 아래 강력한 〈동도〉를 패퇴시킨 것이었으니, 이는 실로 古조선의 역사에서 가장 획기적인 사건 중 하나가 아닐 수 없었다.

마침 그 무렵 중원은 진시황이 죽고 호해가 2세황제에 올랐으나, 사실상 환관 조고가 권력을 농단하던 시기였다. 당시 秦나라에서는 시황제의 통일전쟁은 물론, 두만선우의 훈족을 몰아내고 진장성을 쌓는 데 결정적 공을 세운 영웅 몽염이 여전히 북방을 지키고 있었다. 그러나 몽염에게 부담을 느낀 조고가 결국 그를 음해하여 자살로 내모는 어처구

니없는 일이 벌어지고 말았다. 秦의 수호신 같았던 몽염의 사망 소식이 전해진 데다, 이후 秦나라의 정치가 혼란에 휩싸이자 북방민족들이 저마다 다시금 일어서기 시작했다. 그 과정에서 어이없게도 중원의 외곽에서 같은 북방민족인 〈훈족〉과 〈동도〉가 먼저 충돌한 것이었다.

사실 묵돌의 기습으로 졸지에 사망하긴 했으나, 동도왕은 과거 燕장수 진개에게 몰락당했던 동도를 백 년 만에 다시 일으켜 세운 영웅이었다. 그는 진시황의 죽음을 전후해 燕나라에 빼앗겼던 〈진한〉의 옛 땅을 회복했을 뿐 아니라, 북쪽의 〈선비〉를 복속시키고 속민으로 삼은 정복군주였던 것이다. 그러나 훈족의 선우가 교체되는 시기를 이용해 구탈을 차지하려다가 묵돌의 벼락같은 기습에 대참변을 당하고 말았다. 한 번의 방심으로 지도자를 잃고 흉노에게 철저하게 유린당한 〈동도〉는 사실상 쇠락의 길을 걷게 되었고, 그때 떨어져 나간 오환烏桓과 선비鮮卑 또한 점차 朝鮮과 멀어지기 시작했다.


BC 208년경에 있었던 묵돌의 〈동도 공략〉은 동도의 몰락뿐 아니라, 무너져 가던 삼조선 전체에 치명적인 결정타를 가했다. 해모수단군의 〈부여〉가 진眞조선을 대신했으나, 사실상 역성혁명을 일으킨 지 얼마 되지 않아 안정적으로 자리를 잡기까지는 역부족이었던 것이다. 그사이 번番조선이 〈기씨조선〉이 되어 통일제국 진시황 시대를 무난히 넘기고, 착실하게 세력을 키우면서 조선연맹의 대표 격이 되는 듯했다.

그러나 기준왕은 강력한 중원에만 촉각을 곤두세웠을 뿐, 진시황처럼 분열된 朝鮮을 하나로 묶는다는 원대한 꿈vision을 품지 못한 인물이었다. 눈부신 재기에 성공하면서 옛 고토를 회복했던 동도왕 또한 작은 성공에 자만한 나머지 서쪽에서 무섭게 일어나는 신흥 薰족(흉노)의 성장에 주목하지 못했다. 당시 朝鮮을 대표하던 양강 〈기씨조선〉과 〈동도〉 두 나라 지도층의 안이한 태도가 조선연맹 전체에 돌이킬 수 없는 수모를 안겨 준 셈이었다.

더욱 어처구니없는 것은 정작 동도를 무너뜨린 것이 이민족인 중원의 나라가 아니라, 古조선연맹의 일원이자 같은 민족이나 다름없던 薰족(흉노)이라는 점이었다. 동도왕과 그 신하들에게 현명하고 어진 구석이 있었다면, 형제국과 같은 훈족을 야만인이라 얕보고, 속국이라 무시하면서 완력으로 땅을 빼앗으려 들 일이 아니었다. 오히려 그 전에, 인의를 베풀고 외교적으로 상대를 포용하려고 노력했어야 했던 것이다.

상대를 제대로 파악하지도 못한 채 우쭐대다가 크게 뒤통수를 맞은 결과, 이후 같은 북방계열의 훈족과 적대관계로 돌아서게 되었으니 안타깝기 그지없는 일이었다. 그것은 AD 16세기를 전후해 후대의 〈朝鮮〉이 일본과 여진(청淸)을 얕보다가 연거푸 돌이킬 수 없는 수모를 당했던 것과 다를 바 없는 일이기도 했다.

가뜩이나 중심세력을 잃고 헤매던 삼조선과 그 제후국들은 새롭게 일어나던 〈동도〉가 패망해 버리자, 본격적으로 각자도생의 길로 들어서고 말았다. 그렇게 朝鮮민족의 분열이 가속화되기 시작했다는 점에서, 묵돌의 〈동도 공략〉은 진개의 〈동호 원정〉에 견줄 만큼, 古조선 역사에 가장 뼈아픈 타격을 가한 사건이었다.

오랜 세월 진한 세력의 강자로 군림해 오던 〈동도〉는 물론, 그들의 선봉이나 다름없던 오환과 선비족을 차례대로 격파하는 데 성공한 묵돌 선우는 자신감과 확신에 가득 차게 되었다. 젊고 패기에 찬 그는 내친김에 주변 경쟁국들을 신속하게 정리해 나가기로 작심했다. 이번에는 정반대쪽인 서쪽으로 군사를 몰아 자기가 볼모로 갔던 월지月支를 내쳐 하서주랑을 되찾고, 그 족속들을 서쪽 멀리까지 몰아냈다. 월지의 위협에서 벗어난 묵돌은 다시 동쪽으로 향했다. 동로군을 시켜 과거 趙나라가 쌓았던 외장성을 뚫고 동도가 무령왕에게 빼앗겼던 누번을 되찾았다.

동시에 서로군으로 하여금 음산 아래 황하를 건너게 해, 과거 백양왕이 지배하던 땅을 차지한 데 이어, 이제는 텅 비다시피 한 하투평원마저 신속하게 수복해 버렸다. 이는 과거 秦나라 몽염에게 빼앗겼던 훈족의 땅 모두를 되찾은 셈이어서 선우 왕정에서의 기쁨은 더없이 컸다. 훈족이 승승장구하며 분위기가 한창 달아오르던 그때, 묵돌이 돌연 더 이상의 신격을 넘술 것을 명하였다. 그러자 부하 장수들이 진격을 촉구하며 이유를 물었다.

"위대하신 선우의 영도 아래 선대 때 진나라 도적들에게 빼앗겼던 땅을 모두 되찾았습니다. 이에 조정의 기쁨은 이루 말할 수 없고, 군사들의 사기도 하늘을 찌를 듯합니다. 더구나 중원이 아귀다툼으로 난장판이 되어 모처럼 변방에 신경 쓸 겨를이 없으니, 선우께서 중원으로 진출할 절호의 기회가 되겠거늘, 어이하여 여기서 진격을 멈추라 하시는지요?"

묵돌이 천천히 고개를 저으며 말했다.

"아니다! 가축에 의존해 사는 우리에게 중요한 건 풀이 많은 초원이지, 농사짓는 땅이 아니질 않느냐? 그사이 하남의 땅들이 전부 농경지로 바뀌었으니, 이젠 우리에게 쓸모없는 땅이 되고 말았다……"

대신들이 웅성거리자, 묵돌이 거친 턱수염을 쓸어내리며 말을 이었다.

"또 다른 이유도 있다. 장성 이남은 원래 유방의 오랜 근거지였다. 듣자 하니 지금 유방이 팽성彭城 전투에서 크게 패한 뒤로 여전히 수세에 있다고 한다. 이럴 때 우리가 관중을 치게 되면 가뜩이나 기고만장해 있는 항우를 돕는 셈이 될 뿐이다. 우리가 관중을 차지하게 된다면 초패왕 항우든 유방이든 나중에 중원을 통일한 자는, 진시황이 그랬던 것처럼 우리를 제일 먼저 공격하려 들 것이다. 우리에겐 하찮은 땅이지만, 저들에겐 귀중한 옥토이기 때문이다. 우리가 스스로 강성한 적들을 도발하고 싸움을 거느니, 차라리 자기들끼리 실컷 싸우다 지치기를 기다리는 것이 더 낫지 않겠느냐? 작은 싸움에 몇 번 이겼다고 모두가 흥분할 일은 결코 아닐 것이다."

고개를 끄덕이는 대신들을 향해 묵돌이 더욱 진지한 표정으로 말했다.

"가장 큰 이유는 따로 있다. 내가 즉위한 지 아직은 얼마 되지 않았고, 중원이 아니더라도 주변엔 여전히 다른 적들이 수두룩하게 널려 있다. 지금은 그들을 상대해야 할 때다. 다만 병사들이 계속된 출전에 많이 지쳤을 테니, 잠시 쉬어 가는 것도 나쁘진 않을 것이다. 병력도 재정비하고 힘을 비축한 이후, 그다음을 도모하도록 하자!"

과연 남들보다 멀리 내다보는 냉철한 묵돌의 말에 대신들 모두가 수긍하고 그를 따르지 않을 수 없었다.

# 9. 위만과 기씨조선의 몰락

연燕나라가 망하기 직전, 흉노의 동쪽, 秦나라의 동북쪽에는 〈기씨조선〉이 자리하고 있었다. 기씨조선은 사실상 번조선이자 또한 낙랑조선이기도 했으며, 국경을 맞대고 있던 燕나라와는 오랜 숙적관계였다. 이 때문에 기씨조선은 통일 전의 秦나라와 동맹관계를 맺고, 秦이 燕나라를 멸망시키는 데 일조했다. 그러나 정작 燕이 秦나라에 병합되면서 秦과 직접 국경을 맞대게 되자, 기씨조선은 이제껏 보지 못했던 강력한 통

일제국의 탄생에 바짝 긴장하게 되었다. 그야말로 여우를 피하려다 범
虎을 만난 격이나 다름없었던 것이다.

기씨조선의 북쪽에는 옛 진한辰韓과 번番조선의 잔여 세력들이 힘을
모아 하나가 된〈진변辰弁조선〉이 있었다. 그러나 대략 일백 년 만에 연
달아 이루어진 진개와 묵돌의〈동호 원정〉에 크게 기울어, 겨우 명맥만
을 유지하는 수준이었다. 기씨조선의 동북 후방에는 원래 삼조선의 맹
주 격인 진眞조선(부여)이 있었으나, 기씨조선이 진조선을 공격하면서
그 위상이 급격히 떨어져 커다란 혼란에 휩싸여 있었다.

급기야 BC 232년경,〈고리국〉출신의 해모수解慕漱가 일어나 쇠약해
진 진조선을 멸망시키고 새로이〈부여夫餘조선〉을 세웠다. 기씨조선은
해모수의 혁명에 협조한 데다 신흥 왕조로서 자리를 잡기에 바쁜 부여
의 존재에 대해 딱히 신경을 쓰지는 않았다. 그러나 여전히 기씨왕조에
대한 부여 백성들의 감정이 좋지 않아 마냥 안심할 수 있는 처지만도 아
니었다. 그런 상황에서 BC 200년을 전후해서는 부여, 진변, 낙랑(기씨,
번)조선의 三조선이 古조선의 강역에 할거割據하게 되었다.

다만, 그즈음〈마馬조선〉의 흔적이 드러나지 않는 것으로 보아, 아마
도 그 세력이 급격하게 쇠퇴해 미미해졌거나, 이웃했던 기씨조선 또는
대부여(진조선)의 지배 아래에 놓인 듯했다. 정확한 내용은 알 수 없으
나, 이들 또한 후일〈마한馬韓〉이라는 이름으로 다시금 이 지역의 역사
무대에 등장하는 것으로 보아 존재 자체가 아주 사라진 것은 결코 아니
었다.


한편 생전의 진시황은 朝鮮과의 경계 지역인 옛 燕나라 땅을 다시
〈요서군遼西郡〉하나로 통합해 관리했다. 당시는 북경 동남쪽을 흐르는
영정하를 요수遼水라 불렀기에 그 서쪽의 땅을 요서遼西라 한 것이었다.

나라의 안위를 놓고 커다랗게 불안을 느낀 번조선의 기비箕조왕이 이 문제를 논의에 부치니 군신들이 저마다 한마디씩 했다.

"그동안 우리가 秦나라에 협조했다고는 하나, 이는 그저 지난 일에 불과한 것이 되고 말았습니다. 해모수천왕이 다스리는 뒤쪽의 부여와도 여전히 불편한 관계인 데다, 최근에는 서쪽으로 동도와 멀리 흉노도 일어나고 있어 실로 사방이 경쟁국들로 둘러싸인 위중한 시국이 되었습니다!"

그 말을 듣던 또 다른 대신이 새로운 제안을 내놓았다.

"모두 맞는 말씀입니다. 게다가 진나라는 강성하기 그지없고, 시황제 영정嬴政은 매우 호전적이고 냉정한 인물입니다. 지금 당장이라도 진나라가 변방을 침공해와 전쟁에 휘말릴 경우, 지금 조선의 힘만으로는 상대하기 버거운 것이 현실입니다. 그러니 힘으로 상대할 수 없을 때는 외교에 기댈 수밖에 없을 것입니다."

"흐음, 외교라……. 계속 말해 보라!"

비왕조王이 고개를 끄덕이며 수긍했다.

"우리가 먼저 진나라에 사신을 보내 진나라에 대항할 뜻이 전혀 없음을 드러내고 저들을 안심시킬 수 있다면 이것이야말로 전화戰禍를 사전에 막을 수 있는 대책이 될 것입니다."

그 말을 들은 비왕의 입에서 긴 한숨 소리가 터져 나왔다.

"휴……. 그러나 자고로 우리 조선이 중원의 나라에 머리를 숙인 역사가 없거늘 어찌하여 나의 대에 이르러 그런 좋지 않은 선례를 남겨야 한단 말이냐?"

그러자 다른 대신이 기다렸다는 듯이 비왕의 말에 동조하고 나섰다.

"그렇습니다. 조선이 중원의 나라들에 굴복하는 일은 절대 있을 수 없는 일입니다. 진나라가 사상 초유의 강대국이라고는 하지만, 아직은 제국의 초기라 향후 정국이 어찌 진전될지 모르는 일입니다. 또 진나라가 광활한 대륙을 갖는 대신, 그만큼 사방으로 전선이 확대되어 주변국으로부터 언제든지 공격을 받을 수 있는 위험도 떠안게 되었습니다."

"그렇다. 그간 수없는 전쟁으로 백성들이 지쳐 있고, 국고도 고갈되었을 터라 진나라도 쉽사리 거병하기는 그리 쉽지 않을 것이다."

비왕이 확신 어린 얼굴로 맞장구를 쳤다. 그러자 예의 대신이 말을 이었다.

"실제로 조선만도 못한 흉노는 秦의 강성한 힘에 아랑곳하지 않고 진나라의 변방을 수시로 치고 있습니다. 필요시에는 그들과 힘을 모아 진나라에 대항하는 방법도 있을 것입니다. 하오니 대왕께서 굳건한 각오로 장래에 대비하는 것만이 오직 조선이 나아갈 길입니다!"


이처럼 강온파의 주장이 팽팽히 맞서는 가운데 비왕은 양측의 방안을 모두 수용하는 절충안을 택하기로 했다. 즉 秦과의 화친을 추진하기로 하되, 결코 秦나라에 굴복하는 것이 아니라, 시간을 벌어 미래를 대비하려는 전략임을 분명히 했던 것이다. 이후 비왕은 秦나라 도성인 함양으로 사신을 보내 외교적 해결을 모색했다.

秦나라는 그런 朝鮮의 속내를 확인하고자 수시로 비왕의 입조를 요구했다. 그러나 비왕은 기씨조선이 과거 진나라를 도운 사실을 환기시키면서 끝내 입조를 거부하는 한편, 秦과의 국경선을 새로이 정하기 위한 협상을 제시하면서 적극적인 외교 공세를 펼쳤다. 동시에 만일의 사태에 대비해 朝鮮이 스스로 국경을 멀리하여 뒤로 물러나기까지 했는데, 난하의 서쪽 근처까지 갔다가 후일 다시 돌아온 듯했다.

당시 秦으로서도 국경 밖에서 천여 리나 떨어져 있는 만번한滿番汗(진번, 진한)의 요새를 방어하기란 쉽지 않은 일이었다. 따라서 秦나라에서는 그 지역을 〈요동외요遼東外徼〉라 부르며 가끔 병력을 보내 순찰하는 정도로 관리할 뿐이었는데, 대체로 조선하(조백하)의 서쪽을 지칭하는 것이었다. 그런 상황이었기에 秦나라 측에서도 다행히 朝鮮의 노력을 수용해 새로이 국경을 정하는 협상에 응해 왔다.

그 결과 북경 동쪽의 조선하를 넘어 패수浿水 중상류 일대의 광대한 지역을 새로운 중립지대DMZ로 정하기로 했다. 그리하여 패수를 경계로 그 위아래로 과거 주로 辰韓(산융)과 고죽 등이 지배하던 이 지역에 양국 백성들의 거주를 금지하는 소위 〈진고공지秦古空地〉를 두기로 합의했다. 이로써 비로소 양국의 긴장이 크게 완화되기에 이르렀는데, 비왕은 강력한 秦나라에 맞서 전쟁보다는 외교술이라는 현명한 방법으로 위기를 피해 갔던 것이다.

그 무렵 秦시황의 죽음을 전후해 외몽골로 밀려났던 薰족들이 다시 장성을 넘어 황하 아래 옛 땅으로 돌아오면서, 빠르게 세력을 결집하기 시작했다. 그 결과 이들은 10년도 지나지 않아 수만에 달하는 정예병을 갖출 정도로 성장할 수 있었다. 마침 선비를 제압한 동도가 흉노의 동쪽에 바로 이웃하게 되었는데, 동북의 강자로 다시 떠오르던 동도는 자신들의 속민이었던 훈족을 이래저래 무시하고 있었다.

얼마 후 훈국에서는 연제두만攣鞮頭曼의 아들인 묵돌(모돈)이 난을 일으켜 부친을 죽이고 선우의 자리에 올라 있었다. 구탈에 욕심을 내던 동도왕이 그런 묵돌을 도발했다가 흉노의 전격적인 기습에 목숨을 잃었고, 〈동도〉가 하루아침에 무너져 버렸다. 백 년만의 부활에 성공했던 동도東屠였으나, 또다시 거대한 역사의 수레바퀴에 짓눌려 뿔뿔이 해체되면서, 재기불능의 상태에 빠지고 말았던 것이다.

이때부터 동도는 거꾸로 훈족의 속민 신세로 전락해 버렸고, 당시 치명타를 입은 선비의 잔존세력도 북쪽의 선비산鮮卑山과 남쪽의 오환산烏桓山으로 제각각 달아나야 했다. 결국 이 흉노의 〈동도 원정〉을 계기로 두 산의 이름 그대로 선비가 둘로 분열되는 지경까지 이르고 말았다. 이로써 흉노는 이제 동북의 부여 및 동남의 기씨조선과 국경을 접하게 되었다. 그 와중에 동도와 선비의 수많은 유민이 부여와 번조선의 영역으로 꾸준하게 이주해 들어왔다.

동북의 강호 〈동도〉를 한달음에 해체시킨 묵돌은 〈薰족〉의 위상을 하루아침에 북방 최강자의 위치에 올려놓았다. 묵돌의 지도 아래서 더욱 강성해진 훈족이 중원의 혼란을 마냥 구경만 하고 있을 리가 없었다. 묵돌은 진시황이 중원을 통일하고 대제국을 건설했던 것처럼, 광활하기 그지없는 북방 초원을 제패하고 초원제국의 주인이 되겠다는 야망을 품고 있었다. 이때부터 묵돌이 본격적인 영토 확장에 나섰는데, 우선 몽염에게 잃었던 하남의 옛 땅을 되찾으면서 거침없는 행보를 이어 나갔다.

그러던 중 BC 202년경, 8년간의 내란을 종식시키고 〈漢〉 고조高祖 유방이 마침내 최후의 승자가 되면서 중원이 극적으로 다시금 통일되었다. 그러나 이후에도 6년이란 세월을 보내고 나서야 겨우 내부 수습이 마무리될 수 있었다. 그런데 漢고조 역시 북방 변경을 끊임없이 괴롭혀 오던 흉노에게 가장 먼저 눈을 돌려야 했다. 결국 BC 200년경, 漢고조가 흉노 토벌을 위해 30만의 대군을 동원해 무모한 원정에 나섰다. 그러나 훈족의 위대한 지도자 묵돌에게 백등산에서 포위되어 〈평성의 치恥〉라는 역사적 수모를 겪어야 했고, 통일제국의 위신을 스스로 추락시키고 말았다. 불과 10년쯤 전에 흉노를 얕보고 도발하다 되치기 당했던 동도와 별반 다를 게 없었던 것이다.

그 시절, 광활한 중원이나 동북방 어디랄 것도 없이 세상천지가 모두 어수선하기는 마찬가지였다. 그런 가운데 계속되는 중원의 내란과 전쟁을 피해 상곡上谷 등지의 조한朝漢 국경 지역과 燕나라 등 옛 북방 제후국 지역에 살던 백성들이 계속해서 동남쪽의 기씨조선으로 쏟아져 들어왔다. 이제 기씨조선은 강력한 경쟁자로 떠오르던 동도가 훈국에게 하루아침에 무너져 내림으로써 사실상 古조선연맹을 대표하는 맹주의 지위에 있었다.

진시황이 중원을 통일하던 해에 즉위했던 준왕準王은 그토록 강대했던 秦나라가 멸망하고, 혼란 끝에 유방이 漢나라를 건국하는 과정을 모두 지켜본 군주였다. 그는 두 번째의 통일제국인 漢에 대해서도 秦나라만큼이나 두려운 마음으로 경계했다. 과거 중원이 혼란한 틈을 타 燕나라에게 빼앗긴 고지古地를 회복했던 동도왕과 달리, 준왕은 그저 관망으로 일관하다가 절호의 기회를 날려 버리는 소심한 행보를 보였다. 기씨조선이 보인 이런 행태를 놓고 후대 중국의 역사가들이 朝鮮을 조롱거리로 삼으면서 한 말이 있었다.

"조선인의 인후함은 필요 이상으로 지나친 것이었다."


그런 준왕조차도 이 무렵에는 엄청난 숫자의 망명자들을 적극적으로 받아들여 세력을 키우고자 했다.

"대왕, 강성했던 秦나라가 망하고 사라진 마당에 선왕(기비箕丕)께서 시황과 체결했던 조약이 무슨 필요가 있겠습니까? 중원이 내란으로 어지러워 피난민들이 계속 들어오고 있으니, 이들을 받아들여 상하장에 살게 하시고, 서쪽 경계의 울타리로 삼으심이 좋을 것입니다!"

준왕의 대신들이 적극적으로 난민 수용책을 펼칠 것을 건의하니, 준왕이 이를 받아들여 종전 서북쪽의 진고공지秦古空地에 살도록 허용해 주었는데, 이제 새로이 漢나라와의 중립지대가 된 만큼 상하장上下障이라 부르기 시작했다.

마침 漢나라 고조(유방) 때인 BC 202년에 노관盧綰이 연왕 〈장도臧荼의 난〉을 진압하고 새로이 燕王에 봉해졌다. 당시 장도의 도성이 바로 옛 무종無綜국의 도성이었고, 그 북쪽 인근에 연왕 희가 요동왕으로 있던 계薊현이 있었다. 물론 이때 燕나라의 강역은 전국戰國시대 옛 燕나라의 그것이 아니라, 漢나라 변방의 제후국에 불과한 수준으로 쪼그라든 것이었고, 북방의 흉노나 조선을 방어하는 것이 주된 역할이었다.

새로이 燕왕으로 부임한 노관 역시 계현의 도읍에 머물렀는데, 그가 이때 朝鮮과의 경계를 규정짓는 일에 나섰다.

"조선과의 경계 지역은 장안에서 너무 멀어 지키기가 쉽지 않다. 아무래도 패수를 조선과의 경계로 삼고, 그 서쪽을 연나라 땅으로 하는 것이 옳다. 대신 패수 안쪽의 경계를 강화하기 위해 요동郡에 요새를 쌓아 지키는 것이 좋겠다!"

그리하여 패수浿水를 경계로 그 너머 동쪽으로는 朝鮮의 영토임을 분명히 했다. 패수는 조선하의 동쪽을 흘러내리던 강으로, 발해만에 인접한 하류에서 두 강이 합류하다 보니, 조선하로도 부른 듯했다. 그러나 패하는 조선하와는 엄연히 물줄기가 달라, 위로부터 소소요수로 추정되는 구하泃河를 중심으로 좌측에 포구수鮑丘水, 우측으로 고수沽水와 만나는데, 그 상류는 동에서 서로 흐르는 이하梨河, 그 아래로 경수浭水가 차례대로 합쳐지는 복잡한 물줄기를 가진 강이었다. 특히 하류에서는 양의 내장처럼 구불구불 흐르는 계운하(양장하)가 조선하와 합류해 이내 발해만으로 들어가는 강이었다.

또 동에서 서로 흐르는 이하梨河를 패수, 그 아래 경수를 대수帶水라 불렀으니, 그 사이의 패대浿帶 땅이 진고공지秦古空地인 동시에 후일의 상하장上下障이었던 것으로 보였다. 이하가 꺾이는 지점 위로 요동성이 있던 계현薊縣이 위치했고, 경수 아래로 유서 깊은 험독한성韓城(당산)이 있었으니 바로 기씨조선의 도성이었으며, 그 서쪽으로 계운하가 흘러내리다 조선하와 합류했다. 모두 오늘날 북경의 동쪽 인근이었다.

그러던 중 BC 197년, 태원太原에서 진희陳豨가 스스로 대왕代王을 칭하며 난을 일으켰다. 漢고조가 직접 한단邯鄲으로 출정하자, 燕왕 노관도 代의 동북쪽을 공격했고, 궁지에 몰린 진희가 이때 훈족에 지원을 요청했다. 그때 노관의 수하였던 장승張勝이 걱정 어린 소식을 전했다.

"지금 조정은 황상이 병이 들어 사실상 여후呂后가 모든 정사를 주무른다고 합니다. 지난봄에 회음후 한신韓信의 일족이 멸족을 당한 데 이어 여름엔 팽월의 목이 날아간 것도 모두 여후의 계책이었답니다. 해서 진희의 난이 평정되는 대로 여후가 곧바로 나머지 이성異姓 제후들과 공신들을 제거하려 들 것이라는 소문이 파다합니다."

노관이 일리가 있다고 여겨, 은밀히 진희에게 사람을 보내 가능한 전쟁을 오래 끌 것을 주문했다고 한다. 그런데 뜻밖에도 〈진희의 난〉으로 야기된 불꽃이 사방으로 튀기 시작했다. 고조가 이때 양왕梁王 팽월彭越에게 서둘러 참전할 것을 명했으나, 팽월이 병을 핑계로 꾸물거리며 소극적으로 대했다. 그뿐이 아니었다. 사실상 장안에 유폐되어 있던 회남왕 한신韓信 또한 진희와 내통했다는 죄목으로 투옥되었고, 끝내는 팽월과 함께 두 공신이 모두 희생당하고 말았다. 그야말로 일파만파가 아닐 수 없었다.

결국 한고조가 개국공신인 이성왕異姓王 모두를 제거하려 든다는 흉흉한 소문이 사방으로 번져 나갔고, 이에 BC 195년이 되자 회남왕淮南

王 경포黥布마저 난을 일으켰다. 고조는 이번에도 경포를 향해 동쪽으로 출정하는 대신, 번쾌를 代 땅으로 진격시켜 진희를 치게 했다. 결국 번쾌가 진희를 베어 죽이고 난을 평정했는데, 그 과정에서 진희의 비장 한 명이 포로로 잡혔다. 놀랍게도 그가 과거 燕왕(노관)이 진희와 내통했다고 밀고하는 사태가 벌어졌고, 이에 고조가 분노해 명을 내렸다.

"연왕이 어찌 그럴 수가 있단 말이냐? 도저히 믿을 수 없으니 즉시 연왕에게 입조하라 일러라!"

갑작스러운 고조의 소환령에 난감해진 노관은 병을 핑계로 아예 출사하지 않았다. 그러자 고조가 급기야 번쾌를 시켜 燕을 치게 했는데, 실제로는 이때 강후絳侯 주발周勃이 상국의 신분으로 번쾌를 대신해 燕의 평정에 나섰다. 주발은 주로 발 빠른 기병 위주의 토벌군을 이끌고 먼저 燕의 도성인 계현으로 향해 성을 함락시킨 다음, 노관의 측근들을 체포했다. 이때 노관은 차마 주발의 정부군에 저항하지 않는 대신, 장차 시간을 벌어 유방에게 해명할 기회를 찾고자 병력을 이끌고 일단 피신부터 했다. 그 덕분에 주발이 계성을 손쉽게 장악할 수 있었던 것이다.

그런데 주발이 여기서 멈추지 않고, 곧장 노관을 추격하기 시작했다. 주발의 정부군은 이때 상란上蘭(하북회래懷來)과 저양沮陽 두 곳에서 燕왕의 군사들과 충돌해 반란군을 격파했는데, 이때도 노관이 결사적으로 저항하지는 않은 듯했다. 결국 노관은 정부군에 쫓겨 장성 아래까지 피할 수밖에 없었다. 그렇게 진퇴양난에 빠진 노관이 가솔들과 수천의 기병을 이끌고 장성長城 아래에 주둔한 채 상황을 주시하던 중, 4월이 되자 갑작스레 유방이 세상을 떠났다는 안타까운 소식이 들려왔다. 노관이 장탄식을 했다.

'허어, 고조가 살아 계셨더라면, 가장 오랜 벗이자 죽마고우인 나를 쳐내지는 못할 것인데……. 그러나 여태후는 무서운 여인이다. 7명의 다른 성씨 제왕 중 나만 남지 않았더냐? 내가 항복한다 해도 틀림없이 막무가내로 죄를 씌워 죽이려 들 것이다. 차라리 흉노로 가는 게 낫다. 거기서 다음을 도모하는 수밖에 없다……'

수하의 많은 병력도 잃고 주발에게 쫓겨 궁지에 몰린 데다, 유방의 죽음으로 노관은 크게 좌절하고 말았다. 여태후와 그 일족을 두려워해 더는 기댈 곳이 없다고 판단한 노관은 고심 끝에 자신의 무리를 이끌고, 그 길로 장성을 넘어 薰으로 망명해 버리고 말았다. 漢나라로서는 개국 공신인 유력 제후가 적국으로 망명하는 희대의 사건이 벌어진 셈이었지만 고조의 국상으로 이 문제가 덮여 버렸다.


주발이 이때 장성 아래까지 노관의 잔당을 추격했는데, 상곡의 12개 현, 우북평의 16개, 요서와 요동의 29개, 어양의 22개 현 등 소위 燕에 속했던 〈연오군燕五郡〉을 모두 평정하고 개선했다고 한다. 당시 1개 郡에는 대략 5~10만 호에 郡당 30~50만 내외의 인구를 지닌 것으로 추정된다. 그러나 이 중 동쪽의 요동과 어양의 일부 현들은 조선과 경계를 나누고 있던 터라, 다분히 후대에 부풀려진 것이 틀림없었다. 당시 漢나라의 경계는 위로는 패수, 아래로는 그 서쪽의 조선하 하류를 넘지 못했기 때문에 소위 연오군 역시도 그 서쪽에 자리했을 것이다.

이처럼 주발이 燕나라 평정에 공을 세우고 돌아왔으나, 그 또한 개국 공신의 한 사람으로서 여태후 밑에서는 잔뜩 몸을 사리고 지내야 했다. 그러다 십여 년이 지나 여후呂后가 죽고 나서야 비로소 움직이기 시작했다. 주발이 이때 진평陳平과 함께 여씨 일족들의 타도를 주도하고, 代王 유항劉恒을 황제로 추대하는 데 앞장섰으니 그가 문제文帝였다.

그 무렵 노관의 수하 중에 위만衛滿이라는 야심만만한 장수가 있었다. 갑자기 자신이 모시던 왕이 적국인 흉노로 달아나 버리는 어수선한 상황이 연출되자, 그 역시 부하들과 함께 자신들의 앞날에 대한 거취를 심각하게 논의하지 않을 수 없었다.

"흐음, 연왕이 급히 흉노로 귀부해 버렸소. 여기 이대로 남았다가는 주발의 漢軍에 잡혀 심문당하기 십상이니, 漢나라가 어수선한 지금이 동쪽 조선으로 들어갈 절호의 기회요!"

"그렇습니다. 패수를 넘으면 조선 땅인데, 그곳은 오랫동안 사람들이 살지 않아 텅 비어 있었습니다. 그래서 최근 연나라 등에 살던 漢나라의 유민들과 일부 옛 진한 사람들이 전쟁을 피해 몰려 들어가 여기저기 무리 지어 살고 있다고 합니다. 이참에 우리도 패수를 넘어 그쪽으로 들어 가십시다!"

당시 漢나라는 패수까지 자기들의 영역으로 삼고, 장성 바깥에 있는 옛 요새들, 즉 요동고새遼東古塞를 수리해 변방을 지키려 했다. 그러나 도성에서 패수까지의 거리가 너무나 멀다 보니, 과거 燕나라가 빼앗았던 진번眞番(진변, 동도)과 조선의 서부 지역에 대한 관리를 사실상 포기한 상태였다.

"좋소, 나도 오랫동안 그 생각을 꿈꾸어 왔소. 그쪽은 한나라나 조선 양쪽 모두 감시가 소홀한 편이니 우선 거기로 가서 자리를 잡고 앞날을 도모한다면, 우리에게도 장차 기회가 있을 것이오. 자, 이제 연나라 흔적을 모두 지워 버리고 조선 사람으로 돌아가십시다! 모두들 다시금 머리를 올려 상투를 틀고, 복장도 조선옷으로 갈아입도록 하시오!"

그리하여 위만衛滿은 자기를 따르는 천여 명의 무리를 이끌고 패수를 건너 동쪽으로 달아났다. 물론 위만이 朝鮮으로 들어온 자세한 경로는 제대로 알려지지 않았다. 다만, 그 행적으로 미루어 볼 때 위만 일행은 단순히 燕나라 사람이라기보다는, 오히려 옛 辰韓(동도)의 후예일 가능성이 커 보였다. 진개의 원정 등에 의해 그 지역이 연나라에 복속되면서 燕에 이어 통일 秦과 漢나라 사람이 되었다가, 당시의 혼란을 틈타 다시 朝鮮으로 복귀한 듯했다. 우선 그들이 노관을 따라 흉노로 가지 않았거니와, 후일 국호를 〈朝鮮〉이라 고집한 것이 그렇다. 또 위만의 후예들 또한 끝까지 漢나라에 맞서 싸웠다는 사실 등도 이를 뒷받침해 준다.

기씨조선의 준왕準王은 燕나라 장수 출신인 위만이 귀부해 오자 처음엔 그 일행을 경계했다가, 이내 이들을 반기고 믿어 보기로 한 듯했다. 준왕의 태도 변화는 위만의 출신과 관련된 일이거나 무언가 준왕이 기대할 만한 것이 있어야 가능한 일이었을 것이다. 준왕이 위만 일행을 상대로 말했다.

"그대들이 조선에 귀부해 온 것을 진심으로 환영하오! 원하는 것이 있으면 말해 보시오!"

"대왕, 지금 우리는 패수를 막 건너 조선의 서쪽 변경에 자리했습니다. 청컨대 우리가 이 지역에 살면서 국경선을 지키는 번병藩屏이 되고자 하니 허락해 주옵소서!"


당시 漢나라가 유방 사후에 일시적으로 혼란에 빠지자, 연燕, 제齊, 조趙 등의 나라에서 전란을 피해 朝鮮의 국경을 넘어오는 망명객들의 규모가 갈수록 커지고 있었다. 준왕은 그의 선왕(비왕)이 그러했듯이 漢나라가 어수선한 틈을 이용해 漢나라와의 변경인 상하운장上下雲障(진고공지秦古空地)을 차지하고 싶었다. 게다가 북쪽의 선비와 오환의 무리가 묵돌의 흉노에게 일격을 당한 이후로 심심찮게 변경을 넘어오다 보니, 준왕으로서도 어떻게든 이들을 수용해 변방을 지키게 하고 장차 조선의 세력을 키우는 일이 절실하던 때였다.

마침 위만이 朝鮮의 서쪽 변경 울타리를 자처하니 그 자체가 준왕이 기대하던 바였으므로, 위만 일행을 변방에 살게 하면서 파격적으로 우대하는 모양새를 취했다.

"위만을 박사博士로 임명하고, 아울러 상하장 주변 일백 리의 땅을 봉하겠노라!"

이어 옥玉으로 된 제후의 징표인 규圭까지 하사하면서, 위만이 이들 망명객 모두를 관리할 수 있게 해 주었다. 위만은 그렇게 제후의 대접을 받으며, 변경에 사는 진번眞番(진한, 동도)의 조선인들과 중원의 혼란을 피해 온 이웃 나라 燕, 齊, 趙나라 등의 유민들을 규합해 착실히 세를 키웠다. 그러나 사실 위만은 야망이 크고 용의주도한 사람이었다. 그는 변방의 약소국이었던 秦과 漢나라가 번갈아서 중원을 통일하는 것을 직접 목도 했고, 특히나 귀족도 아닌 평민 출신 유방이 통일 漢나라의 황제에 오르는 것을 보고 크게 자극을 받았을 법했다.

무엇보다 위만은 중원이 오랜 열국시대를 끝내고 강력한 황제 중심의 통일제국으로 하나가 되면서, 중앙권력이 강화되는 선진 정치체제를 경험한 사람이었다. 그에 비해 그의 모국이나 다름없는 朝鮮은 새로운 변화에 더디기만 했고, 동도東屠가 흉노에 무너져 내린 이후로는 제후국들의 분열이 가속화되면서 정반대의 길을 걷던 중이었다. 위만은 상대적으로 낙후된 朝鮮에서라면 무엇이든 자신이 해낼 수 있을 것이라는 희망을 품기 시작했다.


그러한 때 유방의 최측근이었던 노관이 漢나라에서 망명해 왔다는 보고에, 薰의 묵돌선우는 적잖이 놀랐다.

"무어라, 연왕 노관이 우리에게 귀부를 하겠다고? 그게 사실이더냐?"

처음 묵돌은 노관이 유방의 죽마고우임을 알기에 그를 신뢰할 수 없었을 것이다. 그러나 여태후가 이성異姓제후들을 핍박한 사실도 잘 알고 있었기에 고심 끝에 노관을 받아들이기로 했다.

"연왕 노관을 동도의 왕으로 봉할 것이다."

그리하여 노관은 〈薰〉에 속한 동도(동호)의 노왕盧王에 봉해질 수 있었다. 그러나 사실 말이 왕이지, 당시 흉노가 지배하던 동도東屠는 강역이 많이 쪼그라들어 나라라고 부르기에도 민망한 수준이었다. 무엇보다 당시 선비와 오환을 주축으로 하던 동도인들은 과거 자신들의 속국이었던 흉노에 쉽사리 머리를 숙이지 않은 채, 걸핏하면 동쪽 변방을 공격하고 어지럽혔다. 그 바람에 묵돌의 입장에서는 동도야말로 가장 골치 아픈 문제의 분쟁 지역이었다.

그런 터에 燕王 노관이 투항해 오자 묵돌은 그에게 사납기 짝이 없는 동도인들을 다스리게 했다. 어차피 漢의 배신자에 불과한 노관을 그리 신뢰할 것도 없었던 만큼, 문제의 지역에 일종의 화살받이 왕으로 내세운 것이나 다름없는 것이었다. 그러나 노관으로서는 결코 가만히 있을 수만은 없는 노릇이었다. 그는 망명한 동도왕으로서 묵돌선우와 훈국에 무언가 성과를 올려야겠다고 다짐했다. 그 결과 조선인들을 밀어 내고 요서遼西 등의 일부 지역을 점거하기도 했다.

바로 그 무렵에 위만이 패수의 중상류로 보이는 번조선의 상하장으로 들어가 자리를 잡는 데 성공했던 것이다. 그런 위만에게 북서쪽에 인접해 있던 동도의 새로운 왕으로, 자신이 모셨던 노관이 봉해졌다는 반가운 소식이 날아들었다.

"무어라? 연왕이 동도왕에 올랐다는 말이 사실이냐? 오오, 믿기 어려운 일이지만 상황이 점점 우리에게 유리하게 돌아가는 것 같구나, 하하하!"

영민했던 위만은 텅 빈 상하장을 보면서 당시 동북아에 엄청난 권력의 공백이 생겼다는 사실을 간파하고 있었다. 그러나 망명국의 일개 장수로서 그때까지 무언가 큰일을 꾸미기에는 절대적으로 세가 부족하다고 느끼던 터였다. 그러나 만일 노관이 이끄는 동도東屠는 물론, 배후에 있는 〈훈국〉(흉노)의 막강한 힘을 이용할 수 있다면 상황은 크게 달라질 수 있는 문제였다. 노관의 소식에 위만은 장차 다가올 커다란 변화를 예감하는 동시에, 어쩌면 그 변화를 자신이 주도할 수도 있다는 원대한 꿈을 꾸기 시작했다.

'흉노의 지원을 끌어낼 수 있다면 번조선을 충분히 뒤집을 만하다. 마침 연왕 노관이 동도왕이라니, 이것이야말로 하늘이 준 기회가 아니겠는가……'

위만이 마침내 훈국의 동도왕 노관에게 남몰래 사람을 보내 밀통하기 시작했다.


그때 위만은 동도왕의 지원이 있다면, 적당한 시기에 자신이 번조선에 대해 반란을 일으켜 정권을 빼앗을 수 있다며 연합의사를 타진한 듯했다. 위만은 그 대가로 동도의 옛 강역을 확실하게 훈국에 인정해 주기로 하고, 이를 위해 동도 지역을 위협하던 선비와 오환의 세력을 몰아내는 데 협조하기로 했을 가능성이 컸다. 어쩌면 한 걸음 더 나아가 번조선의 강역 일부를 나누어 주거나, 장차 薰의 속국이 되겠노라는 파격적인 제안까지 했을 수도 있는 노릇이었다.

망명객 동도왕의 신분으로 정치적 성과에 목말라하던 노관인 지라 그 역시 위만의 제안을 크게 반겼을 것이다.

'이런, 위만이 상하장에 들어가 있었다니……. 이자의 계책대로라면 골칫거리인 오환과 선비를 누를 수 있을 테니, 장차 내가 큰 공功 하나를 세울 만한 일이로다. 잘되었구나, 후훗!'

노관은 즉시 선우정單于庭의 묵돌에게 사람을 보내 위만의 제안을 보고했다. 그는 이참에 자신의 부하였던 위만을 잘만 이용한다면, 朝鮮을 대표하는 번조선의 기씨왕조를 무너뜨리고, 친훈親薰 정권으로 대체할 수 있을 것이라며 묵돌의 지원을 종용했을 가능성이 컸다.

묵돌의 입장에서도 朝鮮의 양대 세력인 동도를 물리친 데 이어, 이번에 나머지 번조선마저 굴복시킬 수 있다는 제안에 솔깃해졌을 것이다. 더구나 번조선의 기씨왕조를 내쫓고 친親흉노 세력인 위만 정권으로 대체할 수 있다면, 큰 전쟁 없이도 문제의 오환과 선비는 물론, 과거 자신들의 상국이었던 동쪽의 古조선 강역마저 노리는 것도 가능한 일이었다. 묵돌은 그런 기대 속에서 결국 노관의 제안을 흔쾌히 수용했을 것이다.

결국에는 훈국의 묵돌선우, 동도왕 노관, 번조선 제후 위만, 이렇게 3자者가 준왕이 이끄는 기씨왕조를 전복시키기로 은밀하게 뜻을 모은 것이 틀림없었다. 아울러 그 모든 것은 노련하기 그지없는 묵돌이 배후에서 위만에 대해 아낌없는 지원을 약속하면서 가능해진 일이었을 것이다.


〈흉노〉와의 연합에 대한 밀약을 성사시키면서 자신감으로 충만해진 위만이 기회를 보다가 마침내 주변의 자기 무리를 모아 설득에 나섰다.

"오늘날 조선은 나라와 영토의 개념이 모호하고, 제도가 낙후되어 도저히 중원에 견줄 수 없게 되었다. 게다가 과거에는 많은 제후국을 두기도 했지만, 원래부터 周나라만도 못할 정도로 느슨한 통제력 때문에 사실상 형제국의 동맹 수준에 불과했다. 지금 중원은 강력한 통일제국 漢나라가 지배하고 있지만, 조선은 해解씨의 부여와 기箕씨의 조선으로 왕조가 뒤집힌 지 오래다. 게다가 10여 년 전에 흉노의 공격으로 동도가 무너지는 바람에, 장차 전국시대의 중원처럼 수많은 열국으로 분열되고 말 것이다."

"……."

그러자 위만의 수하들이 침을 삼켜 가며 그가 하는 말에 집중했다.

"지금 기씨조선의 준왕은 명석했던 그의 부왕父王에 미치지 못하고, 이러한 혼란과 변화를 헤쳐 나가기에는 역부족으로 보인다. 게다가 북쪽의 선비와 오환이 호시탐탐 조선을 노리고 있으니, 잘못하다간 그들에게 조선을 뺏길지도 모를 일이다. 그런 일을 목도하느니 차라리 우리가 해내는 편이 낫지 않겠느냐? 마침 동도의 노왕盧王에게 후방에서의 지원을 타진해 본 결과, 적극적으로 지원하겠노라는 천금 같은 약속을 받아낼 수 있었다. 모든 상황이 우리에게 유리하게 돌아가는 만큼, 하늘이 내려준 이 기회를 놓쳐선 아니 될 것이다."

위만의 말에 여러 사람이 놀라는 가운데서도 동시에 고개를 끄덕이며 수긍하는 사람들도 많았다.

이후 위만은 유민들을 더욱 적극적으로 받아들이면서 계속해서 세를 불려 나갔다. 동시에 비밀리에 결사대를 조직한 다음 이들에게 강도 높은 군사훈련을 시켜 강력한 사병私兵집단으로 키워 나갔다. 아울러 준왕의 사람들을 포섭하고 당시 기씨조선의 도성인 왕검성王儉城(험독한성)에 첩자를 보내, 궁 안에서 돌아가는 정보를 파악하는 데도 신경을 썼다. 이런 모든 일을 수행하기에는 엄청난 재원의 뒷받침이 있어야 가능한 일이었을 것이다. 당시 변방의 상하장上下障을 지키던 위만 스스로 이일을 해내기에는 매우 벅찬 일이었을 것이므로, 틀림없이 배후에서 노관을 비롯한 묵돌의 지원이 상당했을 것으로 추정되었다.

그렇게 어느 정도의 세력을 갖추게 되자, 위만이 드디어 본심을 드러낸 채 자신의 야망을 행동으로 옮기기로 했다.

"그동안 모두가 단합해 조선에 성공적으로 안착했다. 이제는 우리 세력도 어느 정도 커진 만큼, 마침내 우리의 뜻을 펼칠 때가 되었다. 모두

들 계획대로 일사불란하게 행동하고, 비밀 유지에 각별히 신경 쓰길 바란다!"

얼마 후 위만은 준왕에게 사람을 보내 갑자기 사방에서 漢軍이 쳐들어오고 있다는 거짓 보고를 했다. 그리고는 상황이 너무 위급해졌으니 자신들이 준왕의 호위를 맡는 것이 시급해 보인다면서, 병력의 도성 입성을 허락해 달라 요청했다. 정보 수집을 등한시한 데다 漢의 대군大軍이 공격해 온다는 소식에 얼이 빠진 준왕이 다급한 마음에 사실 확인도 하지 않은 채, 덜컥 이를 수락하고 말았다.

위만은 그동안 공들여 키운 정예 병력만을 거느린 채 곧장 번番조선의 도읍인 왕검성으로 향했다. 정황으로 보아 이때 동도나 흉노의 지원군이 후방에서 대기했거나, 위만의 정예군에 뒤섞여 있었을 가능성도 매우 큰 상황이었다. 그렇게 도성 안으로 들어오는 데 성공한 위만은 사전에 짜 놓은 각본대로 신속하게 움직여 느닷없이 준왕의 궁궐을 급습했다. 준왕의 부하가 헐레벌떡 뛰어 들어와 급보를 전했다.

"대왕, 반란입니다! 어서 피하셔야 합니다!"

"반란이라니, 그게 무슨 말이냐, 누가? 왜?"

"위만 그자가 대왕을 배신하고, 지금 궁궐을 공격해 오고 있습니다. 일단 서둘러 피하셔야 합니다! 대왕, 어서요!"

"무어라? 위만이 난을 일으켰다고? 오오, 분하도다! 위만 그놈이 정녕 나를 속인 게로구나! 그 도적놈이 내게 어떻게 이럴 수가 있단 말이더냐?"

뒤늦게 수비병들이 위만의 반란군에 저항했으나 역부족이었다. 준왕은 눈물을 머금고 잔여 무리를 이끌고 급히 성안을 빠져나와 달아나기 시작했다. 위만의 군대가 추격해 오자, 다급해진 준왕 일행은 서둘러 인근의 패수로 나간 다음, 배를 타고 내려가 너른 발해만으로 사라져 버렸다.

그다음 준왕 일행이 어디로 향했는지는 정확히 알려지지 않아 아직도 여러 설이 분분하다. 일설에는 그때 준왕이 소수의 수행원만을 데리고, 은밀하게 오늘날 요동반도 인근에 위치한 장산군도群島의 마한도馬韓島(석성도石城島)로 숨어들었다고 했다. 그러나 위만의 반란으로 인한 충격과 외딴섬 안에서의 고립 때문이었는지, 그해 준왕準王이 덜컥 사망했다고 한다. 당시 준왕의 직계 후사가 없었던 탓에, 이후 기준왕의 왕가는 후대가 끊어져 역사 속으로 사라져 버렸다. 위만이 〈기씨조선〉에 망명해 온 지 1년여 남짓한 BC 194년경의 일이었다.

가장 흔하게는 이때 준왕이 한반도 서남부로 들어와 전라북도 익산 인근에 자리 잡고 〈마한馬韓〉을 다스렸다고 했는데, 이는 기씨왕조의 또 다른 왕족이나 측근들이었을 가능성이 컸다. 따라서 기씨왕조 멸망 후에 이들의 다수가 난하의 동쪽으로 이주해 기존의 〈마한馬韓〉(마조선) 지역으로 들어간 것이 틀림없었다. 이들이 이후로 대릉하와 조양朝陽 일대로 추정되는 마한 지역을 장악했는데, 이때부터 기箕씨 성을 버리고 기씨의 또 다른 분파였던 한韓씨 성을 사용했던 것이다.

후일 한 세기가 지나 위衛씨왕조가 멸망하자 이들 韓씨 마한인들이 요동으로 되돌아와 그 남쪽의 옛 번조선 지역을 장악하면서 소위 〈中마한〉을 일으켰고, 종전처럼 험독을 도성으로 삼아 〈한성韓城〉(마한성)이라 불렀다. 이로 미루어 한반도의 마한은 오히려 후대의 요동 中마한과 연관성이 높아 보였다.

그 밖에도 준왕 일행이 서쪽의 〈월지月支〉로 향했다는 설도 있었는데, 이는 기존 마한의 후국 중에 기箕씨(韓씨)에 저항하던 〈오손烏孫〉(아시나)과 〈색족索族〉(샤카) 등이 하서河西 지역으로 이주했을 가능성을 시사하는 것이었다. 상세한 기록은 없지만, 당시 북방민족의 연쇄적 이동을 유발할 만한 사건으로 기씨조선의 멸망이 가장 유력해 보였다. 후일 1세기쯤 지나서 이들 하서와 비단길silk road 일대의 북방민족들이 흉노에 밀리게 되자, 天山산맥을 넘어 중앙아시아로 대거 진출했다. 이들이 새로이 유라시아 대륙을 넘나들면서 동서양의 문화를 잇는 가교 역할을 수행했으니, 이 자체가 바로 인류 발전에 지대한 공을 세운 북방민족의 위대한 역사였던 것이다.

기준왕箕準王은 기자箕子의 41대 손孫이라는 기록도 있다. 상商왕실의 후예였던 기자의 이름은 자서여子胥餘(수유須臾)였는데, 기箕 땅의 제후로 봉해진 데다, 이후 후손들이 번창한 덕에 성인으로 추앙되다 보니 기자箕子라 불리게 되었다. 원래 기자 자신은 주周무왕을 피해 바로 인근의 商나라 변경이자, 東夷의 서쪽 변두리인 하남성 상구현商丘縣 일대에서 시작했고, 인근의 조현에 묻혔다. 이후 그의 후손들이 수유 지역을 기반으로 세력을 키운 다음, 서서히 동북 朝鮮의 강역으로 북상했던 것이다.

그 과정에서 춘추시대 말기인 BC 6세기를 전후로 箕씨의 주류세력은 번조선의 속국으로 창해국 서쪽 보정保定 일대의 〈낙랑樂浪〉을 장악하면서 그 존재감을 키우기 시작했다. 아울러 이들에게서 분파된 선우鮮于씨 또한 진한의 속국으로 낙랑 바로 아래 태항산 인근에 있던 〈백국白國〉 (백적)을 제압하고, 〈中山國〉을 세워 다스렸다. 기씨의 〈낙랑〉과 선우씨의 〈중산〉 두 나라는 위로는 진한辰韓과 번조선으로 대표되는 古조선 세력, 아래로는 산동의 래국萊國과 燕, 晉, 齊나라 등 중원 열국의 사이에서 일종의 중개무역으로 부를 쌓고, 일대에서 제법 부유한 나라로 성장했다.

그 후로 기씨낙랑(기조箕朝)은 북쪽으로 〈동도〉의 일파인 〈선비〉를 제압한 데 이어, 동북으로 번조선을 대표하던 전통의 〈고죽孤竹〉까지 병합하면서 사실상 종주국인 번조선 조정을 압박하기 시작했다. 그 와중에 연나라 자객에 의한 번조선왕 시해사건이 벌어졌고, BC 323년경, 이를 수습하기 위해 낙랑의 읍차 기후箕詡가 번조선의 도성에 입성하면서 마침내 스스로 번조선왕에 즉위했던 것이다. 이로써 기씨조선이 번조선을 대체하면서 사실상 朝鮮을 대표하는 지위에 우뚝 서게 되었다.

그러나 기후왕 사후 기욱箕煜왕 때 이르러, 燕나라 진개의 〈동호 원정〉으로 기조 역시 자신들의 기반이 되었던 서쪽 낙랑 지역의 대부분을 상실하는 치명타를 입고 말았다. 이후 BC 238년경에는 대부여(진조선)의 고열가천왕이 제위를 포기하면서 2천 년 〈고조선〉이 사실상 멸망해버렸고, 해모수解慕漱가 옛 백악산아사달(내몽골임서)에서 〈부여〉의 천왕으로 즉위했다.

중원이 이때 秦의 통일전쟁에 휘말리면서, 연왕 희가 秦왕에 쫓겨 기조의 강역인 요동의 계현으로 들어와 요동왕을 자처했음에도 기비왕이 이를 막지 못했다. 다만, 秦시황의 중원통일 이후 패수 주변의 상하운장上下雲障에 진고공지秦古空地를 두면서 秦과의 충돌을 외교적으로 해결했다. 이후 秦의 몰락에 이어 漢이 중원을 재통일하는 사이에, 내몽골 서쪽에서는 동도의 속국이나 다름없던 흉노가 일어나 있었다.

기씨조선은 이후 흉노선우 묵돌의 기습으로 경쟁상대인 〈동도〉가 무너져 내리는 것을 보고도, 언제나 통일 중원에만 주목했을 뿐 흉노의 융성에 주목하지 못했다. 더구나 이러한 세기적 전환기를 맞이해서도 조선연맹을 하나로 묶고 강력해진 중원에 대항하고자 하는 원대한 꿈 vision을 지니지 못한 채, 주변 상황을 관망하는 소극적 태도로 일관했다. 그 결과 漢(연)나라의 망명 장수 위만이 〈흉노〉와 결탁한 줄도 모른 채 기만을 당했고, 결국 나라마저 빼앗기는 참화를 당하고 만 것이었다.

이에 반해 위만衛滿은 오로지 힘과 배신이 판치는 약육강식의 난세를 용케 이겨 내고 살아남은 자였다. 준왕이 급한 대로 우선 세를 불려야 겠다는 작은 욕심에 위만의 찬탈 의도를 읽지 못하고 그에게 섣불리 국경을 맡겼던 것이, 나라를 송두리째 빼앗기는 화근이 될 줄 어찌 알았으랴? 나라의 경영은 눈앞의 작은 이익보다는, 더 큰 세상의 판을 읽을 줄 아느냐에 달린 것이었다. 〈기씨조선〉은 기후가 번조선의 왕위를 찬탈했던 것처럼, 150년도 안 되어 스스로 자멸하고 만 것이나 다름없었다.

이와는 별개로 동도왕 노관盧綰은 비록 상황이 꼬여 훈국으로 망명하기는 했으나, 여건이 좋아지는 대로 漢나라로 돌아갈 것을 꿈꾸었다고 한다. 그러나 〈위만의 난〉으로 기씨조선이 붕괴되던 그해에 노관도 병을 얻어 사망하면서, 그는 끝내 고향인 漢나라로 돌아가지 못했다. 薰의 묵돌선우는 노관의 후손으로 하여금 계속해서 동도왕을 잇도록 배려했다. 노관이 薰으로 망명해 온 후 사망에 이르기까지 불과 1년 남짓한 기간이었음에도, 위만과 손잡고 번조선을 멸망시키는 데 기여한 노관의 공을 선우가 크게 인정한 것으로 보였다.

비록 기씨조선을 무너뜨리긴 했으나 위만은 새로운 국호를 쓰지 않고, 종전과 같은 조선을 그대로 사용하면서, 그가 번조선을 계승한 왕임을 분명히 했다. 친흉노 정권이기도 한 〈위씨조선衛氏朝鮮〉의 탄생은 古조선 강역에 종전 조선연맹 시절과는 전혀 다른 형태의 정치가 전개될 것을 예고하는 것이었다. 朝鮮이 오래되고 강고한 정치체제에서 벗어나지 못한 채 내부의 변화와 혁신에 성공하지 못했기에, 왕조가 교체되는 극심한 외부의 충격 속에서 외래세력에게 그 역할이 주어질 수밖에 없었기 때문이었다.

묵돌은 이후에도 20년을 더욱 왕성하게 활약하면서 강력한 초원제국의 건설이라는 자신의 원대한 꿈을 실현해 냈다. 사실 〈古조선〉은 동북아시아에서 최초로 인류의 문명을 열고, 국가의 형태를 선보였던 명실상부한 아시아의 종주국이었다. 그때까지 무려 2천 년이라는 유구한 세월을 이어 오는 동안 여러 민족의 성쇠와 분열을 겪어야 했지만, 그럼에도 삼조선 연맹체제를 그럭저럭 유지해 오고 있었다. 다만, 전국시대 말엽부터 분열의 양상이 가속화되고, 특히 기씨왕조가 번조선을 차지하면서 서로를 적대시하다 보니 분열이 고착화되는 지경까지 이르고 말았다.

그 무렵 동도의 속민이었던 흉노가 불같이 일어나, 오히려 상국이었던 동도를 무너뜨린 데 이어, 10여 년 만에 위만을 통해 또다시 번조선까지 몰락시키고 말았다. 古조선과 中原은 동아시아 대륙의 북방과 남방을 대표하던 세력으로 2천 년 동안 변함없는 숙적rival 관계였고, 당시는 동도(동호, 진한)와 번조선(기씨조선)이 조선의 양강을 이루던 때였다.

그런 두 나라가 영원한 라이벌인 중원이 아니라, 같은 북방계열로 자신들의 속민이자 형제국과 같았던 훈족(흉노)에게 차례대로 멸망 당했다는 것은 누구도 예상치 못했을 놀라운 역사의 반전이었다. 말기의 古조선을 결정적으로 붕괴시킴으로써 朝鮮의 역사에 가장 큰 영향을 끼친 인물은 정작 중원을 통일했던 秦시황이나 漢고조 유방이 아니라 북방 초원의 영웅 묵돌선우였던 것이다. 이처럼 묵돌은 朝鮮의 역사에서도 그야말로 가장 문제적 인물이 틀림없었으나, 이후 薰족이 직접 기록한 자국의 역사가 전해지지 않았고, 朝鮮 또한 여러 왕조의 부침 속에서 상고사上古史를 상실하는 바람에 오늘날까지도 관심 밖에 머물고 말았다.

# 10. 유방의 漢

BC 207년, 秦나라의 도읍인 함양에 입성한 항우項羽가 이제 겨우 秦
왕에 오른 자영子嬰을 죽임으로써, 마침내 중원 최초의 통일제국 〈秦〉나
라가 15년 만에 멸망하고 말았다. 이후 중원에서는 항우의 경쟁자인 유
방劉邦이 천신만고 끝에 어렵게 상황을 역전시킨 다음, 지루한 소강상태
가 3년 가까이 지속되고 있었다. 그 결과 秦의 분열과 함께 새로이 우후
죽순처럼 일어났던 지방의 제후국들도 전황에 따라 이리저리 붙어 다니
던 시절이었다. 그러나 결국 어느 편을 택하느냐에 따라 각자의 생사가
갈렸던 만큼, 모두가 목숨을 건 선택을 강요받기는 매한가지였다.

BC 205년 楚패왕 항우가 齊의 전영田榮을 토벌하러 근거지인 팽성彭
城(강소서주徐州)을 비운 사이, 漢왕 유방이 반反항우 세력을 연합해 무
려 50여 만의 대군을 이끌고 팽성으로 입성했다. 이로써 항우와 유방 간
의 이른바 〈초한전楚漢戰〉이 본격적으로 전개되기 시작했다. 승리감에
도취된 유방의 연합군이 주야로 주연을 베풀고 군기가 느슨해진 모습을
보이자, 항우가 정예병 3만으로 팽성을 급습했다. 항우의 벼락같은 기
습에 속수무책으로 당한 유방의 漢軍은 이때 10만 병력이 희생당했고,
유방은 가족들을 포로로 둔 채 달아나기 바빴다.

漢왕 유방이 대패했다는 소식이 널리 퍼지자 齊, 趙, 魏나라가 연이
어 漢나라를 배반하고 항우의 楚나라와 화친을 맺었다. 漢나라의 모사
원생袁生이 답답한 국면을 전환시키기 위해 유방에게 새로운 전략을 제
시했다.

"주군께서 항우를 남쪽으로 유인해 형양에서 대치하되, 싸움에 응하

지 말고 군사들에게 휴식을 취하게 하십시오. 대신 한신韓信 등의 장수들을 하북河北으로 보내 趙, 燕, 齊나라를 쳐서 서로 연합하게 한다면, 楚나라는 여러 나라를 상대해야 하므로 힘이 분산되고 말 것입니다. 그때 휴식을 취한 漢軍이 楚나라 군대를 공격한다면 승산이 있을 것입니다."

이 말을 들은 유방이 한참을 생각한 연후에 비로소 만족한 얼굴로 말했다.

"항우를 위아래에서 협공한다……. 그것 참 절묘한 생각이오! 그대는 생각의 크기가 어마어마한 사람이구려, 내 당장 그리하리다!"

유방은 대장군 한신韓信을 좌승상으로 삼아 북쪽에 있던 군대를 이끌고 본격적으로 북쪽 정벌에 나서게 했다. 첫 번째 싸움은 황하 동쪽 강변에 자리한 魏나라와의 전투였다. 위왕 표豹는 漢軍이 황하를 건너오지 못하도록 황하 강변의 임진臨晉으로 통하는 물길을 막고 전 군대를 동원해 굳게 지켰다.

그러자 강의 지형을 자세히 관찰하던 한신은 많은 군사들을 동원해 배를 잇게 하는 등 임진에서 강을 건너 공격할 것처럼 소란을 떨게 하고는, 본진을 몰래 빼내 상류 하양夏陽으로 보냈다. 그리고는 넓은 나무통을 파내 물을 넣고 배처럼 물에 띄워 서로 잇게 한 다음, 그 위로 널판을 연결한 목앵부를 이용해 황하를 건너게 했다. 병사들이 황하를 무사히 건너자마자 魏나라 도성인 안읍安邑으로 곧장 쳐들어가 위왕 표를 사로잡는 데 성공했다. 상대의 전략을 알아채고 역으로 이용하는 장계취계將計就計를 쓴 것이었다.


이후 한신의 군대는 파죽지세로 나아가 代나라를 알여閼與에서 깨뜨리고 代나라 재상 하열夏說을 잡는 데도 성공했다. 한신의 연이은 승전보에 놀란 유방은 속으로 은근히 한신을 경계하기에 이르렀다.

'과연, 한신이로구나……. 이렇게 계속해서 승승장구하게 되면 딴마음을 품을지도 모르겠다. 안 되겠다. 이참에 병력을 빼앗아 내 군대를 강화하고, 이자를 다시 한번 시험해 봐야겠다.'

유방은 갑자기 한신의 정예부대를 형양衡陽 일대로 빼내 자신의 지휘를 기다리라 해 놓고는, 한신에게는 5만의 늙은 패잔병만을 주어 장이張耳와 함께 동쪽의 趙나라를 치라고 명했다. 한신의 연승과 함께 곧 그들이 쳐들어올 것이라는 소문을 들은 趙왕과 성안군 진여陳余는 진입로인 정형구井陘口에 20만 대군을 집결시켜 대비했다. 광무군廣武君 이좌거李左車가 진여에게 건의했다.

"정형구는 험준하고 좁은 산길이라 수레가 쉽사리 드나들기 어려우니 군량미를 나르는 수송부대가 멀리 후방으로 처지게 될 것입니다. 제게 3만의 병사를 주시면 지름길로 가서 한군의 군량미가 들어가는 것을 막고 퇴로를 차단할 테니, 장군께선 정형구로 가서 골짜기가 높고 유리한 지형을 찾아 수비만 굳게 하십시오, 식량이 공급되지 못한 채, 漢군이 오지도 가지도 못하는 신세가 되면, 그때 저희가 기습으로 한군을 일거에 패퇴시킬 수 있을 것입니다!"

그러자 진여가 거만한 표정으로 답했다.

"병법에 이르길 적보다 10배가 많으면 포위하고, 2배가 많으면 공격하라 했네. 한나라 병사들은 사실 몇천에 불과한 데다, 먼 길을 오느라 힘이 소진되었을 걸세. 이처럼 지친 군대 하나를 정면에서 공격하지 못한다면, 후일 이보다 더 강한 군대를 만나면 어쩌려고 그러시나?"

병서만 읽은 진여가 그렇게 이좌거의 현실적 제안을 묵살해 버렸다. 이 소식을 들은 한신은 즉시 1만의 군대를 선두로 삼아 정형구를 지나 강을 건넌 다음, 동쪽 강을 등지고 강기슭에 진을 쳤다. 이어 잔여 부대가 대장기를 펄럭이며 북을 치고 요란하게 정형구를 나오게 했다. 그 모습을 지켜본 진여가 껄껄 웃으며 비웃었다.

"저걸 보아라! 강을 뒤에 두고 진을 치다니, 한신은 그야말로 전쟁에 관한 기본상식도 없는 자로구나, 핫핫!"

그리고는 전군에 출정 명령을 내렸다. 두 나라 군대가 필사적인 결전을 펼쳤는데, 등 뒤에 강이 있어 퇴로가 막힌 한신의 군대가 죽을힘을 다해 항전하니 진여가 이끄는 趙나라 병력의 수가 압도적으로 많았음에도 조금도 나아갈 수가 없었다.

그사이 전날 밤 산속에 매복해 두었던 2천여 명의 漢군이 趙나라 진영으로 뛰어들어 趙의 푸른 깃발을 뽑아내고 대신 漢나라의 붉은 깃발을 꽂았다. 결전을 치른 趙나라 군사들이 더 이상의 진전이 없자 잠시 군사를 물려 철수하려다가, 자기네 진영에 漢의 붉은 깃발이 가득한 것을 보고 대혼란에 빠졌다.

"앗, 저 한나라 깃발이 뭐냐? 우리 진영이 함락된 거냐? 대장군이 잡히신 거냐?"

착각으로 우왕좌왕하는 趙나라 군대를 향해 한신이 기세를 몰아 협공을 가하니 놀란 趙나라 군사들이 뿔뿔이 흩어지고 달아났다. 한신을 비웃던 진여는 전투 중 목숨을 잃었고, 조왕 헐歇은 달아나다 포로로 잡혀 양국襄國 땅에서 처형당했다. 유명한 배수지진背水之陣의 승리였다.

이때 한신은 이좌거가 지략이 뛰어난 인재라는 소문을 듣고 전쟁 전부터 현상금을 걸고 그를 생포해 오라는 명령을 내린 터였다. 전투가 끝나고 과연 병사들에게 잡혀 온 이좌거를 보자 한신은 그를 즉석에서 풀어 주고 상석에 앉게 했다. 그리고는 스승의 예로 대하면서 겸손하게 이좌거의 가르침을 구하고자 했다.

"저는 일찍부터 장군의 명성을 들은 적이 있습니다. 비록 이번 싸움에서 이기긴 했으나, 이는 전투 경험도 없는 진여가 틀림없이 장군을 제대로 쓰지 않았기 때문일 것입니다."

이좌거가 황송해하며 고개를 저었다.

"무슨 겸손의 말씀이십니까? 지금 세상에서 연전연승하신 장군의 명성을 모르는 이가 어디 있겠습니까? 趙나라의 모든 장졸들까지 이제는 장군의 지휘를 받고자 한다 들었습니다."

한신이 손사래를 치며 거듭 겸양의 어조로 말했다.

"아닙니다. 그저 운이 좋았을 뿐입니다. 어쨌든 저는 장이張耳 장군과 함께, 魏나라, 趙나라를 깨뜨렸으니, 이제 차례대로 燕을 치고, 그다음 齊나라를 치려고 합니다. 좋은 방안을 하나 가르쳐 주시길 청합니다만……"

이좌거는 거듭 사양했으나 한신의 간절한 요청에 마지못해 답했다.

"짐작하건대 지금 장군의 漢나라 군대는 먼 길을 행군한 데다 거듭된 싸움에 기력이 다했을 것입니다. 이토록 피로에 지친 군대로는 성벽이 견고하기로 유명한 燕나라의 성벽을 넘기가 쉽지 않을 것입니다. 그리되면 군량미 공급에도 차질이 생기고, 성 밖의 군사들만 지쳐 갈 것입니다. 燕나라를 넘지 못하면 그보다 강한 齊나라는 더더욱 거칠게 저항할 것이고, 전쟁은 길어질 것입니다. 그리하면 현재 초한楚漢 두 나라의 대립 구도에도 나쁜 영향을 끼칠 수 있으니, 이것이 바로 장군이 지금 스스로 처한 문제일 것입니다."

한신이 고개를 끄덕이며 수긍했다.

"과연 정확하게 보셨습니다. 바로 그것이 저의 고충입니다만……"

"병법에 반드시 자신이 유리한 점을 이용해 상대의 단점을 쳐야 한다고 했습니다. 지금은 병사들로 하여금 잠시 갑옷을 벗어 쉬게 해 주고, 전투력을 끌어 올릴 때입니다. 이어 趙나라의 민심을 수습하고 백성들을 위로해 그들의 지지를 얻어 내십시오. 그리고는 燕나라 국경에 군대 일부를 보내 당장이라도 치고 들어갈 것처럼 위세를 떨치게 하십시오."

"……."

한신이 고개를 주억거리며 이좌거의 말에 집중하니, 그가 말을 계속했다.

"대신 뒤로는 연왕에게 사자를 보내 지금 백전백승으로 漢나라 군사의 사기가 하늘을 찌를 듯하지만, 피차 대량의 살상을 원하지는 않는다는 서신을 점잖게 보내는 겁니다. 燕나라로 하여금 漢軍의 명성과 위세 앞에 저항을 포기하고 얌전히 투항하도록 유도하는 것이지요. 그리만 되면 齊나라 역시 소문만으로도 놀라 전의를 상실하고, 전쟁도 하기 전에 장군 앞으로 머리를 굽혀 스스로 찾아오지 않겠습니까?"

"저도 얼핏 그런 생각을 하긴 했습니다만, 장군의 말씀을 들으니 더욱 확신하게 됩니다. 싸우지 않고도 이기는 법을 노리라는 말씀이군요. 과연 장군은 듣던 대로이십니다, 하하하!"

한신이 만족하여 정중하게 이좌거의 손을 잡으며 크게 웃었다.


그 무렵, 중원의 동쪽에 있던 燕나라도 한신의 군대가 공격해 올 것이라는 소문에 비상이 걸렸다. 유방을 배신하고 성급하게 항우의 편에 섰던 燕나라왕 장도藏荼가 漢나라 명장 한신의 명성에 한숨을 쉬며 후회했다.

"그때 그렇게 성급하게 결정을 내리는 것이 아니었다. 설마하니 천하의 초패왕이 이렇게 밀리게 될 줄 어찌 알았단 말이냐? 더구나 한신이 모든 나라들을 차례대로 격파하니 이 자가 무슨 전쟁의 신이라도 된단 말이더냐? 그때 그냥 유방의 편에 그대로 있었다면 지금쯤 한신과 같이 나란히 제나라를 치고 있을 텐데, 에잇!"

푸념을 늘어놓기 바쁜 연왕에게 아들 장연藏衍이 계책을 내놓았다.

"전하, 아무래도 우리의 힘만으로는 부족한듯하니 이참에 북방의 흉노를 끌어들이는 것이 어떻겠습니까? 우리가 그들과 손을 잡는다면 한신이든 초패왕이든 누구도 함부로 우리를 얕잡아보기는 어려울 것입니다."

"무어라, 흉노? 그들은 포악무도하기 짝이 없고 강성하다. 그러다 자칫 범을 집 안으로 끌어들이는 격이 되면 어찌하려고 그러느냐?"

연왕이 놀란 표정으로 되물었다.

"그렇긴 해도 지금 우리가 그런 것을 걱정할 처지가 아니질 않습니까? 먼저 급한 불부터 끄고 사태를 수습하고 나서 그다음을 도모해도 될 것입니다. 틀림없이 그들 또한 중원으로 진출하려는 의지가 있을 것이고, 묵돌선우의 흉노군은 강력하기 그지없습니다. 선우에게 거절할 수 없는 좋은 선물과 조건을 내걸고 우리와 힘을 보태 함께 한나라를 치자고 제안해 보시지요!"

"흐음, 글쎄 그것이 과연 통할까?"

고심 끝에 연왕이 다급히 묵돌에게 사자를 보내 귀중한 선물과 함께 훈족에 유리한 조건을 잔뜩 붙여 주고는 같이 漢나라를 공격할 것을 제안했다. 마침 요동과 하북은 물론, 과거 燕에 빼앗긴 동쪽 땅을 되찾기 위해 기회를 엿보던 묵돌은 좋은 기회라 여겨 이에 응하기로 했다. 그런데 연합을 이유로 燕나라 땅으로 손쉽게 발을 들여놓은 순간, 훈족이 돌연 약속을 깨고 오히려 燕과 代를 공격하기 시작했다.

연왕 부자가 화들짝 놀라 뒤늦게 후회를 했지만, 나라 밖에선 한신의 漢나라 군대가 진을 치고 있고, 안에선 흉노군이 공격해대니 정신을 차릴 겨를이 없었다. 그때 마침 한신이 사자를 보내 투항을 권유하니, 전의를 상실한 연왕 부자는 모든 것을 포기하고 한신에게 항복하고 말았다. 楚와 漢나라처럼 큰 나라끼리 싸울 땐 사태를 관망하며 기다릴 필요가 있었다. 나라의 존망이 달린 엄중한 순간일수록 성급하고 순진한 결정이 얼마나 위험한 것인지를 연왕 부자父子가 입증해 준 셈이었다.


연왕 부자가 漢나라에 힘없이 항복했다는 소식을 들은 묵돌은 중원 땅에서 훈족 홀로 漢나라를 상대로 전선을 확대하는 것이 못내 부담스러웠다. 그리하여 일단 더 이상의 공격을 멈추게 하고 새로이 정세를 파악하기로 했다.

"연왕 부자가 이리도 싱겁게 항복할 줄이야……. 유방한테서 그토록 쉽게 등을 돌리더니, 항복도 참 쉽게 하는구나, 껄껄껄!"

좌골도후가 맞장구쳤다.

"분명 우리의 갑작스러운 공격에 잔뜩 놀라, 전의를 상실했을 것입니다. 그렇더라도 성벽도 튼튼하거늘 제대로 싸움 한 번 해 보지도 않고서 항복하다니, 참으로 가볍기 짝이 없는 인사들입니다. 이렇게 된 이상 우리 군대가 연나라 안에서 계속 활동하기가 어렵게 되었습니다. 자칫 잘못하면 한나라, 그것도 저 신출귀몰하다는 한신에게 우리만 단독으로 싸움을 거는 꼴이 될 수 있습니다. 일단 철수를 명하시고, 다음을 생각하심이 옳을 듯합니다만……"

"잘 보았다. 내 생각도 그러하다. 일단 철수명령을 내리고 병사들을 쉬게 하라. 어쨌든 중원은 여전히 강력한 제나라가 남아 있어 당분간 초한 간의 싸움은 지속될 것이다. 그렇더라도 언젠가 楚漢전쟁도 끝이 날 것이다. 여전히 중원이 싸움으로 어지러운 이때, 차라리 북쪽의 나라들을 확실히 눌러 놓는 편이 나을 것 같다. 아마도 이것이 마지막 기회가 아니겠느냐?"

"과연 혜안이십니다. 분부 받들어 모시겠나이다, 대선우!"

燕나라에서의 철수를 지시한 묵돌은 병사들을 잠시 쉬게 한 다음, 이번에는 방향을 북으로 돌려 진격을 계속했다. 그 결과 혼유渾庾, 굴석屈射, 정령丁零, 격곤鬲昆, 신려新犂 등의 나라들을 차례로 복속시켰다. 이때쯤 훈족은 활시위를 당기는 군사가 30만이 넘을 정도로 강성해져 있었다. 묵돌의 결단력, 과감성, 탁월한 전략적 사고에 북방 소국의 제왕들 모두가 머리를 조아렸다.

그즈음 초패왕 항우에 쫓기던 유방은 한신이 趙나라에 이어 전쟁도 하지 않은 채 燕나라의 항복을 받아 내자 더욱 조바심을 내게 되었다. BC 204년 6월, 성고成皐에서 빠져나온 유방은 군사를 추려 날이 밝기도 전, 한신과 장이의 군영으로 말을 몰았다. 수비하던 군사들에게는 자신을 漢왕의 사자라면서 거짓으로 속인 채 조용히 병영으로 들어가서는, 즉각 장군 인부印符부터 회수해 병권을 빼앗아 버렸다. 장군 한신이 일어나 유방을 보고는 소스라치게 놀랐다.

"아니, 전하, 새벽부터 어인 행차십니까? 기별도 없이……"

"아아, 대장군, 놀라지 마시오! 그냥 편하게……"

의자에 앉아 허둥지둥 의관도 갖추지 못한 채 바닥에 꿇어 부복하는 한신을 물끄러미 바라보던 유방이 별거 아니라는 식으로 손사래를 치며 웃음을 지어 보였다. 그때 소식을 들은 장군 장이도 허겁지겁 한신의 막사로 뛰어 들어와 부복했다.

"그간 장군들과 병사들의 노고가 커서 아무래도 가만히 있으면 아니될 것 같아 직접 이렇게 말을 몰아 격려하러 왔소! 장군들 정말 수고가 많았소이다. 고맙소이다!"

"황공하옵니다. 전하! 이 모두가 전하의 하해와 같은 은덕으로 가능한 일이었습니다!"

유방은 어쩔 줄 몰라 쩔쩔매는 두 장군에게 다가가 바닥에서 일으켜 세우고는 어깨를 끌어당겨 세차게 두드리면서 말했다.

"자자, 편하게 앉으시구려. 편하게들……. 과연 대장군의 전술은 신묘하기 그지없더구려, 魏에 이어 代나라, 趙나라, 燕나라까지, 그야말로 천하무적에 불멸의 불패 신화를 만들었구려, 핫핫핫! 하룻저녁에 배반을 밥 먹듯 하는 쓰레기 같은 제후들을 그토록 차례대로 굴복시키다니, 과연 온 천하에 대장군이 아니고서야 누가 이 일을 해낼 수 있단 말이오, 그렇지 않소?"

"황공하옵니다, 전하!"

"내가 오면서 듣자니, 천하가 모두 대장군을 칭송하더이다. 대장군의 명성과 위엄이 그야말로 하늘을 찌를 기세예요. 백성들과 장졸들이 모두 대장군 아래서 지휘받기를 원한답디다. 아니 그렇소?"

"……."

겉으로는 공적을 칭송하는 듯하지만, 다소 빈정거리는 말투에 잔뜩 긴장한 한신이 더욱 머리를 조아렸다.

"그래서 말인데……. 장군들의 전공이 태산같이 큰 만큼 과인이 여길 오면서 생각해 둔 게 있어서 이 자리에서 바로 포상을 시행할까 하오! 음, 그리고 당연히 거기에 걸맞게 군대를 좀 재편도 해야 할 듯하오. 이제 남은 건 齊나라 하나뿐이구라, 그 역시 대장군이 지금까지처럼 잘해내리라 믿소이다. 하하하!"

유방은 저 혼자 기분 좋게 웃고 나더니, 이내 자기 생각을 이행하기 시작했다. 먼저 한신과 장이 두 장군의 군대를 빼앗아 자신의 휘하에 두기 위해, 즉시 병력을 공현鞏縣과 백마진白馬津의 지원부대로 보내라는 명령을 내렸다. 대신 이미 趙나라 왕에 봉해졌던 장이에게는 조왕의 자격으로 현지에 그대로 남아서 趙 땅을 지키도록 했다.

대장군 한신은 새로이 상국에 임명해 지위를 높여 주는 모양새를 취한 다음, 趙나라에서 아직 징발되지 않은 사내들을 거두어 병사로 삼고, 그들을 이끌고 곧바로 齊나라로 진격하라 명했다. 한마디로 전쟁에 익숙하고 승리까지 경험한 정예부대는 본인이 거두어 버리고, 한신에게는 풋내기 신병을 새로이 모집하고 훈련시켜 그 병력으로 齊나라를 치라는, 참으로 속이 빤히 내다보이는 명령이었다. 아랫사람의 밥그릇을 빼앗아 그 내용물을 자기 그릇에 담아내고는 빈 밥그릇만 돌려주는 격이었다.

바람처럼 새벽에 들이닥쳐서 사람들 혼을 쏙 빼놓고 총총히 사라져가는 유방의 뒷모습을 보면서 한신은 한동안 얼이 빠진 듯했다. 지난번 趙나라를 칠 때도 정예 병력을 앗아가더니 이번에도 똑같은 행위를 반복한 것이었다.

'장수에게 병사들을 빼앗고는 적진을 향해 돌격하라니, 사실상 가서 죽으라는 것 이외에 무슨 의미로 해석할 수 있단 말인가? 이는 결코 승리를 목표로 하는 군왕의 행동이 아니다!'

서운한 마음이 치솟다가도, 파격적으로 그를 대장군으로 발탁해 주고, 손수 망토를 입혀 주던 유방의 따뜻한 눈빛이 떠올라 한신은 혼란스럽기 그지없었다. 그는 어쩔 수 없이 풋내기 신병들을 모아 훈련을 병행하면서 동쪽 평원진平原津으로 향했다. 그때 어이없는 소식이 들려왔다. 유방이 역이기酈食其를 齊나라에 보내 제왕 전광田廣을 설득한 끝에 용케 항복을 받아냈다는 것이었다. 제왕이 항복했다니 더없이 좋은 일이건만, 자신에게는 귀띔 하나 없이 풋내기 신병들을 거두어 齊를 치라 명령한 유방이 내심 야속하지 않을 수 없었다.

하는 수 없이 한신은 齊나라로 향하던 행군을 멈추고, 군대를 남으로 돌려 漢왕 유방과 함께 이제부터 楚를 공격해야겠다고 마음먹었다. 그때 괴철蒯徹이 한신을 만류하며 말했다.

"역이기는 일개 유생으로 오직 입만으로도 제나라 70여 성을 굴복시켰습니다. 그에 비해 장군은 수만의 대군을 이끌고 1년 동안 산과 들에서 노숙하며 趙나라 50여 성만을 차지했을 뿐입니다. 그것도 몇 년 동안 생사를 넘나드는 전선을 누비며 어렵게 세운 전공인데 어찌 이것이 일개 유생의 공만 못하겠습니까? 더구나 漢왕께선 여전히 장군께 공격을 중단하라는 명령을 내리지도 않으셨습니다. 장군께서 스스로 여기서 멈추는 이유가 무엇입니까? 이대로 제나라로 치고 들어가셔야 합니다."

"흐음, 제나라로 밀고 들어간다……"

유방의 행동이 미심쩍었던 한신은 과연 괴철의 말이 옳다고 생각했다. 齊나라 전광은 이미 漢나라에 항복을 알린 뒤라 경계를 소홀히 했다. 그 틈을 이용해, 한신의 군대는 재빨리 齊나라 경내로 진입, 수도 임치臨淄성 아래까지 당도할 수 있었다. 기겁하고 놀란 전광이 길길이 뛰었다.

"역이기 그 여우 같은 놈에게 감쪽같이 속고 말았다. 당장 그놈을 잡아들여라. 내 이놈을 그냥 두지 않으리라!"

전광은 역이기를 잡아 무자비하게 솥에 삶아 죽여 버리고, 서둘러 군대를 몰아 고밀高密로 도망가는 한편, 사람을 보내 楚나라 항우에게 지원을 요청했다. 항우는 반색하고 즉시 대장군 용저龍且에게 20만 大軍을 주어, 북쪽으로 가서 齊나라를 구하라고 명했다. 그때 누군가 용저에게 충고했다.

"漢나라 군대는 계속해서 연전연승을 한 군대라 사기가 올라 정면승부는 바람직하지 않습니다. 반면 齊와 우리 楚나라 군대는 제나라에서 전쟁을 치르는 만큼 조금만 전세가 기울어도 고향으로 달아나려 할 것입니다. 한신의 부대는 2천여 리를 달려 온 만큼 군량미 공급을 차단하면 싸울 힘을 잃게 되니, 지금은 성문을 굳게 지키고 장기간 농성하는 것이 유리할 것입니다."

그러나 용저는 이를 일축해 버렸다.

"내가 한신을 좀 아는데, 그자는 그렇게 대단한 인물이 아니오! 무엇보다 항왕項王의 명으로 왔거늘, 변변히 싸워 보지도 않고 한신의 투항을 받아낸다면 그걸 어찌 진정한 공이라 할 수 있겠소? 또 전쟁으로 이겨야 제나라 땅의 절반이라도 차지할 명분이 생기는 것 아니겠소?"

그렇게 해서 용저는 유하灘河를 사이에 두고 동쪽 기슭에 진을 친 채로, 강 건너 서편에 주둔한 한신과 결전을 치르려 했다. 이때 한신의 뒤로는 전광의 齊나라 군대가 있어 漢軍은 앞뒤의 협공을 받을 수 있는 불리한 입장이었다. 고민하던 한신이 드디어 부하 장수들을 불러 은밀하게 지시를 내렸다.

"제장들은 잘 들어라! 오늘 밤, 제방을 쌓는 대규모 공사를 할 것이다. 일부 군사만 남긴 채 모두 몰래 상류로 향한다. 커다란 모래주머니 일만 개를 만들어, 모래를 가득 채우고 유하 상류에 둑을 쌓고는 작은 부분만 열어 두게 하라! 그리고 기병들을 시켜 강가의 갈대숲에 매복하고 명령을 기다리게 해라. 적들이 눈치채지 못하도록 절대 횃불 등을 사용해서는 안 된다. 신속하게 움직여라!"

다음 날, 하류의 물이 얕아지자 한신은 부대를 이끌고 강을 건너 용저의 楚나라 군대를 공격했다. 이윽고 접전이 시작되자 한신은 패하는 척하며 군대를 이끌고 후퇴했다. 용저가 혀를 차며 비웃었다.

"저것 봐라, 내 한신이 비겁한 자라는 걸 일찍부터 알고 있었다. 싸움이 제대로 시작되지도 않았거늘 벌써 꽁무니를 빼는 꼬락서니 하고는……. 쯧쯧! 전군은 강을 건너 일거에 한군을 격파하라, 전군에 진격

나팔을 불어라! 전군 진격!"

"뿌웅, 뿌우웅!"

용저가 앞장서서 강을 건너며 진군을 독려했다. 그걸 본 한신은 楚나라 군대가 거의 강 건너편에 도달할 무렵, 상류의 모래주머니 둑을 허물라는 신호를 보냈다. 삽시간에 엄청난 물살이 상류로부터 쏟아져 내리자 용저의 楚나라 군대가 세찬 물살에 휩싸였다. 후퇴하던 漢군이 뒤돌아서 楚군이 강을 건너지 못하도록 막아서고, 곳곳에서 복병이 나타나 흩어져 달아나는 병사들을 공격했다. 결국 楚나라 군대가 대패했고, 용맹을 자랑하던 대장군 용저도 그 자리에서 전사하고 말았다. 한껏 사기가 오른 漢군이 그 길로 방향을 돌려 뒤쪽의 齊나라를 공격하니 제군 또한 쉽게 무너지고, 달아나던 제왕 전광도 포로로 잡히고 말았다. 순식간에 거의 모든 齊나라 땅을 한신이 장악해 버린 것이었다.

한신이 楚나라 용저의 20만 대군을 격파하고, 제왕 전광을 사로잡았다는 소식에 유방은 크게 기뻐했다. 역이기를 잃은 건 아쉽지만 사실상 일시적인 화친보다는 아예 힘으로 齊나라 땅을 복속시키는 것이 가장 바라던 바였던 것이다. 문제는 이때부터 한신의 태도가 바뀌기 시작했다는 점이었다. 한신이 齊나라를 정복한 공을 내세워 제나라 왕으로 봉해지기를 기다리며 더 이상의 전쟁을 미루었기 때문이다. BC 203년, 한신이 漢왕 유방에게 부하를 보내 자기의 뜻을 전달했다.

"제나라는 거짓과 변절을 일삼는 나라인 데다 南으로 초나라와 국경을 맞대고 있어 임시왕이라도 세워 속히 이 지역을 안정시킬 필요가 있습니다. 신을 가왕假王으로 삼아 주시면 모든 일이 순조롭게 처리되도록 할 것입니다."

마침 楚나라의 습격으로 형양에서 포위되어 있던 漢왕은 편지를 보자 불같이 화를 냈다.

"이자가 실성한 게로구나, 내가 이렇게 위험에 처해 있거늘 하루빨리 도와주러 오기는커녕 왕이 될 생각만 하고 있다니, 진정 제정신인 게냐?"

그러자 장량과 진평이 슬쩍 유방의 발을 밟아 사과하는 척하며 귓속말을 했다.

"지금은 전하가 절대적으로 불리한 상황입니다. 한신이 왕 노릇 하는 걸 누가 막을 수 있겠습니까? 한신을 왕으로 삼아 차라리 제나라를 지키도록 하는 게 더 나은 일입니다. 그렇지 않으면 변고를 일으킬 수도 있습니다, 전하!"

순간 정신이 번쩍 든 유방이 얼른 표정을 바꾸며 말했다.

"그래? 대장군이 제나라를 평정했으면 진짜 왕이 되어야지, 임시왕이 다 무엇이냐? 당연히 한신을 제나라 왕으로 봉하겠노라!"

유방은 장량을 齊나라로 보내 한신을 제왕으로 삼게 하고, 대신 그곳의 병사들을 징발해 楚와의 전선에 동원함으로써 결국 초군을 물리치는 데 성공했다. 서로 타협하면서 하나씩을 주고받은 셈이었다.

한편 용저의 패배로 20만 대군을 잃고 크게 낙담한 항우는 태도를 바꿔 한신을 회유하고자 사자를 보내 적극적인 설득을 시도했다.

"한왕(유방)은 약속 어기기를 밥 먹듯 하는, 신뢰할 수 없는 자입니다. 지금은 제왕(한신)께서 한왕의 신임을 믿고 온 힘을 다하고 있지만, 언젠가 전쟁이 끝나 더는 제왕의 도움이 필요치 않을 때는 틀림없이 달리 대하려 들 것입니다. 뭐 때문에 그런 한왕을 위해 초나라와 전쟁을 하는 고생을 마다한단 말입니까? 지금 천하는 제왕의 선택에 달려 있습니다. 우리 항왕과의 연고도 있으니, 초나라와 손을 잡고 천하를 셋으로 나누시지요, 차라리 이 기회에 왕이 되어 직접 나라를 다스리면 되지 않겠습니까?"

솔깃하기 짝이 없는 말이었지만 한신이 점잖게 사자를 타일렀다.

"내가 항왕을 섬기기는 했지만, 그는 나를 거들떠보지도 않았소. 그러나 한왕은 나를 대장군으로 삼고 수만의 군사를 내주었소. 자기 옷을 벗어 내게 입혀 주었고, 자기가 먹을 것을 나눠 주었으며, 내 의견을 들어주었소. 그래서 지금의 내가 있는 것이오. 한왕을 배반할 수는 없소이다!"

실망한 사자가 떠나자, 또다시 괴철이 나서서 한신을 설득했다.

"대왕께서는 뛰어난 전략가이시고 병법을 아시는 군사 천재이십니다. 제나라를 강대하게 한 다음 연과 조나라를 굴복시키고, 이어 서쪽으로 나아가면 초한 두 나라를 제압할 수도 있습니다. 하늘이 주는 기회를 받지 않으면, 도리어 벌을 받고, 때에 이르렀는데도 과감하게 나서지 못하면 재앙으로 돌아온다고 하질 않습니까? 이 기회를 절대로 놓치면 아니 될 것입니다."

그러나 한신은 여전히 漢왕과의 의리를 저버릴 수 없다며 망설였다.

"용기와 지략이 너무 뛰어나 오히려 군주를 떨게 하는 자는 그 자신이 위태로워지고, 공이 너무 커서 천하를 덮을 정도인 자는 상을 받지 못한다고 했습니다. 지금 대왕의 능력과 공이 너무 커서 楚漢 두 왕을 덮을 지경인데 대체 어디에 의지하려 한단 말씀입니까? 들짐승이 없어지면 사냥개는 삶아 먹히는 법(토사구팽兎死狗烹)이 아니겠습니까? 진정 이점을 헤아려야 할 것입니다."

괴철의 말대로 한신은 번번이 유방에게 정예병을 빼앗겼고, 비주력군을 이끌고 2천여 리를 동진해야 했다. 그런 군대를 거느리고도 1년 반만에 魏, 代, 趙, 燕, 齊 다섯 나라를 평정하고, 황하 이북의 대부분을 통일시키는 전무후무한 전공을 세웠다. 한신은 자신의 공이 혁혁한 만큼, 설마하니 漢왕이 齊나라를 빼앗지는 못할 것으로 생각하고 괴철의 말을 따르지 않았다. 실망한 괴철은 탄식을 하며 물러 나와 이후 무당이 되어 버렸다고 했다.

그 무렵 유방과 항우는 광무廣武계곡을 사이에 두고 수개월 동안 대치하고 있었는데, 이제 齊를 평정한 한신의 창끝이 항우를 겨냥하기 시작했다. 드디어 한신과 팽월이 항우의 후방을 번갈아 공격해 대니 항우는 앞뒤로 수세에 몰리게 되었고, 군량미마저 바닥이 나면서 위기에 봉착하게 되었다. 용저의 패배가 뼈아픈 실책이었던 셈이다. 다급해진 항우가 내키지는 않았지만 결국 사자를 유방에게 보내 화친을 제의했다.

"홍구鴻溝를 기준으로 천하를 둘로 나누어 서쪽은 漢왕 그대가 갖고, 동쪽은 내가 갖는 것이 어떻겠소?"

유방이 이에 동의하자 항우는 팽성에서 사로잡아 인질로 데리고 있던 유방의 부친과 부인 여呂씨를 돌려보내 준 다음, 군대를 이끌고 동쪽 양하洋河로 떠나갔다. 유방 역시 약속대로 서쪽으로 돌아가려 했는데, 이때 장량과 진평이 이를 만류했다.

"지금 우리 한나라는 하북의 다섯 나라를 평정해 그 세력이 커진 탓에 바야흐로 중국의 절반을 차지했을 정도입니다. 반면 항우와 초나라 군대는 지친 데다 군량미가 떨어진 최악의 상황이니, 지금이 바로 항우를 망하게 할 절호의 기회나 다름없습니다. 이를 놓치지 마옵소서!"

유방이 이에 동조해 다시 항우를 추격하는 한편, 서둘러 한신과 팽월에게 사람을 보내 조만간 고릉固陵에서 합류해 楚나라 군대를 포위, 공략하기로 했다. 그러나 유방이 고릉에 도착해 보니 한신과 팽월의 군대가 보이질 않았다. 대신 유방이 약속을 어기고 자신을 쫓아와 뒤를 때리려는 것을 알게 된 항우가 거세게 반격하니, 유방의 부대는 고릉에서 항우에게 또다시 대패하고 말았다. 성채로 퇴각한 유방이 대노해 약속을 어긴 한신과 팽월을 탓하면서 길길이 뛰자, 장량이 다시 안을 내놓았다.

"전하, 어찌 됐든 우리에겐 한신과 팽월의 지원이 절실합니다. 아무래도 그들을 불러낼 당근이 필요한 것 같습니다. 진陳의 동쪽에서 연해 지방까지는 제왕 한신에게, 수양睢陽 이북에서 곡성까지의 땅은 양왕 팽월에게 주고 달래 주심이 어떻겠습니까?"

결국 다시금 한신과 팽월에게 사람을 보내 이런 뜻을 전달하니 과연 두 사람이 즉시 군대를 이끌고 나왔다. 한신이 먼저 남하하면서 항우의 후방인 팽성을 기습 공격했고, 팽월도 창읍을 공격해 한꺼번에 20여 성을 빼앗았다. 이어 군대를 돌려 서진해 해하垓河에 이르러 마침내 유방과 합류하니, 비로소 漢軍의 규모가 50만에 이르렀다. 먼저 한신이 30만의 병력으로 楚나라 군대와 정면으로 부딪쳤다. 한신의 부장 공희가 왼쪽을, 진하가 오른쪽을 맡았고, 뒤쪽은 유방의 군대가 맡아서 총공세를 펼쳤다. 이때에 이르러 10만도 안 되던 楚나라 군대는 漢軍에 겹겹이 둘러싸여 진퇴양난에 처하게 되었다.

그날 밤, 장량이 병사들을 시켜 楚나라 노래를 부르게 했다. 애절하고 처량한 노랫소리가 병사들의 향수를 자극하니, 전의를 상실한 楚나라 병사들이 밤새 부대를 이탈했다. 말 그대로 〈사면초가四面楚歌〉가 된 상황에서 대세가 기울자 술로 마음을 달래던 항우는 짙은 어둠을 타고 8백여 병사들과 함께 포위망을 뚫고 남쪽으로 달아났다.

날이 밝아 항우가 달아났음을 안 유방은 관영에게 5천의 기병을 주어 추격하게 했는데, 마지막 오강烏江 가에 닿았을 때 항우를 따르던 병사는 고작 이십여 명에 불과했다. 자신의 애마愛馬를 포기하면서 끝까지 저항하던 항우는 최후의 순간에 스스로 목숨을 끊어 장렬한 죽음을 맞이했다. 그리하여 유방劉邦은 마침내 숙적 항우項羽와의 5년에 걸친 지루한 싸움을 승리로 끝낼 수 있었다.

漢왕 5년이던 BC 202년 정월, 장량張良, 한신韓信을 비롯한 제후들과 장수들이 만장일치로 추대한 끝에 유방은 그토록 고대하던 〈漢〉의 황제皇帝에 등극했다. 秦시황 사후 8년 동안의 내란을 끝낸 셈이었고, 고작 15년만을 유지했던 秦나라의 뒤를 이어 두 번째로 통일제국을 세운 것이었다. 봉건 제후제帝侯制를 무너뜨리고 모든 권력을 황제 1인 중심으로 집중시켰던 진시황의 급격한 개혁은 결국 민심을 얻지 못한 채 실패로 끝나고 말았다. 이쯤 되면 그 모든 것들이 결과적으로 유방을 황제에 올리기 위한 서곡에 지나지 않았는지도 모를 일이었다.

사실 유방은 산골 패현沛縣(강소사수)의 정장亭長(지구대장 격) 출신으로 귀족도 아닌 평민 출신이었다. 그렇다고 학식이 있거나 무술이 뛰어난 것도 아니었다. 상고시대였던 중원의 하夏, 상商, 주周나라를 통틀어 그때까지 수많은 왕과 제후들이 있었지만 예외 없이 모두 귀족 출신들이었다. 그렇게 귀족의 혈통만이 중시되었고, 이는 철저하게 세습되었다. 심지어 유방과 끝까지 패권을 다투었던 항우마저도 유방이 도저히 넘볼 수 없는 楚나라 귀족 출신이었기에 항우는 끝까지 유방을 얕보았는지도 모른다.

그러나 유방은 그에 개의치 않고, 자신에게 부족한 점들은 주변에 모인 사람들을 통해 보완해 가면서 꾸준히 야망을 키워 나갔다. 그리고는 마침내 평민 출신으로 중원의 통일제국 황제에 등극한 최초의 인물이 되었다. 이는 그때까지 누구도 이루지 못한 업적이었다. 황제 유방은 만천하에 포고했다.

"오랜 전쟁으로 다들 고생이 많았다. 이제 진정으로 모든 전쟁이 끝이 났다. 모든 병사들은 갑옷을 벗고 고향으로 돌아가라! 다들 고향으로 서둘러 복귀하여 농사를 짓고 가족을 돌보고, 부모에게 효도하라! 이것이 바로 하늘이 짐朕으로 하여금 천하를 평정하게 한 이유니라!"

그리하여 엊그제까지 秦나라 백성이었던 사람들이 이제는 한漢나라 사람이 되었다. 그러나 전쟁으로 인해 피폐해진 경제적, 정치적 상황은 과거 秦나라 때 누리던 영광을 쉽사리 되돌려주지 않았다. 秦 때 등록된 백성 중 셀 수 있는 사람이 겨우 열에 두세 명에 불과했고, 식량 부족 등으로 물가가 폭등했다. 황제조차도 색깔과 몸집이 같은 네 마리 말이 끄는 마차를 타기 어려울 지경이었고, 장군이나 재상들은 겨우 소가 끄는 수레를 타야 할 정도였다.

통일 漢나라는 周 왕조 시대의 봉건제후 제도와 秦나라의 군현제郡縣制를 절충시켜 어느 정도 복고로 돌아간 듯한 정치체제를 출범시켰다. 유방은 자신을 도와 황제로 만드는 데 기여했던 수많은 공신들을 제후로 임명하되, 특별히 7개 나라는 王으로 봉해 다스리게 했다. 이런 이유로 왕과 제후는 물론 수많은 군현의 지방 관리 모두를 중앙에서 황제가 임명하는 진정한 군현제의 실시는 7대 漢무제 때나 가서야 정착되게 되었다.

그리하여 한신, 영포英布 등과 같이 유씨劉氏와 다른 성姓을 가진 왕들이 드넓은 영토에 많은 백성들을 다스리게 되었다. 새로운 황제와 이들 여러 왕 사이가 겉으로는 분명 군주와 신하의 모양새였으나, 속으로는 적이나 다름없는 또 다른 분위기가 조성되고 있었다. 과연 얼마 지나지 않아 7명의 이성異姓 왕들이 유방의 가장 큰 골칫거리로 떠오르니, 유방은 다시금 경계를 풀 틈이 없게 되었다.

이처럼 불안전한 정국이 지속되는 가운데서도 유방은 서둘러 민심을 수습하고 조정을 안정시키고자 주력했다. 상공업 대신 농업을 중시해 떠돌이 백성들을 농민으로 정착시키는 한편, 주로 전쟁으로 인해 양산된 노비들을 석방해 노역과 세금을 줄여 주고 농사를 짓게 했다. 또 삼족을 멸하는 법, 연좌제 등 秦나라 시절의 가혹한 법률을 폐지하거나 완화시켜 백성들을 더욱 편안하게 해 주었다. 이 모든 조치들은 秦나라 시절의 공포정치와는 확연히 다른 것으로 백성들의 환심을 사기에 충분했다. 게다가 나라의 분위기를 과감하게 쇄신하기 위해 도성을 낙양洛陽에서 황하 이남의 장안長安으로 옮기는 수도 이전까지도 단행했다.

# 11. 평성의 치

漢고조 유방이 힘들게 중원을 통일하고 나니, 이번에는 漢나라에 버금가는 북방의 초원제국 흉족이 끊임없이 변경을 넘어와 漢나라 군현들을 공격했다. BC 201년 봄, 유방은 북방 흉족과의 싸움 일체를 한왕韓王 신信에게 맡기려 했다. 韓王이 이기면 다행이고, 진다 해도 화근덩어리 왕을 한 명 제거하는 것이니 일거양득인 셈이었다.

한왕 신信은 해후에서 항우를 격파했던 회음후淮陰候 한신韓信과는 다른 동명이인이었으며, 나름의 군사적 재능과 용맹함으로 유방의 통일을 도운 공이 있어 韓王에 봉해졌다. 유방은 그를 태원太原의 왕으로 바꾸고 진양晉陽에 도읍을 정하게 했다. 한왕이 태원에 도착해 방어시설을 둘러보니 한심할 정도로 형편없었다. 그가 수하들에게 말했다.

"이거 시설이 엉망이로구나. 이래서는 흉적들을 막을 재간이 없겠다. 그렇다고 새로이 방어시설을 구축하자니 시간이 턱없이 부족하고……. 흐음!"

한왕은 며칠을 고민한 끝에 참모들에게 전혀 뜻밖의 생각을 꺼냈다.

"여기 진양에선 도저히 아니 되겠다. 차라리 변경에 가깝긴 하지만 그래도 번듯하게 성城으로 둘러싸인 마읍馬邑이 나을 것이다. 흉노는 평지싸움엔 능하지만 성을 공격하는 데는 익숙하지 않다. 흉노와의 싸움에 대비해 서둘러 성을 보수하고 식량을 비축한다면 해 볼 만할 것이다. 마읍으로 옮기도록 해 보자!"

韓王은 즉시, 진양이 변방 요새와 너무 멀다는 이유를 들어 태원의 도읍을 아예 마읍으로 옮기자고 청했다. 유방이 그의 적극적인 건의를 받아들여 그를 태원이 아닌 북쪽의 대군代郡으로 옮기게 하고, 도읍을 훈족과 가까운 마읍으로 정하게 했다. 韓王은 미리 생각해 둔 대로 마읍성을 서둘러 보수하고 군수물자 등을 비축케 했는데 공사가 끝날 즈음인 그해 가을, 아니나 다를까 흉노가 대규모로 쳐들어와 마읍성을 포위해 버렸다.


마읍성 자체는 규모가 작은 성이었음에도 韓王의 군사가 대응을 잘하고, 예상대로 훈족이 공성전에 익숙하지 못해 쉽사리 성을 함락시키지 못했다. 오히려 훈족의 손실이 커지자 묵돌선우가 직접 군사를 정비해 재차 맹렬하게 공격을 퍼부었다. 이에 전쟁이 장기화될 것을 염려한 韓王은 조정에 지원을 요청하는 한편, 시간을 끌 요량으로 훈족 진영에 수차례나 사자를 보내 협상을 진행시켰다.

漢나라 조정에서도 군대를 보내 지원에 나섰는데, 이때 韓王이 사사로이 훈족과 협상을 시도한 사실을 알고는 그가 다른 마음을 품지 않았나 의심하기 시작했다. 이에 조정에서 사자를 파견해 그 진위를 캐묻고 추궁하자, 韓王은 이내 불길한 생각에 사로잡혔다.

'황제가 성이 다른 제후들을 끊임없이 의심하고 견제함은 새삼스러울 게 없다. 이제 나를 저 강성한 흉노와의 싸움터로 몰아넣더니, 흉노와의 협상을 빌미 삼아 아예 죽음으로 몰아가려는 것이 틀림없다. 이건 함정이나 다름없다. 이토록 허무하게 당하느니 차라리 흉노로 가는 것이 나을 것이다……'

덜컥 겁이 난 韓王 신은 아예 묵돌에게 마음을 바치고 전격적으로 투항해 버렸다. 마음을 손에 넣은 묵돌은 남하를 지속해 구주산句注山을 넘어왔고, 이제 묵돌의 신하가 된 한신韓信(韓王)은 반대로 태원을 공격해왔다. 훈족의 선봉대는 이미 장성을 넘어 진양성 아래까지 도달해 있었다. 변경의 소식을 들은 유방이 펄쩍 뛰었다.

"한왕 그놈이 지난번에도 楚에 항복했다가는 돌아오는 한심스러운 짓을 일삼더니, 그예 일을 저질렀구나. 내 당장 나가 이놈을 잡아 손수 목을 치고 말 것이다!"

그리하여 마침내 양대 통일제국의 두 영웅, 즉 묵돌과 유방이 직접 맞붙게 되었다.

이듬해 BC 200년 10월, 유방은 주변의 만류를 뿌리치고 친히 漢나라 대군을 이끌고 북상해 훈족의 공격에 맞대응했다. 유방의 군대는 얼마 전까지만 해도 같은 漢軍이었던 韓信의 군대와 동제銅鞮에서 맞붙었다. 이 〈동제전투〉에서 유방의 정예부대가 한신의 흉노군을 크게 무찌르고 대장 왕희王喜의 목을 베는 데 성공했다.

한신은 등을 돌려 마읍으로 달아나 버렸으나, 한신의 부하 장수 왕황 등이 흉노의 패잔병들을 끌어모았다. 그리고는 그 사실을 묵돌선우와 한신에게 알려 漢나라에 반격을 가하기로 했다. 묵돌은 즉시 좌, 우현왕에게 각각 1만여 기병을 주어 한신을 도울 수 있도록 남진하게 하고, 왕황王黃이 이끄는 군대에도 연락을 취했다.

그리하여 薰족의 연합군은 광무에서 진양성에 이르는 전선을 형성하고, 漢군과 결전을 벌이게 되었다. 그러나 어쩐 일인지 훈족은 이번에도 또다시 한군에 패하여 달아나기에 바빴다. 흉노군은 계속해서 이석離石과 누번樓煩에서도 달아났다 다시 모여 싸우기를 반복했으나, 漢軍의 끈질긴 추격과 거센 공세에 연달아 깨지고 말았다. 모처럼의 연승에 기세가 오른 漢軍은 승기를 잡았다고 판단해 북으로 달아나는 흉노군을 계속 뒤쫓았고, 그러는 사이 전선이 순식간에 북쪽으로 옮겨졌다.

마침 계절이 바뀌면서 느닷없이 한겨울 엄동설한이 내습한 것처럼, 땅 밑엔 두텁게 서리가 덮이고 칼바람이 몰아치는 몹시 추운 날씨가 계속되었다. 거기에 진눈깨비까지 내리자 병졸들 가운데는 손가락이 얼어서 떨어져 나가는 자가 속출했다. 그때 진양에 머무르던 유방의 막사로 첩자가 돌아와 보고했다.

"폐하, 지금 묵돌선우가 대곡代谷에 있는 것을 알아냈습니다!"

"틀림없으렷다. 상황은 어떠하더냐? 우리가 쳐도 되겠는지 다시 한 번 그곳 정황을 상세히 파악해야겠다. 사자를 한번 보내보자!"

유방 측에서 선우에게 사자를 보내겠다고 하자, 낌새를 알아차린 묵돌은 정예 병사를 숨기고는 다소 엉뚱한 지시를 내렸다.

"지금 즉시 늙고 어리거나 나약한 병사들만을 나다니게 하라! 또 병든 가축들을 여기저기 풀어놓도록 하라!"


얼마 후 이런 광경을 목격한 유방의 사자들이 돌아와 훈족이 漢나라의 일격을 당해 내지 못할 것이라고 보고했다. 그래도 미심쩍었는지, 유방은 부하 유경劉敬을 보내 또다시 적정을 살피게 했다. 그러다가 문득 이러고 있을 때가 아니라는 생각이 들었다.

'날씨가 점점 추워지는데 장기전으로 가게 되면 우리가 크게 불리해

질 것이다. 모처럼 연전연승하면서 승기를 잡은 것 같은데, 여기서 필요 이상으로 지체하다가 기회를 놓치는 것이 아닌지 모르겠다……'

갑작스레 조바심이 든 유방은 유경이 돌아오기도 전에 전군에 급하게 동원 명령을 하달했다. 漢군은 전 병력을 투입해 보병을 32만까지 늘리고 북진을 감행했다. 漢군이 구주산을 넘었을 때 적정을 살피고 돌아오던 유경이 놀라며 진격을 강하게 만류했다.

"폐하, 적진을 살펴보니 군대가 그리 많은 것은 아니오나 사자들의 말대로 노약병들만 보이는 게 아니었습니다. 자칫 경솔하게 진격했다가는 큰 화를 입을 수도 있으니, 전황이 정확히 파악될 때까지 진격을 잠시 보류하심이 어떨는지요?"

이 말을 들은 유방이 버럭 화를 냈다.

"뭐라? 그러면 계속해서 전황만 파악하자는 말이더냐? 확실한 증거를 가져온 것도 아니고, 오히려 짐을 보고 경솔하다고? 저자가 큰 싸움을 앞두고 무슨 불길한 소리를 지껄이는 게냐?"

유방은 냅다 욕설을 퍼붓고는 그래도 화가 덜 풀렸는지 유경을 당장 가두라는 명령까지 내렸다. 유방은 흉노의 군대가 약해서 조그만 공격에도 무너질 것이라 확신한 듯했다. 자신이 직접 선봉대를 재촉해 급히 진격해 들어갔는데, 기병 위주의 선봉대 속도가 너무 빨라 평성平城에 도착했을 때는 漢군의 주력 보병부대는 이미 멀리 후방에 뒤처진 상태였다.

유방은 군사들에게 야영을 준비하게 한 다음, 측근 수하들을 데리고 직접 백등산白登山에 올라 흉노 군영을 바라보았다. 그때 갑자기 천지를 뒤흔들 정도의 북소리, 나팔소리와 함께, 흉노 정예기병들이 끝없이 나타나면서 유방을 겹겹이 에워싸는 것이 아닌가? 나중에 확인되었지만 이때 동원된 흉노 군사만도 무려 40만에 달하는 엄청난 숫자였다.

"둥둥둥!"

"아니, 이게 무슨 일이냐? 아아……!"

눈이 휘둥그레 주위를 돌아본 유방은 등골이 오싹해지는 두려움과 절망감에 자기도 몰래 긴 탄식을 했다. 물 샐 틈 하나 없는 흉노군의 진용이 너무도 일사불란하고 정연한 데다, 압도적으로 강한 살기가 계곡 전체를 휘감고 있었던 것이다. 유방은 일찍이 팽성에서 맹장 항우에 쫓길 때나, 광무 계곡에서 입씨름하다 항우의 쇠뇌에 맞았을 때조차도 이런 공포를 느낀 적은 없었다. 수하들은 물론 심지어 타고 있던 말까지도 모두 놀래기는 마찬가지라, 곳곳에서 히힝거리며 빙빙 곁도는 말 위에서 한동안 누구도 입을 열지 못했다.

자세히 보니 서쪽 기마병들은 모두 백마白馬를, 동쪽은 푸른 청방마靑驍馬를, 북쪽은 검은색 오려마烏驪馬를, 그리고 남쪽은 붉은색 성마騂馬를 타고 있어 색깔만으로도 부대를 구별할 수 있었다.


"와아, 와아!"

그때 갑작스레 흉노병들이 일제히 질러 대는 거대한 함성이 귀청을 때렸다. 상대를 압도하려는 낮고 굵은 함성조차도 부대별로 돌아가며 차례대로 질러 대니, 진폭이 커진 메아리가 회오리바람처럼 천지 계곡에 가득 차 웅웅거리며 끝없이 퍼져 나갔다. 그때 건너편 산 정상에서 훈족 대선우大單于의 깃발이 나부끼며 모습을 드러냈는데, 말 위에 우뚝 선 묵돌선우가 당당하게 유방을 마주 보고 있었다.

이윽고 묵돌의 손짓 하나에 붉은 깃발이 휘날리자 함성이 뚝 멈추었고, 메아리가 잦아들면서 사방 계곡이 고요해졌다.

"대선우, 드디어 유방이 우리의 함정에 완전히 걸려들었습니다. 절대 빠져나가지 못할 것입니다!"

"과연 대선우의 유인술에 그대로 걸려들었습니다. 우리가 싸움에 지는 척하면서 달아난 줄도 모르고⋯⋯. 저토록 단순하고 어리숙한 자가 어찌 초패왕 항우를 누르고 천하를 통일했는지 정말 알다가도 모를 일입니다. 하하하!"

묵돌의 부하장수들이 저마다 한마디씩 거들었으나, 선우는 말없이 실눈을 뜬 채 허둥대는 유방 쪽을 바라볼 뿐이었다.

그 순간 漢軍의 진영에서는 호군중위護軍中尉 진평陳平이 넋이 나간 유방에게 하산을 재촉했다.

"황상, 꼼짝없이 저 사악한 흉적들에게 포위되었습니다. 무슨 일이 일어날지 모르니, 서둘러 하산해 일단 군영으로 몸을 피하서야 합니다!"

유방은 뒤늦게 후회하면서 스스로 자책했지만 아무 소용없는 짓이었다. 주력군과 너무 멀리 떨어져 있는 데다, 설령 가까이 온다 해도 흉노 대군에 철저히 차단되어 별 대책이 없는 절망석 상태었던 것이다.


결국 유방의 선봉대는 흉노군에 겹겹이 포위된 상태로 옴짝 못한 채 무려 7일이나 백등산 계곡에 갇혀 있었다. 살을 에는 강추위에다 그사이 식량이 바닥나 버리자, 굶주린 병사들이 쇠뇌 하나 제대로 당기지 못할 지경이었다. 유방이 수하들에게 모든 것을 포기한 듯 말했다.

"저자들이 무슨 속내인지 도통 공격도 아니 하고, 이대로 우리를 굶겨 죽일 모양이다. 전령은 보내는 족족 잡혀 돌아오지도 않고, 어휴!"

"황공하옵니다, 황상⋯⋯. 그렇긴 해도 저들이 바로 공격해 오지 않는 것을 보면 아무래도 곧바로 들이닥칠 배후의 우리 아군을 각별하게 의식하고 있음이 틀림없습니다. 그때까지 정신을 바짝 차려 끝까지 포기하지 말고, 살길을 궁리해야 합니다."

유방의 넋두리에 황송해하던 진평이 애써 위로하려 들었으나, 유방은 힘없이 고개를 떨궜다. 진평이 다시 나서며 조심스레 계책을 하나 내놓았다.

"흉노는 본디 금은보화를 좋아한다 들었사온데, 이참에 뇌물을 한 번 써 보심이 어떨지요?"

유방은 듣는 둥 마는 둥 고개를 저으며 부정적으로 말했다.

"그런 게 이 상황에서 먹혀들겠소? 저자들이 지금 무엇이 아쉽다고……"

"그게 아니옵고 황상, 뇌물을 선우가 아니라 왕비인 연지 쪽에 은밀하게 보내는 것입니다. 보물은 여인네들이 더 좋아하질 않습니까?"

"뭣이라, 연지?"

유방이 솔깃해서 관심을 보이자, 진평이 더욱 다가서며 말했다.

"연지 쪽에 사자를 보내 조만간 배후의 30만 한군이 도착하게 되면, 전쟁의 규모가 너무 커 양쪽의 피해가 어마어마해질 것이라는 점을 강조하고, 그러니 이쯤 해서 양쪽이 충돌 없이 군대를 물릴 것을 제안하는 것입니다. 무엇보다 앞으로는 화친을 통해 흉노를 최상국으로 예우할 것임을 약속하고, 연지에게 선우를 설득해 줄 것을 당부하게 하는 것입니다……"

"흐음, 그게 과연 통하겠는가? 휴우, 허긴 지금 무슨 짓이라도 해야 하겠지……"

한숨을 크게 내쉬면서도 유방이 책상을 고쳐 바로 앉더니, 구체적인 논의에 임했다. 사실 북방의 유목민들에게는 전쟁 시에도 부인을 한 명씩 데리고 다니는 전통이 있었다. 흉노의 연지(알지)는 정치, 군사적으로 상당한 영향력을 행사했으며, 종군 도중에 선우가 유고有故라도 당할 경우에는 부대를 지휘하기까지 했다. 이러한 전통은 후대의 선비나 거란, 몽골에 이르기까지 유지되었다.

같은 시각 묵돌의 군영에서도 대책회의가 한창이었다. 우현왕이 다그쳤다.

"대선우, 조만간 후방에 있는 저들의 대규모 지원군이 도착할 텐데, 더 이상 늦추면 아니 될 것입니다. 지금 바로 공격해 들어가 깡그리 밀어 버릴 것을 허락해 주옵소서!"

"그렇습니다. 한나라 황제를 잡을 절호의 기회가 아니겠습니까? 그토록 어렵게 유인해 놓고는 여태껏 유방을 살려 두는 이유를 알 수 없습니다. 신에게 공격 명령을 내려 주옵소서! 선봉에 서서 당장 유방의 목을 가져오겠나이다!"

한신韓信이 복수라도 해야겠다는 듯 선우를 재촉했으나, 묵돌은 냉정하게 대답 대신 다른 걸 물어보았다.

"왕황王黃과 조리趙利의 군대는 어찌 되었느냐? 합류하기로 약속된 날짜가 지났는데 어째서 여태 소식이 없는 게냐?"

"그것이 계속 전령을 보냈는데, 어쩐 일인지……"

기세등등하던 한신이 답을 제대로 못 하면서 쩔쩔맸다.

"저들은 지금 독 안에 든 쥐 꼴이다. 저런 유방 하나를 잡는 게 무에 그리 중요하단 말이냐? 만일, 왕황과 조리가 유방과 다시 내통해 후방에서 우리를 협공하는 날엔 반대로 우리가 즉각 위험에 빠질 수도 있다. 그러니 조금만 더 기다려 보자!"


이때, 유방의 진영에선 진평이 어렵사리 예물을 마련한 다음, 말솜씨가 좋은 밀사를 몰래 연지의 막사로 들여보내는 데 성공했다. 연지가 잔뜩 호기심 어린 눈빛으로 밀사를 맞이했다. 거의 전투복 수준의 가벼운 복장을 한 연지는 생기가 넘치고 총명해 보였다. 밀사가 정중하게 알현한 다음 훈족과의 화친을 주선해 달라는 기본 취지를 말하고는, 조심스레 선물을 펼쳐 보였다.

"존귀하신 연지마마, 초원제국에선 보기 드문 보물들일 것입니다. 저희 황제께서 오직 마마를 위해 정성 들여 마련한 것이오니 부디 거두어 주옵소서!"

과연 번쩍이는 보석 앞에 연지의 눈이 휘둥그레졌다. 이를 본 사자가 漢황제 유방의 전공을 장황하게 늘어놓으면서 말했다.

"마마, 한나라 황제는 천하의 영웅인 초패왕 항우를 꺾은 분입니다. 이는 하늘이 보호해 주는 천운을 타고난 이가 아니면 해낼 수 없는 일입지요. 따라서 앞으로도 절대 하늘이 쉽게 포기할 분이 아님을 부디 기억해 주옵소서!"

그리고는 미리 준비했던 이런저런 설득과 함께 漢황제가 무사히 돌아갈 수만 있다면, 그 즉시 화친을 통해 〈薰〉을 최상국으로 예우할 것임을 거듭 강조했다. 아울러 마지막으로 이렇듯 대규모 살상이 불을 보듯 뻔한 상황에서 양측의 충돌을 막을 분이라고는 오로지 선량하신 연지뿐이라고 눈물로 호소하면서, 연지의 막중한 중재 역할을 연신 당부했다.


밀사를 보낸 뒤 깊은 생각에 잠겨 있던 연지가 그날 밤 묵돌선우를 찾아가 조심스레 말을 건넸다.

"잠시 소첩의 말을 들어 보시지요. 지금 천하의 두 영웅이 백등산에서 맞부딪치기 일보 직전입니다. 두 나라에서 동원한 병력만도 70만이 넘는 사상 최대 규모가 아닙니까? 이제 곧 양측이 충돌한다면 백등산 계곡이 두 나라 병사들의 시체와 피로 가득하게 되겠지요……. 소첩은 그저 생각만 해도 두렵기 그지없습니다. 그들 모두 부모 형제와 처자식이 있을 것 아니겠습니까?"

"……."

연지의 때아닌 설득에 선우가 물끄러미 그녀를 바라보며 듣고 있었다.

"대선우, 이 전쟁은 그 규모가 너무도 커서, 이기는 쪽이나 지는 쪽 모두 그 피해가 상당할 것입니다. 이는 두 영웅이 서로를 곤경에 빠뜨리는 일입니다. 설령 우리가 한나라 땅을 차지한다 해도 그곳이 초원이 아닌 이상, 대선우께는 쓸모도 적고, 오래 머물지도 못할 곳입니다. 더구나 한왕 유방은 권모술수에 능하고, 하늘이 보호하는 천운을 타고난 자라고 소문이 자자하니, 소첩은 그 역시 두려울 따름입니다. 다행히 지금 대선우께서 우세한 입장이니, 우리에게 유리한 조건을 내걸어 화친의 길을 모색하시고, 이쯤 해서 실리를 택하는 편이 어떨지요? 부디 살생을 피하고 성군의 길을 걸으시옵소서!"

눈가가 촉촉하게 젖어 든 연지의 모습과 그녀의 애절한 설득에 놀라 어느 순간 할 말을 잃은 묵돌이 연지의 손을 어루만지며 묵묵히 그녀를 달랠 뿐이었다.


이튿날, 묵돌선우는 수하 장수들을 불러 모아 적당한 기회에 한쪽 포위망을 슬며시 풀어놓으라고 명을 내렸다. 장수들의 반대가 빗발치자 묵돌이 단호한 어조로 말했다.

"생각들 해 보아라! 아직도 왕황과 조리의 군대로부터 아무런 기별이 없질 않느냐? 그들이 한군과 내통하지 않았다는 보장이 없는데, 조만간 한의 대군이 들이닥칠 것 아니냐? 이런 상황에서 눈앞의 상황만을 만만히 여겨 함부로 모험을 감수할 일은 아니다. 분명 유방 저자가 혼쭐이 났을 테니, 이쯤 해서 서로 군대를 물리는 것도 나쁘진 않을 것이다!"

얼마 후 계곡 아래에서 숨을 죽인 채 사태를 주시하던 유방의 진영에서 탄성이 터져 나왔다. 흉노의 한 부대가 슬며시 이동하더니, 한쪽 포위망을 열어 주기 시작한 것이었다.

"와아, 포위망이 열렸다!"

그러자 필시 매복 작전이라는 둥, 그렇더라도 무조건 달아나야 한다는 둥 장수들이 설왕설래했다. 그때 진평이 나서서 재빨리 호위병들을 다그쳤다.

"드디어 탈출이다! 정신 똑바로 차리고 신속하게 움직여라! 강궁을 들어 시위를 잔뜩 당겨 놓아라, 어서!"

진평의 지휘에 따라 漢군의 호위병들은 강궁을 든 상태에서 유방을 둥글게 에워쌌다. 이어 사방을 경계하면서 포위가 풀린 쪽으로 종종걸음을 한 채 빠르게 이동해 무덤 속 같던 계곡을 무사히 빠져나왔다. 이후 유방을 포함한 漢군은 뒤도 돌아보지 않고 말을 몰아 곧장 평성으로 내달렸다.

마침 漢나라 주력 보병이 속속 도착하니, 薰족의 대군도 포위를 풀고 홀연히 백등산에서 사라져 버렸다. 말 그대로 사지에서 운 좋게 살아나온 유방은 漢나라 大軍에 더는 흉노를 추격하지 말라 명을 내리고, 남으로 기수를 돌렸다. 유방은 장군 번쾌만을 남겨 대군代郡 일대를 평정하게 하고는, 자신은 광무로 돌아와 즉시 옥에 가두었던 유경을 풀어 주었다. 그리곤 유경을 건신후建信候로, 진평을 곡역후曲逆候로 봉하고 평성에서의 공을 치하했다.


백등산에서 천하의 漢나라 황제를 확실하게 제압한 묵돌선우는 여전히 동쪽 땅을 되찾겠다는 의지만은 꺾지 않았다. 한신韓信은 훈족을 위해 수시로 漢나라 변방을 괴롭혔으며, 이와 별개로 훈족의 다른 부대 또한 漢나라 변경의 代郡을 습격했다. 이때 代왕 유희劉喜가 나라를 버리고 달아나는 일까지 생겼으니, 평성의 일로 漢군의 사기가 많이 저하된 것이 틀림없었다. 이듬해에도 훈족은 북부 변경을 여러 차례 침입했다.

가까스로 죽음의 문턱에서 살아나온 유방은 이제 현실을 직시해야만 했다. 그가 어느 날 유경을 불러 앞날에 대한 대책을 논의하자니 유경이 말했다.

"아시다시피 힘으로 흉노를 제압하기가 쉽지 않은 데다, 여차하면 연기처럼 흩어져 북으로 달아나 버리니, 원정이 결코 항구적인 해결책도 아닐 것입니다. 게다가 선우인 묵돌은 부친을 살해한 냉정함에다 병가의 전술까지 터득한 진정한 초원의 제왕입니다. 자신들의 상국이던 동북의 강호 동도왕의 목을 벤 것은 물론, 북방의 숱한 왕 중에 그의 발아래 무릎 꿇지 않은 자가 드물 것입니다. 무엇보다 위대하신 폐하께서 중원을 통일하신 지 얼마 되지 않았습니다. 지금 한나라는 외부와의 전쟁보다는 나라를 안정시키는 것이 더욱 시급한 상황입니다……"

"모두 옳은 말이다……"

유방이 고개를 끄덕이자 힘을 얻은 유경이 재차 간하였다.

"황상, 초원의 흉노와는 화친으로 가는 길을 택하시옵소서! 그 방법은 선우가 원하는 바를 우리가 미리 제공해 주고, 공격의 빌미를 주지 않는 데 있을 것입니다. 다행히 황상의 한나라는 드넓은 면적에 백성들도 많고, 초원보다 훨씬 풍요로운 땅을 갖고 있습니다. 흉노는 크고 넓긴 하지만, 백성은 비교도 안 될 만큼 작은 나라이며, 땅은 척박하기 그지없습니다. 설령 우리 땅에 들어온다 해도 농사를 지을 줄도 모르고, 그저 이리저리 떠돌며 가축이나 기르고 사는 습속을 지녀, 저들이 뿌리 내리고 살 수도 없을 것입니다."

"그렇긴 하지, 그러면 선우가 원하는 바가 무엇이란 말이오?"

유경이 슬쩍 유방의 얼굴을 살피고는 조심스레 말을 이었다.

"황상, 아뢰옵기 황송하오나, 우선 황상의 공주마마를 선우에게 시집보내는 방안이 있습니다. 그리되면 묵돌은 황상의 사위가 되는 것이고,

장차 공주마마께서 후세를 갖게 된다면 황상의 손자가 될 테니, 이후로는 대대로 한나라의 친인척이 되어 서로 다툴 이유가 갈수록 적어지지 않겠습니까? 흉노에 고위 사신을 보내 하해와 같은 황상의 아량을 전하게 하시고, 서로가 원하는 바를 단단히 약속으로 만들어 두신다면 진정 북방으로부터의 근심을 제거할 수 있을 것입니다."

"호오, 혼인동맹이라? 그럴듯하구려, 하기는 나라들 사이에 주고받는 흔한 방법이기도 하고, 어쩌면 그것이 전쟁을 치르는 것보다 비용이 훨씬 덜 드는 것이기도 하지……"

유방은 유경의 건의를 택하기로 하고, 하나뿐인 노원魯元공주를 묵돌에게 내주려 했다. 그 소식을 들은 황후 여씨가 길길이 뛰며 반대하고 나섰다.

"황상, 이게 무슨 날벼락 같은 말씀이란 말입니까? 공주는 이미 조왕趙王 장오張敖의 아내가 아닙니까? 이미 지아비를 둔 공주를 이혼시키려 들다니, 친부가 되어 어찌 그런 해괴한 생각을 하신단 말씀입니까?"

머쓱해진 유방이 황실의 다른 처자인 자수子收를 찾아 공주에 봉하고 기어코 묵돌에게 보내기로 했으니, 진정성을 드러내고자 하는 황제의 모습이 애처로울 정도였다. 아울러 황금 천 냥과 함께 훈족에게는 매년 귀하디귀한 목화와 고급비단, 술과 음식 등을 보내 주기로 약속했다. 이 외에도 양국의 자유로운 무역을 위해 국경 지대에 관시官市를 여는 것을 허락해 주었다.

또 漢과 薰족이 형제의 맹약으로 상호 동등한 지위를 인정하기로 했는데, 무력에서 우위에 있는 훈족이 형의 입장이었음은 당연한 일이었다. 아울러 장성長城을 경계로 그 북쪽은 薰, 그 아래는 漢의 영역임을 분명히 하고, 서로의 영토를 침범하지 않기로 약속했다. 묵돌선우 역시 그동안 훈족이 상상도 못 해 보던 유리한 조건이었으므로 기꺼이 화친을 수용했다.

BC 198년 가을, 유경이 드디어 한나라 종실의 공주를 수행하고 흉노 왕정에 도착함으로써 새로운 평화의 시대가 열리게 되었다. 겉으로는 화친을 내세웠지만, 사실상 이는 漢나라가 매년 흉노에 무거운 조공을 바치기로 약조한 것이나 다름없었다. 더구나 이러한 관계는 이후 흉노가 걸핏하면 한나라에 새로이 강화된 조건을 내걸게 되면서, 漢의 입장에선 갈수록 굴욕적인 부담으로 작용하게 되었다.

우선 漢황실의 공주를 훈족 선우에게 아내로 주는 혼인은 두 나라 조정에 황위 변동이 있을 때마다 새로이 거행되어, 5代 문제文帝 때까지 지속되었다. 이를 위해 황후나 비빈, 공주뿐 아니라 세군細君이나 해우解憂, 소군昭君, 문성文成과 같은 친왕親王의 딸들은 물론이고, 궁정의 여자들을 동원하는 가짜 공주들도 자주 활용되었다. 훈족에 제공하는 조공의 규모나 액수도 힘의 우위에 있던 훈족의 요구에 따라 매년 증가되었다.

薰족은 이를 위해 漢나라에 수시로 군사적 위협을 가했음은 물론, 화친에도 불구하고 훈족의 장수가 된 한신, 왕황, 조리 등은 걸핏하면 漢나라 변경을 공격했다. 그럼에도 이런 화친의 노력 끝에 묵돌의 정복활동 자체가 점차 서쪽으로 방향을 돌리기 시작했다. 이어서 훈족은 본격적인 서진을 통해 이내 투르키스탄 북부로 밀려났던 월지月支와 오손烏孫을 복속시켰다. 묵돌은 그렇게 중앙아시아와 내외몽골의 광대한 초원에 흩어져 살던 유목민족을 훈족의 깃발 아래 하나로 통일시키고 있었다.

漢나라 황실 사람들은 당시 漢고조 유방이 백등산에서 묵돌선우에게 포위되었다가 겨우 살아 돌아온 것을 씻을 수 없는 나라의 치욕으로 여기고, 이를 〈평성平城의 치恥〉라 부르며 스스로 경계했다. 묵돌이 다잡은 것이나 다름없는 漢나라 황제 유방을 살려 놓아준 것은 확실히 의문스럽기 그지없는 일이었다. 묵돌이 연지의 설득에 놀아난 것으로 보기에는 더더욱 애매한 구석이 있었다.

답은 그 후에 드러났다. 묵돌은 유방을 살려 둠으로써 당장 백등산에서의 대규모 전쟁과 살상을 피할 수 있었고, 그때 충분히 기선을 제압한 탓에 漢나라와 형제의 연으로 화친을 맺을 수 있었다. 그는 전쟁이 아닌 고도의 외교술로 그의 생애 전체를 통해서 중원의 절대강자인 漢과의 대규모 충돌을 피할 수 있었던 것이다.

3부

# 흉노의 시대

## 12. 초원제국 大薰

薰과 漢 두 제국이 화친을 맺고 나서 1년쯤 지난 BC 197년경, 趙나라의 상국으로 있던 장군 진희陳豨는 변경의 군사들을 감독하는 일을 맡고 있었다. 그러던 중 뜻밖에 그가 흉노와 결탁해 代 땅을 차지하고는, 스스로 代王을 칭하면서 반란을 일으켰다. 소식을 들은 고조 유방이 이번에도 예외 없이 한단으로 직접 출정했다. 그런데 바로 이 〈진희의 난〉을 계기로 이듬해 한신韓信(齊王)을 비롯한 이성왕異姓王들이 줄줄이 참변을 당하게 되면서, 漢나라 조정이 다시금 격랑에 휘말리고 말았다.

5년 전, 해하에서 항우를 격퇴하자마자, 유방은 그 자리에서 바로 齊王 한신으로부터 군사를 빼앗는 조치를 취했다. 그 대신 한신을 楚나라 왕으로 삼고는 하비下邳에 도읍을 정하도록 했다. 자신의 능력과 명성을 능가하는 한신이 행여 다른 마음을 품지 못하도록 철저하게 견제한 것이었다. 그도 모자라 1년 후, 한신이 모반하려 한다는 밀고를 이유로 체포했다가, 그의 공을 감안해 풀어 주되 회음후淮陰侯로 강등시켜 버렸다. 그리고는 궁 안에서 일등 공신 장량張良과 함께 병서兵書를 고치는 일이나 맡게 했다.

자신의 수하였던 장수들과 동급이 된 것을 부끄럽게 여긴 한신은 이때부터 병을 핑계로 조회에 나가지도 않고, 유방을 수행하지도 않았다. 한신은 사실상 장안에 억류된 것이나 다름없는 생활을 무려 4년이나 지속해야 했다. 그사이 유방에 대한 원망과 함께, 齊나라를 차지하라는 괴철의 말을 듣지 않은 것을 천추의 한으로 여기고 있었다.

'황제가 나를 이리 대할 수는 없다. 내가 없었다면 그 알량한 능력으로 하북의 다섯 나라를 어찌 평정할 수 있었을 것이며, 천하의 맹장 초패왕을 어찌 잡을 수 있었겠는가? 황제에 오르기까지 일등 공신인 나를 어찌 이리 푸대접하고 가혹하게 굴 수 있단 말인가. 내가 어리석었도다. 진정 바보로다……'

고조가 〈진희의 난〉을 진압하기 위해 한단으로 출정해 장안을 비운 사이, 한신의 시종 한 명이 여후呂后에게 편지를 전해 왔는데, 회음후가 난의 주범인 진희와 내통했다는 밀고였다. 여후가 재빨리 움직였다.

"여봐라, 상국 소하蕭何를 은밀하게 지금 빨리 불러들여라!"

소하가 내전에 들자 여후는 한신에 대한 밀고 내용을 알려 주고 방법을 찾도록 했다.

"황후마마, 그렇다면 이렇게 하시지요! 폐하께서 이미 진희의 난을 평정하셨다고 소문을 퍼뜨린 다음, 개선을 축하드려야 하니 모든 재상에게 곧바로 궁으로 들라 명하옵소서. 그다음 한신이 들어오는 대로 체포했다가, 심문하시면 될 듯합니다만……"

"흐음, 좋은 생각이오!"

여후는 소하의 말대로 모든 대신들에게 입궁하라는 명을 전하게 한 뒤, 한신이 궁 안에 발을 들여놓자마자 곧바로 체포해 버렸다. 한신은 졸지에 궁 안을 드나드는 사람들이 오가며 볼 수 있는 장락궁長樂宮 종실 鐘室에 매달리는 가련한 신세가 되고 말았다. 그렇게 한나절이 지나자, 여태후가 고조의 허락도 없이 추상같은 명을 내렸다.

"지금 곧바로 한신의 목을 베어 버리고, 그자의 삼족을 멸하라!"

불세출의 명장 회음후 한신韓信이 한낱 여인에 속은 것을 개탄하면서 숱한 영광과 회한을 뒤로한 채 그렇게 한순간에 사라지고 말았다.

고조는 〈진희의 난〉을 평정하고 돌아온 후에야 비로소 여후가 한신을 죽였음을 알았다고 했다. 그리고 여후로부터 한신이 괴철의 말을 따르지 않았음을 후회했다는 말도 들었다. 유방이 괴철을 잡아들여 캐물었다.

"그대가 회음후에게 모반을 사주했더냐? 어째서 그리했느냐?"

"개는 원래 자기 주인이 아니면 짖게 마련입니다. 당시에 신은 한신을 주인으로 여겼을 뿐 폐하는 알지 못했습니다……"

듣고 보니 틀린 말이 아니라 고조는 괴철을 풀어 주었다. 한신은 분명 능력 면에서 유방을 압도했으며, 나름 유방과의 의리를 지키려 했다. 그러나 애당초 천자가 되겠다는 원대한 꿈은 생각하지도 못한 듯했다. 반면 해를 더할수록 꿈의 크기를 키우던 유방은 어느덧 천자를 꿈꾸며 권력의지를 확고하게 다져 나갔다.

두 사람은 이렇듯 꿈의 크기에서 근본적인 차이가 있었던 것이다. 한신은 제후로 만족하려 했던 반면, 유방은 오로지 자기만이 천자가 되어야 한다며, 수단과 방법을 가리지 않고 방해 요인들을 제거하는 데 필사적으로 집착했다. 누구도 넘보지 못할 강력한 권력의지, 바로 그것이 유방이 황제가 될 수 있었던 가장 큰 원동력이었을 것이다.


그러나 회음후 한신의 죽음을 필두로 유劉씨가 아닌 이성왕들의 연이은 배반과 죽음이 이어졌다. 당초 양왕梁王 팽월은 〈진희의 난〉을 평정하는 데 참전하라는 고조의 명에도 불구하고, 병을 핑계로 꾸물거리며 소극적으로 대응했다. 결국 이것이 화근이 되어 고조로부터 의심을 샀고, 이듬해 BC 196년 끝내 유방에게 죽임을 당했다.

이때 여후가 다른 제후들에게 본보기로 삼겠다며, 팽월의 시신을 소금에 절여 젓갈을 만들게 한 다음 여러 제후들에게 돌렸다. 그녀가 권력의 정점에서 갈수록 포악해져 간 것은 나이 든 고조의 사후 문제 때문이었다. 장차 황제 자리를 잇게 될 태자를 위해 천하의 영웅 공신들을 가능한 고조 생전에 제거해야겠다 마음먹었던 것이다.

이듬해 BC 195년이 되자, 이번에는 한신과 팽월의 죽음을 보고 의혹과 두려움에 치를 떨던 회남왕淮南王 경포黥布가 난을 일으켰다. 이때도 고조가 직접 출정해 용성庸城에서 대치하면서 물었다.

"짐이 그대를 그토록 우대했건만 무엇이 부족해 반란을 일으켰는가?"

"나도 황제가 되어 보고 싶소!"

경포의 간단명료한 대답에 분노한 고조가 바로 치고 나가 즉시 전투가 벌어졌다. 병력의 열세로 싸움에 패한 경포가 회수를 넘어 강남으로 달아났으나, 어이없게도 그는 별 볼 일 없는 현지인에게 피살을 당하고 말았다. 사실 팽월이나 경포 같은 장수들은 유방은 물론, 역발산의 기개를 가졌다는 항우조차도 맘대로 다루지 못할 정도의 맹장들이었다. 많게는 수십만의 군대를 호령하며 전장을 누볐던 〈초한楚漢쟁패〉 시대의 영웅호걸들이 모두 그렇게 하나둘씩 사라져 갔다.

고조가 천하를 통일했을 때 유씨가 아닌 다른 일곱 명의 제왕들을 특별히 우대했지만, 나중에 성한 사람이라고는 결국 한 명도 없었다. 고조는 이들 제후국의 계속된 반란을 평정하느라 갑옷과 투구를 벗지 못했고 말에서 안장을 내릴 새가 없었다고 한다. 이런 생활은 고조가 죽기 직전까지 무려 7년 동안이나 지속되었다. 그러다 보니 유방 자신이 거만한 데다 사람들을 더욱 무례하게 대하기 일쑤였고, 걸핏하면 아랫사람들에게 짜증과 욕설로 대하는 것이 버릇이 되었다. 또 제후들을 비롯한 수하들조차 항상 의심 어린 눈으로 바라보자니, 스스로 만드는 마음고생이 이만저만한 것이 아니었을 것이다.

제일 먼저 유방을 배신하고 훈족으로 귀부했던 韓王 신信도 그해 봄에 흉노기병들을 이끌고 내려와 삼합參合에서 漢군과 대치했다. 漢나라 장군 시무柴武가 나서서 전투를 벌였는데, 싸움 도중에 한신의 목을 베는 데 성공했다. 유방에게는 모처럼 속이 뻥 뚫리는 희소식이었을 것이다.

유방과 같은 동네서 같은 해에 태어나 절친한 친구였던 연왕燕王 노관도 〈진희의 난〉에 휘말렸다. 분노한 고조가 번쾌를 시켜 燕나라를 치게 했는데, 그 와중에 漢고조 유방이 돌연 세상을 뜨고 말았다. 여태후를 두려워한 노관이 고민을 거듭한 끝에 결국 무리를 이끌고 흉노에 귀부하는 길을 택하고 말았다. 묵돌선우는 그를 동도東屠(동호)의 노왕盧王으로 삼고 동쪽 변경을 지키게 해 주었다. 이후로 노관은 燕왕 시절의 옛 부하였던 위만과 뜻을 합해 〈기씨조선〉을 멸망시키는 데 결정적 역할을 했다. 그러나 그도 다시는 漢나라로 돌아가지 못한 채, 이웃한 동호東胡(조선)와의 다툼에 시달리다 1년쯤 지나 동도 땅에서 사망하고 말았다.

이처럼 趙나라에서 작은 소동처럼 시작되었던 〈진희의 난〉은 일파만파가 되어, 유방의 개국공신인 이성왕들이 차례대로 제거되는 기폭제가 되었다. 그뿐 아니라 끝내는 이웃한 기씨조선의 멸망으로까지 이어졌으니, 3년 전 진희의 난이 일어났을 당시만 해도 준왕은 이런 사태를 꿈에도 그려 보지 못했을 것이다.


漢고조 유방은 〈경포의 난〉을 진압하던 와중에 가슴 부위에 화살을 맞는 부상을 당한 적이 있었다. 난을 진압하고 귀경한 유방은, 곧바로 고향인 패현沛縣에 돌아가 요양을 했다. 그러나 장안에 돌아온 후에도 유방의 상처가 깊어져 여후가 이름난 한의를 불러 치료하려 들었으나, 유방은 고집스럽게 이를 거부했다. 그러자 상처는 더욱 악화되었고, 나이가 들어 점점 기력마저 쇠퇴해 갔다.

그러던 중 漢고조 유방이 마침내 장락궁에서 죽음을 맞이했는데, 황제 즉위 8년 만인 BC 195년 4월, 그의 나이 61세 때의 일이었다. 평생 주위를 경계하느라 속앓이가 심했을 그였기에, 죽어서야 비로소 마음의 평화를 얻었을지도 모를 일이었다. 평민 출신 최초로 통일제국 漢나라의 황제라는 영광을 차지하긴 했으나, 한평생 전장을 누벼야 했고 주변의 끝없는 도전에 시달렸던 고단한 삶이었다.

그러나 고조는 오히려 평민 출신이었기에 최초의 통일 왕조 秦의 폭압 정치가 15년 단명으로 끝난 이유를 누구보다 잘 알고 있었을 것이다. 그는 백성들을 공포와 억압에서 벗어날 수 있게 해 주는 한편, 조세 등의 부담을 덜어 주는 등 위민爲民정치를 기치로 내걸었으니, 바로 이것이야말로 자신만을 위한 정치를 펼쳤던 진시황과의 근본적인 차이였던 셈이다. 유방의 이런 애민愛民정신이야말로 漢나라 왕조가 드물게 4백 년을 이어갈 수 있게 해 준 결정적 힘이었을 것이다. 부친과 달리 유약하기 그지없던 여후의 아들 태자 유영劉盈이 황위를 이어받았으니 漢의 2대 황제 혜제惠帝였다.

시대를 풍미했던 漢나라 제후들의 줄초상과 함께, 고조 유방이 세상을 떠나고, 여태후呂太后가 漢나라 조정을 실질적으로 좌우하고 있다는 소식이 薰國 왕정에도 날아들었다. 좌대당호가 말했다.

"고조 유방의 마누라가 그렇게 포악할 줄이야 누가 알았겠습니까? 천하의 영웅호걸들이 죄다 여태후의 농간에 속절없이 사라졌습니다. 유방의 비빈인 척희戚姬의 아들을 짐독이 든 떡을 먹여 죽이고, 그 어미 척희는 눈, 코, 귀를 파내고 팔다리를 잘라 돼지처럼 만들어 죽였다 합니다. 여후는 더는 인간의 심성을 가진 여인이 아닌 모양입니다."

우골도후가 거들었다.

"결국 한나라 왕 유영이 그 충격으로 정치는 어미인 여태후에게 던져 버린 채, 주색에 빠져 지내는 바람에 한나라 조정은 지금 여씨 형제들로 그득하다고 합니다."

묵묵히 듣고 있던 묵돌선우의 입가에 빙그레 미소가 피어올랐다.

"그렇다면 지금 한나라 조정이 어떻게 돌아가는지 궁금해지는구나. 그 패악스러운 여인의 기세가 어떨지 한번 떠보기나 해 봐야겠다, 후훗! 여봐라, 서찰을 하나 쓸 준비를 해 오거라!"

당시 薰족은 서역 정복에 한창 매달려 있던 때라, 묵돌은 漢나라 조정으로부터 나오는 흉흉한 소문의 진위도 확인하고, 새로이 분위기 파악도 할 겸해서 여태후에게 사절단을 보내기로 했다.

얼마 후, 漢나라 장안에 〈훈국〉 선우의 사절단이 도착했는데, 선우가 여呂태후(고황후高皇后)에게 보내왔다는 서신 하나로 漢나라 조정이 발칵 뒤집히고 말았다.

"나는 북방의 황량한 초원에서 나고 자란 외로운 군주요. 소와 말이 떼지어 다니는 벌판에서만 살다 보니 국경을 넘어, 귀하의 나라 안을 두루 유람하고 싶었소. 그대도 남편과 사별하여 홀로 외로운 몸이고, 나 역시 혼자 있어 쓸쓸하니 두 군주가 스스로 즐거운 일이라곤 없을 듯하오. 차라리 함께 만나 둘이 각자에게 있는 것으로 서로가 없는 것을 채워 보면 어떠하겠소?"

미망인이 된 여태후를 조롱하는 무례함에 다분히 외설스러운 내용 때문에 여태후 본인은 물론, 漢나라 조정 전체가 분노에 휩싸여 들끓었다. 번쾌가 漢나라를 모욕했다며 길길이 뛰었다.

"태후마마, 이는 절대 좌시해선 아니 될 일입니다! 신에게 군사 10만을 내려 주옵소서! 지금 당장이라도 북으로 쳐 올라가 저 무지막지한 묵돌의 목을 베어, 천자의 나라 大漢의 존엄과 태후마마의 위엄을 만천하에 드러내도록 하겠습니다!"

장수들이 저마다 이에 찬동하며 당장 전쟁이라도 불사해야 한다고 앙앙댔다. 이때 갑자기 중랑장中朗將 계포季布가 나서서 주변의 소란을 나무랐다.

"태후마마, 번쾌를 사형에 처하시옵소서!"

모두가 깜짝 놀라 두 귀를 의심하며 계포 쪽을 바라보았다.

"마마, 위대하신 고조께서 일방적으로 당했던 평성의 치恥를 벌써 잊으셨나이까? 당시 40만의 대군을 이끌고도 흉노에 포위되셨을 때, 번쾌 저자는 상장군이라는 자리에 앉아 마냥 바라보기만 했던 자입니다!"

"뭣이라? 저자가 지금……"

번쾌의 굵은 눈썹이 치켜 올라가고, 가쁜 숨과 함께 관자놀이에 핏줄이 불끈 솟아올랐다. 계포가 아랑곳하지 않고 말했다.

"그랬던 자가 이제 10만의 병력만으로 흉노를 쓸어버리겠다고 하니, 그것이 가당키나 한 말입니까? 대체 흉노가 어떤 나라입니까? 천하의 진나라도 흉노를 치려다가 결국 〈진승의 난〉으로 이어져 패망을 자초했고, 그 상처가 아직도 아물지 않았습니다. 그러니 이는 저자가 천하에 다시 난리를 일으키려 하는 것이든지, 아니면 마마를 기망하려 드는 것이 아니면 무엇이겠습니까?"

순식간에 사방이 찬물을 끼얹은 듯 조용해지면서 팽팽한 긴장감에 휩싸였고, 얼굴빛이 노래진 번쾌가 어쩔 줄 몰라 입술만 오물거리며 하소연하듯 여태후를 바라볼 뿐이었다. 계포가 차분하게 다시 말을 이었다.

"존귀하신 태후마마, 흉노는 말 타고 활이나 쏘며 전쟁만 일삼을 뿐이지, 들판에서 자고 짐승이나 잡아먹는 초원의 야만족에 불과합니다. 그런 무도한 자들이 하는 말에 일희일비하거나 노여워할 필요가 대체 무엇이겠습니까? 오히려 이제까지의 화친을 강화하는 뜻에서, 선우가 좋아하는 보석과 공물을 그득 보내시고, 하해와 같이 넓으신 태후마마의 도량과 반석 같은 황실의 위엄을 드러내시옵소서! 부디 통촉하옵소서!"

그 말을 듣고 난 여태후가 모든 대신들을 조정에서 물러가라 하고, 다시는 이 일을 입에 담지 말라고 단단히 명하였다. 그리곤 황제의 명을 전달하는 알자謁者 장택을 불러 묵돌선우에게 답신을 쓰게 했다.

"대선우께서 이리 위로의 글을 주시니 황공할 따름입니다. 이제 스스로 물러나 뒤돌아보니 나이가 들고 기력이 쇠하여 머리칼과 이빨이 빠지고, 걸음걸이도 온전치 못합니다. 이에 대선우의 눈을 더럽힐 뿐이라 가지 못하니, 혜량해 주시기 바랍니다. 그저 어차御車 2대와 잘 고른 말 8필을 보내드리니 대선우를 곁에 모시듯 여겨 주십시오!"

얼마 후 여태후의 답신을 받아 본 묵돌선우가 크게 호탕하게 웃으며 말했다.

"과연, 여장부로구나! 역시 여태후로다! 천하의 영웅호걸들이 벌벌 떨 만하도다, 껄껄껄!"

당시 두 제국의 군주인 묵돌과 여태후가 나눈 장난기 어린 이 서찰은 얼핏 훈족의 오만함을 드러내는 것으로 보기 쉬웠다. 그러나 묵돌은 이러한 도발로 새로운 실권자 여태후와 漢나라 조정의 반응을 떠보려 했고, 계포의 충언을 받아들인 여태후는 노련하게 이를 피해 나갔던 것이다.

이는 또 당대 최강의 漢나라와 북방 薰제국 사이에 펼쳐졌던 힘의 역학관계를 적나라하게 보여 주는 주목할 만한 사건이기도 했다. 그러나 묵돌의 모욕을 참고 꾹꾹 눌러 놓았던 여태후의 분노는 이것으로 해소된 것이 아니었다. 그녀의 분노는 漢황실의 씻을 수 없는 한恨이 된 채 후대 황제들에게 그대로 전해졌고, 가슴속 깊이 타오르는 복수의 불꽃,

〈평성의 치恥〉로 자리 잡게 되었다.

그렇게 사실상 여태후의 통치가 지속되는 동안 BC 188년, 우울증으로 고생하던 漢나라 2대 황제 혜제가 재위 7년 만에 23세의 젊은 나이로 세상을 떠났다. 고후高后는 이후 두 명의 나이 어린 황제를 마음대로 바꿔 가면서 섭정을 지속했고, 여呂씨 일가가 조정과 군권을 장악함은 물론, 3명의 왕까지 배출했다. 고조가 천하를 통일한 다음 대신들과 맹약하기를 유劉씨 자제가 아닌 사람을 왕으로 세우면 천하의 모든 이들이 하나가 되어 그들을 없애기로 했다고 한다.

일부 충신들이 이를 명분으로 여呂씨 일가의 독주를 막아 보려 했지만, 대부분 쫓겨나거나 희생되었다. 고후는 그렇게 고조가 죽은 다음에도 15년을 더 살며 황제 이상의 권력과 영화를 누리다가 BC 180년 마침내 죽음을 맞이했다. 평생 전쟁터를 누비며 고생만 하다 죽은 유방은 도대체 누구를 위해서 그리했는지 안쓰러울 따름이었다.

여태후가 죽자마자 마침내 재상들이 기다렸다는 듯이 일어났다. 태위 주발周勃과 승상 진평陳平 등이 정변을 일으켜 여산呂産을 정점으로 하던 여씨 일가를 축출하고, 여태후가 유씨 자손이라 우기며 궁 안에서 비밀리에 키우던 어린 소제少帝를 궁 밖으로 내쫓아 버렸다. 이어 살아 있는 유방의 아들 중 가장 나이가 많고, 그 외가가 빈약했던 代왕 유항劉恒을 5대 황제로 추대하니 그가 문제文帝였다.

심성이 착하고 유약한 줄로만 알았던 유항은 그러나 사려 깊고 심지가 군센 데다, 전략적 사고까지 지닌 지극히 현명한 군주였다. 23살에 불과했던 문제는 비록 대신들의 선택으로 제위에 오르게 되었지만, 즉위 초기에 강건한 공신들과 황족들을 제압하고 신속하게 권력을 장악해 주위를 놀라게 했다.

漢나라는 그때 나라를 세운 지 20여 년이 흘렀지만, 사회적, 경제적 상황이 그다지 나아지지 못했다. 성실한 유항은 신하들의 건의를 적극 받아들여 우선 백성들의 궁핍한 삶을 개선하는 데 힘썼다. 가의賈誼, 조착鼂錯과 같은 개혁파들을 중용해 농업을 중시하는 대신 상업을 억제하는 정책을 채택하고, 백성들의 병역과 노역, 조세 부담을 완화해 주었으며, 연좌제와 신체를 훼손시키는 육형肉刑을 폐지해 형벌을 가벼이 해 주었다.

국방에 있어서는 뭐니 뭐니 해도 북방의 흉노가 가장 큰 문제였으나, 가능한 소모적인 전쟁을 피하고 화친정책을 유지하려 했다. 이때 조착은 〈언병사소言兵事疏〉라는 상소문을 통해 흉노군과 漢나라군의 장단점을 비교해 주목을 끌었다. 흉노는 말타기와 활쏘기에 능해 산간 지역 전투에 강하다면서, 특히 산과 계곡을 쉽게 오르내리는 강인한 흉노의 말과, 지칠 줄 모르는 흉노 전사들의 정신력을 높이 샀다. 반면 漢군은 평지에서 짧은 병기나 검, 창을 갖고 싸우는 진지전에 유리하다고 했다. 아울러 그는 흉노의 침략에 대비하기 위해 변방으로 백성들을 이주시키는 정책을 권했다.

BC 177년, 薰國의 우현왕이 남하하더니 북지군을 침입해 하남 지역을 점거하고, 만이蠻夷(동호)가 지키던 上郡의 요새를 공격하는 일이 있었다. 이에 문제가 처음으로 감천甘泉까지 나가, 승상 관영灌嬰에게 변방의 기마병 8만 5천을 내주고 고노高奴에서 흉노에 맞서라고 명했다. 우현왕은 문제의 강경한 맞대응에 놀라 군대를 돌려 흉노 땅으로 되돌아갔다. 이는 그동안 훈족에게 저자세로 일관했던 漢나라의 정책과는 사뭇 대조적인 것이라서, 훈국 선우의 왕정에서도 그 해석을 놓고 말들이 많았다. 3년 뒤에 묵돌선우가 낭중郎中 계우천係雩淺을 시켜 漢문제에게 서신을 보냈다.

"하늘이 세운 大薰의 대선우가 삼가 묻노니, 황제께서는 무탈하십니까?"

사뭇 장엄하고 고압적인 머리말로 시작하는 이 편지에서 선우는 우현왕의 일을 언급하면서 해명에 나섰다.

"漢나라 변경의 관리들이 자주 우현왕을 침범하고 모욕을 주어, 우현왕이 대선우인 내 허락도 없이 군대를 일으켜 漢을 공격했습니다. 그러나 이는 두 나라 군주 사이에 맺은 화친의 맹약을 어긴 것이므로 우현왕을 벌했습니다."

선우가 그 벌로 우현왕을 서쪽으로 보내 월지를 치게 했다는데, 누란, 오손 및 호게 등 인근 26개의 나라들을 평정하고 훈국에 귀속시켰다며, 은근히 자국의 강력한 전투력과 성과를 과시했다. 결과적으로 이렇게 북쪽 지역이 안정되어 남쪽 漢나라와는 이제 싸움을 멈추고, 병사들을 쉬도록 하면서 말이나 기르게 할 테니, 양국의 백성들이 대대로 평화와 안락을 유지하게 하자는 속 깊은 제안이었다.

"황제는 삼가 대훈의 대선우에게 묻노니 무탈하십니까?"

이러한 인사말과 함께 문제는 3년 뒤 묵돌선우에게 보낸 답신에서 화친의 맹약을 재확인하고 후한 선물을 보내 사건을 매듭지었다. 이후부터 두 제국은 장성을 경계로 장성 이북은 '활을 쏘는 나라 〈薰〉'의 것으로, 장성 이남은 '의관속대를 하는 나라 〈漢〉'의 것으로 규정하는 데 또다시 동의했다.


그로부터 얼마 후인 BC 174년, 당대 최강 초원제국의 황제인 묵돌 대선우가 죽음을 맞이했다. 선우로 즉위한 지 35년이었으며, 환갑을 전후한 나이였다. 초원을 벌벌 떨게 한 그가 죽음을 앞두고 문제에게 새삼 화친을 강조했던 것으로 보아, 어쩌면 그는 장차 더욱 강성해질 漢나라의 모습을 예견했는지도 모른다.

그는 전 생애에 걸쳐 초원의 그저 그런 유목국가였던 薰족을 일으켜 북방을 하나로 통일했다. 그 과정에서 훈족의 종주국이나 다름없던 동북의 강호 동도(진한)를 깨뜨린 데 이어, 위만을 통해 번조선(기씨조선)까지 무너뜨림으로써, 상고시대부터 2천 년을 이어 오던 전통의 강호 고조선을 결정적으로 와해시킨 인물이었다.

묵돌은 이후로 중원의 최강 〈漢〉나라에 대해서도 초기에 유방의 기선을 제압해 버림으로써, 전쟁 없이도 힘의 우위에서 큰소리를 치는 고도의 외교술을 발휘했다. 고대 동아시아 대륙의 양대 주축이었던 고조선과 漢나라를 사실상 자신의 통제 범위에 둔 제왕은 역대 어느 누구도 해내지 못한 일이었다. 그런 만큼 묵돌의 행보는 거칠 것이 없었다. 그는 빠르게 주변의 소국들을 병합해 가면서 통일제국 漢나라를 압도하는 초원제국을 자신의 치세 하에 건설한 것이었다.

그 결과 薰제국의 경계가 東으로는 현 요하遼河(랴오허)의 상류, 北으로 바이칼호와 이르티시강에 이르렀고, 西로는 아랄해, 南으로는 중국의 위수渭水와 티베트고원에서 카라코람산맥을 잇는 실로 거대한 강역을 포함하게 되었다. 이토록 놀라운 그의 업적은 영토 면에서 분명 秦의 시황제나 漢의 고조를 능가하는 것이었으나, 후대에 그의 후손들이 중원에 밀려 소멸된 데다, 중원 위주의 중국 역사만 전해지다 보니 오늘날까지도 제대로 조명되지 못했다.

薰의 오랜 종주국이었던 朝鮮 또한 결정적으로 자신들의 속민이었던 흉노에 의해 몰락하다 보니 그 후예들은 〈薰〉(흉노)을 적대국으로 대하기 시작했고, 중원과 함께 오랑캐라 무시하면서 부끄러운 역사를 지우고 싶어 했다. 확실히 묵돌의 등장은 古조선의 몰락을 재촉했고, 결정적으로 북방민족의 대분열을 초래했다.

그런 이유로 薰제국의 역사는 중원과 조선 양대 세력 모두로부터 철저하게 외면당하고 말았다. 게다가 훈족과 같은 북방 유목민족들이 城을 쌓거나 궁궐을 짓지 않은 탓에, 그들의 위대한 흔적이 몇몇 기록으로만 전해졌을 뿐이었다. 그마저도 중원의 역사가들은 훈족이 문자를 사용할 줄도 몰랐다는 등 야만족으로 폄훼하고 그들의 역사를 왜곡했다.

그러나 따지고 보면, 薰제국은 2천 년이라는 오랜 세월을 이어 오며 기력이 쇠한 古조선을 대신해 북방의 맹주 역할을 대행한 셈이었고, 남방의 중원을 철저하게 견제하면서 조선의 울타리가 되어 준 측면도 있었다. 북방과 남방을 대표하는 〈薰〉과 〈漢〉이 치열하게 각축전을 벌이는 사이, 〈朝鮮〉은 분열의 열국시대를 거쳐 재통합을 할 수 있는 시간을 벌 수 있었고, 결국 재기에 성공하면서 그 장구한 역사를 다시금 이어갈 수 있었던 것이다.


묵돌은 통치에 있어서도 황제에 버금가는 선우單于 중심의 강력한 행정체제를 확립했고, 사방으로 흩어진 채 초원을 따라 이동하는 유목민들을 하나로 결집하는 데 성공했다. 또 종전 선출로 뽑았던 선우의 자리도 제왕의 권위를 확립하고 장자長子 상속으로 바꾸면서 사후의 분란을 줄였다. 전장에서도 人의 장막 뒤에 숨은 채 일체 모습을 드러내지 않던 중원의 황제들과 달리, 묵돌은 북방민족의 후예답게 늘 앞장서 전사들과 함께 싸우는 진정한 영웅이었다. 그래서인지 그는 아랫사람의 배신 또는 정변 없이 수명을 다하고 병사했으니, 주변을 관리함에 있어서도 성공적인 삶을 산 셈이었다.

그가 보여 준 불굴의 정신과 민족적 자부심은 그의 사후 직계 후손들과 이웃한 북방민족을 통해 東 西, 전全 세계로 퍼져나갔으며, 세계 문명의 교류를 활발하게 하는 데 지대한 공을 세웠다. 묵돌(모돈, 묵특) 대선우는 진정 고대 북방초원의 최초이자 최강의 정복군주요, 세계사에 빛나는 위대한 지도자임이 틀림없었다.


# 13. 마읍작전


묵돌 대선우가 죽자, 아들 계육稽粥이 뒤를 이어 3代 노상老上선우가 되었다. 漢나라 문제가 장차 선우의 연지가 될 한나라 종실의 딸을 흉노로 보내면서, 燕나라 출신 환관 중항열中行說에게 공주의 호위를 명했다. 당시 중항열은 흉노로 보내지는 것을 극도로 꺼리고 있었다.

"내가 흉노로 간다면 한나라의 골칫거리가 될 것이다!"

그는 이런 악담을 漢나라 조정에 남기고는 薰의 왕정에 도착하자마자 바로 선우에게 귀순해 버렸다. 노상선우는 학식이 풍부한 데다 한나라를 잘 아는 그를 우대하고 가까이했다. 초원의 나라 薰에서는 물산이 풍부하지 못하다 보니, 당시 귀족들이 漢나라로부터 들어오는 비단과 무명, 음식을 좋아하고 탐을 내는 풍조가 있었다. 이에 중항열이 薰의 정체성을 강조하며 선우에게 말했다.

"薰의 인구는 漢나라의 일개 郡에 미치지도 못합니다. 그런데도 薰이 강한 것은, 먹고 입는 풍속이 漢의 그것과 다르기 때문입니다. 지금 선우께서 漢나라 물자를 귀히 여기시고 그 풍속을 좋아하시면, 장차 백성들이 이를 따라 하게 될 것입니다. 초원에 사는 훈족이 거추장스러운 비단, 무명옷을 입고 말을 타거나 덤불을 나다니고, 유촥제품을 멀리하게 되다면 선우의 나라가 어찌 되겠습니까?"

중항열은 또 조정의 신하들에게 숫자를 기록하는 방법을 널리 가르치고, 인구와 가축의 수를 헤아린 다음 그를 기준으로 세금을 거두도록 했다. 또 漢나라에 대한 외교적 우위를 강조하기 위해 군주들 간에 오고 가는 편지로 사용되는 목판의 크기나 봉인도 漢나라의 그것보다 큰 것을 쓰게 했다. 漢나라의 사신들이 선우 왕정에 와서 薰족의 문화를 비하할 때마다, 유목민족과 농경민족의 문화적 차이와 배경에서 비롯된 것임을 극구 강조했다.

"훈국 사람이 아버지, 형, 동생이 죽었을 때 계모나, 형제의 아내를 자기 아내로 삼는 것은 전투를 밥 먹듯 하는 유목민의 특성 때문에 종족의 성씨가 끊어지지 않게 하려는 필요 때문이오."

또 漢의 사신들이 의관을 문제 삼을라치면 중항열이 앞을 막고 나서서 면박을 주었다.

"예의만을 앞세우며 옷자락이나 살랑살랑 쓸고 다니고, 머리에 높은 관을 쓴다 한들 말을 타는 초원의 나라에 무슨 소용이 있겠소? 그런 쓸데없는 소리들일랑 그만하시오. 그대들 한나라가 보내 주는 비단, 쌀, 누룩의 수량이 정확하고 품질이 좋으면 그뿐이오. 그렇지 않다면 곡식이 있는 가을을 기다렸다가 말을 타고 내려가 그대들이 애써 지은 농작물을 가져오면 될 일이오!"

아울러 선우에게는 漢나라에 대한 군사정보와 함께, 전략적 요충지를 일러 주고 두루 살피도록 했다. 漢나라에 대한 그의 개인적 원망도 있었겠지만, 당시 양국의 문화적 정체성에 대한 날카로운 분석은 주목할 만한 것이었다.

"南에는 大漢이 있고, 北에는 강호强胡가 있다. 胡는 천지교자天之驕子(하늘의 강성한 아들)이니, 자잘한 예의로 스스로 번거롭게 하지 않는다!"

훈국의 선우가 漢나라 황제에게 자기네를 표현했던 말로, 자신감과 함께 호방한 북방민족의 기상이 넘치는 것을 느낄 수 있다.


그 무렵 노상선우는 아버지 묵돌의 정복에도 불구하고 여전히 고분고분하지 못했던 남서쪽의 〈월지〉 정벌에 나섰다. 그 결과 월지軍을 격파하고 월지왕을 붙잡아 그 목을 베어 버렸는데, 이때 선우가 기상천외의 명을 내렸다.

"월지왕의 해골로 술잔을 만들어 바치도록 하라!"

"……."

그 소리에 주변의 장수들마저 기겁하고 놀랐다. 오늘의 잣대로 보면 이는 잔인하고 야만적인 행위임이 틀림없었으나, 당시는 전장에서의 살육이 일상이던 시대였다. 이는 초원제국 〈大薰國〉의 선우로서 주변국 왕들을 공포에 떨게 함으로써, 그들을 薰에 복종시키려는 다분히 전략적인 행위였다. 끔찍한 이 소문이 삽시간에 널리 퍼져 나갔음을 감안할 때, 노상선우 역시 부친을 닮아 대범하고 노련한 군주였음이 틀림없었다.


그러던 BC 166년, 노상선우가 마침내 漢과의 화친을 깨고, 흉노기병 14만을 동원해 漢나라를 침공했다. 북지郡의 도위를 죽였고, 팽양彭陽까지 진격해 회중궁回中宮을 불태웠으며, 척후의 기병들이 漢나라 황제의 별장 격인 감천궁까지 도달했다. 漢의 문제文帝도 가만히 있지 않았다. 그는 즉시 중위中尉 주사周舍와 낭중령郎中令 장무張武를 장군으로 삼고, 전차 일천 대, 기병 10만을 동원해 수도 장안 인근에 진을 치게 한 다음 흉노와의 일전을 불사했다. 이에 선우는 요새 안에서 한 달을 머물며 대치하다가, 군대를 철수해 북으로 돌아갔다. 이후 아무래도 薰이 마음에 걸린 문제는 선우에게 편지를 써서 사신을 통해 전달했다.

"지금 천하는 아주 평화롭고 백성들이 즐거워하고 있으며, 짐과 선우는 그런 두 나라 백성의 부모입니다. 그러므로 다 함께 지난 일은 잊어버리도록 합시다. 짐은 薰으로 달아난 백성을 사면할 것이며, 그러니 선우께서도 장니章尼(투항 흉노인)들을 나무라지 마십시오."

그러면서 부드럽게 화친을 제안하고 나섰다.

"옛날 제왕은 약속을 잘 지키고 식언(허튼 말)이 없었다 합니다. 선우께서 화친에 힘을 쓰면 천하가 크게 편할 것이며, 한나라가 먼저 약속을 어기는 잘못을 저지르는 일은 없을 것이오."

漢문제의 노력과 진심이 통했는지 노상선우도 당호當戶를 漢나라로 보내 사과하고, 다시금 화친을 약속하면서 형제의 나라로 돌아갔다. BC 161년 노상선우가 13년의 통치를 끝으로 죽자, 이듬해 그의 아들 군신軍臣이 4代 선우에 올랐다. 文帝는 다시 군신선우에게 공주와 공물을 보내 화친을 확인해 주었다.

그러나 평화도 잠깐, 군신선우 즉위 후 3년째 되는 BC 158년 겨울, 薰이 또다시 군대를 일으켜 漢나라 변경을 침범해 들어왔다. 上郡과 운중雲中郡에 3만씩, 총 6만의 흉노기병들이 들어와 여기저기 흩어져 방화와 약탈을 일삼았다. 文帝는 다시 거병해 2개의 방어선을 꾸렸다. 장군 소의蘇意 등을 시켜 구주산과 북지군에 주둔하면서 변방 가까이 1차 저지선을 구축하게 했고, 또 장군 주아부周亞夫 등을 장안 인근 세류細柳 등지에 보내 수도권 방어를 위한 2차 저지선을 쌓게 했다. 황제 본인도 직접 순행을 나가 시찰하고 병사들을 독려했다. 몇 달이 지난 후 漢나라 군대가 변경까지 올라갔으나, 흉노가 북으로 멀리 퇴각한 뒤였으므로 漢나라 군대도 철수했다.

"황상, 흉노가 수시로 변경을 침입하는 것은 우리 국경에 백성들이 살지 않아 경계가 소홀한 탓입니다. 변경 가까이 백성들을 대거 이주시켜 살게 하고 직접 농사를 짓도록 도와준다면, 유사시 그들을 동원할 수 있으니 지금보다 국경을 훨씬 튼튼하게 유지할 수 있을 것입니다."

이는 개혁가 조착晁錯이 줄곧 주창해 오던 내용이었다. 문제는 그의 건의를 받아들여 흉노의 일부와 죄수들, 평민들을 변경 이남으로 대거 이주시켰다. 이들을 15편제로 구분, 조직해 평상시에도 훈련을 시켜 유사시 전쟁에 대처하게 하고, 주둔병들이 직접 농사를 지을 수 있도록 국경 지대를 개발해 자급자족할 수 있도록 조치했다. 이것이 후일 〈둔전屯田〉의 효시가 되었다고 한다.

이와 함께 전투에 필요한 말을 사육하기 위해 서북 변경지대에 36개의 대규모 말 사육장을 조성하고, 노비 3만 명을 동원해 전투용 말을 키우게 했다. 그 밖에도 말을 기르는 일반 개인에 대해서도 말 한 필당 요역을 면제시켜 주는 복졸復卒을 3인까지 허용할 정도로 말 사육을 적극적으로 장려했다. 흉노와의 전쟁에 대비한 이런 조치는 당장 흉노의 침입을 예방하는 효과는 물론, 훗날 무제武帝에 이르러 흉노와의 본격적인 전쟁을 가능하게 해 준 전략적 자산이 되었다.

검소하기로 유명했던 文帝는 재위 24년간, 궁실이나 정원을 짓지 못하게 했으며, 궁 안에서 쓰는 가구에서 심지어 개나 말, 옷가지 하나도 늘리지 않았다. 또 백성들이 불편해하는 것이라면 즉시 취소하게 하여 백성들의 편익을 증대시키려 애썼다. 황제는 늘 거친 견직으로 된 옷을 입었고, 총애했던 부인들까지 땅에 끌리는 옷을 입지 못하게 했으며, 침대나 방 안에 치는 휘장에도 수를 놓지 못하게 하는 등 스스로 모범이 되었다고 한다.

자신의 능묘 역시 금, 은과 같이 값비싼 금속을 사용하지 않는 대신 토기만을 사용했다고 하며, 무덤의 담조차 높이 쌓지 못하게 해 황실의 재정을 아끼고, 백성들을 고단하게 하지 않으려 배려했다. 문제가 통치하는 동안 대규모 전쟁이 없어 호구가 늘었고, 나라의 살림이 튼실해져 백성들의 안녕이 오래 지속되었으니, 그가 솔선하여 보여 준 통치의 미덕이야말로 후대에 길이 남는 칭송의 대상이 되었다. 훈족의 침입 1년 만인 BC 157년 여름, 문제가 미앙궁에서 죽었는데 46세의 나이였다. 사람들이 말했다.

"공功은 漢고조보다 더 클 수 없고, 덕德은 한문제漢文帝보다 높을 수 없도다!"


문제의 뒤를 이어 두竇태후의 아들 태자 유계劉啓가 6代 황제에 즉위하니 곧 경제景帝였다. 경제 역시 부친 문제의 유지를 받들어 온후한 정치를 펼쳤다. 또 조착의 건의를 적극 받아들여 농업을 장려하는 한편, 지방 제후들의 땅을 줄여 힘을 빼게 하는 삭지削地정책 등 개혁에 주력했고, 많은 법령을 개정했다.

북방의 薰을 다룸에 있어서도 황제 즉위 이듬해 어사대부 도청陶靑을 보내 代郡 아래에서 훈족과 화친을 맺게 함으로써, 선대로부터의 평화 기조를 이어 가려 했다. BC 152년에는 군신선우에게 새로이 공주를 출가시키기도 했다. 그런데 이듬해 9월이 되니 느닷없이 흉노부락에서 6명이 漢나라로 투항해 오는 사건이 벌어졌다. 놀랍게도 이 가운데는 유방의 벗으로 흉노에 귀부했던 燕왕 노관의 손자 노타지盧他之가 포함되어 있었다. 그가 기회를 엿보다 漢나라로 돌아오면서 다른 이들도 따라온 것이었다. 경제가 크게 기뻐하면서 이들 모두를 열후에 봉하려 했으나, 승상 주아부 등 대신들이 반대하고 나섰다.

"그의 조상은 한나라를 배신하고 흉노로 투항했던 자이온데, 이제 다시 그의 손자가 흉노를 배반하고 한나라로 오겠다고 해서 제후에 봉한다면, 앞으로 폐하께 충성하지 않는 자들을 어찌 나무랄 수 있겠습니까?"

"승상의 말씀은 받아들이기 어렵소!"

경제는 단호하게 대신들의 건의를 묵살하고, 기어코 귀순 흉노인 전원을 열후에 봉하고 우대했다. 공과를 따지기 전에 나라를 다스리는 제왕으로서 이웃 나라 백성들의 귀순은 통치행위의 정당성과 체제의 우월성을 가장 잘 드러내는 증거와도 같은 것이었다.

경제의 입장에서는 사소한 시시비비를 가리기보다는, 노타지 일행의 귀순 사건을 통해 자신이 다스리는 漢나라의 우월성을 천하에 널리 알리고 싶었던 것이다. 대쪽 같던 주아부는 〈오초칠국吳楚七國의 난〉을 평정한 공신으로 경제가 아끼던 신하였으나, 이를 핑계로 사직하고 결국 경제와 멀어지고 말았다. 나라와 군왕이 하나가 아니듯, 신하와 제왕의 관점이 달라 빚어진 일이었다.

그 일이 있고 난 후 3년 뒤인 BC 148년 2월, 군신선우가 기어코 화친을 깨고 燕나라 지역을 침범해 왔다. 경제가 단단하게 방어에 나서자 곧 물러갔는데, 다시 4년 뒤인 BC 144년, 훈족이 2차로 漢나라 변경을 침공했다. 이때는 안문으로 들어와 운중군을 공격했는데, 특히 상군에 침입해서 마원馬菀의 말을 탈취해 가는 바람에 이곳을 관리하던 2천여 병사들이 전사하기도 했다. 문제 때 조성했던 36개의 마원에서 꾸준히 말을 사육한 결과 경제 때는 30여만 마리로 크게 늘어났는데, 이때쯤은 그 마원과 말들이 흉노의 목표가 되어 있었던 것이다.

어쨌든 16년 경제의 통치 기간에 커다란 전쟁이나 자연재해가 없어 백성들의 삶이 더없이 풍족해졌다. 도읍이나 시골을 막론하고 백성들의 창고가 곡식으로 가득 차고, 창고에 재화가 넘쳤다. 수도 장안長安에는 금속 화폐인 전錢이 어마어마하게 쌓였고, 그 상태로 오랫동안 돈이 쓰이지 않아 전을 꿰는 끈이 낡아 헤질 정도였다. 징세한 양곡을 쌓아 두는 창고인 태창太倉에도 곡식이 넘쳐나 창고 밖에다 쌓아 둘 정도였고, 그러다 잘못 썩어나서 먹지 못하는 경우도 다반사였다.

평민들이 사는 크고 작은 골목에도 말들이 있어 피해 다녀야 했고, 농사짓는 밭에도 말들이 무리를 짓기 일쑤였다. 여염집에 살아도 기름진 고기를 먹고, 관리들은 특별히 하는 일이 없어 자손만 키웠다고 했다. 반면에 풍요가 지속되다 보니 법망이 느슨해져 지방의 토호들이 무단武斷으로 일을 처리하는 사례가 늘었다. 종실宗室에 토지가 있고, 사치가 심해지면서 공公·경卿·대부大夫 이하의 관리들까지도 서로 사치하기를 다투듯 했으며, 집·수레·복장 모두 윗사람을 넘어서 한계가 없게 되었다. 봄날의 달콤한 꿈처럼, 문제와 경제 치하의 약 40년간 漢나라 백성들이 누렸던 평화롭고 풍요로웠던 이 시기를 〈문경지치文景之治〉라 하여 두고두고 칭송했다.


BC 141년, 경제가 48세로 죽자, 그의 뒤를 이어 열여섯 어린 나이의 태자 유철劉徹이 7代 황제에 즉위했으니 곧 한무제漢武帝였다. 유철은 유독 자손이 많았던 경제의 11번째 아들로, 태자에 책봉되기까지 이복형제들과 치열한 경쟁을 치러야 했다. 유철의 외할머니 장아臧兒는 고조 유방에 대항해 난을 일으켰다가 기시형棄市刑을 당한 燕왕 장도臧荼의 손녀였다. 그녀는 공후 왕중王中과 결혼해 아들과 두 딸을 낳았는데, 그 후 남편이 죽자 다시 전田씨에게 재가해 두 아들을 낳았다. 왕중과의 사이에서 낳은 큰딸 왕지는 김왕손에게 시집을 보냈다. 하루는 장아가 점을 보니 점쟁이가 뜻밖의 얘기를 했다.

"두 딸이 모두 귀하신 분들이 될 것이오!"

그 소리에 장아는 시집가서 이미 딸까지 둔 큰딸(왕지)을 김왕손과 이혼시키려 들었다. 그녀는 사위 김왕손의 반대를 무릅쓰고 왕지를 강제로 데려와, 당시 태자인 유계의 궁에 시녀로 들여보냈다. 왕지는 곧 태자의 마음을 사로잡아 아들 유철을 낳았다. 유계가 황제에 올라 경제가 되었고, 그는 장남 유영劉榮을 태자로 삼았는데, 유영은 경제가 총애하던 율희栗姬의 아들이었다. 한편 경제에게는 친누이인 관도 장長공주인 유표劉嫖가 있었다. 장공주는 남편 진오陳午와의 사이에 진아교陣阿嬌라는 딸을 두었는데, 조카인 태자 유영과 혼인을 시키고 싶어 그 생모인 율희에게 청을 넣었다. 율희가 펄쩍 뛰었다.

"무어라? 장공주가 그 딸을 우리 태자와 맺어 주고 싶어 한다고? 참으로 기가 막혀서……. 폐하에게 툭하면 계집들을 소개해 준 사람이 누군데, 나 원 참……"

경제의 애첩들에 질투가 심했던 율희는 욱하는 마음에 화를 내면서 장공주의 청을 거절해 버렸다. 율희에게 무안을 당한 장공주는 분노에 치를 떨면서 속으로 앙심을 품고 별렀다.

'흥, 율희 네까짓 게 감히 내 제안을 뿌리쳤겠다. 황제의 자식이 네 자식뿐이더냐? 어디 두고 보자……'

장공주는 즉시 경제의 또 다른 후궁인 王부인(왕지)과 그의 아들 유철에 관심을 돌리고, 왕부인에게 자식들을 혼인시키자고 제안했다. 장공주는 경제의 친누이에다 그 뒤에 있던 황태후(경제의 모친 두태후)의 딸이 아니던가? 장공주의 힘을 누구보다 잘 알고 있던 王부인은 반색하며 공주의 제안을 얼른 받아들였다. 유철을 사위로 맞이한 장공주는 모후인 황태후와 동생 경제 앞에서 노골적으로 율희를 헐뜯기 시작했다. 그리고는 이내 왕부인과 자신의 사위 유철을 아낌없이 칭송했다.

"황상, 사실 왕부인이 율희보다 마음 씀씀이가 곱고, 더 아름답지 않습니까? 그 소생 유철도 여간 똑똑한 아이가 아니랍니다……"

점차 율희에 싫증이 나기 시작한 경제는 결국 그녀를 멀리하게 되었다.

그런 우여곡절 끝에 경제는 마침내 율희의 아들인 율栗태자를 폐위시켜 버렸고, 경제의 가혹한 처사에 치를 떨던 율희는 화병에 걸려 더럭 죽고 말았다. BC 151년의 일이었다. 경제는 황제 즉위 시에 서절로 황후가 되었던 박부인을 폐위시켰기에, 황후의 자리 또한 오래 비워 둔 상태였다. 그 무렵에 경제가 그 자리에 왕부인을 올려 주었고, 곧이어 7살 된 王황후의 소생 교동왕膠東王 유철劉徹을 태자로 삼게 했다. 모든 것이 장공주의 뜻대로 이루어진 셈이었다.

돌아보면, 무제 유철은 고조 유방의 증손이자, 유방을 배신했다가 시신이 토막 난 채 길거리에 버려졌던 연왕 장도臧荼의 외고손이었다. 이렇듯 한때는 원수였던 사람들의 후손들이 후대에 맺어져 같은 자손으로 다시 합쳐진 셈이니, 지엄한 역사의 무게와 오묘한 인연의 이치를 느끼게 하는 사건이었다.


漢나라 건국 이래 문제, 경제에 이르기까지 60여 년간 漢황실을 지배했던 사상은 〈황로사상〉이었다. 황로黃老란, 황제黃帝와 노자老子를 줄인 말로 특히 정치나 군사에 있어 노자의 사상이 널리 적용됨을 의미하는 것이었다. 자연의 섭리에 순응하는 하늘의 도道를 따르고, 중앙집권보다는 분권과 다원주의를 우선시했다. 秦에 이어 漢나라가 중원을 통일하는 과정에 있어 수많은 전쟁을 겪으며 민생이 피폐해진 데다, 특히 秦의 가혹한 법치와 공역에 시달리던 백성들을 위해 무위無爲의 정신이 더욱 강조되었다.

조정에서 백성들을 되도록 간섭하지 않고 자유롭게 해 주자는 것을
천명한 것이었다. 물론 문제나 경제도 현실정치 철학인 유학儒學에 관심
을 보였고, 경제 시절 중앙집권에 반발한 지방정권이 〈오초칠국의 난〉
을 일으키기도 했다. 그럼에도 불구하고 황실에서는 여전히 황로사상
이 대세를 이루었다. 이러한 배경 아래 가급적 흉노와의 전면 충돌을 피
하면서 〈문경의 치治〉가 가능했던 것이다.

그렇게 무제가 등극하긴 했지만, 아직 나이가 어리다 보니 할머니인
태황태후 두태후의 영향력이 지대해졌다. 젊은 무제는 즉위 이듬해에
대신들에게 나라를 다스리는 데 필요한 치도治道의 대책을 내놓게 했다.
백여 명 대신들의 제안 중에서 《춘추春秋》에 밝은 동중서董仲舒의 현량賢
良대책이 채택되었고, 그의 건의로 전국의 郡國에서 효심이 강하고 청
렴한 효렴孝廉 각 1인씩을 천거하게 했다.

무제는 신불해나 한비자, 소진, 장의 등의 가르침인 법가法家 이론을
공부한 자들을 모두 파직하는 대신, 조관, 왕장과 같이 유학에 능통한
자를 중용해 자주 토론했다. 법질서 자체를 제일로 치고 법을 군주의 위
에 놓으려는 법가보다는, 충효와 예의, 신분 질서를 강조하는 유교 철학
이 황제의 통치 철학에 더욱 적합했기 때문이었다. 漢나라 이후 유교 철
학은 발전을 거듭해 아시아권 전체의 지배 이데올로기로 확고하게 자리
잡게 되었다.

BC 140년, 무제는 최초로 건원建元이라는 〈연호年號〉를 사용했다. 황
로사상을 신봉하고 유교 자체를 유술儒術이라 폄훼하며 탐탁지 않게 여
기던 태황태후 두씨가 마침내 일어섰다.

"도대체 요즘 새로 짓는 명당明堂이 무얼 하는 곳이라 궐 안이 저토록

요란스럽단 말이더냐?"

"태왕태후마마, 황제께서 국정을 펼치는 곳으로, 앞으로 제후들을 입조케 한다 들었습니다. 어사대부 조관과 낭중령 왕장이 주축이 되어 건의했다 합니다."

시중을 드는 궁녀들이 들은 대로 답하자 두태후가 펄쩍 뛰었다.

"그들은 폐하께서 등용한 유학자들이 아니더냐? 이자들이 젊고 호기심 많은 폐하를 논리 정연한 유술儒術로써 현혹시키는 것 같으니 내 더는 좌시할 수 없도다!"

두태후가 조관과 왕장을 무고하고는 직접 무제를 찾아 꾸짖었다.

"황상, 진시황은 말과 논리, 이상만 앞세우던 유자儒子들을 쓸모없다 내치고 구덩이에 파묻어 버렸습니다. 그 대신 무자비하기 그지없는 법가 출신들을 중용하다, 백성들의 민심을 잃는 바람에 결국 후대에 나라가 망하게 되었지요. 시조이신 고제高帝(유방)께옵서 이 사실을 교훈 삼고 마음에 담아, 그 둘 모두와 거리를 두고자 하셨음은 바로 백성들의 안위를 더욱 중히 여기셨기 때문이 아닙니까?"

"……."

무제가 쩔쩔매며 늙은 할머니의 눈치를 보기 바빴다.

"선대 황제인 문제, 경제폐하 모두 고제의 뜻을 따르신 이유도 같은 연유가 아니겠습니까? 하온데, 작금에 황상께서는 어찌해서 저 말 많은 유자들을 가까이 하시고 명당이네 뭐네 하면서 조정을 혼란스럽게 하시는 겝니까? 영명하기 그지없는 우리 황상을 현혹하는 유자들을 당장 내치시고, 중심을 잡으셔야 합니다, 황상!"

"네, 태황태후마마. 소손, 그리하겠습니다. 부디 노여움을 푸옵소서!"

조모의 뜻을 꺾을 수 없었던 무제도 어쩔 수 없이 명당을 짓는 일을 중지시키고, 조관과 왕장을 형리에게 넘겼다. 두 사람은 과연 유학자답게 자살로 응했고, 이를 방치하고 조장했다는 이유로 승상 두영과 태위 전분도 파직되었다. 젊은 무제는 즉위 2년 후가 되어서야 두태후로부터 벗어나 친정을 시작했으나, 그 후로도 유학을 경계하는 분위기는 BC 135년 두태후가 죽을 때까지 이어졌다. 그즈음에는 漢나라 개국공신들이 거의 죽고 사라진 뒤라 두태후의 사망은 바야흐로 무제의 본격적인 통치 시대를 알리는 신호이기도 했다.

그해에 북방의 薰이 漢나라 조정으로 사신을 보내 화친할 것을 제안했다. 이는 BC 148년, 경제 때 군신선우의 침략으로 화친이 깨진 뒤 실로 10여 년만의 일이었다. 조정에서 흉노와의 화친을 주제로 새삼 격렬한 논쟁이 벌어졌다. 대행代行 왕회王恢는 燕나라 출신인 데다 자주 변방의 관리로 일해 온 터라 흉노의 사정을 잘 알았다. 그는 강경론을 폈다.

"황상, 흉노는 본디 약속을 잘 지키지 않는 족속입니다. 화친의 맹약을 맺고도 매번 이를 어기고 침입해 오지 않았습니까? 화친은 그저 몇 년의 안녕을 의미할 뿐입니다. 문제께옵서 마원馬園을 저리 늘려 놓으신 덕에 이제 우리도 30만 필의 말을 갖게 되었고, 재정도 충분하니, 이번에야말로 거병하셔서 저들을 물리치는 것이 옳다고 사료됩니다!"

이에 반해 어사대부 한안국韓安國은 화친을 주장했다.

"천 리 바깥에서 싸우는 것이 軍에 결코 이로울 리 없습니다. 흉노의 병사는 물론 그들의 말 모두 강인하기 그지없습니다. 이러한 그들이기에 새 떼처럼 흩어졌다 모였다 하며, 이리저리 옮겨 다니는 통에 그들을 따라잡고 제압하기가 결코 쉽지 않은 것입니다. 설령 우리가 그들의 땅을 손에 넣는다 해도 땅을 넓혔다 할 수 없고, 그 백성을 거느린다 해도 국력을 강화하는 데 보탬이 되지 않을 것입니다. 상고 때부터 그들을 한나라에 예속시켜 천자의 백성으로 삼지 않았던 이유가 바로 이 때문입니다.”

많은 대신들이 고개를 끄덕이자, 한안국이 계속 말을 이었다.

“한나라 군대가 수천 리 밖에서 그들과 전쟁을 하려 들면 병사들과 말이 지치기 십상이고, 그 틈을 타 흉노병이 우리를 제압하려 들 것입니다. 강력한 쇠뇌일지라도 결국은 노魯나라의 비단조차 뚫을 수 없게 될 것이고, 회오리바람이라 하더라도 마지막엔 기러기 털 하나 날리지 못하게 될 것입니다. 처음부터 강력하지 못한 것이기에 끝에 가서는 힘이 쇠해지기 때문입니다. 흉노를 치는 것은 결코 불리한 일이니, 화친을 택하는 것이 더 나은 선택입니다.”

조정 대신들 대부분이 한안국의 의견에 찬성하는 이가 많아 무제도 화친을 허락하긴 했다. 화친에 동의한 이래 漢나라는 선우 이하 흉노를 후하게 대우했으며, 관시官市를 통한 교역은 물론 물자도 넉넉하게 보내 주었다. 그렇게 양측이 모두 서로 친해져 훈족들이 장성長城 부근까지 스스럼없이 왕래하기에 이르렀다. 그러나 젊고 패기 넘치는 무제는 마음속에 다른 생각을 품고 있었다.


薰과 화친을 맺은 뒤 두 해가 지난 BC 133년 어느 날, 무제는 은밀하게 대표적 강경론자인 대행 왕회를 불러 슬쩍 떠보았다.

“요즘 북쪽 변경의 상황이 어떻다 들었소?”

“네, 황상! 요즘 변경에는 흉노가 우리 漢人들과 친하게 믿고 지내다 보니 전에 없이 왕래나 교역이 제법 활발하다고 합니다.”

“대행도 진정 우리가 흉노와 화친을 지속하는 것이 옳다고 여기시오?”

갑작스레 무제의 질문이 훅 들어오자, 왕회가 무제의 얼굴을 슬쩍 올려다보고는 이내 두 눈을 부릅뜨며 말했다.

“황상, 흉노는 이대로 방치해서는 아니 될 족속입니다. 그간 무지막

지한 저들의 요구를 모두 들어주고 화친을 유지해 왔지만, 이는 평화를 돈으로 산 것과 다르지 않습니다. 다행히 우리도 저들의 강력한 기병에 맞서기 위해 선대 때부터 오랜 준비를 해 오지 않았습니까? 기병에 쓸 군마를 대량으로 길러 놓았고, 또 저들에 맞먹는 기병 전술을 갖추고자 흉노 출신들을 교관으로 삼아 병사들을 훈련해 왔습니다. 무엇보다 수시로 흉적에 시달리는 변방의 백성들이 조정에서 그들을 영원히 격퇴시켜 줄 것을 간절히 원하고 있습니다."

"대행의 말이 맞소만, 도대체 조정 안이 흉노를 무서워하는 대신들로만 가득 차 있으니, 나 원 참……"

"황상, 위대한 大漢이 언제까지 저 무지몽매한 흉노의 간섭을 받아주어야 하는 것입니까? 고제高帝(유방) 이래 흉노를 받아준 시간이 어언 60여 년입니다. 물자도, 군마도 그 어느 때보다 충분한 지금이야말로 부끄러운 역사의 고리를 끊어낼 때가 온 것이 아니겠습니까? 하늘이 내려주신 영명하신 폐하께옵서 부디 떨치고 분연히 일어나실 것을 거듭 주청드립니다. 통촉하옵소서!"

스물넷의 젊은 황제는 속에서 피가 끓어오르는 것을 느꼈을 것이다.

"짐은 고제께서 당하신 〈평성의 치恥〉와, 고후께서 감내하신 치욕을 잊은 적이 없소. 흉노가 제아무리 강력하다 한들 한나라 일개 군의 인구에도 미치지 못한다 했거늘 조정 대신들은 대체 무슨 생각을 하는지 참, 쯧쯧……"

무제가 한심하다는 듯 혀를 찼다.

"황공하옵니다. 소신이 방법을 찾아보겠습니다……"


무제武帝로부터 새삼 젊음과 패기를 느끼면서 궁에서 나온 왕회는 무제의 생각이 자기의 그것과 다르지 않음을 확인하고는 바야흐로 이제 새로운 시대가 도래했음을 직감했다. 그 길을 개척하는 기회를 황제가 자신에게 부여한 셈이라 생각하니 무거운 책임감이 엄습하는 것이었다.

왕회는 그길로 자기가 잘 아는 변방의 호족 섭일聶壹을 찾았다. 그는 안문雁門郡 마읍馬邑縣에 사는 노인으로, 흉노와의 교역으로 제법 돈을 번 사람이지만, 일찍부터 흉노의 기습과 약탈에 넌더리를 내던 사람이었다. 따라서 전쟁을 치르는 한이 있더라도 나라에서 근원적으로 흉노를 막아 주기를 바라는 강경파였다. 왕회는 섭일에게 조정의 분위기와 함께 젊은 황제가 기회를 보아 흉노를 격퇴하려 한다는 사실을 전하면서, 누군가의 협조가 절실하다고 사정을 말했다.

"요즘 흉노와의 교류가 활발해져, 양측 모두 경계를 풀고 느슨하게 지낸다고 들었소. 이런 때 누군가 흉노 왕정에 들어가 한나라의 경계가 소홀한 이때야말로 성을 탈취할 절호의 기회라 말하고, 미끼를 던져 흉노선우를 마읍성 안으로 유인해 낼 수 있다면 큰일을 도모할 수도 있을 텐데 말이오……"

그러자 잠시 생각에 빠져 있던 섭일이 왕회의 의도를 재차 확인하고 나섰다.

"거짓 항복으로 흉노선우를 유인해 내라 그런 말씀이겠지요?"

왕회가 대답 대신 고개를 끄덕이자, 섭일이 작심한 듯 말했다.

"흉노를 막기 위해 드디어 나라가 나선다는데 당연히 일을 도와야겠지요. 아시다시피 소인이 흉노와 장사를 하는 사람이니 그런 일이라면 소인보다 더 잘해 낼 사람이 어디 있겠습니까?"

왕회가 기다렸다는 듯이 말을 이었다.

"실은, 섭옹께서 그 일을 맡아 주시길 기대하고 있었소. 그리만 해 주시면 내가 황제 폐하께 이 일을 정식으로 보고할 생각이오만, 계획만 잘 짜면 성공하지 말란 법도 없을 것이오. 그리고 이는 진정 나라와 황제 폐하를 위한 일이니, 절대 기밀을 유지하셔야 하오. 성공한다면 큰 영광과 보상이 따를 것이오!"

"네, 대행어른. 여부가 있겠습니까? 그저 어른께서 지시하시는 대로 따를 것입니다!"

섭일을 포섭하는 데 성공한 왕회는 은밀히 다시 무제를 찾아 흉노를 칠 방안이 있다며 계책을 보고했다.

"마읍성의 매복작전이라……. 괜찮은 전략 같소만, 노련한 선우가 과연 그리 쉽사리 끌려올지 모르겠소."

무제가 다소 회의적으로 답하니, 왕회가 황제에게 가까이 다가선 채 확신에 찬 목소리로 더욱 구체적인 계획을 설명했다. 왕회의 계책을 다 듣고 나자 무제의 얼굴에 비로소 엷은 미소가 떠올랐다.

"만일 이 매복작전이 성공한다면 고제께서 백등산에서 당했던 치욕 그대로를 흉노에 되돌려 주는 셈이 아니겠는가?"

이런 생각을 하니 무제는 심장이 뛰고 머리털이 곤두서는 짜릿함마저 느껴졌다. 설령 일이 잘못되어 전면전으로 간다손 치더라도, 이제야말로 흉노와 진검승부를 가릴 때가 되었다고 믿고 싶었다. 그리하여 무제는 흉노선우 포획을 위해 왕회가 기획한 〈마읍작전〉을 비밀리에 추진할 것을 지시했다.

이윽고 봄이 되자, 무제가 기다렸다는 듯이 조서를 내려 대신들의 뜻을 물었다.

"알다시피 선대 때부터 황실의 여인을 공주로 꾸며 흉노선우에게 배필로 삼게 하고, 금은보화와 비단 등 온갖 선물을 끊임없이 보내 주었다. 그럼에도 선우는 더욱 오만해져 변방에 대한 침략과 도발을 그치지 않으니, 그 피해를 본 백성들만 가여울 뿐이다. 이제 짐이 군사를 일으켜 흉노를 공격하려 하는데 경들의 생각은 어떠한가?"

그러자 미리 입을 맞춘 대로 대행 왕회가 앞에 나서서 전쟁의 불가피성을 적극 주창하니, 이번에는 감히 그 어떤 대신들도 반대하지 못했다.

그사이 섭일은 적당한 때에 변경을 넘어 훈족에 투항하고는, 법을 어긴 것이 들통 나서 망명한 것처럼 꾸몄다. 그리고는 할 말이 있다며 선우를 만나게 해 달라 요청했고, 결국에는 뇌물을 써서 용케 흉노의 왕정으로 안내되었다. 섭일이 군신선우의 앞에 무릎 꿇고 말했다.

"대선우, 아시다시피 한나라는 지금 화친 분위기에 젖어 변방의 경계가 완전히 풀려 있는 상태입니다. 이런 때야말로 한나라 성을 차지할 절호의 기회라 생각됩니다만, 소인에게 생각해 둔 방안이 하나 있어 이렇게 알현을 청했습니다."

군신선우가 수염을 쓰다듬으며 흥미롭다는 표정을 짓자 섭일이 말을 이었다.

"우선 소인이 마읍으로 다시 돌아간 다음, 틈을 보아 현령 등 관리들을 죽이고 재물을 탈취해 놓겠습니다. 이에 맞춰 대선우의 군사들이 성 안으로 입성한다면 쉽사리 마읍을 취할 수 있을 것입니다!"

"그대가 관리들을 죽였다는 것을 어찌 믿을 수 있겠는가?"

군신선우의 곁에 있던 장수 한 명이 의심스러운 눈빛으로 물었다.

"소인이 관리들의 목을 베는 대로 신속하게 그들의 목을 성안에 매달아 놓을 작정이니, 그를 증표로 삼으시면 될 것이옵니다."

그러자 군신선우의 입가에 미소가 일었다. 선우는 그때 즉위 후 25년이 넘게 훈족을 통치한 노련한 군주였다. 서둘러 섭일의 뒤를 캐 보니 과연 漢나라 법을 어기고 대량의 물자를 수시로 薰으로 반출한 사실이 확인되었다. 선우는 섭일의 말을 믿고 대군을 동원해 출정하기로 했다.

그해 여름, 마을으로 돌아온 섭일은 즉시 선우와의 약속을 왕회에게 알리고 매복을 서두를 것을 주문했다. 소식을 기다리던 무제는 미리 준비해 둔 마차와 말, 관병 30여만을 즉시 동원했다. 또 사전에 계획해 둔 대로 전군全軍을 총 5로군으로 편성하고, 주화파主和派였던 어사대부 한안국을 호군장군으로 삼아 총지휘를 맡게 했다. 이어 위위 이광李廣을 효기장군, 태복 공손하公孫賀를 경거장군, 태중대부 이식李息을 재관장군, 대행 왕회王灰를 장둔장군으로 하고 제각각 부대를 통솔하도록 했다. 한안국과 이광, 공손하의 3군은 마을 인근 구주산 속에 매복하기로 하고, 왕회와 이식의 2군은 代에 매복해 흉노의 보급물자를 끊고 추격하는 임무를 맡기로 했다.

한편, 변경의 마을에서는 그사이 선우의 출정 사실을 확인한 섭일이 마을 현령의 도움을 받아 죄수들을 사서 그 목을 벤 다음, 성안에 매달아 놓았다. 이어 그 사실을 선우에게 알릴 사람을 보내고는, 흉노를 유인하기 위해 사람들을 시켜 소나 양, 말들을 들판에 잔뜩 풀어놓게 해, 마치 성안에 변고가 생겨 사람들이 달아나 성을 비운 것처럼 꾸며 놓았다.

섭일과의 약속대로 과연 군신선우는 손수 10만이나 되는 기병을 이끌고 무주武州 방면으로 들어왔다. 흉노군이 漢나라 국경을 넘어 마을에서 백 리쯤 떨어진 곳에 도착하니 들판 가득 가축들이 흩어져 있기는 한데, 정작 가축을 기르는 사람들의 모습이 눈에 띄지 않아 이상하게 생각되었다.

"대선우, 어딘가 이상합니다. 주변에 가축들을 지키는 주인이나 목동들이 있는 게 정상일 텐데요……"

섭일의 의도와는 달리 흉노 장수들이 이 상황을 의심해, 일단 더 이상의 전진을 멈추게 했다. 그리고는 우선 가까이 있는 마을의 정장亭障

(지구대)을 공격하게 했다. 마침 안문군의 위사尉史가 순시 도중 흉노군이 쳐들어오는 것을 발견했다. 그는 흉노의 엄청난 군세에 놀라 미처 달아나지 못한 채 정장을 지키다가 흉노군의 공격에 포로가 되었다. 흉노병들이 그를 죽이려 들자, 위사가 목숨을 구걸하며 말했다.

"제발, 목숨만 살려 주십쇼. 제게 중요한 정보가 있습니다!"

"그게 무엇이냐? 이실직고하렷다!"

병사들이 다그치자 위사가 漢군의 모든 작전을 실토하고 말았다.

"시금 漢나라 수십 만 내군이 마읍 인근에 매복해 있습니다
......"

순간 선우가 깜빡 속은 것을 알고는 경악했다.

"무엇이라? 어이쿠, 하마터면 그 섭일이라는 늙은이한테 크게 걸려들뻔했구나, 오오! 하늘이 우리를 구하고자 위사 저자를 보내준 것이로다. 저자야말로 천왕天王이로구나!"

군신선우는 급히 병력을 물려 북으로 퇴각할 것을 명했다.

그때 갑자기 흉노군이 뒤로 물러나는 것을 보고, 漢군이 서둘러 그 뒤를 쫓았으나 이미 늦은 뒤라서, 소용이 없었다. 代 방면에서 흉노를 추격하려고 대기하던 왕회의 3만 군대도 철수하는 흉노군의 병력이 너무 많다는 정보를 듣고 감히 나서질 못했다. 그야말로 그물 안에 거의 다 들어온 것이나 다름없던 흉노군이 눈치를 채고 서둘러 퇴각하는 모습을, 두 눈을 멀쩡히 뜨고 바라만 봐야 했던 것이다. 무려 30만의 대군을 총동원해 야심 차게 준비했던 〈마읍작전〉은 이렇게 아무런 소득도 없이 미수로 끝나면서 젊은 황제의 권위를 크게 실추시켰다. 그러나 이 사건은 무제 치하에서 장장 40년에 걸친 흉노와의 전면전을 알리는 신호탄이었다.

기대가 컸던 만큼 무제의 실망과 분노는 극에 달했다. 누군가 나서서 대규모 작전의 실패에 대한 책임을 져야 했고, 결국 전략을 주도적으로 수립하고 추진했던 왕회가 희생양이 되어야 했다. 무제는 왕회의 군대가 처음 계획대로 퇴각하는 선우를 치지 않은 것을 추궁했다.

"이번 모든 작전은 진정 애당초부터 그대가 짠 것이었다. 다른 사람은 몰라도 어찌하여 장둔장군 그대는 처음 약속한 대로 군대를 움직이지 않았는가?"

"황상, 비록 그들이 퇴각하는 군대라지만 싸움이 없어 전혀 지치지도 않은 상태였습니다. 그런 선우의 10만 정예병을 신의 3만 병력만으로 치는 일은 도저히 승산이 없다고 판단했습니다. 그로 인해 신이 목이 베일 것도 알고 있었으나, 어찌 됐든 폐하의 3만 병사는 온전하게 보전했습니다. 신을 죽여 주옵소서, 황상!"

무제가 형벌을 관장하는 정위廷尉에게 왕회를 넘겨 심문토록 하니, 두요迎橈(노방)의 죄를 적용해 참해야 한다는 평결이 나왔다. 왕회가 무제의 외숙인 승상 전분田蚡에게 천금을 뇌물로 바치고 구명을 요청하자, 전분은 이복누이인 왕태후에게 이렇게 설득했다.

"왕회가 마읍의 작전을 주도적으로 꾸몄는데 그것이 성공하지 못했다고 그를 죽이면, 이는 흉노의 원수를 대신 갚아 주는 꼴이 아니고 무엇이겠습니까?"

이에 무제가 아침 문안 인사를 왔을 때 태후가 승상의 말을 전하니, 무제가 답했다.

"태후마마, 왕회가 주도한 〈마읍작전〉에 군사 수십만이나 동원했습니다. 왕회가 선우는 고사하더라도, 하다못해 흉노의 보급부대라도 쳤다면 나름의 소득이 없지 않았을 것이고, 최소한 사대부들에게 변명 거리라도 되었을 것입니다."

사실 대규모 병력을 총동원한 매복 작전이었던 만큼, 고도로 정교한 작전수립과 함께 비밀유지에도 각별히 신경 써야 했다. 그런데 작전 그 자체도 엉성했거니와, 일개 위사 한 명의 정보누설로 모든 것이 와르르 무너진 셈이었으니, 결국 왕회는 자결을 택할 수밖에 없었다.

후유증은 漢나라만 겪는 게 아니었다. 흉노의 선우 왕정에서도 잘잘 못을 따지는 시비가 불붙었다. 측근인 우골도후가 나섰다.

"황공하옵니다, 대선우! 실로 큰일 날 뻔했습니다. 제대로 확인도 해 보지 않은 채로 대군을 동원케 했으니, 섭일 그 교활한 늙은이를 대선우 께 데려온 자를 당장 참하셔야 할 것입니다. 아울러 마읍의 정보수집과 상황 분석에 실패한 좌현왕부에도 책임을 물으셔서 다시는 이런 일이 재발하지 않도록 조치하셔야 합니다!"

"의당 그리하거라! 허나 그보다는 젊은 황제 유철이 보통내기가 아니 로구나! 유방 이래 60년이 넘도록 그 어떤 황제도 감히 우리에게 먼저 도전했던 자가 없었거늘, 이십 대 풋내기 황제가 이렇게 대범한 도발을 서슴지 않다니……"

군신선우가 회색 수염을 쓰다듬으며, 시름에 잠긴 듯했다.

"그렇습니다. 유철은 이번 마읍사건을 주도면밀하게 준비해 왔을 것 입니다. 하늘이 위사를 보내 대선우와 나라를 구했기에 망정이지, 있을 수 없는 일이었습니다. 이제부터 변방 경계를 철저히 강화하고, 한나라 의 동정을 더욱 잘 살펴야 할 듯합니다."

"그렇다! 유철의 즉위와 도발이 심상치 않다! 한나라는 지금 오래도 록 전쟁이 없어 재물이 풍부해지고, 30만에 이르는 군마를 길러내 장차 있을 전쟁에 대비해 왔다. 그동안의 화친은 이제 물 건너간 것이나 다름 없다. 그대들 모두 비상한 시국임을 인지하고, 경거망동하지 않도록 하라! 전군에 이를 알리고, 병력과 물자를 재점검해 보충하도록 하라! 또 군사훈련을 강화해 유사시에 철저하게 대비해야 할 것이다!"

"분부대로 하겠나이다, 대선우!"

엄중한 선우의 명령에 대신들이 모두 부복해 뜻을 따르기로 했다.

우려했던 대로 이후 흉노는 화친을 끊고 漢나라 변방을 시도 때도 없이 공격하고 약탈을 자행했다. 그러면서도 한편으론 漢나라의 물건을 좋아해 관시를 통해 통상의 교역을 유지하고자 했다. 흉노는 소금과 철 등의 주요 전략물자를 절대적으로 漢나라에 의존했을 뿐 아니라, 薰의 귀족들이 비단과 같은 漢나라의 사치품을 각별히 좋아했기 때문이었다.

漢나라 역시 관시를 철폐하지 않음은 물론, 유일한 양국 교류의 통로로 활용하기 위해 가능한 흉노의 비위를 맞춰 주었다. 그러나 당대 최강두 제국의 불신과 증오는 더욱 커져만 갔다. 양쪽 모두 상대의 힘을 알기에 대규모 병력을 동원해 선제 도발을 하지 않았을 뿐, 국경선의 긴장감은 더욱 팽팽해진 채 속절없이 세월만 흘러가고 있었다.

# 14. 漢薰의 대격돌

BC 129년 봄, 薰족이 북경 서쪽의 유주 상곡上谷郡을 기습해 漢나라 관리들과 백성들을 죽이고 약탈을 감행했다. 변방의 보고를 받은 무제가 긴급하게 회의를 소집하고는 단호하게 주문했다.

"마읍지전馬邑之戰이 있은 지 벌써 5년의 세월이 흘렀다. 변방 관시의 거래는 변함없이 활발하다는데, 간간이 쳐들어오는 흉노를 막을 길이 없으니 변방에서 겪는 백성들의 고통을 더는 방치할 수 없다. 특단의 대책이 필요하다!"

그리하여 병부에서는 두 번째로 흉노와의 전쟁을 위한 전략을 짜내기에 바빴다. 목표는 흉노와의 거래가 빈번한 북방 변경의 관시官市였다. 관시를 완전하게 장악하고 흉노를 멀리 내쫓은 다음, 향후 흉노와의 교역을 완전히 차단해 버리려는 것이었다. 다시 말해 장차 훈족이 물자 부족에 시달리도록 압박하는, 일종의 경제 봉쇄를 노린 셈이었다. 결국 하투 지역 서쪽 국경선에서 황하가 남쪽으로 꺾어 돌아가는 병주幷州의 운중雲中을 시작으로 동으로 안문雁門, 유주의 대군代郡, 상곡上谷 4곳의 관시를 공격 목표로 삼았다. 국경을 따라 동서로 거의 수평선상에 위치한 이들 거점을 일제히 공격해 들어간다는 전략이었다.


그해 가을이 되자, 漢나라가 오랜 침묵을 깨고 드디어 행동을 개시했다. 공손하, 이광, 공손오公孫敖, 위청衛靑 4인을 4로군四路軍의 장군으로 임명하고, 각각 1만 명의 기병을 주어 동시에 변방을 공격해 들어갔다. 경거輕車장군 공손하는 제일 서쪽에 있는 운중을 나갔으나 흉노군과 맞닥뜨리지 못해 별 소득이 없었다. 다음으로 기騎장군 공손오가 代郡을 나섰다. 그런데 얼마 못 가서 대규모 흉노 기마부대와 마주쳐 오히려 크게 패하고 순식간에 병졸 7천을 잃고 말았다.

효기驍騎장군 이광도 안문을 나섰는데 흉노군이 사전에 파 놓은 함정에 걸려들고 말았다. 적은 수의 흉노병을 쫓는 데 정신이 팔려 평평하기 그지없는 초원 한가운데 파 놓은 함정에 이광의 기병대가 속절없이 빠지고 만 것이었다. 이광 자신도 추격 중에 휘익 하는 소리와 동시에 말과 함께 함정에 빠져 생포 당하고 말았다. 당시 이광李廣은 그야말로 흉노가 가장 무서워하는 역전의 맹장으로 비장군飛將軍이라는 별칭까지 갖고 있었다.

"이 자가 그 유명한 비장군일세, 이렇게 생포해서 잡아가니 선우께서 반드시 큰 상을 내릴 걸세!"

흉노병들이 이광을 밧줄로 엮은 망태기에 넣고 2마리 말 사이에 걸쳐 놓았다. 이광이 망태기 속에서 죽은 척하고 실려 가다가, 살짝 눈을 떠 보니 호송하는 흉노병의 말이 꽤 훌륭한 준마임을 알아보았다. 순간 이광이 망태기 속에서 풀쩍 뛰어올라 말에 타고는 흉노병사를 밀쳐 내고 그의 활까지 빼앗아 달아났다. 이광이 활을 쏴 추격해 오는 흉노병들을 쓰러뜨리며 필사적으로 탈출에 성공해 살아 돌아왔으나, 1만에 달했던 그의 기병대는 거의 전멸하고 난 뒤였다.

마지막으로 거기장군 위청의 부대는 동쪽 가장 멀리 떨어진 상곡을 나가 반대 방향으로 서진해, 훈족 선우의 왕정이 있는 용성龍城 부근까지 흉노를 추격해 들어갔다. 이곳은 하투에서 동북으로 멀리 떨어진 지역이었는데, 흉노가 이미 공손오와 특히 이광의 군대에 집중한 나머지 운 좋게 흉노의 주력군을 피할 수 있었다. 위청의 군대는 오가며 만난 흉노 부락을 덮쳐 고작 흉노기병 7백의 머리를 베고는 철수했다.

결과적으로 무제가 야심 차게 준비한 2차 공격이 漢나라군의 완패로 끝나고 말았다. 그러나 사실 이 전투는 대규모 병력이 총동원된 전면전의 성격이 아닌 일종의 전초전 같은 것이었고, 무제의 입장에선 장군들의 실력을 시험해 보려는 성격도 있었다. 그럼에도 불구하고 이 싸움은 무제 즉위 후 漢과 薰 양쪽의 정규군끼리 제대로 맞붙은 첫 전투라는 의미가 있었다. 그런데 결과는 漢나라 최고의 명장이라는 이광마저 겨우 살아 돌아온 데다, 병력의 절반을 잃는 참담한 실패로 귀결되었다. 무제는 기가 막혀 들고 있던 죽간을 내동댕이치며 불같이 화를 냈다.

"도대체 어디가 잘못이란 말인가? 흉노 주력부대가 어디에 있는 줄도 모르고 그냥 내달리기만 했단 말이냐? 효기장군은 대체 저 꼴이 무엇이 더란 말이냐? 적들은 우리의 동태를 모두 파악하고 누굴 목표로 할 것인 지, 어디서 전투를 벌일지를 명확하게 정해 놓고, 함정까지 파 놓은 채 기다렸다. 그대들은 흉노의 지형적 특성도, 적의 위치 정보도 무엇 하나 제대로 파악하지 못한 채 무조건 앞으로 나가기만 했으니 이 굴욕을 당하는 것이 당연한 게지! 아직도 멀었도다! 대체 누굴 믿고 흉노와 싸울 수 있단 말이냐?"

"황공하옵니다, 황상! 죽여 주옵소서!"

공경 대신들과 제장들이 머리를 들지 못하고 벌벌 떨어야만 했다. 공손오와 이광은 참패를 이유로 참형에 처하게 되었으나, 속죄금을 내고 겨우 풀려나와 평민의 신분으로 전락하는 수모를 겪었다. 전군全軍의 사기를 생각해 위청만은 공이 있다 하여 관내후에 봉했으나, 모양새가 떨어지기는 매한가지였다.

그해 겨울이 되자 흉노는 장안에서 가장 멀리 떨어진 동북의 상곡과 어양漁陽(북경 인근)을 중심으로 자주 침입해 들어왔다. 漢나라 조정에서는 동북 지역의 안정을 위해 위위衛尉 한안국을 아예 어양군에 주둔케 해 흉노를 대비하게 했다. 그는 한때 대표적으로 화친을 주장했던 장수였음에도, 〈마읍지전〉 때 전군을 지휘했고, 이후 훈족과의 전투에서 용맹함을 입증하고 공을 세웠다.

무제 유철에게는 생모 王부인(왕지) 소생의 누나 평양平陽공주가 있었다. 그녀는 조참의 증손인 평양후侯 조수曹壽의 아내였다. 당시 황후는 유철을 태자로 만드는 데 결정적 역할을 했던 대장공주의 딸 진陳황

265

후(아교阿嬌)였다. 그런데 진황후는 어머니의 공을 앞세워 무제의 사랑을 독차지하려 하고, 교만하게 굴었다. 때로는 황제 앞에서도 잘난 척을 하며 황제의 위신을 해치는 일도 마다치 않으니 무제의 애정이 점차 식어만 갔는데, 둘 사이에 아이까지 없어 심각한 상황이 이어지고 있었다.

그러던 차에 무제가 누나인 평양공주의 집에 갔다가 노래 부르는 가기歌妓인 위자부衛子夫를 만나게 되었다. 평양공주가 보니 무제가 위자부에게 첫눈에 반해 눈을 떼지 못하는 것이었다. 젊은 동생의 마음을 헤아린 공주가 슬쩍 떠보았다.

"황상, 위자부라는 아이온데 노래도 잘 부르고, 마음씨도 아주 고운 아이랍니다. 눈을 떼지 못하시는 걸 보니 마음에 드시나 보네요, 호호!"

"아, 그런가요? 누이도 참……"

당황한 무제였지만, 평양공주가 자리를 마련해 준 덕분에 바로 그날 무제는 위자부와 정을 통하고 말았다. 위자부의 부친은 정계鄭季라는 관리였는데, 평양후 조수의 집에서 집사 일을 하다가, 조수의 첩 위온衛媼과 몰래 눈이 맞아 정분이 났다. 정계를 만나기 전 위온은 이미 1남 3녀를 두었는데, 그 셋째 딸이 바로 위자부였고, 정계와의 사이에서 아들 하나를 더 낳게 되었으니 그가 곧 위청衛青, 실은 정청鄭青이었다.

정청의 출신이 이렇게 복잡하다 보니 그는 어려서부터 평양후의 집에서 종처럼 일하면서 자랐다. 그러다가 청년이 되어서야 겨우 아버지 정계의 집으로 들어갔는데, 그의 부친은 정청에게 양羊 치는 일을 시켰다. 생부로부터도 외면당하는 신세다 보니, 정계의 본처 자식들 모두 정청을 종으로 취급하고 배다른 형제로 인정하지 않았다. 대신 수려한 외모를 지닌 정청은 성년이 되자 다시 평양후의 집으로 돌아가 평양공주의 기사騎士로 일하고 있었는데, 그 무렵 무제가 위자부를 가까이한 것이었다.

BC 139년, 결국 무제가 위자부를 궁으로 불러들였는데, 이때 정청도 성을 위衛씨로 바꾸고 배다른 누이를 따라 건장궁建章宮으로 들어가 무명無名으로 일하게 되었다. 위자부의 입궁 소식에 진황후의 질투와 무제에 대한 원망이 극에 달했다. 결국 황후는 자신의 모친이자 무제의 친고모인 대장공주를 툭하면 찾아와 죽네 사네 하면서 하소연하는 일이 많아졌다.

"어머니, 폐하께서 이젠 저를 거들떠보시지도 않는답니다. 사내들 앞에서 노래나 부르던 기생년을 데려다 놓고는 저리도 푹 빠져 계시니……. 더 한심한 건 신분이라도 당당해야죠. 어디서 집도 절도 모르는 아이를, 기가 막혀서……. 흑흑!"

"그러니 더욱 참고 인내하셔야 합니다. 머잖아 폐하께서 그 아이한테 싫증을 내는 날이 반드시 온다니까요! 그때까지 꾹 참고 기다리세요……"

대장공주는 그저 딸을 달래면서도 무제가 누구 덕에 황제에 올랐는지를 잊은 채 친딸을 무시하는 처사에 마냥 서운한 마음이 들었다. 황후가 넋두리를 이어 갔다.

"게다가, 위자부 그것이 배다른 남동생 하날 궁 안에까지 데려와서 호위를 맡겼답니다. 아예 작심한 거죠……. 언젠가는 반드시 내 자리까지 넘볼 거라니까요?"

위씨 남매의 이야기를 접한 대장공주가 그제야 비로소 이들이 장차 황실을 어지럽힐 수도 있겠다 싶은 생각이 들었다. 공주가 즉시 사람을 시켜 위자부의 남동생인 위청을 잡아 가두고 제거하려 했다. 다행히 위청의 친구이자 무제의 시종관이었던 공손오公孫敖가 이 사실을 알고 달려가 위청을 빼내 온 덕에, 위청이 겨우 죽음을 면할 수 있었다.

나중에 이 사실을 알게 된 무제가 안쓰러운 마음에 위청을 불러 건장

궁의 궁감宮監(궁궐사무 담당) 겸 시중侍中(호위무사)으로 삼으니, 종의 신분이었던 위청이 하루아침에 귀족의 신분으로 바뀌는 믿기 어려운 일이 벌어졌다. 이때 위衛씨 형제들이 다 같이 무제로부터 많은 황금을 하사받고 높은 지위에 오르게 되었으니, 위자부에 대한 무제의 사랑이 지극하던 때였다.

그렇게 세월이 흘러 BC 130년이 되자, 누구보다 주관이 강했던 무제가 마침내 진황후를 황후에서 폐하고, 장문궁에 은거하게 하는 초강수를 두었다. 폐위된 진아교는 뒤늦게 황제의 마음을 되돌리려 부단히 애를 썼다. 그녀는 황금 1백 근을 주고 당대 최고의 문장가인 사마상여司馬相如로 하여금 〈장문부長門賦〉를 짓게 해, 황제를 그리는 자신의 심정을 전하려 했다. 그러나 한번 식어 버린 무제의 마음은 결코 돌아오지 않았다.

더구나 2년 뒤에는 위자부가 황제의 총애 속에 임신을 하더니 무사히 아들 유거劉據를 낳았다. 스물아홉, 당시로는 늦은 나이에 아들을 얻은 무제의 기쁨은 더할 나위 없었다. 마침내 BC 128년 봄, 무제가 결단을 내렸다.

"황실에 후사를 선사해 준 위자부를 황후에 봉할 것이다!"

위청이 거기車騎장군에 올라 흉노와의 전쟁에 공을 세우고, 관내후에 봉해진 뒤 1년 후의 일이었다. 젊어서부터 종 취급을 받고 자란 위청은 이제 漢나라 황제의 처남이 되었고, 그 누구도 무시할 수 없는 열후의 반열에 당당히 올라 있었다.

그런데 그해 가을 훈족이 대규모 병력을 3路로 나누고는 장성을 넘어 대거 침입해 들어왔다. 2만의 기병으로 구성된 東로군은 유주의 요서遼西郡에 침입해 요서태수를 죽이고, 漢나라 백성 2천여 명을 포로로 잡아갔다. 훈족의 본대는 유주가 아닌 병주의 안문군으로 침입해 안문

교위를 패퇴시키고, 漢군 천여 명의 목숨을 앗아갔다. 마지막으로 中로 군은 어양으로 진격해 어양태수가 지키던 천여 명의 수비대를 손쉽게 격파했는데, 그때 어양에 주둔해 있던 재관材官장군 한안국마저 포위를 당하고 말았다. 천여 명에 이르는 한안국의 병사들이 거의 전사하기 직전, 뒤늦게 연燕의 구원병들이 어양에 도착하는 바람에 그나마 함락을 면할 수 있었다.

이렇게 순식간에 동북방 변경이 쑥대밭이 되고 위급해지자, 무제는 마읍에 주둔해 있던 병력을 급히 출동시켰다. 거기장군 위청에게 정예 기병 3만으로 서쪽 안문을 지원하게 하고, 장군 이식은 병력을 대代郡에서 이끌고 나와 동북쪽 어양을 지원하게 했다. 위청의 부대는 황급히 안문에 집결해 곧장 흉노와 전투에 들어갔고, 그 결과 흉노병사 수천의 목을 베는 전과를 올렸다. 그렇게 힘겹게 흉노를 격퇴한 끝에 잠시 흉노의 공세가 잦아들었다. 위위 한안국은 재관장군 자격으로 계속해서 어양에 남아 주둔했다.


흉노 정예부대의 대규모 한나라 침공은 1년 전 무제가 전격적으로 薰을 공격한 데 대한 보복의 성격이 짙은 것으로, 잘 짜진 계획에 의해 오랫동안 준비해 온 것이 틀림없었다. 그런데 흉노의 대규모 침공이 있기까지는 비단 그것만이 원인의 다가 아니었다. 당시 친흉노 정권인 동북의 〈위씨조선(낙랑)〉은 위만의 손자인 우거왕右渠王이 다스리고 있었는데, 그는 이웃한 조선의 소국들을 계속 병합하면서 중앙집권을 강화해 왔다.

이 때문에 왕위 세습권한을 잃게 된 주변의 여러 소왕들이 위씨왕조에 심심치 않게 반기를 들곤 했다. 그 무렵 위씨조선의 바로 아래 발해만을 끼고 있던 〈창해국滄海國〉의 남려南閭王은 특히 위씨 우거왕의 독주에 대해 거세게 반발해 왔다.

"기씨왕조를 배반하고 나라를 찬탈한 것도 모자라, 흉노를 등에 업고 위세를 부리는 꼴이라니, 차마 눈뜨고 못 볼 지경이로구나……"

그렇다고 上國을 바로 상대하기에도 역부족이었기에 남려왕의 고심이 커져만 갔다. 그러던 중 그 무렵 남려왕이 漢나라를 끌어들여 우거왕에 저항하는 미증유의 사건이 발생하고 말았다. 뜻밖에도 창해국왕으로부터 군사동맹의 제의가 들어온 것이었는데, 그러자 무제는 기꺼이 이를 받아들였다. 이어서 군사지원을 구실로 그 땅에 재빨리 창해滄海郡을 설치하는 동시에, 북경 인근의 요동遼東으로 통하는 군사도로를 내는 작업에 착수했다. 거대제국 漢나라가 薰의 위성국이나 다름없는〈위씨조선〉의 정치에 간섭하고 위협을 가하는 형국이 되자, 갑작스레 발해만과 요동 지역에 첨예한 긴장 국면이 조성되었다.

1년 전 무제의 공격에 혼쭐이 났던 군신선우는 자신의 나라 薰은 물론, 동맹국인 조선으로까지 위기가 확상되는 상황이 되자, 무제에 강력한 경고를 가할 필요를 느끼고 있었다. 그가 대규모의 기병부대를 동원해 3로군으로 나눈 다음, 요서와 요동, 代의 3개 郡을 동시에 기습 공격해 보복을 가함으로써, 漢軍 진영을 혼란에 빠뜨리는 데 성공했다. 이로써 흉노와 위씨조선, 漢과 창해국이 각각 패를 이루어 대치하는 국면이 조성되고 말았다.

그렇게 갑작스러운 훈족의 공격에 어느 순간부터 양쪽의 정예병끼리 이곳저곳에서 맞붙고, 서로 간에 수천의 인명이 살상되는 피해가 속출했다. 이는 남북으로 대치하던 漢과 薰 두 강대국이 본격적으로 전면전에 돌입했음을 뜻하는 것이었다. 양대 제국의 통치자인 군신軍臣선우와 무제武帝는 이제 서로에 대한 분노와 증오로, 자존심을 건 강 대 강의 대결 속으로 깊이 빠져들고 말았다.

무제는 훈족과의 사활을 건 전쟁에 돌입하면서, 이제야말로 70년 동안 漢나라를 괴롭혀 온 썩은 고리를 확실하게 끊어 내겠노라고 작심하고 있었다. 이를 위해서 이제까지와는 차원이 다른 특단의 전략이 필요하다고 느꼈다. 게다가 흉노와의 전면전이 시작되자, 또 다른 문제가 불거졌다. 하투 지역에서 장안까지는 천 리 길밖에 되지 않아 흉노 본대의 기병대가 하루 이틀이면 도성인 장안까지 도달할 수 있는 치명적 약점을 지니고 있었다. 공격도 중요하지만, 실상 도성의 방어를 더욱 단단히 하는 것이 먼저였던 것이다. 무제가 주변에 이 문제를 제기했다.

"경들은, 우리에게 실제적인 위협이 무엇인가를 좀 더 깊이 생각들 해 보아라. 우리는 사방 수천 리의 광활한 땅을 다스려야 한다. 그런 우리에게 동북쪽 변방의 한 귀퉁이가 무예 그리 중요하단 말이냐?"

이는 곧 흉노의 왼팔이나 다름없는 조선 때문에 동북전선에 신경 쓰다 보면, 장안이 위태로울 수 있다는 경고였다. 무제의 뜻을 간파한 병부에서 고심 끝에 야심 찬 전략을 수립해 보내왔다. 즉 동북 변방에 온통 주력하는 척하면서 흉노의 시선을 빼앗고는, 실제 漢나라 주력부대로는 반대 방향인 서쪽 즉, 흉노의 우측을 공격한다는 작전이었다. 한마디로 성동격서聲東擊西 식의 우회작전인 셈이었다.

이로써 수도에서 멀리 떨어진 동북보다는 황제가 있는 장안의 안전을 제일로 삼고, 이를 위해 음산 아래에 주둔해 있어 언제든 장안까지 치고 내려오기 쉬운 훈족의 우현왕부를 공격의 제일 목표로 삼겠다는 것이었다. 그렇게 우현왕부로 곧장 치고 들어가 결정적 타격을 가한 다음에는, 빠르게 남진해 흉노가 장악하고 있는 하남 지역을 되찾고 흉노를 몰아내겠다는 것, 소위 〈하남河南전투〉가 다음 전쟁의 핵심으로 부상하고 있었다.

그 무렵 동북의 변방을 지키던 한안국이 조정에 상소를 올렸다.

"폐하, 흉노 포로로부터 그들이 멀리 퇴각했다 들었는데, 지금 북방 어양은 모처럼 조용하고 평화롭기 그지없습니다. 이 모두 하늘 같은 황제폐하의 은덕입니다. 하온데, 지금은 겨울철을 앞두고 농작물을 한창 수확해야 하는 농번기이기도 합니다. 따라서 잠시 군대가 주둔하는 것을 멈추고 백성들을 도울 수 있도록 허락해 주옵소서."

이에 조정에서 한안국의 소청을 들어주었다. 그랬더니 한 달여 만인 이듬해 BC 127년 정월, 훈족의 좌현왕이 느닷없이 유주의 상곡과 어양 2郡에 대해 대규모 공격을 감행해 왔다. 예상치 못한 좌현왕의 공격에 부담이 백배가 된 장군 한안국이 겨우 7백 명의 군사를 이끌고 성 밖을 나가 무리하게 전투를 벌였으나, 부상까지 당하고는 곧바로 후퇴해야 했다. 흉노는 성안으로 진입하는 데는 실패했으나, 성 밖에 사는 백성들 천여 명을 포로로 잡아갔고, 가축과 재물을 약탈해 갔다.

무제가 좌현왕의 침공을 보고받고 크게 노했다. 황제는 어양으로 즉시 사자를 보내, 훈족의 거짓 정보에 놀아난 한안국을 꾸짖었다.

"장군은 어이하여 일개 흉노 포로의 거짓 정보에 놀아난 게냐? 마읍의 교훈, 정보의 중요성을 그새 또 잊었단 말이냐?"

마침 이때 흉노의 포로들로부터 머지않아 흉노 군대가 東쪽으로 치고 들어올 것이라는 또 다른 정보가 들어왔다. 〈하남전투〉라는 작전을 준비하던 무제는 흉노의 동북 지역 침공 보고가 들어오자, 한안국에게 아예 새로운 명령을 내렸다.

"장군은 어양을 나와 그 서쪽 아래의 우북평右北平郡에 주둔하고, 흉노가 동북 전선을 뚫고 내려오지 못하게 단단히 방어하라."

그리고는 거기장군 위청과 장군 이식에게 각각 정예기병 5만씩을 주고 출정하게 했다. 먼저 이식의 부대가 代郡에서 출발한 데 이어, 서쪽 병주에 있던 위청의 부대도 운중에서 따로 출발했다. 그런데 이들 부대 모두가 주 전투 지역인 동쪽 유주를 외면한 채, 정반대 방향인 서쪽으로 곧장 진격하는 것이었다.

한안국은 어사대부이자 호군을 지낸 최고위층이었으며, 특히 경제와 두태후의 신임이 가장 컸던 인물이었다. 그러나 수년 전 황제의 수레를 이끌다 마차에서 떨어져 불구가 된 이래로 무제의 신임을 점차 잃고 있었다. 그러다 변경의 흉노에게 속아 군사를 잃고 고생을 했는데, 이제 또다시 무제로부터 우북평(북경 아래)으로 옮겨 흉노 방어를 책임지라는 명령을 받은 것이었다. 충신 한안국은 부끄러움과 회한으로 괴로워하다 병이 들었고, 몇 달 뒤 동북 변방에서 피를 토하며 죽고 말았다.


한편, 서쪽으로 출정한 위청과 이식의 부대는 황하의 우右안을 따라 거슬러 올라가 몽골 음산 아래 우현右賢왕의 주둔지인 고궐의 요새까지 진격해 들어갔다. 황하 위쪽의 우현왕부를 내쫓아 황하 아래쪽 하남 지역의 흉노족들을 고립시키려는 것이었다. 이윽고 장거리 원정 끝에 고궐에 도착한 漢나라 군사들은 위청과 이식으로부터 진격 명령이 떨어지기 무섭게 흉노를 향해 맹공격을 퍼부었다.

"으앗! 한나라 기병대다! 한군의 기습이닷! 어서 피해라!"

훈족의 세 번째 집단인 우현왕부는 漢군의 벼락같은 기습공격에 혼비백산해 북쪽으로 달아나기에 급급했다.

漢군은 즉시 방향을 왼쪽으로 돌려 황급히 남하하면서 황하 이남을 에워싸는 형세를 취했다. 마치 그물을 쳐서 물고기를 잡듯, 하남 지역 여기저기 흩어져 있던 훈족을 일망타진하려는 전략이었다. 이렇게 서서히 포위망을 좁혀 가면서, 미처 전투태세를 갖추지 못한 흉노의 백양白羊왕과 누번왕을 향해 차례대로 총공세를 펼쳤다.

"앗! 이게 대체 어찌 된 일이냐? 한나라 기병대가 어째서 여기에 나타났단 말이냐?"

이들은 동북의 상곡과 어양 2郡에서 좌현왕부와 전투를 벌이고 있을 줄 알았던 漢나라 정예부대가 느닷없이 등 뒤에서 나타나자 혼비백산해, 우현왕이 있는 북쪽으로 달아나 버렸다. 결국 〈하남전투〉에서 하투 일대에 머물던 흉노 우현왕부가 치명적인 타격을 입고 말았다. 漢군은 흉노군 수급 5천에, 백여만 마리에 이르는 소와 양을 획득했고, 서서히 하투 지역 아래 하남 땅을 공략하면서 장안의 서쪽인 농서로 개선했다. 하투 지역의 외곽을 따라 흐르는 황하 길이의 2/3 정도를 시계 반대 방향으로 주파해야 하는 장거리 원정이었다.


그 무렵 동북 전선에서는 이와 반대로 薰족이 당연히 우세를 보이는 가운데 漢이 밀리고 있었다. 그러나 무제는 이를 예상이라도 한 듯, 작은 실패에 연연해하지 않았다. 동쪽을 희생시킨 대신, 무방비 상태나 다름없던 서쪽, 즉 훈족의 우측을 때리는 피실취허避實就虛의 전략을 펼치려는 것이었다. 이는 실로 모두의 예측을 뛰어넘는 기발하고도 과감한 전략이 아닐 수 없었다. 위청과 이식의 부대는 독자적으로 흉노 깊숙이 백양, 누번 두 왕과 우현왕의 사이 천여 리를 뚫고 지나가는 모험을 감행했다. 다행히 이들이 우현왕부에 대한 기습공격에 성공함으로써 漢나라의 승리가 가능했던 것이다.

실질적으로 황제 등극 이래 처음으로 이룩해 낸 빛나는 전과戰果 앞에서 무제의 기쁨은 이루 말할 수가 없었다. 결정적 임무수행을 완수해 눈부신 전공을 세운 위청은 3,800호의 장평후長平侯에 봉해지고, 전투에 참가했던 그의 수하들도 열후에 봉해지는 등 푸짐한 포상을 받았다. 그동안 훈족과의 화친을 주장했던 중대부 주보언主父偃마저도 앞장서 그

성과를 칭송했다.

"하남의 땅은 비옥한데 그 밖을 황하가 막아 주고 있고, 몽염이 장성을 쌓아 흉노를 내쫓게 해 주었습니다. 안으로 식량을 수송하거나 국경을 지키는 일과 수로로 운반하는 일을 덜게 되니, 이제 중원의 영토를 넓히는 일이야말로 오랑캐를 멸하는 근본이 되었습니다."

그러나 하남의 땅을 지켜 내야 한다는 주보언의 주장에 대해 무제가 공경들에게 의논하게 했더니 모두들 마땅치 않다며 부정적인 의견을 피력했다. 어사대부 공손홍이 말했다.

"일찍이 秦나라 때 30만 명의 대군을 보내 북하北河 땅에 성을 쌓았음에도 결국은 의도한 대로 되지 못해 얼마 지나 그곳을 버렸습니다."

이에 무제가 강경파인 주매신朱買臣 등을 불러 공손홍과 10가지 주제를 놓고 그 유명한 정치논쟁을 벌이게 했다. 그때 공손홍이 한 가지도 제대로 설득하지 못하면서, 결국 생각을 바꾸어 황제의 뜻에 따르기로 했다. 다만, 당시 漢나라가 동북 朝鮮에서는 〈창해군郡〉을 세우고, 반대편인 서쪽에서도 서역 개척을 추진하고 있어서 매우 복잡한 상황에 처해 있었다. 이에 공손홍이 북방의 흉노에만 매진하자며 東西 공략을 포기할 것을 적극적으로 건의했고, 무제가 이를 받아들인 덕분에, 창해군은 설치 2년 만인 BC 126년에 결국 폐지되고 말았다.


그런 우여곡절 끝에 漢나라는 운중 서쪽, 즉 하남의 북쪽, 황하 안팎으로 오원五原과 삭방朔方 2郡을 새로이 설치할 수 있었다. 그뿐 아니라 소건에게는 십여만 명을 징발케 해 삭방성을 대대적으로 쌓게 하고, 秦나라 때 장군 몽염이 쌓았으나 거의 방치되다시피 했던 진장성의 일부 성채를 개보수하는 등, 황하 북쪽의 방어선을 더욱 견고하게 했다.

위청 또한 후候에 봉해진 뒤에도 계속해서 하남 서쪽 일대를 돌면서 유계楡谿의 옛 요새를 순찰하고, 재령梓嶺 넘어 북하에 다리를 놓았다. 기타 부리符離 외 여러 지역을 토벌하는 등 하남 일대를 평정하고 수많은 포로와 가축을 몰고, 군대를 온전하게 해서 돌아왔다.

"거기장군이야말로 大漢의 위세를 드높였도다!"

무제가 이를 반겨 위청에게 다시 3천 호를 더 봉해 주었다. 크게 보아 무제가 벌인 훈족과의 싸움 중 3차 전투에 해당했던 이 〈하남전쟁〉을 통해, 그동안 薰족이 漢에게 겨누던 장창 역할을 했던 하남 지역이, 이제는 거꾸로 흉노를 향한 날카로운 비수가 되고 말았다. 이는 漢의 본격적인 북상을 예고하는 것이기도 했다. 2천 년도 훨씬 더 전인 BC 127년, 무제 14년의 일이었다.


漢나라가 흉노의 발상지나 다름없던 하남 지역을 빼앗기는 했어도 여전히 자리를 잡기까지는 시간이 걸릴 수밖에 없었다. 이 틈을 이용해 훈족들이 속속 하남 땅으로 다시 침투해 들어왔다. 이에 漢나라 조정에서는 하투 지역에 사는 漢나라 백성의 수를 늘리고자 했다. 이를 위해 유주 상곡군의 동북쪽 변경에 치우쳐 있는 조양造陽(북경창평) 땅을 포기한 채 薰족에게 넘겨주는 대신, 10만에 이르는 백성들을 모집해 서쪽 삭방군으로 이주시켜 하남 북쪽의 경계를 강화키로 했다.

그런데 이듬해인 BC 126년 겨울, 薰족에 변고가 일어났다. 33년 오랜 세월 흉노를 다스렸던 군신軍臣선우가 사망한 것이었다. 노상선우 계육의 아들로 묵돌선우 이래 장자 상속의 전통을 이어 선우에 올랐고, 그의 재위 중 장년에 이르도록 漢나라와의 화친 정책으로 북방 초원제국의 선우로서 모든 영광을 누렸다. 그러나 젊고 패기 넘치는 유철이 황제로 즉위하고부터 그의 집권 말기는 漢나라와 피를 말리는 대결의 연속이었다. 급기야 漢나라와의 첫 진검승부나 다름없는 〈하남전투〉에서 군신선우는 무제에게 굴욕적인 패배를 당하고 말았다. 그런 심리적 압박이 그의 죽음을 재촉했는지도 모르겠으나, 漢나라와의 전쟁이 정점을 향해 내달리던 상황이라 훈족의 왕정은 어수선하기 짝이 없었다.

그 와중에 동북의 좌현왕보다 더 북단에 위치해 있던 군신의 아우 좌곡려왕 이치사伊稚斜가 스스로 선우를 선언하고는, 조카인 흉노태자 오단於單을 가차 없이 공격했다. 이치사가 말했다.

"우리는 하늘의 자식인 천손天孫이다. 위대한 묵돌 대선우께서 한나라 시조 유방에게 백등산의 치욕을 안긴 지 벌써 칠십여 년이 지났다. 그동안 주변의 모든 제후국들이 우리에게 머리를 조아려 왔다. 漢왕들마저도 우리를 형의 나라로 받들고 성의와 예를 다해 왔건만, 이제 저 오만방자한 유철(무제)이 나타나 감히 우리에게 도전해 싸움을 걸어 왔다. 형님 선우께서 선전하셨지만, 끝내 하투의 땅을 빼앗기고, 나라는 위기에 처했다. 대신 한적漢賊의 사기는 하늘 높은 줄 모르게 올라, 결국에는 우리를 멸망시키려 들 것이다!"

이치사의 비장한 말에 모두들 숨도 쉬지 못할 정도로 바짝 긴장한 채 그의 말을 경청했다.

"漢적은 이제 과거의 유약한 漢이 아니다. 그들은 병마의 수나 보급에 있어 우리보다 월등하고, 우리의 탁월한 기마전술을 연마해 우리를 능가하는 전투력을 갖고 있다. 이런 지경에 유약한 태자 오단에게 나라를 맡겨서는 저 무도한 유철의 무리를 당해 내기 어렵다. 내가 나서야하는 이유는 조상 대대로 물려준 위대한 천손의 나라가 여서 망해 가는 꼴을 두고 볼 수가 없기 때문이다. 누가 이 위기를 이겨 내고, 누가 이 너른 초원을 지켜 낼 수 있겠는가? 생각이 있는 자라면 누구든 주저 말고 나를 따르라!"

이에 훈족의 많은 왕들이 보다 노련하고 용맹한 이치사의 진영에 가담했다. 군신선우의 죽음을 앞두고 이런 불안한 상황들이 예견되기는 했지만, 이치사가 깃발을 올리자 태자 진영에 섰던 자들은 이렇다 할 싸움도 제대로 하지 못한 채 밀리고 말았다. 태자인 오단은 부친에게 충성했던 여러 왕들이 쉽사리 자신을 배반하고 차례차례 반란군 이치사의 진영으로 들어가는 걸 보자, 좌절과 분노가 치밀어 견딜 수 없었다. 싸움에 패한 오단은 엉뚱하게도 적국인 漢나라로 달아나 투항해 버렸다. 무제가 이를 반기며 섭안후侯에 봉하고 크게 예우하는 듯했으나, 몇 달 뒤 그는 석연치 않은 죽음을 맞이하고 말았다.

이치사가 훈족의 5代 선우에 올랐던 이듬해 여름, 훈족 기병 수만 명이 기어코 병주의 代郡으로 쳐들어와 태수 공우共友가 죽고, 가을에는 그 서쪽 안문군도 습격을 당했다. 그러더니 얼마 지나서 훈족이 드디어 총 9만에 이르는 기병을 동원해 북부 중앙 지역의 3로 즉 代郡, 정양定襄郡, 上郡을 통해 하남에 대한 침공을 감행했다.

이와는 별도로 우현왕은 漢나라가 삭방군에 요새를 쌓은 것을 겨냥해 집중적으로 서쪽 삭방을 공격했다. 이치사는 선우 즉위 후 치르는 첫 번째 전쟁을 위해 사실상 4路에 10만이 넘는 기병을 동원해 대대적인 공세를 펼쳤다. 2년 전 〈하남전쟁〉으로 훈족이 사상 첫 패배를 기록하고, 하남 땅을 빼앗긴 데 대해 이치사선우가 작심하고 감행한 보복전이었다. 이치사 입장에선 훈족의 자존심과 고토 회복으로 조카를 쫓아내고 선우 자리를 찬탈한 명분을 분명하게 입증할 필요가 있었을 것이다.

그때 漢나라는 오원과 삭방에 미리 성을 구축해 적극적으로 대비한 덕분에 일단 성을 사수하는 데는 성공했다. 그러나 워낙 큰 대규모 전투에 성 밖에 있던 수많은 백성들이 죽어 나갔고, 약탈의 피해도 극심했다. 변방에서의 어지러운 상황이 지속되면서, 이런 피해 보고가 올라올 때마다 무제는 울화통이 치밀었다. 그 무렵 흉노의 우현왕이 지난번 漢의 공격으로 고궐을 나온 이래로 훨씬 북쪽으로 달아나, 사막 아래 막남漠南 땅에 머물고 있다는 소식이 들려왔다. 漢의 장수들이 이번에야말로 우현왕을 쳐서 반드시 섬멸해 버리겠다고 다짐하면서, 또 다른 〈막남전쟁〉을 준비하기에 이르렀다.

무제 17년인 BC 124년 봄이 되자마자, 漢나라군 전초 진영에 대대적인 흉노토벌 명령과 새로운 작전이 하달되었다. 그해는 전에 없이 가뭄이 극심해 백성들의 고통이 심각했음에도 불구하고, 새로운 작전이 준비된 데다 사실상 훈족과의 전면전에 돌입한 상태이므로 무제도 漢나라 대군大軍의 출정을 강행했다. 먼저 대행 이식 장군과 안두후 장차공 장군에게 동쪽의 우북평을 나서서 훈족의 좌현왕을 선제공격하게 했다. 또다시 훈족의 시선을 동북쪽으로 쏠리게 해 좌현왕을 동부전선에 묶어두기 위함이었다.

동시에 위청을 총사령관으로 하는 주력부대에 6명의 장수를 붙여 준 다음, 삭방군을 기지로 삼아 곧장 북쪽 고궐高闕을 향해 출정토록 했다. 본대 격인 위청에게는 3만의 기병이 주어졌고, 위위 유격장군 소건, 좌내사 강노장군 이저, 태복 기장군 공손하, 대상 경거장군 이채 등의 장수 아래 총 10여만 기를 배정한 어마어마한 규모였다.

삭방성은 그야말로 군마와 기병, 병장기, 깃발 등으로 삽시간에 아수라장이었다. 선봉대에 이어 장군과 그를 호위하는 부대와 예하부대, 후속부대 등 성문을 나서는 행렬이 끝이 보이지 않을 정도였고, 수많은 군마들이 내는 말발굽 소리가 작은 지진 소리처럼 이어졌다. 거기다 승전을 위해 백성들이 보내는 응원의 함성까지 뒤엉켜 성안은 한나절이 지나도록 소란스러웠다.

그 무렵, 복수를 다짐했던 훈족 우현왕의 왕정王廷은 지금의 낭산狼山 이북에 위치해 있었는데, 이번에도 漢군의 대대적인 공세를 눈치채지 못한 듯했다. 그때 삭방에서 나와 북으로 황하를 건넌 다음 6, 7백 리를 내달린 위청의 기병부대가 오원을 거쳐 어느덧 고궐의 요새에 당도했다. 그곳에서 어두워지기를 기다렸다가 야간을 틈타 은밀하게 고궐새를 나와 밤새 말을 달린 끝에, 마침내 막남의 우현왕정을 포위하기에 이르렀다.

"흠, 이번에야말로 우현왕을 반드시 잡고 말 것이다. 한 놈도 놓치지 마라!"

위청의 공격 명령에 漢군은 장막을 향해 불화살을 쏘면서 함성과 함께 일제히 달려 나갔다. 우현왕 일행은 漢군이 또다시 먼 이곳까지 쳐들어올 것이라고는 꿈도 꾸지 못한 채 장막 안에서 술에 취해 자고 있었다.

"이게 무슨 소란이란 말이냐?"

"큰일입니다. 한적漢敵이 또 쳐들어왔습니다. 어서 피하셔야 합니다!"

순식간에 우현왕부 전체가 한밤중의 난리에 놀라 혼란에 빠졌고, 병사들은 변변히 저항도 하지 못한 채 사방으로 흩어져 달아나기에 바빴다. 우현왕은 그 와중에도 자신의 애첩과 측근 호위기병 수백을 데리고 용케 북쪽으로 달아나 버렸다.

"장군, 우현왕이 용케 포위를 뚫고 달아났습니다!"

"뭣이라? 아니 된다. 연락병을 즉시 곽성에게 보내라! 황제의 명령이니라. 우현왕을 끝까지 추격해서 절대 놓쳐서는 아니 된다고 전하랏!"

위청은 사전에 짜 놓은 작전대로 우현왕 체포부대인 경기도위輕騎都尉 곽성郭成 등을 보내 밤새 수백 리를 달려 이들을 추격하게 했다. 그러나 곽성의 부대는 현지 지리에 능한 우현왕을 끝내 따라잡지 못한 채 돌아와야 했다. 漢군은 비록 또다시 우현왕 일행을 놓쳤으나, 이 기습 전투에서 우현왕부 소속 비소장급 십여 명과 흔족 남녀 15,000여 명을 포로로 잡았고, 수십만의 가축을 노획해 요새로 개선했다. 위청의 군대가 새내塞內로 개선한다는 소식을 접한 무제는 기다렸다는 듯 명령을 내렸다.

"漢나라 건국 이래 흉노와의 전쟁에서 최대 승리를 거두었도다! 거기장군 위청을 대장군大將軍에 봉하겠노라! 사신을 보내 새내까지 가서 대장군인印과 짐이 내리는 격려의 말을 직접 전하라고 이르라!"

〈막남전쟁〉에서의 승리로 마침내 위청은 군 최고 통수권자인 대장군에 오르는 영광을 누리게 되었다. 중원의 내로라하는 여러 장수들이 이제 모두 그의 휘하에 들어오게 된 것이었다. 무제는 위청에게 특별히 6천 호를 내렸을 뿐 아니라, 그가 극구 사양했음에도 불구하고 그의 어린 아들 셋 모두를 열후에 봉했다. 장수 중에 공이 큰 사람들에게도 모두 후侯의 작위를 내리니, 위청은 황제로부터 더없는 최상급의 예우를 받은 셈이었다.

위청은 매형인 무제가 과도할 정도로 아낌없이 내려 주는 포상에 감읍하면서도, 다혈질이고 변덕이 심한 황제의 성정을 잘 아는지라 왠지 마음이 편하질 않았다. 그는 속으로 곱씹어 보았다.

'이건 너무 과분한 포상이다. 코흘리개 아이들한테 열후라니……. 사실 지난번 하남전투의 성과랑 별 차이도 없고, 우현왕을 또다시 놓쳤다. 황상은 영특한 분이시다. 나를 앞세워 승리로 규정하고, 나를 승리의 표상으로 만들어 군사들에게 전쟁을 독려하려는 의도임이 분명하다. 주변의 질시만 더더욱 커질 테니, 경거망동하지 말고 더욱 고개를 숙여 매사에 자제해야 할 것이다……'

그 시간 형인 군신선우에 이어 똑같은 방식의 기습공격으로 漢군에 거듭 두 번씩이나 당한 이치사선우는 화가 머리끝까지 났다.

"그토록 큰소리치더니 겨우 제 몸 하나 빠져나왔더란 말이냐? 우현왕을 당장 잡아들여라!"

이치사선우 앞에 끌려온 우현왕은 무릎을 꿇은 채 선우를 올려다보며 무언가 변명을 하려는 듯 입을 벌리고 웅얼거렸으나 소리가 나오지는 않았다. 선우는 가차 없이 우현왕의 죄를 물었다. 그해 가을, 훈족은 화풀이라도 하듯 기병 1만으로 代郡을 쳐들어와 도위를 죽이고 1천여 병사를 포로로 잡아가는 등 漢나라를 도발했다. 그러나 무제 등극 이래 4번째로 치른 이번 〈막남전쟁〉에서의 타격이 너무 컸던지 그 이상의 소동으로 확대하지는 못했다.

漢나라가 薰과의 싸움에서 성동격서 식의 비슷한 작전으로 두 차례의 대승을 거두었음에도 불구하고, 당대 세계 최강의 전투력을 자랑하던 훈족은 그리 호락호락 물러나질 않았다. 우현왕부는 타격을 받고 하남에서 쫓겨났지만, 음산산맥 너머 북쪽 선우의 주력부대는 여전히 건재한 채, 호시탐탐 남쪽을 향한 복수를 서두르고 있었다.

그런데 양쪽의 대치와 팽팽한 긴장이 지속되는 가운데 조바심을 내는 쪽은 엉뚱하게도 장안의 漢나라 조정이었다. 이참에 薰을 계속 두들겨 지속적인 타격을 주지 못하면, 이 지역에서의 우세를 곧바로 상실하고 말 것이라는 우려의 목소리가 여기저기서 나오기 시작한 것이다. 결국 다소 어렵다 해도 내친김에 아예 과감하게 북쪽 흉노의 본거지인 선우의 왕정을 직접 겨냥해, 끝장을 보자는 목소리까지 나오기 시작했다.

이듬해 무제 18년인 BC 123년 2월, 봄이 오기도 전에 무제는 대장군 위청에게 다시금 10만의 기병과 6인의 장군을 내어 주고 출정을 독려했다. 출정 장소는 군사기밀로 삼아 매번 다르게 해 왔는데, 이번에는 선우의 왕정을 노리는 만큼 황하 건너편, 음산 동쪽 바로 아래 병주의 정양定襄에서 출진토록 했다.

또한 행군과 숙영에 편리하도록 中, 前, 後, 左, 右 5路軍의 편제를 택해 中장군에 합기후 공손오, 左장군에 태복 공손하, 右장군에 위위 소건, 前장군에 흡후 조신, 後장군에 낭중령 이광, 그리고 인솔에 강거장군 좌내사 이저李沮를 맡기고 모두 대장군의 소속 아래 두게 했다.

이때 비로소 황제의 각별한 지시 아래 정년장군 곽거병에게도 출전 명령이 내려졌는데, 그는 표요교위의 자격으로 특별히 엄선된 8백 명의 특수기병대를 거느리고 있었다. 그 외에도 일찍이 대하大夏국의 사신으로 가는 길에 훈족에 붙잡혀 억류돼 있다가, 13년 만에 귀국한 장건張騫도 교위가 되어 대장군을 따라 전투에 참전했다.


그러나 급할수록 돌아가라고 했던가? 의도와 달리 위청의 기병부대가 정양을 나와 북으로 출발하자마자, 기다렸다는 듯 훈족 선우군의 기병대와 맞닥뜨리고 말았다. 전에 없이 흉노가 漢군의 동태를 주시하고 있었을 뿐 아니라, 그 군사력도 만만치 않아 잘 훈련된 주력군임이 틀림없었다. 순식간에 뒤엉켜 버린 양쪽이 격전을 벌이게 되었는데 마침 선우의 군대가 치고 빠지듯 물러났다. 漢군은 흉노병 3천을 참수하고도 이것이 유인전략이 아닌가 싶어, 적군의 동태도 살필 겸 일단 병력을 정양과 그 아래 운중, 안문 세 군데로 나누어 되돌렸다. 대단히 세심하고 신중한 대응이었다.

위청은 그사이 한 달여가 지나는 동안 병력을 재정비하고 먼 거리까지 척후병을 보내 적정을 유심히 살폈으나, 이렇다 할 조짐을 찾아내지는 못했다. 재출전 결정을 내리지 못하는 대장군에게 장수들이 재촉하고 나섰다.

"음산 아래 멀리까지 척후병을 보냈으나 여전히 큰 규모의 흉노 부대는 발견되지 않았습니다. 지난번 갑작스레 마주쳤을 때 틀림없이 우리 병력의 규모와 위세에 놀라 일단 흉적들도 본거지인 음산 너머로 되돌아간 듯합니다. 황제폐하의 기대를 생각할 때 여기서 이리 허송세월을 보낼 수는 없는 일이겠지요?"

"소장의 생각도 그러합니다. 병졸들도 무료해하고, 자칫 기강이 무너질 수도 있으니 사기가 올라 있는 지금 다시 출병하는 것이 옳습니다. 어차피 치러야 할 전투가 아니겠습니까?"

그제야 비로소 위청이 결정을 내렸다.

"제장들의 생각이 나와 비슷하구려! 이제 다시 출정할 때가 된 듯하오. 다만, 상대가 흉노의 최정예 본대인 선우의 군대니 방심은 금물이오, 장거리 진군이니만큼 특히 최전방에 있는 前軍은 매복 등에 대비해 척후 활동을 신경 써야 할 것이오. 부대 간 대오 거리를 유지하고, 연락을 자주 해 전열이 흐트러지지 않도록 각별히 살피길 바라오!"

사실 대장군이나 장수들의 고민은 다 같은 것이었다. 자칫 시작 단계부터 제대로 전략을 펼쳐 보지도 못하고, 머뭇거리다가는 후일 황제로부터 어떤 책임을 추궁당할지 생각하기도 싫은 일이었다. 결국 위청의 부대는 선봉인 前軍부대를 앞세우고 서둘러 정양을 출발해 다시금 북으로의 진격을 재개했다.


음산 아래 아직 야트막한 산정, 가죽옷에 흉노 복장을 한 예닐곱 명의 기병들이 막 숲속으로 발을 들여놓았다. 숲속 우측 오솔길을 돌아드는 순간, 갑자기 눈앞에 커다란 너럭바위 위로 백마를 탄 흉노 소장 한 명이 나타났다. 그는 마치 그들을 기다리기라도 한 듯 미동도 없이 이쪽을 바라보고 있어 모두 소스라치게 놀라며 말을 멈췄다.

"앗, 적병이다. 튀엇!"

후미의 두세 명이 황급히 말머리를 돌려 달아나려다가 뭔가 수상한 듯 멈추었다.

"잠깐만! 이상하다. 저치 혼자가 아니냐, 뭐냐?"

순간 사방을 둘러보아도 다른 흉노병이 보이질 않자 누구랄 것도 없이 일제히 말머리를 돌려 소장을 향해 달려들었다. 맨 앞쪽 병사는 칼을 뽑아 들고, 또 다른 병사는 활을 시위에 걸면서 달려 나갔다. 그때 뒤쪽에서 쉬익 소리를 내며 화살이 날아들더니 두 병사가 차례대로 말에서 떨어져 고꾸라졌다. 당황한 나머지 두 병사가 말머리를 돌려 옆길 수풀속으로 뛰어들자, 눈앞에 말을 탄 수십의 흉노기병들이 활시위를 당긴 채로 다가오고 있었다.

"안 돼, 포위됐다!"

나머지 병사들은 말 위에서 서둘러 칼과 화살을 땅바닥에 내팽개치고, 양손을 들어 올려 항복의 표시를 했다. 어느새 흉노 소장의 둘레에는 다른 병사들이 나타나 있었고, 무덤덤한 표정의 그가 턱짓으로 체포를 지시했다. 흉노 전사 복장으로 꾸몄던 漢군의 척후병들이 잡힌 것이었다. 한편 그곳에서 동북쪽으로 이삼십 리 떨어진 평원에선 형형색색의 요란한 깃발을 휘날리며 수만에 달하는 대규모 薰족 기병대가 남서방향 음산 아래쪽을 향해 빠르게 이동하고 있었다.

정양에서 다시 출발한 위청의 대군은 며칠의 행군 끝에 수백 리를 내달려 어느덧 음산산맥 바로 아래까지 깊숙이 들어와 있었다. 그때 선봉으로 주력부대보다 훨씬 앞서 있던 장군 조신의 전군前軍 부대가 풀숲에 미리 매복해 있던 흉노 부대와 맞닥뜨렸고, 순식간에 대접전이 벌어졌다. 양측에서 격렬하게 전투를 벌이는 동안, 장군 소건이 이끄는 우군右軍 부대 뒤에서도 별안간 흉노기병들이 함성을 지르면서 쇄도해 들이닥쳤다. 예사롭지 않은 것은 이들이 동북쪽에 있어야 할 좌현왕부의 깃발을 들고 나타났다는 점이었다. 기습을 당한 두 장수만큼이나 뒤쪽에서 이런 상황을 보고받은 위청도 크게 당황했다.

"무엇이라? 그게 대체 무슨 말이더냐? 동북에 있어야 할 좌현왕 군대가 어떻게 여길 나타났다는 게냐? 아뿔싸, 필시 전방 병력이 부족하다. 즉시 파발을 보내 전군과 우군이 떨어지지 말고 회합하라 일러라!"

위청이 다급하게 명령을 내렸다.

"선봉대가 위험에 빠졌다! 모든 부대는 총력을 다해 전진하라!"

그랬다. 이치사선우는 역시 노련한 군주였다. 薰족은 漢군의 움직임을 모두 파악하고 있었을 뿐 아니라, 뜻밖에도 천 리나 떨어진 동북 지역 좌현왕의 군대를 용케 이곳 선우 왕정까지 불러들인 것이었다. 사실 좌현왕부는 漢군의 눈을 피해 멀고 먼 산악과 초원을 지나 이곳까지 당도한 것이었다. 그것도 봄이 오기 전, 늦겨울 추위와 싸우면서 감행된 고난의 행군이었을 것이다.

선우가 이토록 대범한 결정을 내릴 수 있었던 데는 그럴 만한 이유가 있었다. 바로 이치사가 선우에 오르기 전까지만 해도 그는 동북에서도 가장 먼 북방의 좌곡려왕이었다. 따라서 자기 권역에서 선우 왕정이 있는 용성에 이르는 길을 누구보다 훤히 꿰고 있었다. 또 그의 부대야말로 선우가 되기 위한 반란 과정에서 상당한 병력이 이미 선우 왕정으로 이동해 있었고, 최측근 친위부대로서 가장 높은 충성도를 자랑했던 것이다.

이런저런 배경이 선우가 漢군에 대한 대대적인 반격과 함께 기상천외의 작전을 수립하는 데 도움이 되었다. 그 결과 그동안 漢군이 성동격서의 양동작전으로 흉노 우현왕을 타격했는데, 이제 그 반대로 멀리 薰

족의 좌현왕 군대가 나타나 누구도 예상치 못한 기습작전을 벌이는 반대 양상이 전개된 셈이었다. 주체할 길 없는 불안이 엄습하면서 병사들을 재촉하는 위청의 머릿속이 아뜩해졌다.

"큰일이다. 좌현왕부가 아군의 우측을 계속 치고 들어올 것이다. 전군과 우군이 합쳐도 절대 중과부적이다. 우측이 위험하니 서둘러야 한다. 서둘러라!"

조신과 소건이 이끄는 前군과 右군 부대는 서로 합쳐 격전을 벌이면서 훈족 선우의 정예부대에 맞서 용케 수일이나 버텨 냈다. 그러나 사상자가 급격히 늘어나게 되면서 힘없이 무너지기 시작했다. 위청의 주력부대가 당도할 즈음에는 이미 前, 右軍 합쳐 병력의 절반이 넘는 3천 이상의 병사들이 목숨을 잃은 뒤였다. 그나마 위청이 주력군을 이끌고 서둘러 당도해 맹공격을 퍼부은 끝에 겨우 흉노군을 물리칠 수 있었다.

前軍의 부대장 조신趙信은 원래 훈족의 小王 출신이었다. 그러다 전쟁 중 漢나라에 항복, 귀부해 오면서 흡후翕候의 작위까지 받고는 그간 여러 전공을 쌓아 온 장수였다. 그러나 이번 전투에서 그의 휘하 병사들 절반이 희생당한 데다, 선우 측에서 계속 사람을 보내 귀환을 권유해 오자, 돌연 8백의 漢나라 기병을 이끌고 다시금 흉노로 들어가 투항해 버렸다. 우군 부대장 소건蘇建도 군대를 거의 잃은 채 홀로 겨우 몸만 빠져나온 상태로 살아 나온 것만도 다행일 지경이었다. 그런 와중에 대장군이 군정軍正(법무관) 등을 시켜 소건의 죄를 묻게 했다.

"전장에서 군사를 버리고 온 장수를 참형으로 다스리는 것은 고래로부터의 당연한 관행입니다. 이 참혹한 전투에서 승리하려면 대장군의 위엄을 지켜 내는 것이 무엇보다 중요합니다!"

"아니 됩니다! 소건 장군은 겨우 수천의 병력으로 수만의 선우 정예군에 맞서 결코 물러서지 않고 용맹하게 싸웠습니다. 어디까지나 중과부적이었던 만큼 죄를 물어선 안 됩니다. 그렇지 않다면 누가 감히 적을 앞에 두고 용감하게 싸우려 들겠습니까?"

수하들 간에 찬반 논쟁이 팽팽하게 이어지자, 엉뚱하게도 위청은 황제의 뜻에 따르는 것이 좋겠다며 결론을 유보했다. 그리고는, 소견을 황제가 임시로 머무는 행재소行在所로 보내고는, 자신은 싸움을 계속하기 위해 요새로 들어가 버렸다. 명성과는 다르게 무엇 하나 소신껏 하는 게 없고, 오로지 황제의 뜻만을 충실히 따르려는 위청의 단면이 드러난 사건이었다.

어쨌든 이런 상황 속에서도 구원에 앞장선 위청의 주력부대가 추격전까지 벌인 끝에 19,000여 흉노 수급을 베면서, 가까스로 패전을 면하는 모양새를 갖출 수 있었다. 이를 두고 어떤 이들은 말했다.

"이번 전투야말로 한나라 건국 이래 양쪽의 대규모 정예군이 처음으로 제대로 맞붙은 싸움이었다. 흉노 선우가 물러나면서 한군의 위세를 직접 눈으로 확인하는 계기가 되었을 테니 소득이 적지 않다!"

그러나 실제로는 薰족의 주도면밀하고도 기발한 역기습작전에 이번에야말로 漢군이 제대로 당한 꼴이어서, 누가 보아도 漢과의 전쟁에서 薰족이 일궈 낸 위대한 첫 승리가 틀림없었다.


그나마 이번 전투에서 전공을 올린 자는 처음 교위 자격으로 전투에 참가한 곽거병이었다. 그의 8백여 특수기병부대는 흉노병이 퇴각할 즈음, 흉노를 추격한다며 그 후미를 쫓았는데, 독자적으로 움직이는 별동부대이다 보니 엉뚱하게도 훈족의 왕정과는 거리가 먼 동부 代郡 쪽으로 향했다. 결국 흉노의 후미는 물론, 漢군의 주력부대와도 멀리 떨어진 채, 단독으로 수백 리를 진격한 셈이었는데, 오가던 도중에 흉노 부락을 급습하는 군사행동으로 흉노병 2천여 명의 수급을 베었다.

그들 중에는 놀랍게도 훈족의 고위 관직인 상국相國과 당호當戶가 포함되어 있었는데, 선우의 조부祖父 격인 대부항大父行 적약侯 산産을 베었고, 선우의 계부 나고비를 사로잡을 수 있었다. 둘 다 고령인 이들은 이번 전투와는 무관하게 제각각 떨어진 흉노 부락에 살고 있다가, 곽거병 기병대의 급습에 속수무책으로 당한 듯했다. 사전에 입수된 정보에 의한 것이 아니고서는 올리기 어려운 전과였다.

이와는 대조적으로 길고 긴 십만 漢군의 행렬 중 하필이면 후미를 맡았던 後장군 이광李廣은 이렇다 할 전과를 올리지 못해서 크게 낙담했다. 그는 한때 효기장군까지 지냈으며 흉노가 가장 두려워하는 맹장이었다. 그러나 훈족에 생포되었다는 죄로 서민으로 전락했다가 어렵사리 이번에 낭중령으로 복권되어 전공을 올릴 요량이었으나, 위청이 後장군을 맡기는 바람에 제대로 싸울 기회를 갖지 못했다. 이광은 위청이 자신을 견제해 자꾸만 전장에서 떨어뜨려 놓으려 한다는 의심을 품고 돌아와야만 했다.

흉노와의 다섯 번째 전쟁이 끝난 후 漢나라 조정은 공식적으로 漢군의 승리를 선언했지만 실제로는 무거운 분위기였다. 처음으로 맞붙은 정예 병력끼리의 싸움에서 사실상 패했을 뿐 아니라, 훈족의 막강한 전투력을 확인했기 때문이었다. 전쟁이 있을 때마다 그토록 후한 포상을 누렸던 대장군 위청이었으나, 이번만은 前군과 右군의 병력 대부분을 상실한 데다, 흡후 조신마저 흉노로 달아나 버려 체면이 크게 손상되었다.

무제는 대장군의 공이 보잘것없었다며 처음으로 아무런 봉封도 내리지 않았다. 다만, 대장군이 전장에서 돌아오자 조용히 상금 일천 냥만을 내렸을 뿐이었다. 우장군 소건은 자신의 군사보다 몇 배나 더 많은 흉노 좌현왕부 정예 병력의 기습에 맞서 죽기로 대항했지만, 예하 병력의 거의 모두를 잃었다는 죄로 압송되어 참형죄를 받았다. 비록 무제가 그를 죽이지는 않았으나, 운이 지지리도 없었던 그는 속죄금을 내고 풀려나 평민 신분으로 전락해야 했다.

이와 달리, 무제의 무한 칭송을 받은 이는 역시나 황제가 각별히 아끼던 청년장군 곽거병이었다. 무제는 곽거병의 용맹함과 선우의 계부를 잡은 전공을 치켜세우면서 열여덟 아직 청년에 불과한 그를 파격적으로 열후의 반열에 올려놓았다.

"표요교위 곽거병을 1,600호에 봉하고, 관군후冠軍侯를 내리겠노라!"

처음부터 조서를 내려 거병을 특별히 표요교위로 삼고 용맹한 기병을 엄선해 붙여 주면서 첫 출전을 독려한 점, 주력부대에서 떨어져 독자적으로 적진 깊숙이 진격해 들어가 선우의 가족을 포획했다는 점에서 다분히 무제의 의도가 읽히는 공로였다.

당시 무제는 훈족과의 전쟁이 장기간 지속될 것에 대비해, 젊고 패기 넘치는 신진세력을 부각시키고자 했다. 자칫 전쟁에 지치고 회의에 빠질 수 있는 장졸들에게 누구든지 전공을 통해 순식간에 성공할 수 있다는 희망과 동기부여를 불어넣어 주려 했고, 곽거병을 그 표상으로 삼으려 한 것이었다. 나아가 황후의 외척으로서 과도하게 권력의 최상층부로 성장해 버린 위청과 그 직계 친인척을 견제하는 수단으로 곽거병을 활용하려 한 듯했다.

그 밖에도 훈족에 오랜 세월 억류되어 있어 그곳 지리를 잘 알고 있던 교위 장건은 소속 부대를 물과 풀이 풍부한 곳으로만 이끌고 다녀 굶주림과 갈증을 면하게 해 주었다는 점과, 장기간의 고생 끝에 서역에서 살아 돌아온 공을 인정받아 박망후博望侯에 봉해지는 영예를 누렸다.

한편, 漢軍의 정예부대와 제대로 맞붙은 전쟁에서 의도대로 승리를 쟁취한 薰의 이치사선우는 결과에 매우 만족해했다.

"핫핫핫, 이번에 그동안 받았던 치욕을 어느 정도는 되갚은 셈이다. 모두들 고생 많았다. 특히 추위를 마다하고 초원을 가로질러 장거리를 행군하고, 기습작전까지 성공한 좌현왕부의 공로가 지대하다. 공적을 올린 장졸들에게는 아낌없이 포상하고, 사상자 가족들에게도 충분히 보상토록 하라!"

그러사 훈족의 여러 왕이 앞다투어 선우의 징송에 나섰다.

"과연 이 모든 것이 대선우의 과감한 결단과 신출귀몰한 지략 때문입니다. 대선우, 감축드리옵니다!"

"사실상 위대한 묵돌 대선우께서도 유방과 백등산에서 사십만이나 동원했지만 실제 큰 싸움은 피하셨고, 10년 전 군신선우께서도 마읍에 10만 병력을 동원했지만 전투 자체는 일어나지 않았습니다. 이번에 그야말로 10만 한적 정예부대와 맞붙어 당당하게 승리를 쟁취한 것은 薰의 역사에 길이 남을 쾌거입니다."

이치사선우는 수하의 여러 왕들이 비로소 자신을 제왕帝王으로서 인정함과 동시에 칭송을 아끼지 않는 데 대해 흐뭇해했다. 또 하나 그를 기쁘게 한 것은 그동안 漢나라 흡후로서 漢의 고위층은 물론 최신의 많은 군사정보를 잘 알고 있는 조신趙信이 다시 薰으로 투항해 복귀한 일이었다. 그런 이유로 조신을 선우 다음 서열의 왕으로까지 인정하겠다는 뜻에서 자차왕自次王으로 삼고, 그것도 부족했는지 자신의 누이까지 주어 처로 삼게 했다.


그러던 어느 날 선우가 조신을 조용히 따로 불러 漢나라에 대한 대비책을 숙의했다. 그러자 조신이 주위를 살피며 조심스레 간했다.

"이번 전투에서 비록 대선우께서 승리하셨지만, 아시다시피 한나라는 진정 막강한 제국입니다. 병력의 수를 좌우하는 백성의 수는 말할 것도 없고, 황하와 장강을 둘러싼 너른 곡창지대에서 올라오는 물산도 우리와 비교할 수 없을 만큼 풍부하기 그지없습니다. 게다가 그 선대 때부터 우리에 맞서기 위해 대규모로 군마를 양성하고 우리식의 기병 전술을 연마하는 등 군사력 증강에 힘써, 전력 면에서도 결코 우리보다 뒤질 것이 없습니다. 이는 이번에 대선우께서 직접 확인하신 대로이고, 따라서 장기전을 하게 되거나 시간이 갈수록 우리가 유리할 게 없을 것입니다."

그 말을 들은 선우가 한숨을 내쉬며 답했다.

"휴우, 자차왕의 말이 옳을 것이오. 솔직히 내가 무리하게 선우에 올랐기에 반드시 승리가 필요했던 터라 필승의 작전을 감행했던 것이지만, 그 대가도 결코 작지 않았소."

"대선우, 그렇다면 아뢰옵기 황송하오나, 이번처럼 한적과의 대규모 직접 공세는 당분간 가급적 피하는 편이 좋을 것입니다. 분명 거듭된 선쟁과 대치로 병력과 보급에 심각한 차질이 있었을 테니 잠시 병사들을 쉬게 하고, 전투력과 물산을 보충하는 편이 유리할 것입니다!"

"한 마디로 당분간 피해 있자는 말 아니겠소?"

"차라리 더욱 북쪽을 향해 올라가 사막 건너편에서 한적을 유인하는 전략이 어떻겠습니까? 한적이 침입해 온다 해도 워낙 장거리 행군이라 적들을 극도로 피로하게 할 수 있는 만큼, 그런 때의 기습공격은 효과가 제법 클 것입니다. 아울러, 이제부터 별 소득도 없이 남쪽의 한적들 요새로는 아예 가까이 가지 않는 것이 좋을 것입니다. 유철이 성을 쌓고 요새 방어를 한껏 강화한 만큼, 웬만한 공격으로는 쉽사리 성공하기 어렵기 때문입니다……"

선우가 끄응 소리를 내며, 두 눈을 지그시 감더니 양손으로 얼굴을 감싸며 비벼 댔다. 그렇지만 말인즉슨 옳은 것들이라 선우는 일단 조신의 말을 받아들이기로 하고, 멀리 막북漠北(사막 북쪽)으로 선우의 왕정을 옮겼다. 결국 흉노가 떠난 음산 일대를 漢군이 장악하게 되면서 막남漠南의 땅은 더는 훈족의 낙원이 아니었고, 북방 변경의 요새도 조용해졌다. 훈족과 한무제가 다섯 번째 전쟁을 통해 10년 동안 끌어 오던 하남 땅에서의 전쟁이 그렇게 일단락되었다.


# 15. 하서주랑


漢무제 즉위 초기에 薰에서 투항한 자들이 말하길, 훈족이 하서河西 일대에 살던 월지국月支國을 격파하는 바람에 월지인들이 서쪽으로 도망쳤는데, 그때 薰의 선우가 월지왕의 두개골로 술잔을 만들었다고 했다. 이 때문에 훈족에 대한 월지인들의 원한이 매우 크다는 것이었다. 그 말을 들은 무제는 월지국에 대해 새로운 관심을 갖게 되었고, 대신들에게 그 뜻을 내비쳤다.

"월지인들에게 흉노는 그야말로 불구대천의 원수란 말이 아니겠는가? 만일 그런 월지인들과 손을 잡을 수만 있다면 흉노를 꺾는 데 크게 도움이 될 텐데 말이야……"

"하오나 황상, 월지국은 서쪽 변방 너머 아득한 곳에 있어서 그 길을 다녀온 자가 없는 데다, 도중에 흉노를 거쳐야 하는 험난한 여정입니다. 또한 거대한 사막이 가로막고 있어 접근 자체가 불가한 실정입니다!"

"그렇다고 손을 놓고 있을 수는 없는 일 아닌가? 생각들 해 보아라. 대월지와 힘을 합치면 흉노의 오른팔을 꺾을 수 있을 것이다. 그러니 월지에 사신으로 천거할 만한 자를 찾아보도록 하라!"

그러나 미지의 세계나 다름없는 월지에 선뜻 사신으로 가겠다고 나서는 이도 없었고, 적임자를 찾지도 못했다. 그럼에도 젊은 무제는 이 문제를 쉽사리 포기하지 않았다.

"누구든 월지에 다녀오면 큰 포상을 내리겠노라! 월지에 다녀올 사신을 공모에 부친다는 조서를 내리도록 하라!"

그 결과 황제의 호위무사격으로 낭관郎官 신분이었던 漢中 사람 장건張騫이 응모해 선발되었다.


중국 서부의 〈하서주랑河西走廊〉은 황하 서쪽의 기련산과 北山 사이에 통로처럼 길게 뻗어 있는 샛길로, 동쪽 오초령烏鞘嶺에서 시작해 서쪽 끝 성성협星星峽에 이르는 좁고 긴 지역이다. 너비는 지역에 따라 수 km에서 10km에 달하는 곳도 있는데, 총 길이가 무려 1,200km나 된다. 수천 개의 오아시스와 호수가 있어 비옥한 이 땅을 차지하려고 춘추전국시대부터 3대 유목민족이 이곳에 모여 다투었다. 동쪽의 훈족薰族과 돈황 일대의 오손烏孫, 월지月支가 그들이었다. 한때는 월지가 강하여 오손왕 난두미難兜靡를 죽이고, 훈족에도 태자를 인질로 요구할 정도여서 이런 말이 나돌았다.


"동호東胡는 강하고 월지月支는 융성하다!"


그러나 BC 177년, 묵돌선우가 우현왕을 〈오손〉으로 보내면서 이루어진 훈족과 오손 두 나라의 협공으로 〈월지〉가 치명적인 타격을 입게 되었다. 원래 오손은 대릉하大凌河 유역의 조양朝陽 인근, 즉 새塞 땅에 살던 선비의 일파였는데, 서쪽으로 이주해 河西지방에 정착하면서 강성하게 세력을 쌓았다. 따라서 같은 고조선의 후국 출신으로 친연성이 높았던 薰과 오손 두 나라가 손을 잡고 월지를 공략했던 것이다.

그 뒤 3년이 지난 BC 174년에는 묵돌의 아들 노상선우가 재차 침입해 월지왕을 죽이고 그 두개골로 술잔을 만들면서 월지는 완전히 와해되었다. 그때 훈족을 피해 서쪽 천산天山 너머(카자흐스탄 동부)로 달아난 사람들을 〈대월지大月氏〉라 부르고, 미처 그들을 따르지 못해 곤륜산(신강 남부)으로 들어가 강羌인들에 섞여 산 사람들을 〈소월지小月氏〉라 했다.

서북쪽 이리伊犁강 유역으로 몰려간 월지인들은 그곳에 살던 〈샤카족〉들을 몰아내고 〈大월지〉를 세웠다. 월지인에 쫓겨 중앙아시아로 뿔뿔이 흩어진 샤카족들은 페르가나 지역에서 〈대완大宛〉을, 아무다리야강 상류 쪽에서는 〈대하大夏〉(박트리아)를, 사르다리야강을 따라 〈강거康居〉와 그 위쪽으로 〈엄채奄蔡〉를 세웠다. 일설에 '샤카는 곧 색塞'을 일컫는 말이라고도 했다.

이로 보아 당시 흉노의 〈월지침공〉이야말로 사상 최대 규모로 북방 유목민들의 연쇄 이동을 촉발한 일대 사건이 아닐 수 없었다. 바로 이들이 세계의 지붕 파미르고원을 넘어 중앙아시아로 쏟아져 들어가면서, 필연적으로 북방문화와 서양의 만남을 촉진시켰을 것이다. 이는 후일 게르만민족의 대이동을 일으켜 전 유럽을 뒤흔든 훈족의 아틸라칸에 5백 년, 아사나(유연柔然)족의 부민칸에 7백 년, 몽골의 칭기스칸에는 무려 1,300년이나 앞선 사건이기도 했다. 동서양의 만남은 이렇듯 天山산맥의 고원과 중앙아시아의 〈초원길〉을 통해 기원 이전의 고대에 이미 시작되었던 것이다.

노상선우 말기인 BC 161년부터 이듬해까지, 죽은 오손왕의 아들 곤막崑莫이 大월지에 대한 복수를 감행해, 강력한 오손국을 세웠다. 大월지인들은 그들이 내쫓았던 샤카인이 달아났던 길을 따라 페르가나 분지의 대완을 거쳐, 〈소그디아나〉로 이동했다. 이들은 BC 145년경, 대완大宛이 보듬고 있던 알렉산드로스대왕의 유적지를 흔적도 없이 파괴시켰다. 이어 BC 139년경에는 마침내 〈박트리아〉를 점령하면서 大월지국을 선포하고, 아무다리야강 북쪽에 도성을 쌓았다. 大월지는 西로는 〈안식安息〉(파르티아, 이란)과, 南으로 〈카슈미르〉, 北으로 〈소그디아나〉와 접했고, 인구 40만에 10만의 군대를 보유한 파미르고원 서쪽의 유목 대국으로 성장했다.

大월지는 漢의 수도 장안長安에서 직선거리로만 3천km가 넘는 먼 거리에 있었다. 당시 서부 국경은 감숙 란주蘭州였는데 그곳을 벗어나면 바로 훈족의 영역이었고, 기련산 남쪽엔 강인羌人 부락이 있었다.

"서역 땅에는 끝없는 모래사막이 펼쳐져 있고, 어마어마한 모래폭풍이 불면 모든 것이 한순간에 사라져 버린대……"

당시 이런 소문이 파다해 누구도 그곳에 가 볼 엄두를 내지 못할 때라 서역 출사는 그야말로 죽음을 각오한 모험 그 자체였다. 漢무제 3년인 BC 138년, 사신의 자격으로 일백 명의 사절단을 이끌고 장안을 떠난 장건은 농서를 나와 중앙아시아 아무다리야강으로 향하는 긴 여정에 올랐다. 통역은 서역 출신의 훈족 노예인 감보甘父가 맡았다. 당시 하서주랑과 타림분지는 모두 薰족의 통제 아래 있었다. 옥문관玉門關과 양관陽關(돈황)의 서쪽에서 파미르 동쪽, 천산산맥 남쪽 지역에 있던 서역의 36개 소국들 역시 훈족 일축왕日逐王이 동복도위僮僕都尉를 보내 통치하고 있었다.

그런데 장건 일행은 불행하게도 薰의 영역에 들어서자마자 이내 흉노병들에게 붙잡혀 선우의 왕정으로 보내지고 말았다.

"하하하! 월지는 우리 북쪽에 있는 나라다! 만일 내가 南月에 사신을 보낸다고 치자, 너희 한나라 같으면 이를 순순히 허락하겠느냐?"

장건 일행을 본 군신선우는 무모한 모험에 어이가 없다는 듯 비웃고는 오히려 그들을 설득하고 포섭하려 들었다.

"허나 너희들의 용기만큼은 참으로 가상하도다! 그냥 여기서 훈족이 되어 살도록 해라!"

선우는 장건 일행을 죽이지 않고 구금상태로 두었는데, 당시 漢나라와는 화친의 시기가 이어지던 때였다. 선우는 파격적으로 장건을 우대해 그에게 훈족의 여인을 아내로 주고, 薰에 정착하기 쉽도록 생활 여건까지 마련해 주었다.


장건이 훈족 여인과의 사이에서 아들까지 낳으면서 지내는 동안 10년이란 세월이 훌쩍 지나 버렸다. 그러나 장건은 사신의 신분을 나타내는 부절符節(신표)을 언제나 몸에 지닌 채 기회를 엿보고 있었다. 그러던 어느 날, 장건의 부하가 숙소로 뛰어 들어와 속삭였다.

"나으리, 오늘 밤 탈출을 감행하시지요. 저들의 감시가 완전히 느슨해졌습니다!"

마침내 훈국을 탈출, 부리나케 서쪽으로 달아난 장건의 무리는 신장 투르판의 〈차사국車師國〉을 거치고 총령蔥嶺(파미르고원)을 넘어 수십 일 만에 〈대완국〉에 도착했다. 그때 대완왕은 漢나라가 부유하다는 소문을 듣고 있었지만 薰족이 이를 막고 있는 상황을 안타깝게 여기던 터라, 장건 일행을 정성껏 맞이해 주었다.

"신은 大漢의 황제께서 대월지국에 보낸 사신 장건이라 합니다. 하온데 도중 흉노에 잡히는 바람에 10년을 갇혀 지냈습니다. 그러다 어렵게 탈출해 다시 대월지로 가던 길에 이렇게 대왕을 찾아뵙게 되었습니다. 대왕께서 사람을 시켜 우리 일행을 대월지국에 데려다주신다면, 그 보답으로 본국으로 귀환하는 즉시 대한의 황제께 고해, 후한 답례는 물론, 장차 대완국과 漢의 교류를 반드시 주청할 것입니다!"

"10년 만에 흉노를 탈출해 오다니, 믿기 어려운 일이오! 과인이 그대 漢나라 얘기는 많이 들었소만, 아주 부유한 나라라 들었소. 사실이오?"

호기심 많은 대완왕은 장건을 통해 漢나라에 대해 많은 이야기를 듣고는, 길 안내자와 통역까지 붙여 강거康居(우즈베키스탄)로 안내해 주었다. 강거왕 또한 유사한 방식으로 장건을 대우하여 다시 대월지까지 인도해 주었다.

그런데 막상 〈대월지국〉에 당도해 보니 그사이 상황이 크게 변해 있었다. 이미 훈족에 목이 잘린 대월지의 왕을 대신해 그 女王이 태자를 내세워 통치하고 있었고, 규수嬀水 유역으로 이주해 아프가니스탄 북부의 유목국가인 대하大夏國(박트리아)을 정복한 상태였다. 여왕이 장건 일행을 맞이하며 말했다.

"한나라 황제께서 그대들을 우리 대월지에 보내다니 놀랍기 그지없는 일이오. 그리고 10년이나 걸려 여기까지 찾아온 그대들의 노고를 진심으로 치하하는 바요. 그러나 우리의 땅은 비옥하고, 지금 우리는 그 어느 때보다 안정된 생활을 누리고 있소. 그러니 이제 흉노와의 싸움은 생각할 필요가 없게 되었소!"

"하오나, 여왕마마, 大漢은 부유한 나라입니다. 저희 황제폐하와 손잡고 힘을 합해 양쪽에서 흉노를 친다면, 저 흉악한 무리들을 일거에 무너뜨릴 수 있을 것이고, 그리되면 서역의 여러 나라들은 물론, 대월지와 많은 물자를 교역하는 이익이 지금과는 비교할 수 없을 만큼 클 것입니다. 통촉하여 주옵소서!"

장건은 여왕을 설득해 보려 애를 썼다.

"그대의 말에 일리는 있소. 그러나 우리 대월지는 여전히 흉노나 그대 漢나라에 견줄 만큼 힘이 강하질 못하오. 무엇보다 대한이 우리나라와 너무 멀리 떨어져 있소, 따라서 함께 흉노를 공격한다는 것은 사실상 불가능에 가까운 일이오. 아쉽겠지만, 우리는 이곳에 이미 정착했고, 앞으로도 평화롭게 살고자 할 따름이오."

말은 이리 했지만 사실 여왕은 漢에 대해서도 흉노와 다름없는 의심의 눈으로 보고 있었다. 흉노가 사라지면 그다음엔 틀림없이 漢나라가 대월지를 노릴 것이라고 본 것이었다. 장건의 꿈은 현명하기 그지없는 여왕의 벽을 넘지 못했다. 그럼에도 장건은 대하 등의 나라에서 서역을 답사하면서 1년여를 더 머물고, 대월지를 설득하려 공을 들였다. 그러나 漢나라와의 협공에 대해서는 끝끝내 이렇다 할 확답을 듣지 못했다.

빈손으로 돌아가야 하는 허탈감을 안고 귀국길에 오르게 된 장건은 훈족을 피해 남쪽으로 우회해 동쪽 漢나라로 향했다. 그들은 총령을 넘은 다음 곤륜산 북쪽 기슭을 타고 〈사차莎車〉와 〈우전于闐〉 등지를 거쳐 강羌족의 거주 지역으로 들어갔다. 그러나 그곳에서 또다시 흉노기병들에게 붙잡히고 말았다.

"아아, 어찌하여 이런 불행이 거듭 우리에게 닥친단 말이냐?"

장건이 절망감에 빠져 다시 1년을 보내야 했는데, 때마침 그해(BC 126년)에, 군신선우가 사망하면서 훈국 왕정이 어수선해졌다.

"선우가 죽고 그 아들과 동생이 왕위를 놓고 내란이 벌어졌다. 하늘이 이번엔 우리를 돕는구나. 지금 여기를 벗어나야 한다. 서둘러라!"

우여곡절 끝에 장건은 아내와 조수, 감보 등 세 사람을 데리고 그곳을 나와 그토록 꿈에 그리던 장안으로의 귀국을 재촉했다.

무제는 장건으로부터 서역에 대해 자세한 보고를 받고 크게 기뻐했다. 그는 장건을 태중대부太中大夫로, 감보를 봉사군奉使君에 봉해 漢에 대한 변함없는 충성과 그간의 노고, 죽음도 마다치 않은 불굴의 정신을 치하해 주었다. 장건은 심지가 굳세고 마음이 너그러워 훈족들까지 그를 좋아했다고 한다. 훈족인 감보는 활을 잘 쏘아 긴급한 상황에서 새나 짐승을 잡아 끼니를 잇는 데 크게 도움이 되었다. 처음 장건이 떠날 때는 1백 명이 함께했지만, 13년이 지나 살아 돌아온 자는 겨우 이들 두 명뿐이었다.

비록 장건은 사신으로서의 임무를 완수하지 못했지만, 그가 서역을 오가며 갖은 고초를 겪고 개척한 길이 후일 비단길silk road의 기초가 되었다. 이후 실크로드를 통해 중국의 비단과 종이, 도자기 등이 중앙아시아를 경유, 유럽으로 건너갔고, 각종 서역 물품이 반대로 漢나라로 유입되면서 동서양의 무역과 교류가 활발해졌다. 당시 서역으로 가는 무역로로 북쪽의 〈초원길〉이 유일하게 이용되고 있었다. 그러나 이 길은 강대한 북방 초원제국 薰이 장악하고 있었으니, 그들을 피해 남쪽의 불모지를 찾아야만 했던 이유가 실크로드 개척의 발단이었던 것이다.

장건의 기적 같은 생환은 漢나라 조정은 물론, 장안 전체에 서역에 대한 선풍적인 관심을 유발했다. 특히 장건은 河西 지역의 전략적 가치를 적극 주창했는데, 서역과의 교류로 장차 훌륭한 말馬을 비롯해, 진귀한 물품을 얻을 수 있고, 무엇보다 흉노의 오른팔을 자르게 되면 薰족에 치명적인 타격이 될 수 있다는 이점을 들었다.

이치사선우가 막북으로 옮겨 간 후 1년 뒤인 BC 122년, 흉노기병 수만 명이 다시금 유주의 상곡을 기습 침공해 와 漢軍 수백 명이 희생되었다. 보고를 받은 무제는 생각했다.

'흉노는 변함없이 장안에서 먼 동북 지역만 공략하고 있다. 지난 전투에서 흉노의 우현왕부가 붕괴된 탓도 있지만, 선우는 겨우 좌현왕부에 의존할 뿐, 이제는 우리가 장악한 하남은 아예 쳐다볼 생각도 하지 않는 것 같다. 장건의 말대로 이제부턴 하서 지역으로 시선을 돌릴 때가 된 것 같다……'

어느 날 무제는 감천궁으로 관군후 곽거병을 조용히 불렀다. 사실 곽거병은 효무황후인 위자부의 조카였다. 위자부가 무제의 눈에 들어 황궁으로 들어가면서 위청을 비롯한 위자부의 배다른 형제들 모두가 귀한 신분이 되었던 것이다. 맏언니인 위유는 태복 공손하에게 시집을 갔고, 둘째 언니 위소아衛少兒는 진평의 후손인 진장이라는 사내와 살고 있었는데 역시 신분을 높여 주었다.

위소아는 평양공주 집에서 지낼 때 같이 허드렛일을 돕던 곽중유라는 사내와 남몰래 정을 통해 아들을 얻었는데, 그가 바로 곽거병이었다. 곽거병은 외삼촌이 대장군인 위청이고, 고모가 황후요, 고모부가 황제인 무제였으니, 비록 그 출신은 미천했어도 당대 최고의 귀족 출신 장군인 셈이었다. 무제는 어렸을 때부터 비범하게 자란 데다 무예가 출중한 곽거병을 특별히 총애해, 이제는 처남인 위청보다 미래가 창창한 거병에게 더 큰 기대를 걸고 있었다.

곽거병을 불러낸 무제는 그와 점심을 나누고는 이리저리 궐 안을 산책했다.

"선우가 막북으로 올라간 후로는 꼼짝도 않고 그저 좌현왕을 시켜 동북 변방만 건드릴 뿐, 하남 땅엔 발도 붙이지 못하는구나, 후훗! 장군도 서역에서 살아 돌아온 장건의 이야기를 들었겠지? 하남 공략이 완성된 만큼, 짐은 이제 하서 지역으로 눈을 돌릴까 하는데 어찌 생각하느냐?"

"황상, 동북이든 하서든, 황상의 전쟁터라면 그 어디든 소장을 보내 주옵소서! 흉노가 있는 곳이라면 천 리 길도 마다치 않고 기꺼이 출정할 것입니다!"

저돌적인 거병의 대답에 기분이 좋아진 무제가 껄껄 웃고는 거병의 어깨를 감싸안고 흔들며 말했다.

"그래, 장군같이 용감무쌍한 젊은 영웅이 이처럼 앞장서 나서 줘야지! 조만간 우리도 선우의 공격에 답할 때가 되지 않았겠는가? 짐이 장군을 통해 우리 한나라 기병의 전술과 하서 지역의 전세를 시험해 볼 작정이네만, 조만간 기별이 갈 것이다! 핫핫!"

BC 121년 봄, 무제는 스무 살 청년 곽거병을 전격적으로 표기驃騎장군에 발탁하고는, 별동대 성격인 1만의 정예기병을 주어 출정케 했다. 바야흐로 하서주랑을 뚫기 위한 첫 시도였다. 장안을 떠난 곽거병의 기병대는 위수渭水를 따라 서진한 다음, 난주 일대에서 황하를 건너 하서주랑의 입구인 농서로 들어섰다. 이후 빠른 속도로 오려산烏黎山을 넘고 오초령의 북쪽 언덕을 따라 훈족의 속복부락을 덮쳤다. 이어 호노하狐奴河를 건너 6일 동안 천수, 농서 일대 5개의 흉노 소국을 연이어 덮쳤다. 곽거병이 병사들에게 엄하게 주문했다.

"항복하는 이는 살려 주되 저항하는 자는 가차 없이 베어 버려라. 약탈은 절대 아니 된다! 대신, 선우의 아들을 잡는 자에겐 큰 포상을 내릴 것이다!"

당시 하서주랑은 훈족의 혼야왕渾邪王과 휴도왕休屠王 두 왕이 동서로 나누어 관할했다. 연지산 동쪽 무위, 주천 일대는 휴도왕이, 북서쪽 장액 일대는 혼야왕이 통치하고 있었다. 이미 파발을 통해 漢나라의 기병대가 쳐들어오는 것을 알고 있던 두 왕은 서로 긴급히 연락해, 연지산이 끝나는 너른 구릉지대에 군대를 속속 집결시키고 있었다. 후속 지원군이 없던 곽거병의 기병대는 이때 대범하게도 연지산을 지나 하서주랑 깊숙이 천여 리를 진군해 들어갔다. 그리고는 연지산의 끝자락에서 마침내 하서주랑에 주둔해 있던 대규모 훈족 부대와 마주치게 되었다.

그때 잠시 양쪽에서 서로의 병력과 규모를 가늠하는가 싶더니, 느닷없이 漢군의 맨 앞에 있던 표기장군의 깃발이 곧장 훈족 진영을 향해 빠르게 이동했다. 순간 누구랄 것도 없이 漢나라 기병대가 일사불란하게 그 뒤를 따라 질풍노도처럼 흉노 본대를 향해 돌진했다. 거침없는 漢군의 공격에 흉노 쪽이 당황한 듯했으나, 곧 혼야왕의 공격 명령이 떨어지자 흉노기병대도 맞대응해 빠르게 말을 몰아 치고 나왔다. 그렇게 맨 앞의 선봉대끼리 맞부딪치기 직전 갑작스레 선두의 흉노기병들이 속절없이 고꾸라지면서 말에서 떨어져 나갔다. 漢나라 기병대의 강력한 1차 강노強弩 공격 때문이었다.

"슈슈슉!"

"쇠뇌닷! 방패를 들어라, 활을 쏴랏! 크악!"

느닷없이 쇠뇌가 나는 소리에 여기저기서 비명이 들리고, 훈족의 소왕 절란왕이 맥없이 쓰러졌다. 훈족 선두가 주춤거리는 사이 이번에는 극戟을 든 漢나라 기병대의 장창 공격이 쇄도했다. 순식간에 양쪽 기병들이 뒤엉켜 칼과 창이 맞부딪치는 근접 살육전이 펼쳐졌다. 말과 말이 부딪치고, 허공으로 화살과 쇠뇌, 창이 날아다녔으며, 피와 팔다리, 투구들이 튀어 올랐다. 히히힝 거리는 말들의 울음소리, 사람들의 함성과 고함, 비명과 신음, 병장기가 날카롭게 부딪치는 소리가 뒤엉켜 순식간에 하서주랑의 초원이 아비규환으로 돌변하고 말았다.

그러나 시간이 지날수록 漢나라 기병대의 과감한 공세에 흉노군이 점차 밀리기 시작했다. 결국 얼마 지나지 않아 흉노의 수비진영이 걷잡을 수 없이 붕괴되고 말았고, 흉노병들은 뿔뿔이 흩어져 달아나기 바빴다. 순간 와아, 하는 함성이 漢나라 진영에서 터져 나왔다.

"무리하게 뒤쫓지 마라! 흩어지지 마라!"

하서 지역에서의 소규모 첫 전투였음에도 곽거병의 漢나라 기병대는 완승을 거두었다. 이 싸움에서 훈족의 절란왕折蘭王과 노호왕盧胡王이 전사했다. 또 혼야왕의 아들을 포함, 상국과 도위 등 훈족 8천여 명이 죽거나 포로로 잡혔다. 승기를 잡은 漢군은 곧장 휴도왕의 왕정으로 향하여 훈족이 지성으로 모시던 〈제천금인祭天金人〉을 모두 빼앗고, 제단에 불을 놓았다.

전투에 참가한 흉노병사 7할이 전사했으니 하서주랑 흉노의 참패였다. 그러나 사실 곽거병의 기병대 역시 이렇다 할 전략이 아닌 근접 백병전에 의존하다 보니 엄청난 병력 손실이 있었다. 처음 출전할 때 1만의 병력 중에 살아 돌아온 자는 겨우 3천에 불과했고, 마지막 전투가 끝날 때쯤에는 전투력을 완전히 상실해 그냥 철수할 수밖에 없는 지경이었다.

사실 이번 곽거병의 하서공략은 실험적인 성격이 강해, 그곳의 지형을 익히고 별동대인 곽거병의 기병대를 훈련시키려는 목적이 컸다. 그런데 뜻밖에도 곽거병의 별동대는 기대 이상의 빠른 기동력을 과시했다. 수천 리 길을 단숨에 주파해 하서주랑 흉노 본진을 곧장 공략함으로써, 흉노의 빠른 기병전술을 漢나라도 펼칠 수 있음을 입증해 냈던 것이다. 곽거병의 기병대는 하서주랑의 서쪽 끝인 돈황까지 갔다가 개선했으니, 무제는 그들의 놀라운 기동력과 전과에 더없이 기뻐했다.


하루아침에 漢나라 기병대에 날벼락을 맞은 듯, 초토화된 하서 지역 훈족의 왕들은 망연자실했다. 특히 제천금인을 빼앗긴 휴도왕의 상심은 말로 표현할 수 없었다. 몰골이 말이 아닌 채 부서진 제단 앞에서 휴도왕은 혼잣말처럼 웅얼거렸다.

"아아, 어쩌다가 내가 이 지경을 당했단 말이냐? 조상신을 빼앗겼으니 장차 이 일을 어쩌하고, 선우를 무슨 낯으로 뵌단 말이냐?"

그의 뒤에서 형편없이 옷매무새가 흐트러진 연지가 손으로 입을 가린 채 소리 없이 흐느꼈다. 그들도 싸움을 피해 노약자들과 함께 달아났다가 피신처에서 막 돌아온 터였다. 두 아들의 얼굴 위로도 굵은 원망의 눈물방울이 흘렀고, 살아남은 수하 병사들 모두 어깨를 들썩이며 울어야 했다. 한참 후가 지나서야 연지가 조심스럽게 휴도왕에게 다가가 손을 어루만지며 말했다.

"전하, 상심은 뒤로 미루시고 서둘러 사태를 수습하셔야 합니다. 병사들의 시신을 거두시고, 부상자들을 챙기셔야지요. 부디 나약한 생각은 접으시고, 내일을 생각하셔서 의연하게 거동하셔야 합니다!"

그러나 휴도왕은 차마 연지의 얼굴을 쳐다보지 못했다.


곽거병의 기병대로 만족할 만한 성과를 올린 무제는 이제 본격적으로 본대를 출동시켜 〈河西주랑〉 원정길에 올랐다. 그해 여름이 되자, 漢무제는 수만의 기병을 집결시켜 좌우 2路로 출정케 했다. 먼저 곽거병이 맡은 右로군은 하남 땅 복판의 北地에서 출정케 했고, 左로군은 합기후 공손오가 맡아 하서주랑의 입구인 농서를 나갔다. 무제가 그 목표를 명확히 했다.

"하서주랑에는 지난봄 표기장군에게 혼쭐이 난 흉노의 두 왕이 있다. 그 외에도 하란산과 합려산, 기련산 일대에 우현왕부의 여러 왕들이 흩어져 무리를 이루고 있다. 다만 그들이 어디에 주둔하는지는 정확히 알 수 없으니, 좌우 2로군은 한마디로 어떻게든 흉노의 왕들을 찾아내 섬멸해 버려라! 이것이 짐의 뜻이니라! 이번 원정의 목적은 지난번 하남 땅에서 흉노를 몰아낸 것처럼, 하서주랑을 우리 한나라가 완전히 장악하는 데 있음을 명심하거라!"

따라서 우로군은 하란산을 넘어 북쪽으로 돌아 훈족을 위에서 아래로 몰고 내려오고, 좌로군은 하서주랑을 따라 훈족을 북서로 내몰아, 최종적으로는 기련산 일대에서 두 부대가 위아래에서 투망을 던지듯이 훈족을 섬멸해 버린다는 전략이었다.

무제는 이와는 별개로 훈족 선우의 주력부대를 견제하고 시선을 돌릴 목적으로 또 다른 2로군을 편성해, 훈족의 좌현왕부를 공격하게 했다. 박망후 장건과 낭중령 이광의 군대가 하서 지역의 반대편인 동북 우북평을 나가게 했다. 마침 훈족왕 이치사선우도 중원의 북쪽 변경지대인 안문군과 代군, 2개 군을 기습했으니, 양쪽이 동서 수천 리 전선에서 동시다발적으로 전면전을 펼치는 또 다른 양상이 전개되었다. 양쪽 다 정예 병력을 동원한 만큼 이 시기야말로 〈한훈漢薰전쟁〉의 최고조에 달한 시기였고, 무제로서는 훈족과 벌이는 일곱 번째의 전쟁이었다.

북지를 출발한 곽거병의 右로군은 영무에서 황하를 건너 훈족의 땅에 들어서자 부리나케 흉노 무리와 부락들을 찾아 나섰다. 곧바로 험준한 하란산 계곡에 들어서자 곽거병은 부대를 서너 개로 나누고는 닥치는 대로 흉노군을 공격해 8천여 흉노병사들의 수급을 베었다. 그런 와중에 하란산을 넘고 보니 눈앞엔 끝없이 펼쳐진 광활한 준계산 사막(비단지린사막)이 그들을 기다리고 있었다. 곽거병의 부하 장수들이 주저하며 진로를 물었다.

"장군, 흉적들이 사막 쪽으로 달아났습니다. 이제 앞에는 거대한 사막이고 뒤로는 우리가 넘었던 하란산인데 어쩌하시렵니까?"

"주저할 이유가 무엇이겠소? 우리의 목적은 오로지 흉노 군대를 찾아 섬멸하는 것이오. 하수(황하)를 건너 험준한 하란산을 넘었으니 여기서 되돌아갈 아무런 이유가 없소! 그러니 곧장 사막을 건널 뿐이오, 흉노가 간다면 우리도 가는 것이오!"

곽거병은 단호했다. 그의 기병대는 그렇게 모래바람을 뚫고 거침없이 북서진해 거언택居延澤까지 도달했다. 변경에서 천 리 길이나 깊숙이 들어온 터라 우로군은 비로소 여기에서 방향을 돌려 강곡수를 따라 남하를 시작했고, 크고 작은 전투를 치르면서 하서주랑의 북서쪽으로 진입, 마침내〈소월지〉근처에 도착했다. 험준한 산맥과 사막을 지나오니 오아시스가 펼쳐진 하서주랑의 평원은 그야말로 천국과 같아, 그동안의 전투와 강행군에 지친 병사들과 말들을 잠시 쉬도록 했다.

"여기 호숫가의 경치가 그만이구려! 그동안 먼 길을 달려와 모두들 지쳤을 테니 잠시 목이라도 축이고 갑시다. 여봐라, 술동이를 가져와라!"

곽거병은 커다란 술동이를 들고나와 병사들을 향해 외쳤다.

"그동안 크고 작은 전투에 노고가 많았다! 이 술은 황제폐하께서 특별히 승리를 기원하며 내게 직접 내리신 술이다. 여기는 하서주랑 한복판이다. 이제부터 본격적인 전투가 다시 시작될 것이다. 나는 여기서 여러 장병들과 이 황제주를 나눠 마시고자 한다. 폐하의 뜻을 이곳에 펼치고 승리를 다짐하는 뜻에서 다 같이 이 술을 마시고, 죽기를 각오하고 싸우자!"

곽거병은 호숫가 안으로 첨벙거리며 술동이를 들고 가서는 뚜껑을 열어 황제의 하사주를 거침없이 호수 위에 뿌려 댔다. 와아, 하는 함성과 함께, 병사들이 너 나 할 것 없이 호수로 뛰어들어 두 손으로, 투구로 호수의 물과 황제주를 함께 들이켰다.

"황제폐하 만세! 표기장군 만세!"


스무 살 청년 장군이지만 곽거병은 병사들과 호흡을 같이하고, 전투에서는 용맹한 모습으로 앞장서면서 부대를 움직이는 법을 터득하고 있었다. 곽거병이 무제의 술을 나눈 이 일대는 나중에 〈주천酒泉〉이란 지명이 붙었다. 그렇게 주천을 지나 동쪽의 장액張掖까지 내려오니, 어느새 좌로군과 회합하기로 한 기련산 동부 일대에 도착해 버렸다. 사마 조파노가 말했다.

"장군, 좌로군이 보이질 않습니다! 틀림없이 우리보다 먼저 도착했어야 할 텐데……"

"공장군의 좌로군보다 우리가 2배는 먼 길을 돌아왔을 것이오. 당연히 우릴 기다려야 정상일 텐데, 무슨 변고라도 없는지 모르겠소? 흉노의 한복판에 와 있는 만큼, 각별히 경계를 배로 하고, 척후병을 사방으로 좀 더 멀리 보내도록 하시오!"

그때 공손오의 좌로군은 하서주랑에서 길을 잃고 헤매며 우왕좌왕하고 있었다. 하서주랑의 훈족 주력부대는 바로 눈앞에 나타나게 될 공손오의 左로군을 겨냥하고 있었으나, 좌로군이 길을 헤매는 통에 아직 맞부딪치지는 않은 상황이었다. 이때도 혼야왕을 비롯한 훈족의 지도부는 곽거병의 우로군이 험준한 하란산과 사막을 넘어 거연까지 돌아 내려올 줄은 까맣게 모르고 있었다. 그러다가 곽거병의 우로군이 오히려 서쪽 후미에서 나타났다는 보고에 기겁하고 말았다.

"뭐라? 한나라 기병대가 뒤쪽에서 나타났다고? 그게 무슨 소리냐?"

혼야왕이 놀라 보고를 확인하는 사이 또 다른 보고가 날아들었다.

"큰일입니다, 전하! 표기장군의 깃발이 나부끼고 있습니다!"

순간 혼야왕의 머리가 하얘졌다.

"그게 사실이더냐? 곽거병 그자가 어찌하여 뒤에서 홀연히 나타날 수 있단 말이더냐?"


그러는 사이 곽거병의 진영에서도 척후병으로부터 드디어 흉노군이 앞쪽에 집결해 있다는 보고가 들어왔다. 거병이 그 즉시 말에 올라타니 부하들이 말리려 들었다.

"장군, 잠시 좌로군을 기다려야 하는 것 아닙니까?"

"그렇지 않소! 좌로군이 왔다면 진즉에 왔을 것이오. 바로 앞에 흉노가 있는데 생각할 시간을 주어선 아니 되오! 여태껏 해 온 대로 우리가 먼저 치고 들어가 선제기습 공격을 날려 버립시다! 전군 출동하랏!"

곽거병이 선두에 선 우로군은 전열을 정비한 다음 맹렬한 기세로 훈족 부대로 돌진해 들어갔고, 곧이어 격렬한 전투가 벌어졌다. 그러나 얼마 지나지 않아 표기장군의 명성에 눌려서인지 또다시 훈족 부대의 대오가 무너지더니 흩어져 달아나기 바빴다.

승기를 잡은 漢의 우로군은 달아나는 흉노를 추격해 기련산 계곡에 흩어져 살던 강족의 여러 부락민마저 서쪽으로 몰아내면서, 하서주랑으로 통하는 길을 확보하는 데 성공했다. 곽거병의 우로군이 홀로 승승장구하던 그때까지도 공손오가 이끄는 좌로군은 기련산 근처에 모습을 나타내지 않았다.


이와는 반대로 동부전선에서는 이광李廣이 이끄는 4천의 기병대가 먼저 우북평을 나섰으나, 이내 훈족 좌현왕부의 4만여 기병대에 포위당하고 말았다. 그러나 절대적인 수적 열세에도 불구하고, 비장군 이광은 흔들리지 않았다. 그는 서둘러 부대를 둘로 나누고는, 먼저 아들인 이감李敢에게 수천의 기병대를 지휘해 흉노진영 중앙으로 곧장 돌진해서 포위망을 뚫고 나가게 했다. 이로써 흉노군도 안팎의 두 부대를 상대하느라 진영이 흐트러졌다. 이를 본 나머지 병력에게 이광이 소리치며 사기를 북돋웠다.

"보아라! 흉노는 생각보다 겁이 많고 쉽다. 절대 적의 숫자에 겁먹지 말라!"

그리고는 방패를 앞세워 둥근 원진을 펼치게 하고, 바깥으로 궁노를 향하게 하면서 대오를 유지했다. 훈족의 공격이 시작되면서 화살이 비 오듯 쏟아져 많은 사상자가 나왔지만 그래도 대열이 흩어지지 않고 유지되었다.

"궁노를 쏘지 마라! 당황하지 마라! 쇠뇌를 아껴라, 쏘지 마라!"

병사들에게는 그렇게 명령을 내리고 정작 이광 본인은 대황연노를 들고 흉노 비장 여럿을 차례로 쏘아 쓰러뜨렸다. 흉노 병사들이 놀라서 주춤하고 잠시 공세가 수그러드는 사이 날이 저물었다. 격렬한 전투 결과로 사망자와 부상자가 속출했고 병사들의 몰골이 말이 아니었으나, 비장군 이광은 아무 일 없었다는 듯 쉬지도 않고 병사들을 격려하고 다니니, 사람들이 그의 용맹함과 담대한 지도력에 크게 감동했다.

다음 날 날이 밝자마자 다시 전투가 개시되었다. 다행히도 그때 박망후 장건이 1만의 기병을 이끌고 속속 도착하니 훈족의 좌현왕이 발을 동동 구르며 분개하였다.

"에잇, 다 잡은 이광을 또 놓치게 되었구나! 한나라 기병대가 계속 들이닥치니 안 되겠다. 이쯤 해서 철수해야겠다. 퇴각하랏, 퇴각!"

퇴각을 알리는 나발 소리에 좌현왕의 군대가 썰물처럼 빠져나가면서 이틀간의 격전이 비로소 끝이 났다. 낭중령 이광의 군대는 중과부적에도 선전해 훈족 병사 3천의 목을 베었으나, 정작 자신의 부대 역시 거의 모두가 희생당하는 수모를 겪어야 했다. 그 무렵 선우의 친위부대는 요란스럽게 안문과 代군으로 침입했으나, 漢나라군의 병력이 많지 않아 고작 수백 명을 죽이는 헛수고만 하고는 돌아갔을 뿐이었다.

〈하서주랑〉 확보를 목표로 한 이번 전투에서 단연 빛을 발한 이는 청년장군 곽거병이었다. 그는 수개월 동안 연거푸 두 번을 출정하면서 흉노 진영 깊숙이 수천 리를 진격해 곳곳에서 흉노부대를 격파했다. 이번 전투에서 漢군은 훈족 병사 3만의 수급을 베었고 2,500여 명을 포로로 잡았다. 그중에는 추도왕 등 훈족의 다섯 소왕에, 그들의 모친, 선우의 연지와 왕자 59명, 상국과 장군, 당호, 도위 등 장수 63명이 포함되었다.

물론 漢나라 역시 피해가 커서 10분의 3에 해당하는 병력을 잃었으나, 그 혁혁한 성과에 비할 바가 아니었다. 표기장군은 5천 호를 더 봉하였고, 기타 응격사마 조파노를 비롯한 수하 장수들이 큰 포상을 받았다. 다만, 하서주랑에서 길을 잃고 헤맸던 합기후 공손오와, 우물거리다 이광의 부대를 신속히 지원하지 못했던 박망후 장건은 참형을 면하는 대신 속죄금을 물고 평민이 되었다. 낭중령 이광은 거의 모든 병력을 잃었지만 3천여 흉노병을 죽여 공과 실이 같다 하여 별일 없이 지나갔다.

황제의 절대적인 총애 속에 표기장군 곽거병의 부대는 그야말로 최정예 병사들로 이루어져 다른 장군들이 이끄는 부대를 압도했다. 오히려 그 이동 속도가 너무 빠르고 전공이 많다 보니 상대적으로 다른 장군들이 함께 출정하는 것을 기피할 정도였다. 무제의 표기장군에 대한 신임은 날로 공고해져 이제 대장군 위청과 같은 반열에 오르게 되었다.

그해 가을이 되자 훈족 이치사선우는 하서주랑을 漢나라에 빼앗긴데다 수만 명의 군사를 잃게 된 배경에, 표기장군 곽거병의 존재가 결정적이었음을 알게 되었다.

"그런 스무 살 애송이가 하서주랑을 휘젓고 다니는 사이 혼야왕이나 휴도왕은 대체 무얼 했단 말이냐? 고작 1만 밖에 안 되는 곽거병의 기병에게 제천금인祭天金人을 빼앗기질 않나, 어떻게 대연지랑, 연지들, 수많은 왕자들이 포로로 잡혀가게 할 수 있단 말이냐?"

선우는 이를 갈며 격분했다.

"그것도 한 번도 아니고 연거푸 똑같은 애송이에게 당한다는 게 말이 되는가? 그러고도 전장에서 달아나 목숨을 유지하고 있다고? 내 이들을 절대 용서할 수 없다. 여봐라, 당장 혼야왕과 휴도왕을 왕정으로 불러들여라! 내 반드시 이 자들의 목을 베고 말 것이니라!"

그때 혼야왕은 거듭된 연패에다 하서 지역을 잃어버린 대역죄를 씻을 길이 없음을 알고 크게 걱정하고 있었다.

'선우께서 날 살려 둘 리가 없다. 이 위기를 어찌 극복할꼬……'

그러다가 이웃한 휴도왕은 제천금인까지 빼앗겨 오히려 자기보다 더욱 절망적인 상황일 것이라는 생각에까지 미쳤다. 그가 은밀하게 휴도왕의 막사로 찾아가 주위를 물리치고는 조심스레 말을 꺼냈다.

"선우의 성정으로 보아 우리 둘 다 죽은 목숨이나 다름없소. 한나라는 투항하는 훈국의 왕이나 장수들을 항상 우대해 왔소. 차라리 한나라에 투항해 일단 목숨부터 살리고, 그다음을 도모함이 어떻겠소?"

낙담해 있던 휴도왕에게도 귀가 번쩍 뜨이는 말이었다. 파격적인 제안에 휴도왕이 되물었다.

"그게 가당키나 한 말씀이오?"

"내가 은밀하게 한나라 변경에 사람을 보내 우리 뜻을 알릴 작정이오. 저쪽에서 기별이 오는 즉시 같이 행동으로 옮기십시다!"

어차피 죽은 목숨이나 다름없는 두 왕은 같이 漢나라에 투항하기로 뜻을 모았다. 혼야왕이 변경으로 은밀하게 사자를 보냈다.

그즈음 마침 대행 이식이 황하 인근에서 요새를 쌓던 중에 우연히 혼야왕의 사자를 접하게 되었다. 그는 하서 지역을 실질적으로 지배하던 2인의 흉노왕이 투항하려 한다는 말을 듣고 크게 놀라, 그 즉시 파발을 보내 한나라 조정에 보고했다.

"무엇이라? 하서의 흉노왕들이 둘씩이나 투항해 오겠다고? 그게 진정 사실이더냐?"

무제는 흥분을 금치 못한 채 크게 기뻐했으나, 이내 다른 계략이 아닌지 의심하고는 별도의 지시를 내렸다.

"그자들의 투항이 진정인지, 아니면 거짓 투항 후 역습하려는 것인지 아직 알 길이 없다. 하니, 표기장군이 병력을 이끌고 그들을 맞이하도록 하되, 다른 낌새를 보이거나 하면 즉시 대응할 수 있도록 하라!"

한편, 혼야왕과 함께 투항을 약속했던 휴도왕은 혼야왕이 돌아가자마자 고민을 거듭한 끝에 후회하기 시작했다. 결국 선우는 물론 자국 백성들에 대한 의리를 차마 버릴 수 없다고 생각하고는 투항을 철회하기로 마음먹었다.

얼마 후 漢나라 변경으로 보냈던 사자가 돌아와 소식을 전하자마자 혼야왕은 급히 휴도왕의 막사를 찾았다.

"희소식이오! 한나라 황제가 우리 둘의 투항을 환영한다는 전갈이 왔소!"

그 말을 듣던 휴도왕이 곤혹스러운 표정으로 말했다.

"그런데 말이오……. 나는 도저히 아니 되겠소! 차마 우리 부 백성들과 선우를 버리지 못하겠소, 미안하오만, 혼야왕께서도 생각을 바꿀 수는 없는 일이겠소?"

순간 할 말을 잃은 혼야왕의 얼굴이 흙빛으로 바뀌었다.

"……."

"정 그렇다면, 혼야왕의 뜻대로 하시오! 대신 나는 이 사실을 모르는 것으로 하고, 일체를 비밀로 하겠소이다!"

혼야왕을 설득하려던 휴도왕은 차마 혼야왕의 얼굴을 보지 못하고 돌아서서 좌석으로 돌아가려 했다. 그 순간 혼야왕이 칼을 뽑아 휴도왕의 등 뒤로 몰래 다가가 옆구리를 깊이 찌르고는 입을 틀어막았다. 아아, 하는 외마디 소리와 함께 휴도왕이 맥없이 쓰러졌다. 혼야왕이 잠시 시신을 물끄러미 바라보며 혼잣말을 했다.

"처음부터 선택의 여지가 없었던 일임을 왜 모르셨소? 잘 가시구려……"

그리고는 칼을 든 채로 바로 막사를 나와 제장들을 불러 모았다.

"모두 잘 들으시오! 방금 내가 휴도왕을 죽였소! 그가 한나라에 투항하자고 해서 이를 거절했더니 내게 칼을 들고 달려들어, 나로서도 어쩔 수 없었소! 부지불식간에 일어난 일이었지만, 허나 이는 백성들과 대선우에 대한 명백한 반역 행위요, 그는 당연히 죽어 마땅한 배신자였소!"

갑자기 주위가 소란스러워지더니, 막사에서 꺄악, 하는 비명과 함께 시종들의 울음소리가 터져 나왔다. 혼야왕이 아랑곳하지 않고 목소리를 더욱 높여 말했다.

"지금은 한나라와 전쟁 중인 비상시국이오! 빠른 사태 수습을 위해 곧바로 휴도왕부를 혼야왕부에 병합할 수밖에 없으니, 소왕들과 제장들은 이에 적극 협조하기 바라오! 그리고 이것은 나 혼야왕의 명령이오!"

그리고는 서둘러 말에 올라 일행과 함께 혼야왕부로 내달렸다.

그때 휴도왕의 막사 안에서는 연지와 그의 두 아들이 뛰어 들어와 한 바탕 소동이 났다.

"전하, 이게 어찌 된 일이옵니까? 전하, 눈을 떠 보십시오! 흑흑!"

"어머니, 대체 이게 무슨 일……. 엉엉!"

부친의 시신을 끌어안고 펑펑 울던 큰 왕자가 갑자기 막사 밖으로 나가더니 혼야왕을 따라가 죽이겠다고 소리를 지르고, 말을 타려 했다. 휴도왕의 비장들이 나서서 말리는 바람에 소동이 한참까지 이어졌다.


얼마 후, 표기장군이 흉노왕들을 맞이하기 위해 1만 명의 궁수로 된 기병을 이끌고 황하를 다시 건넜다. 마침내 漢군은 혼야왕의 부대와 작은 강 하나를 사이에 두고 양 진영이 멀리서 서로 대치하는 모양새를 이루었다. 그사이 혼야왕은 신속하게 휴도왕부를 병합하고 난 뒤였다. 그는 아주 최측근 비소장들과 투항할 것을 짜고, 겉으로는 漢나라와 전쟁을 하려는 것처럼 가장해 흉노병사들을 이곳까지 끌고 온 것이었다.

혼야왕의 소왕들은 붉은 표기장군의 깃발이 휘날리는 漢군의 진용이 일사분란해 보이고 강성한 기운을 드러내고 있어 내심 두려운 마음이 가득했다. 그때 혼야왕이 굳은 결심을 한 듯, 병사들 앞에 나서서 큰 소리로 말했다.

"잘 들어라! 지금 우리 앞에는 악명 높은 한나라 표기장군의 부대가 와 있다. 알다시피 그들은 강하고 무적이다. 우리 하서 지역의 우현왕부는 연이은 저들의 공격에 사실상 붕괴된 것이나 다름없다. 지금 우리가 저들과 다시 전투를 벌인들 병력이나 전투력에 있어 나을 것이 하나 없다. 나는 이런 사태를 예견하고 많은 고심을 했다. 하여 사전에 저들에게 협상을 넣은 결과 우리가 투항한다면, 순순히 살려 주는 것은 물론, 우리가 살 땅을 마련해 주고, 우리끼리 따로 모여 살 수 있도록 해 주기로 약속했다."

순간 군사들이 놀라 진영이 크게 술렁이고 우왕좌왕했다. 소왕 한 명이 앞에 나와 혼야왕의 말을 가로막았다.

"전하, 그게 무슨 말씀이십니까? 지금 한나라에 투항하자는 말씀입니까? 그게 말이 되는 소리요?"

그러자 혼야왕이 비장한 표정으로 답했다.

"여러 소왕, 비소장, 병사들은 들으라! 이 싸움은 결코 승리할 수 없다. 귀중한 목숨을 헛되이 버릴 필요는 없는 것이다. 일단 항복해 전투로 인한 대규모 희생을 줄이고 함께 모여 살아남을 수 있다면, 반드시 후일을 도모할 수 있을 것이다!"

혼야왕이 목이 터져라 호소하고 나섰고, 그러자 몇 명의 측근 비소장이 일제히 앞장서서 그러자고 동의하면서 항복을 부추겼다. 그러나 반대하는 자들도 앞에 나와 소리를 지르며 맞대응했다.

"말도 안 되는 소리요. 우리 모두의 항복이라니? 우리 흉족이 한적 앞에 머리를 숙인 적이 없소! 있을 수 없는 일이오! 이는 명백한 배신이오!"

"그렇다. 배신자를 죽여라!"

갑작스레 큰 소동으로 번지게 되자, 혼야왕이 결심한 듯 말했다.

"좋다! 어차피 모두가 동의할 거라 생각하진 않았다! 여기서 택일을 할 수 있도록 해 주겠다. 항복하려는 자는 여기 남고, 그렇지 않은 자는 떠나가도 좋다. 잘 생각하라!"

그러자, 많은 흉족 병사들이 말머리를 돌려 달아나기 시작했고, 흉족 진영은 일대 혼란에 빠지고 말았다.

먼발치서 그 모습을 지켜보던 곽거병은 무언가 사태가 심상치 않음을 간파하고, 즉시 출정 명령을 내렸다.

316

"항복하는 자는 베지 말고, 저항하는 자는 가차 없이 목을 벤다! 출격하라!"

그리고는 강을 건너 훈족 진영으로 말을 내달려 혼야왕을 겹겹이 감싸 보호하고, 일부는 달아나는 흉노군을 추격했다.

한참 후 소동이 마무리되었을 즈음에는 훈족 병사 8천여 명이 희생되고 난 후였다. 곽거병은 일단 혼야왕만을 파발마에 태워 먼저 행재소로 보내고, 혼야왕을 따라 투항한 흉노 무리를 데리고 황하를 건너 돌아왔다. 漢나라 조정에서는 이때 투항해 온 훈족이 10만이 넘는다고 선전했으나, 실상은 그 절반도 되지 않는 4만여 명 수준이었다고 한다.

그때 포로들의 행렬 속에는 혼야왕에게 살해된 휴도왕의 연지와 두 아들도 있었다.

"너희들은 분노를 감추고, 절대 경거망동하지 마라! 가능한 고개를 떨궈 사병들의 눈을 피해 마주 보지 말아라! 반드시 살아남는 것이 중요한 것이니라! 정신을 똑바로 차리고, 이 어미와 함께 떨어지지 않도록 곁에 꼭 붙어 다니거라!"

옷매무새와 머리칼이 헝클어져 몰골이 말이 아닌 휴도왕의 연지가 두 아들을 다독이며, 포승줄에 묶인 채 하염없이 끌려가고 있었다.


무제는 漢군의 대승과 함께 혼야왕이 항복을 위해 직접 장안으로 온다는 소식에 크게 고무되어 대대적인 환영 행사를 준비하도록 했다. 이를 위해 장안에 수레 2만 대를 동원해 영접하도록 했는데, 황실에 돈이 부족해 민간에서 말을 징발해야 했다. 그 바람에 백성들 사이에서는 말을 숨기는 소동까지 벌어질 정도였다. 혼야왕은 장안에서의 이러한 떠들썩한 환영에 얼이 나갔다. 무제는 기쁨에 들떠 혼야왕을 맞이했다.

"오오, 그대가 진정 혼야왕이신가? 어서 오시오, 진심으로 그대들을 환영하는 바이오!"

"훈국 혼야왕이 이렇게 황제폐하를 뵙습니다!"

혼야왕은 무제 앞에 머리를 풀어 부복하고 명을 기다렸다. 상서시랑이 큰 소리로 조서를 읽어 내려갔다.

"혼야왕은 들으라! 혼야왕을 탑음후로 삼고, 1만 호에 봉하노라!"

그뿐만 아니라 무제는 혼야왕에게 수십만 금을 하사했다. 또 그를 따라 투항한 부하들 가운데 호독니를 비롯한 4명의 비왕들도 열후로 봉했다. 흉노를 지나치게 우대한 나머지 급암汲黯과 같은 대신은 천하를 시끄럽게 하고 중원을 피폐하게 만들면서까지 흉노 무리를 섬기는 이유가 무엇이냐고 무제를 비난할 정도였다. 무제는 이에 개의치 않았고, 이어서 표기장군 곽거병의 공로를 크게 치하했다.

"표기장군이 궁수 1만여 기를 끌고 나가 흉노를 공격해, 서역왕과 혼야왕, 그리고 그 백성들 모두가 우리에게 투항했다. 거칠게 굴고 저항한 자들 8천여 명을 참수하거나 포로로 잡았다. 32명의 왕들이 굴복해 왔고, 10만의 흉노 무리가 귀순해 왔다. 곽거병이 자주 출정한 덕에 이제 河水의 요새는 오래도록 평화로이 지낼 수 있을 것이다. 표기장군에게 1,700호를 더하라!"

그리고는 흉노 백성들을 황하 아래 하남 땅 안의 秦장성 밖에 있는 5개 郡 즉 농서, 북지, 상, 삭방, 운중군에 나누어 이주시켰다. 또 이들을 원래 훈족의 풍속대로 살도록 해 주되, 漢나라의 5개 속국으로 삼게 했다. 혼야왕이 漢나라에 바친 하서주랑의 수비 강화를 위해 무위와 주천에 2개 郡을 새로 두니, 하서에서 남산, 염택에 이르기까지 흉노인들이 살지 않아 텅 비게 되었고, 이따금 척후병만 보낼 뿐이었다. 이에 농서군, 북지군, 상군의 수비병 수를 절반으로 줄여 부역의 부담을 덜어 주니 백성들이 모두 좋아했다.

언제부터인가 훈족들 사이에 슬픈 노래가 유행했다.

| | |
|---|---|
| 기련산에서 망하고 나니 | 亡我祁連山 |
| 기르던 가축들이 번식하지 못하고, | 使我牲畜不繁殖 |
| 우리가 연지산을 잃고 나니 | 失我焉支山 |
| 시집간 여인네들 낯빛이 사라졌네. | 使我嫁婦無顏色 |
| 우리가 금신인을 빼앗기니 | 奪我金神人 |
| 하늘에 제사도 지내지 못하네. | 使我不得祭於天 |

# 16. 漢무제 대 이치사선우

말들이 드넓은 초원의 풀을 뜯는 풍요로운 땅, 여인들이 볼 화장 때 바르던 고운 연지꽃이 나는 땅, 그런 〈하서주랑〉을 상실한 훈족의 타격은 말 그대로 오른팔을 잃은 것처럼 심각한 것이었다. 이때부터 훈족은 가축의 수가 급격히 줄고 인구 또한 크게 감소했다. 이듬해 BC 120년 가을, 이치사선우는 우현왕부의 참패에 분풀이라도 하듯 수만의 기병을 동원, 동북 우북평과 정양을 침범해 수천 명을 살해하고 물건을 약탈해 갔다. 그러나 이러한 도발은 결과적으로 漢의 대대적인 공습을 앞당겼을 뿐이었다.

河南과 河西전쟁에서 연거푸 승리를 쟁취하여 기세가 오른 무제는 이제야말로 훈족 선우의 왕정을 제대로 공략할 때라 생각하고 이를 조정 회의에 부쳤다.

"항장降將 조신趙信은 틀림없이 우리 漢군이 막북 깊숙이 들어온다거나 오래 머물 수 있을 것이라고는 생각지 못할 것입니다. 이러한 때 군사를 일으켜 허를 치게 되면, 승산이 제법 클 것입니다. 황상!"

"짐의 생각도 그러하다! 그래, 이제 마지막 단계로 이치사를 칠 때가 된 것이다. 날이 풀리는 대로 이제 막북을 노릴 것이다!"

이듬해 BC 119년 봄, 무제는 10만 정예기병으로 구성된 漢나라의 주력부대를 다시 좌우 2部로 나누어, 대장군 위청이 右부를, 표기장군 곽거병이 左부의 군사 5만씩을 각각 맡게 했다. 표기장군은 이제 대장군 위청과 나란히 동등한 지위에 오르게 되었는데, 특히 적진 깊숙이까지 침투가 가능한 정예병들은 주로 곽거병의 좌로군에 배치되었다. 이외에도 배후에서 이들 전투 병력을 위해 식량과 물자, 무기, 군마 등을 공급하는 일반 보병 수십만 명이 따라붙었다. 이를 위해 사전에 민가에서 14만 필의 말을 징발했으니, 이 싸움에서 薰의 선우와 끝장을 보려는 무제의 확고한 결심을 알 수 있었다.

그즈음 장안으로 선우의 주력부대가 서쪽에 있다는 정보가 날아들었다. 이에 무제는 곽거병의 좌로군으로 하여금 먼저 정양定襄에서 나가 선우를 치도록 하고, 위청의 우로군은 代郡을 나가게 했다. 그런데 선발 출정했던 좌로군이 얼마 되지 않아 곧바로 흉노 포로를 잡게 되어 선우의 위치를 캐물었다.

"선우가 어디에 주둔하고 있는지 똑바로 대면 살려 주겠다!"

"그것이……. 목숨만 살려 주십쇼! 선우께서는 동쪽에 계십니다요."

보고를 받은 무제는 다시금 곽거병을 우로군으로 바꾸어 代郡에서 북진하도록 하고, 위청의 군대를 좌로군으로 삼아 정양에서 출병하게 했다. 선우를 공격하는 일을 굳이 곽거병에게 맡기려는 조치였으니, 대장군 위청으로서는 수하들에게 면面이 떨어지는 일이 아닐 수 없었다.

대대적인 漢군의 춘계 공습은 즉시 훈족 선우의 왕정에도 알려졌다. 장군 조신이 말했다.

"한나라 군사들이 사막을 넘게 되면 말이고 사람이고 모두 피로에 지쳐 버릴 테고, 그때 그들을 덮치면 될 것이니 그리 두려워할 일은 아닙니다!"

이치사선우는 그의 말을 믿고 정예부대를 막북에 두고 漢군을 기다리는 한편, 식량과 물자는 더 멀리 북쪽으로 빼돌려 놓았다. 그런데 위청 역시 정양을 나서 얼마 지나지 않아 잡혀 온 포로로부터 과연 선우가 동쪽으로 이동했다는 정보를 입수하고는 친히 정예부대를 이끌고 진군하기로 했다.

이때 이광李廣이 前장군이 되어 위청의 선봉을 맡고 있었다. 원래는 이광이 노쇠했다는 이유로 출정 장군 명부에도 빠져 있었으나, 이광 스스로 황제에게 몇 번이나 글을 올린 끝에 겨우 허락을 얻어 출전할 수 있었다. 위청이 이광에게 우장군 조이기와 합류해 동쪽 길로 가라는 명을 내리자, 이광이 대장군에게 이의를 제기하고 나섰다.

"대장군, 소장은 선봉을 맡은 前장군이거늘 어찌 자리를 바꾸어 동쪽 길로 돌아가라 하십니까? 소장은 젊어서부터 오랜 세월 흉노와 싸워 왔습니다. 이제 비로소 선우와 맞닥뜨려 싸울 수 있는 절호의 기회가 왔으니, 소장이 앞장서 목숨을 걸고 싸울 수 있도록 허락해 주시지요!"

그러나 위청은 출정 전부터 무제로부터 따로 들은 말이 있었다.

"이광은 이미 늙은 데다 운이 따르지 않는 장수다. 허니 선우와 대적하게 하지 마라. 대적한들 그가 바라는 대로 되지도 않을 것이다……"

무제의 명을 따라야 하는 위청은 이광의 부탁을 단호하게 자르고 들어주지 않았다. 대신 평민으로 있다가 中장군이 되어 출전한 공손오로 하여금 선봉을 맡겨 선우에 대적하게 했다. 衛황후와 함께 처음 궁에 들어왔을 때 대장공주로부터 구해 준 사실을 잊지 않고, 공손오에게 다시금 공을 세울 기회를 주려 했던 것이다. 이광이 분개하여 대장군에게 인사도 없이 조이기와 합류하기 위해 동쪽으로 향했다.

위청의 본대는 요새로부터 천여 리를 더 가서야 마침내 진을 치고 그들을 기다리고 있는 훈족 주력부대와 마주쳤다.

"흉노 선우의 주력군이다. 잘 들어라! 본진 주변에 서둘러 무강거武剛車(가죽 덮은 전차용 수레)를 둥글게 배치하라! 정신 똑바로 차려랏!"

그리고는 진용을 열어 우선 5천의 기병대를 적진에 돌진시켜 군세를 알아보려 했다. 이에 선우도 1만의 기병대를 내보내 응수하니, 삽시간에 대전투가 벌어졌다. 이후 날이 저물도록 쌍방이 승부를 내지 못하고 격전을 벌이는 사이, 돌연 강한 돌풍이 불어닥쳐 모래와 자갈이 얼굴을 때려 대는 통에 서로 피아를 구분할 수 없는 지경이 되었다. 위청이 혼란을 틈타 냉정을 잃지 않고 명령을 내렸다.

"지금이다! 전군全軍은 둘로 나뉘어, 양 날개를 펼치듯 흉노군을 에워싸라! 흉노군을 포위하라!"

혼란 속에서도 선우는 어느 순간 漢군이 자기들 薰軍에 대한 포위망을 좁혀 오는 것을 감지했다. 그는 이내 漢군의 숫자가 너무 많은 데다 기병들이나 말이 물러나지 않고 군세어, 좀처럼 전세가 역전될 기미가 없음을 느끼고 초조해졌다. 결국 사방이 어두워진 틈을 타 6마리 노새가 끄는 전차 육라六騾에 오른 다음, 수백 정예기병의 호위 속에 포위망을 뚫고 북서쪽으로 달아나 버렸다.

어둠 속에서 선우가 빠져나간 줄도 모르고 양측 군사들이 서로 뒤엉켜 전투를 지속하다 보니 양쪽 모두 비슷한 규모의 사상자를 내게 되었다. 나중에 좌측을 맡은 漢군의 교위가 흉노병들을 포로로 잡았는데, 그들의 입을 통해 해 질 무렵 선우가 이미 달아났음을 알았다.

"으음, 선우 이자가 쥐새끼처럼 약빠른 놈이로구나……. 서둘러 날랜 기병들을 추려라! 선우를 쫓아 끝까지 추격해 반드시 잡아야 한다. 황제의 명령이시다!"

위청은 선두 추격대를 먼저 보내고, 본인도 군대를 정비해 곧장 그 뒤를 따랐다. 漢군은 동이 틀 때까지 2백여 리를 추격했으나 결국 선우를 따라잡는 데는 실패했다. 그러나 전투를 통해 죽이거나 포로로 잡은 흉노군이 1만여 명에 달했다. 선우와의 정면 대결에서 승기를 잡은 위청은 북진을 거듭해 전안산의 조신성趙信城까지 이르렀다. 그곳 성안에서 훈족이 미리 잔뜩 쌓아 두었던 대량의 식량마저 찾아냈다.

"흐음, 이자들이 이렇게 북쪽 멀리 식량을 쌓아 둔 걸 보면, 작심하고 장기전을 준비한 듯하다. 일단, 여기서 하루를 머물며 병사들과 말을 배불리 먹게 하고, 충분히 휴식을 취하게 하라!"

그리고는 이튿날 조신성을 떠나면서 남아 있던 곡식을 죄다 불태워 버리니, 식량이 타면서 내뿜는 그을음과 연기가 하늘 높이 치솟았고, 천지에 곡식 타는 냄새가 진동했다.


그 무렵 우로군을 맡아 代郡을 나간 표기장군은 이감李敢 등을 대교大校로 삼고, 지리를 잘 아는 흉노인을 길잡이로 삼아 우북평에서도 북으로 천여 리나 진격해 올라갔다. 도중 홍성에서 우북평군 태수 노박덕과 어양태수 해解가 군사를 이끌고 합류해 병력이 더욱 늘어났다. 표기장군은 군사들의 군장을 가볍게 꾸리게 하여 이동이 쉽게 한 다음, 이미 사로잡은 흉노 병사들마저 이끌고 고비사막을 가로질러 북진을 지속했다. 이윽고 척후로부터 보고가 날아들었다.

"흉노 좌현왕의 부대가 앞에서 아군을 기다리고 있습니다!"

"대교 이감, 북지도위 위산衛山은 정면 중앙 돌파를 맡으시오! 종표후 조파노趙破奴와 창무후 조안계趙安稽 등 나머지 부대는 좌우로 나누어 신속하게 좌현왕 부대를 포위하도록 하시오!"

표기장군의 전략 회의가 끝나자마자 곧 진군을 알리는 북소리가 들리고, 漢군은 일제히 커다란 함성과 함께 薰족 진영을 향해 돌진해 들어갔다. 양측에서 격렬한 접전이 벌어지고 사상자가 속출했다. 한참을 싸운 끝에 역시 숫자에서 우위에 있던 漢군이 흉노군의 방어진을 깨기 시작하면서 좌현왕부의 군대가 붕괴되기 시작했다. 이때 선두에서 싸우던 이감의 부대가 흉노의 깃발을 빼앗고 소리쳤다.

"좌현왕의 깃발과 북을 빼앗았다! 좌현왕기를 빼앗았다!"

그러자 이를 목격한 좌현왕군이 전의를 상실했는지 뿔뿔이 흩어져 달아나기 시작했다. 이후의 싸움은 달아나는 흉노부대와의 추격전 양상으로, 우로군은 이후산離候山을 넘고 궁려하弓閭河를 건넜다. 그때까지 훈족왕 비거기의 목을 베었고, 둔두왕, 한왕 및 3명의 장군과 상국, 당호, 도위 등 훈족 제장 83명을 사로잡는 전과를 올렸다.

곽거병은 북진을 계속한 끝에 이윽고 낭거서산까지 오르게 되었다. 여기서 그는 전장에서 목숨을 잃은 장병들의 영혼을 달래기 위해 제단을 쌓게 하고, 천신天神에 제를 올렸다. 이어 고연산姑衍山에 올랐을 때는 지신地神에게 제를 지냈다. 곽거병은 그렇게 총 2천여 리를 행군한 끝에 기어코 북쪽 한해翰海(바이칼호)까지 도달했다. 그는 한해 인근의 높은 산에 올라 바다처럼 광대한 호수를 내려다보고는, 비로소 회군하였다.

곽거병은 주로 현지에서 훈족으로부터 식량을 빼앗아 먹을 것을 조달하는 방식으로 군량의 부족함 없이 먼 곳까지 진격할 수 있었다. 곽거병과의 〈막북전쟁〉에서 패한 좌현왕은 겨우 살아남아 달아났으나, 그 부대는 완전히 괴멸되어 죽거나 포로로 잡힌 자가 무려 7만을 넘었다.

그즈음 위청의 명으로 동쪽으로 향했던 이광과 우장군 조이기의 부대는 각각 서로 갈라져 진격했다. 그런데 원래도 길을 우회해야 하는 데다, 중도에 가는 길마저 잃고 헤매다가 선우의 본대를 공격하는 시간에 맞추지 못해 한참을 늦고 말았다. 그 바람에 대장군 위청의 부대가 선우를 패퇴시키고 철수하면서 사막 남쪽 지역을 내려오다 뒤늦게 두 장군과 만나게 되었다.

비록 선우를 격파하긴 했지만, 선우를 놓친 데다 포로로 잡거나 목을 벤 흉노병의 숫자가 적어 대장군은 위기감을 느끼고 있었다. 그런 터라서 약속을 지키지 못하고 제때 합류하지 못한 두 장군에 대해 크게 화가 나 있었다. 위청은 장사長史에게 말린 밥과 탁주를 들려 이광에게 보내 주고, 늦어진 이유를 심문하게 했다.

"장군께서 지체했던 이유를 알려 주십시오. 대장군은 이 모든 상황을 황제폐하께 보고하실 생각입니다."

"나 원 참……. 다른 교위들에게는 죄가 없소이다. 내가 길을 잘못 든 것이니 내가 직접 심문을 받을 것이오!"

까마득하게 나이 어린 후배 장졸에게 질책을 듣고 자존심이 잔뜩 상한 이광은 구체적인 답변을 거부한 채 자기의 막사로 돌아와 부하들에게 말했다.

"나, 이광은 젊어서부터 흉노와 70여 차례 크고 작은 전투를 해 왔다. 다행히 이번에 대장군을 따라 출정해 선우의 군사와 직접 겨루려 했는데, 대장군이 우리 부대를 멀리 돌아가게 한데다 길까지 헤매다가 뜻을 이루지 못했으니 이것이 어찌 하늘의 뜻이 아니고 무엇이랴? 이제 내가 예순이 넘은 나이에 도필리의 심문에 답할 수는 없는 노릇이다!"

말을 마치자 곧 칼을 꺼내 스스로 목을 찔러 자결해 버렸다.

"앗! 장군, 아니 됩니다. 장군, 장군!"

초원을 호령하며 사나운 흉노인들을 두려움에 떨게 했던 비장군 이광의 죽음에 그의 부하와 병졸들이 모두 엉엉, 소리 내어 울었다. 사실 그는 〈漢薰전쟁〉 시대를 통틀어 모두가 인정하는 진정한 영웅이었다. 그러나 무제가 원한 것은 자신에게 충성하는 장군이었지, 전장에서의 영웅이 아니었다. 더구나 싸움터에서의 인기만으로 전쟁의 진정한 설계자인 자신을 넘어서는 영웅의 탄생은 도저히 용납할 수 없는 노릇이었다. 노련한 군주였던 무제는 바로 이런 이유로 이광에게 전공의 기회를 주지 않으려 했으니, 이광의 불운은 처음부터 정해진 셈이나 다름없었다.

대장군 위청의 좌로군이 요새 안으로 돌아오니 목을 베거나 사로잡은 흉노병이 19,000여 명에 달했다. 우장군 조이기는 참형에 처해졌으나 속죄금을 물고 평민으로 강등되었다. 이때 흉노 진영에서는 달아난 선우가 열흘이 넘도록 나타나지 않자 전사한 줄로 알고, 우곡려왕이 선우를 자처했다. 그러나 그 후 이치사선우가 돌아오는 바람에 우곡려왕이 선우 칭호를 버리는 촌극까지 벌어졌다.

漢무제는 사실상 이번 〈막북전투〉에 나라의 운명을 걸고 모든 것을 쏟아부었다. 결과적으로 薰족은 漢나라의 거듭된 파상공세에 완전히 참패해 그 군사가 3/10의 수준으로 줄어드는 치명타를 입고 주저앉게 되었다. 당시 훈족의 인구는 인근 속국을 다 합친다 해도 백수십만에 불과했을 것으로 추정되며, 전쟁이 주로 혼족의 땅에서 치러진 만큼 그 피해가 더욱 커 전체 인구의 2할이나 줄어들었다.

漢나라 역시 10만에 이르는 사상자가 발생해 그 피해가 실로 막심했다. 애당초 요새를 나갈 때 검열을 마친 군마의 수가 관용마, 민간 차출마 등을 포함해 모두 14만 필이었으나, 요새로 돌아온 말은 겨우 3만 필에 불과했다. 양측의 사상자만 20만을 넘어, 두 나라 모두 건국 이래 최대 규모의 참혹한 전쟁을 치른 셈이었다.

어찌 됐든 무제는 즉위 후 22년, 〈마읍작전〉 이래 14년 만에 薰족과의 피를 말리는 전쟁에서 결국 승리를 쟁취했다. 이로써 80년 전, 고조 유방이 〈평성의 치〉를 겪은 이래 7대 황제인 자기 대에 이르러, 그동안 흉노에 당한 오랜 설움과 원한을 고스란히 되갚은 셈이었다. 기쁨에 들뜬 무제는 漢군의 승리를 축하하고 이를 천하에 알리기 위해 만조백관이 모두 직접 성을 나와, 개선하는 장졸들을 영접하게 했다. 살아 돌아온 참전 장수와 병사들은 넉넉한 포상으로 위로를 받았는데, 이때 사용된 황금만 20여만 근이 넘을 정도였다고 한다.

그런데 그 포상이 주로 표기장군의 右로군에 집중되었다. 위청의 좌로군은 상대적으로 미미하여 열후에 봉해진 자도 없고, 대장군 자신도 녹봉을 늘려 받지 못해 곽거병에 비교도 되지 못했다. 무제는 오히려 대사마大司馬 직을 증설해 대장군 위청과 곽거병 모두를 대사마로 삼았고, 칙령을 내려 두 사람의 봉록과 품계를 같게 했다. 이때부터 대장군 위청의 권위는 날로 쇠약해져만 가는 반면, 표기장군 곽거병은 더욱 강성해졌다.

그때 이광李廣의 셋째 아들 이감李敢은 표기장군을 도와 좌현왕의 깃발을 빼앗는 등 전공이 있어 관내후가 되었고, 이광을 대신해 낭중령에 올랐다. 이감은 부친만큼이나 강골의 성격을 지닌 모양이었다. 그는 평소에도 부친인 이광이 위청에게 한을 품고 자결한 것을 원망했는데, 이듬해가 되자 실제로 위청의 집을 찾아가 대장군에게 주먹질을 가해 이마에 작은 상처를 입힌 일까지 있었다. 위청은 이감의 원망을 이해했기에 관대하게 이 일을 숨기고 밖으로 드러내려 하지 않았다.

그 후 무제가 감천궁에서 사냥을 할 때 이감이 무제를 호위해 따라갔다. 이때 위청의 외조카인 곽거병이 나타나 느닷없이 이감을 향해 활을 쏘았다. 곽거병의 거침없는 돌발행동에 놀란 호위병들이 무제에게 사실을 보고했다.

"황상, 아뢰옵기 황공하옵니다. 표기장군이 낭중령을 쏘아 숨지게 했습니다. 어찌 이런 일이……"

그러자 무제가 즉석에서 지엄하게 명을 내렸다.

"모두들 듣거라! 이 일을 절대 발설하지 마라! 낭중령의 죽음은 사냥 도중에 사슴뿔에 받히는 사고가 있었던 것으로 하고, 유족들을 위로하라!"

무제는 자신의 처조카이기도 한 곽거병이 작심하고 한 행동임을 알고, 이 사실을 숨긴 채 주변에 함구령을 내렸다. 일개 장수에 불과한 이감이 감히 황실 가족이자 대장군인 위청을 공격한 데 대한 곽거병의 분노에 충분히 공감해 준 것이었다.


일찍이 무제가 곽거병에게 손자孫子와 오자吳子의 병법을 가르치려 했는데 그때 거병이 이렇게 기백 넘치는 답을 했다고 한다.

"실로 필요한 것은 어떤 전략을 구사할 것인가입니다. 그러니 굳이 옛날의 병법을 배울 필요까지는 없을 것입니다!"

하루는 무제가 표기장군을 불러 자랑스레 말을 꺼냈다.

"어서 오시게, 장군! 뭐니 뭐니 해도 이번 전투는 장군의 공이 가장 컸지! 이미 장군에게 5,800호를 더 봉했지만, 어딘가 부족하다는 느낌이 들어서 말이지……. 해서 짐이 장군을 위한 선물을 하나 더 준비했다네, 어떠한가?"

"황공하옵니다, 황상! 지난번 포상만으로도 과분한데, 무엇을 또 준비하셨단 말씀이신지요?"

"아니야, 표기장군을 위해 짐이 특별히 황궁 옆에 장군이 거처할 사저를 마련했다네. 어서 가서 돌아보시게, 핫핫!"

황제의 각별한 배려에 놀라 황송해할 줄 알고 득의양양하던 무제에게 표기장군이 대수롭지 않다는 듯 답했다.

"황상, 흉노가 아직 망하지 않았습니다……. 그때까지 신에게 집이란 아무 소용도 없는 것입니다!"

짧은 이야기지만, 곽거병의 집념을 제대로 알게 해 주는 영웅담이 틀림없었다. 표기장군은 말수가 적고 어려서부터 귀족으로 자란 탓에 병사들을 살갑게 챙기지도 않는 등, 주변에는 냉정한 편이었다. 그러나 흉노전쟁에서의 공과 영광이 너무 지나친 것이었는지, 불세출의 영웅이라는 청년장군 곽거병이 3년 뒤인 BC 117년, 스물셋 젊은 나이에 요절하고 말았다. 전쟁터에서 오염된 물을 잘못 마신 게 병이 되었다고도 했다.

충격을 받은 무제는 그의 죽음을 위로하기 위해 장안에서 무릉武陵까지 철갑으로 무장한 병사들에게 장송葬送의 행진을 하게 했다. 또 자신의 무덤 가까이에 기련산을 본뜬 무덤을 만들어 주고는 대대로 거병을 추모하게 했다. 시호를 경환후景桓侯라 하고 어린 아들이 이어받게 했으나, 6년 후 그 아들도 일찍 죽어 결국 후사마저 끊기고 말았다.

그런데 사실 곽거병이 흉노전쟁에 참가한 것은 모두 예닐곱 번이 전부였다. 청년장군의 눈부신 전공과 넘치는 영웅담을 고려하면, 그는 무제의 의도 아래 다분히 만들어진 영웅이라는 인상을 떨치기가 어렵다.

그럼에도 불구하고 곽거병은 불굴의 투지로 이광과 함께 북방의 사나운
흉노기병을 꺾은 장수였고, 그 존재만으로도 전장의 사기를 좌우했던
영웅이었다.

〈막북전쟁〉이 끝난 후 薰과 漢 두 나라는 약속이라도 한 듯 서로에
대한 공격을 멈추었다. 양쪽 다 대규모 전쟁으로 상처가 깊어, 국고가
바닥나고 말이나 병사 모든 것이 부족해 피차 추가로 전쟁을 수행할 능
력을 갖추지 못한 것이었다. 이후 훈족과의 평화는 무려 7년간이나 지
속되었다. 물론 전쟁만 없었다 뿐이지 물밑에서의 견제와 움직임은 여
전했다. 우선 무제는 훈족의 땅을 잠식해 들어가 하남과 하서 지역에 속
한 광록光祿, 거연居延, 금거今居 3곳에 성을 쌓게 한 다음, 5, 6만 명의 사
람들을 이주시켜 밭을 개간하고 농사짓게 했다.

薰의 이치사선우는 漢나라에 사신을 보내 화친을 제의했지만, 무
제가 오히려 薰족의 漢나라 복속을 역제안하는 바람에 성사되지 못했
다. BC 119년 겨울이 되자 무제는 바닥난 재정의 보충을 위한 〈염철鹽鐵
전매제〉를 발표했다.

"이제부터 중요 전략물자인 소금과 철의 거래는 반드시 허가를 통해
이루어지도록 하라!"

염철제의 실시는 이후로 漢나라 조정에 막대한 부를 가져다주었고,
이로써 무제로 하여금 어마어마한 전비를 충당케 하는 데 결정적으로
기여하게 되었다.

이듬해인 BC 118년, 무제는 암말 20만 필을 백성들에게 나눠주고
기르게 하는 한편, 식량과 건초를 모으게 했다. 아울러 반냥전 대신 오
수전五銖錢을 주조, 유통시켜 황실의 재정을 확충하는 등 착실하게 다음
출정에 대비했다. BC 115년에는 장건의 건의를 수용해, 薰족에게 밀려

낳던 오손烏孫과의 통교를 추진했고, 이후 〈오손〉을 포함한 〈대하〉, 〈강거〉, 〈대완〉 등 서역 36개 나라들과 차례대로 무역을 개시했다. BC 111년에는 〈서남이西南夷〉를 정복하기도 했다.

　　그러는 사이 BC 114년, 무제의 숙적이었던 薰의 이치사선우가 재위 13년 만에 죽음을 맞게 되었다. 그는 형인 군신선우의 태자를 내쫓고 선우의 자리를 찬탈할 만큼 강골 기질을 가진 흉노의 왕이었다. 그러나 그는 선우의 자리에 올라 제왕으로서의 영광을 누리기보다는, 죽는 순간까지도 漢나라와의 계속된 전쟁에 매달려야 했다. 그는 무제라는 걸출한 황제에 맞서 당당하게 싸우고, 훈족의 영토를 지켜내려 무던히 애를 썼던 진정한 薰족의 지도자였다. 그의 뒤를 이어 아들 오유烏維가 6대 선우에 올랐으나, 한동안 변경을 침범하는 일 없이 조용하기만 했다.

　　BC 112년에는 薰족과 서강西羌이 손을 잡고 河西의 땅을 회복하고자, 漢의 서북 변방을 공격했다. 〈서강〉은 난주 일대를 경유하고, 薰족은 오원으로 각각 공격해 들어갔는데, 이 전투에서 오원태수가 죽고 말았다. 무제는 장군 이식과 낭중령 서자에게 10만 병력을 주어 방어에 나서게 했다. 이를 계기로 기존 무위, 주천 2郡에 장액, 돈황 2郡을 추가하여 〈河西四郡〉을 두게 했다.

　　이 무렵 대완大宛에서 천하의 명마라는 한혈마汗血馬를 들여오게 되었는데, 무제가 각별한 관심을 드러냈다.

　　"오오, 이런 말은 실로 천하에 둘도 없는 명마로다. 이 말은 앞으로 천마天馬라 불러야겠다. 비용은 얼마든지 들여도 좋으니, 대완에 사신을 보내 이 천마를 가능한 많이 구해 오도록 하라!"

　　한혈마에 매료된 무제가 〈대완〉에 사자를 거듭 보내 한혈마 구하기에 혈안이 되면서 무제의 서역에 대한 관심도 더욱 고조되었다. 이는 또한 서역 여러 나라들과의 사신 왕래를 더욱 빈번하게 하는 계기가 되었고, 결국에는 BC 104년경 이사貳師장군 이광리李廣利를 보내 대완을 정복하기까지 했다.

BC 110년 겨울, 훈족을 완전히 제압했다는 자신감에 가득 찬 漢무제가 대군을 이끌고 친히 북지北地순례를 했다. 운양에서 북으로 상군, 서하, 오원을 거쳐, 장성의 북쪽 선우대까지 올라가 보았고, 삭방에서 북하까지 변방에 배치된 18만 명의 기병을 순시했다. 기세가 오른 무제는 곽길을 사신으로 삼아 오유선우에게 보내 일갈했다.

"남월왕의 머리는 이미 한나라 북쪽 대궐에 걸려 있다. 지금 선우가 싸우겠다면 한번 겨뤄 보자! 천자가 변방에서 기다리겠노라! 만일 싸우지 못하겠다면 한나라의 신하가 되어라! 어째서 힘들게 춥고, 물도 없고, 풀도 나지 않는 막북의 땅으로 멀리 도망쳐 숨어 살려 하는가?"

실로 도발적인 언사였다. 그야말로 묵돌선우가 여태후에게 보냈던 조롱의 편지에 대한 앙갚음이나 다름없었다. 오유선우는 대노했다.

"유철 이자가 기고만장한 게로구나. 제정신이 아닌 게야? 여봐라, 당장 한나라 사신을 투옥하라!"

그러나 어쩌랴, 무제의 위세에 눌려 오유선우는 감히 병력을 동원할 생각조차 하지 못했다. 무제가 훈족과의 변방 교역을 중지시키고 물자의 유입을 통제하니, 漢나라의 경제 제재는 강력했고, 薰족의 살림살이는 더욱 궁핍해져만 갔다. 별수 없이 여러 차례 漢나라에 사신을 보내 화친을 구했지만, 漢나라는 고압적인 태도로 일관했다.

"漢과 다시 화친하려면 조건이 있소. 薰의 태자를 장안에 인질로 보낸다면 그 진정성을 믿고 응해 주겠소!"

그러자 薰 측에서 발끈했다.

"그것은 그 옛날 선대 황제 고조와 우리 묵돌 대선우께서 맺은 화친의 약속에 부합되지 않는 것이오! 애당초 협상의 대상이 아니란 말이오!"

사신과 대신들의 협상은 번번이 물거품이 되었고, 결국 양국의 감정 싸움은 변방의 작은 침입과 다툼으로 끝나고 말았다. 그뿐이 아니었다. 과거 훈족의 속국이었던 서역의 여러 나라가 漢나라와 통교를 시작하면서, 권위가 실추된 훈족의 말을 따르려 하지 않았다. 이에 漢과 薰족이 다투듯이 자국의 공주를 서역의 왕들에게 시집보내는 능, 전에 없던 외교전까지 전개되기에 이르렀다. 더구나 국력에서 앞서는 漢나라는 더러 병력을 보내 무력을 사용하기도 했다. 그 결과 종표후 조파노趙破奴가 〈고사국姑師國〉을 함락시키고 〈누란樓蘭〉왕을 잡아 귀환했으며, 〈차사車師〉를 정복하기도 했다.

장건이 개척했던 비단길은 이렇게 점차 서역과 중원의 교역을 확대해 나가는 통로가 되어 갔다. 그 이전까지만 해도 유라시아 대륙의 무역로는 북쪽 몽골의 초원길을 통해서 이루어졌고, 초원길을 장악한 민족은 훈족이나 동호와 같은 북방 유목민들이었다. 상고시대의 그저 그런 나라로 출발했던 漢族이 서서히 동아시아의 최강자가 되기까지는 중원 대륙을 통일하고, 서역의 비단길을 개척하고 난 이후부터였다.

# 17. 위씨조선과 창해국

BC 194년경, 위만이 반란에 성공한 이후로도 패수浿水 북쪽 지역에 머물던 조선인들과 옛 연燕, 제齊나라로부터의 망명객들이 꾸준히 조선 땅으로 이주해 들어왔다. 위만이 이들을 복속시키고 새로이 〈위씨조선〉(낙랑조선)의 왕위에 올랐으니, 이는 곧 옛 번番조선이자 기씨箕氏조선의 땅이었다. 위만은 번조선의 도성인 요동의 험독險瀆을 그대로 도읍으로 삼았는데, 이곳은 거센 물결의 강으로 둘러싸인 천혜의 요새로 적의 침입에 방어하기 용이한 곳이었으니, 바로 단군조선의 아사달 왕검성(하북한성韓城)이었다.

이때 중원은 유방의 아들 漢혜제가 2대 황제로 즉위하고, 여태후가 사실상 섭정을 하고 있었는데, 내란 종식과 함께 정치가 나름 안정된 시기였다. 그러나 운중, 상군 등 북방 변경에선 여전히 薰족이 약탈을 일삼고 장안을 넘보고 있었다. 漢나라로서는 장성 안쪽을 수비하는 것도 버거워 스스로 국경선을 후퇴시켜야 하는 지경이었다.

〈위씨조선〉과 새로이 국경을 마주하게 된 漢나라 조정에서는 이제 급격하게 세력이 커진 위씨조선을 견제하려 들었다. 이에 접경 지역인 북경 인근에 있던 요동태수를 시켜 위만에게 다음의 3가지를 요구했다.

첫째, 낙랑조선이 漢의 외신外臣이 될 것
둘째, 조선을 비롯한 한나라 변경의 외적을 막아 도적질을 못 하게 할 것
셋째, 조선의 군장들이 한나라 천자를 알현하려는 것을 방해하지 말 것

비록 친훈親薰 정권을 수립한 위만이었지만 아직은 신흥정권에 불과

했기에, 그는 거대제국 漢나라와는 외교를 통해 가능한 충돌을 피하는 것이 상책이라고 생각했다. 과거 漢(燕) 출신으로 漢나라를 누구보다 잘 알고 있던 위만은 한술 더 떠 漢과의 수교를 명분 삼아, 오히려 漢나라로부터 재정 지원을 끌어내려 했다. 漢의 외신이라고는 하지만 나라를 독자적으로 운영하는 권한은 유지되는 데다, 〈부여〉를 포함해 배후에 있는 과거 조선연맹체의 소국들이 분열을 겪고 있으니 딱히 신경 쓸 것도 없었다.

문제는 사실상 송수국이나 다름없는 薰이 漢나라와 속으로 갈등을 겪고 있다는 것이었으나, 그마저도 〈漢-薰〉 간에 화친을 통해 서로 전쟁을 피하고 있던 터라 크게 신경 쓸 일은 아니었다. 그래도 위만은 즉위 이래 철저하게 薰과의 동맹관계를 유지해 온 만큼, 혹시라도 생길지 모르는 薰의 오해를 불식시키고자, 선우에게 미리 사신을 보내 漢과의 타협이 어디까지나 전략적 행보임을 설득하고 동의를 구하는 절차를 거쳤을 것이다.

마침내 위만이 漢나라에 사자를 보내 신하의 나라가 될 것을 약속하고, 漢나라가 제시했던 조건을 수락하기로 했다. 다행히 여태후가 섭정으로 있던 漢나라는 멀고 먼 동북의 일에 그다지 관심이 없었다. 漢과 〈위씨조선〉(낙랑)의 수교가 성립된 이후 얼마 지나지 않아, 과연 漢나라 조정으로부터 군비와 재정 지원이라는 달콤한 보상이 뒤따르자 위만이 크게 만족해 주변에 말했다.

"薰이든 漢이든, 모두 우리 조선보다 월등하게 강대한 나라들이다. 우리보다 힘센 강대국들에 대해서는 이렇게 약간의 비위를 맞춰 주면서, 외교로 실리를 챙기는 것이 능사가 아니겠느냐? 껄껄껄!"

영리한 양면 외교정책으로 漢나라로부터의 위협에서 벗어난 위만은,

서서히 주변의 소읍들을 차례대로 공격해 귀속시키면서 본격적인 영토 확장에 나섰다. 그 결과 현 요하遼河(랴오허)의 서쪽과 발해만 북쪽에 있던 임둔臨屯과 진변辰弁 지역의 조선 땅까지 모두 차지하게 되니, 순식간에 위씨조선의 영토가 사방 천지로 뻗어 나가게 되었다. 그 결과 위씨왕조는 〈기씨조선〉과 〈구려〉, 〈예맥조선〉(창해)과 〈동옥저〉 등 5개 국가에 걸쳐 동서로 1,400리, 남북으로 2천 리에 이르는 방대한 영토를 점유하게 되었다.

이제 위만의 야망은 옛 조선연맹의 열국들을 모두 누르고 朝鮮의 진정한 맹주가 되려는 데 있었다. 위만은 비록 燕나라의 일개 장수로 출발했지만, 격동기를 통해 영민한 감각으로 많은 것을 터득한 자였다. 기회를 엿보던 그는 특유의 유연성과 기민함, 과감한 결단력으로 결국 기씨조선의 왕위를 빼앗는 데 성공했던 것이다.

위만은 기씨왕조처럼 〈조선〉이라는 국호를 그대로 사용했는데, 이는 그가 다스리는 기층민들이 대부분 낙랑의 조선인들이기 때문이었다. 따라서 위만의 조선은 그 강역이 주로 번조선이자 낙랑이었으므로 기씨조선과 마찬가지로 그저 위씨들이 다스리는 낙랑조선이었을 뿐이고, 朝鮮 전체가 아닌 그 일부분이었다.

그럼에도 불구하고 위만은 대제국인 薰(흉노)과 漢의 사이에서 적절한 외교를 통해 전쟁을 피하고, 영토를 키워 동북아의 실력자로 부상할 수 있었다. 그러나 그의 생전에 옛 조선연맹 전체가 다시금 하나로 통일되는 일은 결코 일어나지 않았다. 과거 조선의 후국이었던 흉노가 종주국인 동도東屠와 진한辰韓을 무너뜨린 데 대해 주변 열국들의 감정이 좋지 않은 데다, 그런 흉노와 동맹관계인 〈위씨조선〉을 철저하게 배격했고, 저항 또한 만만치 않았던 것이다.

고조선의 역사를 통틀어 강력한 외세(흉노)를 끌어들여 역성혁명을 일으키고, 정권을 찬탈한 사례는 사실상 위만이 처음이었다. 내부의 정치적 기반이 취약했던 위만은 부득이하게 힘을 바탕으로 하는 주민 감시 및 공포정치에 의존해야 했고, 이는 백성들의 마음을 위씨왕조로부터 더욱 멀어지게 했다. 게다가 조선은 지역별 분권주의를 전통적으로 존중해 왔으나, 漢나라 출신인 위만은 중원의 방식을 본떠 왕을 중심으로 하는 강력한 중앙집권체제를 구축하려 들었다.

이에 따라 주변 小王들의 자치권과 세습 권한에 대한 인정 여부를 놓고 끊임없는 불만과 저항을 야기해 왔다. 〈위씨조선〉의 주변에 흩어진 朝鮮 열국들 역시 이러한 사정을 잘 알고 있었기에, 위만정권에 쉽사리 굴복하려 들지 않았고, 그런 점에서 위씨왕조는 출발부터 철저하게 정치적 외톨이일 수밖에 없었다.


다행히도 생전의 위만이 그 왕위를 온전하게 자식에게 물려주었고, 다시 그 손자인 우거右渠에게 전해지니, 그사이 漢나라에서 〈위씨조선〉으로 망명해 온 백성이 더욱 불어 있었다. 이렇게 되기까지는 당시 중원의 漢나라가 여태후의 친정에 이어 문경지치文景之治의 시대를 거치면서, 이웃한 외국과의 충돌을 피하고 화친정책으로 일관한 것이 큰 도움이 되었을 것이다.

새로운 우거왕도 굽힐 줄 모르는 강성한 성격의 소유자로, 그동안 朝鮮의 왕이 漢나라 조정에 들어가 황제를 만난 적이 없었다는 전통을 충실히 지켰다. 거기에는 사실상 薰과의 동맹관계를 더욱 중요시해야 하는 현실도 크게 작용했을 것이다. 무엇보다 朝鮮은 처음부터 여러 나라 출신들이 함께 뒤섞여 만들어진 다민족 국가였다. 게다가 새로운 국가의 건설은 기존 기씨의 〈번조선〉 귀족들에 반대하는 신흥세력, 주로 위만을 따라온 燕나라 출신들과 친親흉노계 인사들의 힘으로 만들어진 터라, 이들 신구新舊세력 간의 갈등도 필연적인 것이었다.

그런 상황에서 朝鮮의 서쪽과 남쪽으로는 대제국인 〈薰〉과 〈漢〉이 버티고 있던 만큼, 우거왕은 시선을 조선의 내부로 돌릴 수밖에 없었다. 그는 옛 조선의 열국들을 공격하여 병합하려 하는 등 압박을 강화했다. 그러자 진변辰弁을 포함한 주변의 소국들이 위씨조선에 격렬하게 저항하면서 조선의 내부갈등이 커져만 갔고, 위씨왕조는 이들 열국의 왕들을 결코 포용하지 못했다.

그런데 옛 고죽 지역과 발해만 사이, 즉 옛 燕과 齊나라 사이에는 일찍부터 많은 예맥濊貊인들이 대대로 터 잡고 살고 있었다. 바로 창해역사 여홍성黎洪星의 나라인 〈창해국滄海國〉이었다. 춘추시대 산융의 후예로 보이는 예맥인들은 영지令支(불리지弗離支, 예濊liye)로도 불렸다. 이들이 바로 제齊나라 연합을 상대로 〈산융전쟁〉을 주도한 세력이었으며, 동도 또는 辰韓, 고죽의 주류 세력들과도 깊은 연관이 있던 것으로 보였다.

원래는 이들이 하북의 북쪽을 광범위하게 차지하고 있었으나, 燕과의 충돌을 피해 일부가 점차 하북의 중부로 남하하여, 발해만 서변의 내해內海 주변에 자리를 잡은 것이었다. 예맥은 주로 〈번조선〉의 후국으로 예濊, 예맥조선濊貊朝鮮, 또는 발해를 뜻하는 창해滄海로 불렸는데, 그 서쪽에는 오래전부터 〈낙랑樂浪〉이 자리했었다. 자세히는 알 수 없으나, 창해는 〈남국藍國〉 또는 〈여국黎國〉에 기원을 둔 것으로 보였다. 다만, 당시의 창해는 전국시대 초기인 BC 5세기경 기箕씨들에 의해 낙랑과 고죽 등이 붕괴된 이후, 그 후예들이 해수면이 내려가면서 육지화된 내해內海 일대에 세운 것으로 추정된다.

전국戰國시대에 예맥의 서남부 아래로는 동이의 나라인 中山國이 있어서, 〈번조선〉, 〈예맥〉(창해)과 〈낙랑〉, 〈중산〉으로 이어지는 동이의 축이 마치 장창이라도 된 양 중원을 겨냥하는 형국이었던 것이다. 그 후 〈중산국〉이 조趙나라에 멸망하면서 창해는 서쪽으로 趙나라, 남으로 齊나라와 국경을 맞대고 있었다. 그 후 燕나라 진개秦開 및 흉노 묵돌의 동정東征 때는 남쪽에 치우쳐 있다 보니 화를 면할 수 있었고, 그 중심이 산동 위의 현 창주滄州였다. 漢무제 이후로는 그런 창해를 아예 나라가 아닌 〈예군濊郡〉으로 낮춰 불렀는데, 이는 창해와 충돌한 이후의 일이었을 것이다.

이들 〈창해〉도 위만이 古조선의 서남부 지역을 잠식해 들어가는 과정에서 자연스럽게 〈위씨조선〉과 충돌하게 되었는데, 요수(영정하) 하류의 천진天津 일대를 경계로 한 듯했다. 그러나 예맥인들은 위씨왕조가 친흉노 정권인 데다, 주로 흉노와 燕 또는 漢나라 출신의 신흥귀족들로 구성되었다는 사실에 커다란 거부감을 느끼고 있었다. 게다가 위씨왕조가 중원의 체제를 본떠 군왕 1人을 중심으로 하는 황제식의 전제적 통치, 중앙집권적인 권력구조를 바탕으로 백성들을 억압하는 정치를 펼치다 보니 위씨왕조에 대한 반감이 더욱 커져만 갔다.

원래 朝鮮은 성읍, 부족국가의 연맹체로 왕이 직접 통치하는 도성 및 중앙을 제외하고는 개별 제후국이나 소국, 읍차邑借의 독립적 권한을 광범위하게 인정해 왔다. 따라서 이런 자치 문화에 익숙해 있던, 옛 조선 출신 군장들은 위씨왕조의 중앙집권적, 강압적 통치에 불만이 고조되었다. 그러던 터에 BC 151년경 漢경제 6년, 노관의 손자로 동도왕의 자리에 있던 타지佗之가 〈동도東屠〉를 들어 漢나라에 바치고 투항하는 일대 사건이 벌어졌다.

BC 195년, 〈진희의 난〉에 연루된 연왕 노관이 부득이 흉노로 망명해 동도왕에 올랐으나, 1년 뒤 그곳에서 사망했다. 당시는 〈평성의 치〉 이후 흉노가 漢나라를 압도하던 시기인 데다, 이후 경제에 이르기까지 흉노와의 화친으로 전쟁이 없었기에 그 자손들도 동도에서 눌러살았다. 그러나 문제文帝가 선정을 펼쳐 漢나라의 경제력이 크게 호전되고 국력이 신장되자, 노관의 자손들이 심리적으로 갈등을 느끼기 시작했다. 그리고 언제부턴가 자기들끼리 모이면 이런 말들을 주고받았다.

"우리는 어차피 망명 왕의 후손으로 薰의 주류가 될 수는 없다. 그리고 말이 동도왕이지 강성한 조선의 곁에 있어 변방을 지키는 파수꾼 역할에 불과한 것이다. 흉노는 전쟁이나 능할 뿐이지, 초원에서의 유목생활은 농사를 주로 하고 안정된 漢나라의 생활에 비하면 거칠기 짝이 없다. 마침 오래도록 전쟁이 그치고 한나라가 살기 좋아졌다니, 기회가 되면 후손들을 생각해서라도 한나라로 다시 떠나는 것이 옳을 것이다……"

그러던 차에 기회를 엿보던 노관의 손자인 타지가 漢나라로의 복귀를 실행에 옮긴 것이었고, 경제景帝는 주위의 반대를 무릅쓰고 그를 아곡후亞谷侯에 봉해 주었다. 이 사건을 계기로 흉노와 조선의 사이, 즉 북경의 서북쪽으로 옛 辰韓이나 燕, 秦의 땅에 해당하던 동도가 漢나라 땅으로 귀속되었고, 새로이 요동군遼東郡에 편입된 것으로 보였다. 그 과정을 정확히 알 수는 없지만, 3년 뒤인 BC 148년에 군신선우가 漢의 동북 지역을 공격한 것으로 미루어, 그 시기를 전후로 〈漢〉과 〈薰〉이 동도 땅을 놓고 전격적으로 충돌한 것이 틀림없었던 것이다.

그런데 바로 이 동도왕 노타지의 漢나라 귀부 사건이 시간이 흐르면서 동쪽 朝鮮의 강역에 커다란 파문을 일으키기 시작했다. 즉, 갑작스레 훈족과 조선 사이의 동도 땅을 漢나라가 파고들어 차지하면서, 점차 흉노와 조선이 지리적으로 단절되는 사태가 발생한 것이었다. 가뜩이나 〈부여扶餘〉 등 주변 조선의 열국들로부터 따돌림을 받던 상황에서, 〈위씨조선〉이 사방으로부터 고립되는 상황이 연출된 것이었다.

이처럼 위씨조선이 동맹인 흉노와 차단되는 상태가 지속되자, 그동안 배후의 흉노를 의식해 위씨왕조의 횡포와 강압에도 이를 감내해 오던 조선의 열국들이 서서히 위衛씨들에 저항하기 시작했다. 갑자기 여기저기서 위씨조선과 전쟁을 선언하는 사례까지 속출하자, 위기를 느낀 위씨 소성에노 신상이 고조되었다. 특히 〈진변조선〉에서는 대신들이 위씨조선을 적극적으로 공략하자며 보다 구체적인 방법까지 논의되었다.

"오만한 위씨들이 흉노와 차단된 지금이야말로 위씨들을 쳐낼 절호의 기회가 아니겠습니까? 이를 위해서는 위씨들의 서남쪽에 있는 漢나라와 소통해, 漢이 위씨들의 배후를 치게 하고 그와 동시에 우리 조선의 열국들이 힘을 모아 위씨들의 전면을 공략한다면 옛 조선의 강토를 다물多勿(땅 되찾기) 할 수 있을 것입니다!"

그러나 위씨조선은 번번이 漢나라로 가는 〈진변〉 사자들의 길을 막고 방해했다. 漢나라 조정 또한 여전히 흉노와의 전쟁을 의식한 나머지, 위씨왕조 원정과 같은 담대한 계획은 생각지도 못했다. 게다가 노타지가 漢에 투항하기 수년 전인 BC 154년경에는 경제의 중앙집권 강화에 반발해 산동의 제후국들이 일으켰던 〈오초吳楚칠국의 난〉이 있었다. 漢나라 조정이 이로 인해 내란을 수습하기에도 벅차하던 터라 동북에 신경을 쓰지 못하니, 〈진변〉의 기대는 이루어지지 못했다.

오히려 漢나라 조정에서는 위씨들을 안심시키기 위해 수시로 (위씨)낙랑왕에게 공물을 보내 전쟁을 할 의사가 없음을 확인시켜 줄 정도였다. 다만 漢나라는 위씨조선 인근, 북경 서북쪽에 위치한 요동군遼東郡의 태수를 통해 조선 열국은 물론 흉노의 동정을 살피는 첩보활동에만 주력할 뿐이었다.

그러한 와중에 BC 141년 漢나라 경제가 죽는 바람에 그 뒤를 이어 젊고 패기만만한 무제가 황제가 되었고, 위씨조선에서도 BC 134년경 위만의 손자인 우거가 왕이 되어 조선을 다스리고 있었다. 그런데 새로운 조선왕 우거가 즉위 후 얼마 지나지 않아, 주변의 조선 열국들을 여기저기 공격하기 시작했다. 특히 번조선에 속해 있던 발해만 인근의 〈예맥조선濊貊朝鮮〉은 우거왕의 지배를 받고 있어서 병력 차출 등 각종 압력과 통제에 시달리고 있었다.

고심하던 창해(예맥)왕이 조정에서 이 문제를 논의하니 이참에 아예 위씨왕조를 공격해 몰아내자는 강경한 목소리가 공공연하게 터져 나왔다.

"전하, 우거가 망명객들을 우대하는 대신 토착민들을 홀대해 끊임없이 병력 차출이 계속되고 과세부담이 지나쳐, 차라리 옛 기씨왕조 시절만도 못하게 되었습니다. 그렇다고 오만한 우거를 내치기에는 아직 우리의 군세가 미약한 것이 사실입니다. 마침 漢의 젊은 황제 유철은 그의 선황들과 달리 흉노를 도발했고, 이미 전쟁 중입니다. 그러니 이참에 우리 창해가 흉노와 가까운 위씨왕조를 내치고자 한다면 커다란 관심을 보이지 않겠습니까? 우리가 부유한 漢과 동맹을 맺고 그들의 지원을 끌어낼 수 있다면, 우거를 내치고 독자적으로 일어서는 일이 보다 수월해질 것입니다!"

그러나 창해왕은 조선 후국의 하나로서 조선의 오랜 숙적인 중원의 漢나라와 손을 잡는다는 것이 쉽사리 내키지 않았다. 게다가 자칫 漢나라와 손을 잡았다가는 위씨왕조를 쳐내기는커녕 오히려 漢에 복속을 당할 우려도 있어서 漢과의 동맹을 망설이고 있었다.

그 무렵인 BC 128년경, 漢나라 수도 장안에서는 이제 29세의 무제가 늦은 나이에 총애하던 위자부衛子夫로부터 아들 유거劉據를 얻게 되었고, 그 덕에 위자부는 황후의 자리에 오를 수 있었다. 그렇게 황실의 안정을 다지게 된 무제는 연호를 원삭元朔으로 바꾸면서 패기와 자신감을 대내외에 드러냈다. 그는 이미 북방의 강호 흉노와의 70년 굴종외교를 끝내고자 막 전쟁을 시작한 터라, 당시 무제의 모든 관심은 온통 흉노 토벌에 쏠려 있었다.

그런데 옛날부터 훈속은 조선의 속국으로 양쪽이 혈연적 친연성이 깊은 데다 위씨조선과 동맹관계에 있다 보니, 漢나라 측에서는 朝鮮 전체를 흉노와 한통속이나 다름없다고 믿고 있었다. 따라서 강성한 흉노와 본격적인 대결에 들어가기 전에, 그 왼팔이나 다름없는 동북지방의 朝鮮을 선제적으로 무력화시켜야 한다는 주장이 힘을 얻고 있었다. 그러한 터에 마침 위씨조선의 턱 밑에 있는 창해왕이 사자를 보내와 군사동맹을 요청하니, 무제가 동북의 정세를 잘 아는 요동태수를 불러 이 문제를 논의했다.

"지금 북방의 흉노를 제압하는 일이 가장 시급한 일이다. 그런데 그리하려면 사전에 흉노와 한통속인 요동의 조선을 먼저 눌러 놓을 필요가 있는데, 그 둘과 양쪽에서 전쟁을 벌이기에는 승산이 없기 때문이다. 마침 바로 아래 창해왕이 같이 협력해 위씨조선을 치자며 사자를 보내왔다. 요사이 예맥의 사정은 어떠한가?"

이 말을 들은 요동태수가 기다렸다는 듯이 답했다.

"아시다시피 지금 동북에서는 번조선의 우거왕이 조선의 열국들을 공격하다 보니 주변 나라들로부터 원성이 자자한 형편입니다. 번조선 남쪽 아래 발해만을 끼고 있는 창해국은 예맥조선이라고 부르는데, 그 세력이 제법 커서 소신이 관리하는 요동과 맞먹을 정도입니다. 이들 예맥 무리는 특히 흉노와 가까운 위씨왕조에 거부감이 커서 사실상 우거왕과 전쟁 상태에 있습니다. 소신의 생각에 이런 예맥을 우리 쪽으로 끌어들일 수 있다면 조선에 치명적인 타격을 가할 수 있을 것입니다."

"흐음……. 그렇다면 창해를 다스리는 小王은 어떤 자인가?"

무제가 태수에게 질문을 이어 갔다.

"창해국왕은 남려南閭라는 인물인데, 번조선이 위씨들에게 넘어가다 보니 사실상 독립을 선언한 상태지만, 강성한 우거의 세력에 불안을 느껴 우리 漢의 지원을 간절하게 원한다고 합니다. 이참에 그에게 큰 재물을 내리시고, 여러 술책을 동원한다면 창해를 무력으로 누르지 않고도 우리 漢에 귀속시키는 것이 불가능한 일만은 아닐 것입니다."

그러자 무제가 흥미롭다는 듯 되물었다.

"호오라, 위씨조선에 앞서 예맥을 먼저 목표로 하라 이 말이더냐? 그렇다면 이참에 아예 예맥을 장악해 창해郡으로 만들면 되겠구나!"

갑자기 무제가 무릎을 치면서 좋은 계책이라며 기뻐했다. 무제는 요동태수와 상의한 끝에 팽오彭吳라는 漢나라의 거상을 동원하기로 했다. 팽오는 漢과 朝鮮 열국 사이의 교역으로 큰 부를 쌓은 인물로, 위씨왕조의 방해에 크게 불만을 가진 자였다. 무제의 특명을 받은 팽오가 사실상 세작細作(간첩)이 되어 창해왕 남려를 찾아가 말했다.

"전하 망설이실 이유가 없습니다. 여기서 우거에게 위협을 당하고 지내느니 속히 漢나라로 귀부하십시오. 그리되면 한나라 황제께서 오히려 재정적 지원을 아끼지 않을 테니 전하의 입장에선 그것이 훨씬 득이 아니겠습니까? 제가 한나라 황제께 각별히 고해 전하께서 제후가 되어 이후에도 변함없이 나라를 다스릴 수 있도록 힘을 보태겠습니다!"

그리고는 파격적으로 커다란 재물을 바치면서 한나라의 힘을 과시했다.

거듭된 팽오의 뇌물 공세가 이어지는 데다, 그간 우거와의 충돌로 위기를 느끼던 창해왕 남려가 대신들과 이 문제를 상의했다.

"과연 漢나라가 부유하긴 한가 보다. 상상을 초월하는 물량공세 속에 이참에 漢으로 귀속할 것을 집요하게 청해 오고 있으니 그대들의 생각은 어떠한가?"

"전하, 한나라로의 귀속은 입에도 담지 못할 일입니다. 중요한 것은 어떻게든 漢의 지원을 끌어내 우거를 제거하고 나라의 안위를 튼튼하게 하는 일입니다. 漢이 저리도 큰 규모의 지원을 약속해 온 만큼, 일단 겉으로는 귀부의 의사가 있음을 밝히면서 그 지원을 끌어낸 연후에 다음 일을 도모하시면 될 일입니다. 만일 우리가 북쪽의 번조선을 장악할 수만 있다면, 그 후에는 한도 우리를 마음대로 하지는 못할 것입니다."

그러자 창해왕이 답했다.

"사실 내 생각도 그대들과 다르지 않다. 우거와의 충돌이 지속되면 잘못 위태로울 수도 있는 만큼, 우리는 지금 선택의 기로에 서게 되었다. 한나라로 귀부할 경우 군사적, 재정적 지원을 아끼지 않겠다고 하니, 그대들이 따라와만 준다면야, 솔직히 나는 漢 쪽을 택하는 길을 모색하고 싶다. 한나라 장안에서는 이곳까지 너무 먼 거리라, 직접적인 통제도 쉽지 않을 것이니, 한의 지원을 끌어낼 수만 있다면 장차 위씨들이 해낸 일을 우리라고 해내지 말란 법도 없을 것이다!"


그렇게 해서 BC 128년 가을, 창해왕 남려가 우거왕을 칠 목적으로 漢나라와 동맹을 맺고 연합하는 일대 사건이 벌어지고 말았다. 당시 남려가 이끄는 예맥조선의 인구가 무려 28만 명에 달했는데, 이는 당시 요동군遼東郡(북경서북)의 인구보다 많은 것이었다고 한다. 우거왕으로서는 자신들 인구와 영토의 1/3을 차지하고 있는 예맥을 눈앞에서 놓쳐 버리는 셈이라 치명타를 입은 셈이 되고 말았다. 남려왕의 행보에 분노한 우거왕은 그 배후에 漢나라 요동태수의 이간질이 있었음을 잘 알고 있었다.

"큰일 났구나! 설마 했더니 남려 이자가 기어코 일을 저지르고 말았다!"

"대왕, 요동태수가 한의 황제로부터 거금의 뇌물을 받아 남려에게 전달했다는 소문이 파다합니다. 그렇다고 지금 당장 요동태수를 직접 때릴 수 있는 일도 아닙니다. 그러니 우선 한나라 조정에 사신을 보내 사실 확인을 요구하고, 강력하게 항의하셔야 합니다!"

그러나 우거왕은 오히려 그다음에 벌어질 상황을 걱정했다.

"그것이 사실이라면, 장차 한나라가 우리를 도발할 가능성도 배제할 수 없단 말이 아니더냐? 어허, 참……"

우거왕이 즉시 漢나라에 사신을 보내 창해와의 동맹에 대해 강력하게 항의했지만, 전혀 먹혀들지 않았다. 오히려 한무제는 창해국이 漢나라 편으로 넘어온 데 크게 고무되어, 미리 계획해 둔 대로 요동 남쪽의 창해 지역에 군사를 파병해 주둔시키고, 일방적으로 〈창해군滄海郡〉을 설치하겠노라고 선언했다. 사실 중원의 역사에서 그때까지 화하족은 燕과 秦을 통해 하북의 북쪽인 요수遼水의 중상류와 패수浿水 정도까지 진출했을 뿐, 그 아래쪽의 발해만으로 진출한 적이 없었으므로, 무제가 그 첫 진출을 시도한 것이나 다름없었다.

상황이 이쯤 되자 우거왕도 어쩔 수 없이 漢나라와의 관계를 단절해 버리는 것으로 漢에 대한 불만과 강력한 저항 의지를 표명했다. 우거왕이 漢나라에 대해 이토록 강경하게 대하기까지는, 배후의 薰과 소통하고 있어 믿는 구석이 있기 때문이었다. 실제로 〈창해〉가 〈漢〉과 동맹을 맺던 그해에 군신선우가 다스리던 흉노가 2만여 대규모 기병대를 동원해 3로군을 편성한 다음, 漢나라를 기습 공격했던 것이다. 이때 흉노군은 요동의 아래쪽 유주와 함께 어양과 안문의 3갈래 길로 동시에 쳐들어와 3천여 漢人을 죽이고 도발했는데, 이때 요서遼西태수가 피살되기까지 했다.

당시 흉노의 침공은 바로 1년 전에 있었던 무제의 흉노 기습에 대한 보복전의 성격이 강한 것이었으나, 〈창해〉와 〈漢〉나라 연합에 뒤이은 창해군의 설치와도 결코 무관하지 않았다. 군신선우가 사방에서 도발해 오는 漢의 젊은 황제 무제에 대해 강력한 경고를 날리려 했던 것이다. 그러나 무제 또한 이러한 엄중한 상황에 굴하지 않고 강경한 맞대응으로 나섰다.

"드디어 군신君臣이 우리를 도발해 왔으니, 참으로 원하던 바이다. 이제부터 흉노에 대해서는 한 치의 양보도 있을 수 없다. 즉시 출병을 서두르도록 하라!"

무제는 급히 위청과 이식에게 大軍을 내주고 각각 안문과 代로 내보내 흉노를 몰아내게 했다. 이렇듯 당시 漢나라에 대한 우거왕의 강경한 조치는 〈漢薰전쟁〉이 본격적으로 전개되는 단초를 제공한 셈이었고, 20년이 지나서 漢나라의 〈위씨조선〉 침공을 야기하는 결정적 계기가 되었던 것이다.


그 와중에 무제는 애당초 약속에도 없던 창해군 설치에 이어, 장차 조선에 대한 공격을 위해 요동군에서 남쪽 창해군에 이르는 군용도로 건설을 서둘렀다. 당시 천진의 북쪽으로는 연산산맥이 가로놓여 조선 깊숙한 곳까지의 진입이 쉽지 않았다. 따라서 이 도로의 건설을 통해 朝鮮은 물론, 흉노 공략마저 보다 수월하게 만들 작정이었다. 무제는 이를 위해 인근 지역의 백성들을 강제로 노역에 동원하고 과도하게 착취하는 무리수를 쓰고 말았는데, 결국은 이것이 문제가 되었다.

요동遼東은 험준한 산과 수많은 하천이 널린 지역이라 고대에 도로를 뚫는다는 것 자체가 난공사일 수밖에 없었다. 결국 공사에 들어갈 엄청난 인적, 물적 비용을 위해 조세부담이 가중되고, 강제노역에 시달리게 되자 유주幽州와 청주靑州 등 옛 燕나라와 齊나라 지역 백성들로부터의 원성이 자자했고, 크고 작은 소요로 이어졌다. 말 그대로 늑대를 피하려다 범을 만난 처지가 된 상황에서 무제가 〈창해〉를 신하의 예로 하대하고 일방적인 폭정을 지속하자, 漢과의 연합을 후회하고 있던 남려왕이 마침내 漢나라 사신을 내쫓아 버리면서 漢과의 동맹이 깨지고 말았다.

"이는 명백한 약속 위반이다. 애당초 무제는 창해군을 설치한다는 얘기조차 없었다. 하물며 고된 노역장에 우리 백성들을 강제로 동원하고, 노예 부리듯 착취하니, 이런 꼴을 당하려고 우리가 漢과 손을 잡은 것은 아니었다. 그동안 수차례나 한나라 조정에 진정과 항의를 반복했으나 전혀 개선될 조짐이 보이질 않으니, 이는 저들이 처음부터 우리 조선 사람들을 업신여기고 분열을 책동하려 했음을 스스로 입증한 것이나 다름없다. 이에 이제부터 철저하게 무력으로 항거할 것임을 만천하에 공표하니 모든 백성들은 분연히 일어나 나를 따를지어다!"


결국 〈창해〉의 조선인들이 크게 반발하면서 곳곳에서 무력 항쟁이 벌어졌다. 그러자 무제는 신속하게 군대를 보내 무자비하게 창해(예맥 조선)를 토멸하려 들었다. 그뿐 아니라 이번에는 얼마 전까지 적대 관계였던 낙랑(위씨조선)의 우거왕에게 사자를 보내 창해국 타도를 위해 漢과 손을 잡자는 동맹까지 제의해 왔다. 무제는 승리를 위해서라면 악마와도 손을 잡을 기세로 물불을 가리지 않으려 했다. 그는 반드시 이기는 싸움을 원했고, 이를 위해 수단과 방법을 가리지 않은 채, 혼신의 노력을 다하는 냉혹한 성정을 지닌 인물이었던 것이다.

그러자 다급해진 남려왕도 위씨조선의 북쪽에 위치해 있던 〈부여〉에 사자를 보내 지원을 요청했다. 그리하여 새롭게 漢과 위씨조선(낙랑)이 한 편이 되고, 창해(예맥)와 부여가 하나가 되어 서로 다투는 등, 朝鮮 강역 일 대가 일순간에 국제분쟁 지역으로 변하는 어지러운 국면이 조성되었다.

다행히도 그 무렵 薰과의 전쟁이 더욱더 본격적인 궤도에 오르게 되면서 무제의 셈법이 복잡해지고 말았다. 당시 무제는 하남에 있던 훈족을 몰아내기 위해 〈河南전쟁〉을 준비하는 외에도, 동시에 한혈마에 빠져 서역을 뚫고자 서남이西南夷에 건위군犍爲郡을 두고 있었다. 게다가 멀고 먼 동북에서도 창해군을 놓고 예맥(창해)과도 다투게 되었으니, 갑작스레 사방의 적을 한꺼번에 상대해야 하는 곤혹스러운 국면에 빠져들고 만 것이었다.


그러던 원삭 3년인 BC 126년경, 무제는 공손홍公孫弘을 어사대부御史大夫로 임명해 사방에서 벌어지고 있는 복잡한 상황을 조사토록 했다. 당시 무제는 흉노를 겨냥해 동북에 창해郡을 설치한 데 이어, 새로이 북쪽에 삭방군朔方郡을 설치하고자 성을 구축하려 했다. 그러나 예맥(창해) 등지에서의 소요가 끊이질 않았고, 이에 공손홍이 무제에게 건의했다.

"황상, 중원을 지치고 피폐하게 하면서까지 굳이 쓸모없는 땅을 경영하는 일에 매달리실 필요가 있겠습니까?"

공손홍이 삭방군을 포기하고 흉노와의 전쟁을 그칠 것을 거듭 건의하자, 속으로 발끈한 무제는 강경 주전과 주매신朱買臣 등을 불러 삭방군을 설치했을 때 얻는 이점을 들어 공손홍을 성토하게 했다. 결국 공손홍이 한발 물러나 무제와 그 주변에 사과까지 했는데, 동시에 또 다른 절충안을 내놓았다.

"신이 산동의 촌놈이라 그런 이점들이 있음을 헤아리지 못했습니다.

그렇다면 서남이와 창해는 철폐하고, 삭방만을 두어 경영에 전념하심이 어떠하겠는지요?"

무제가 고심 끝에 흉노와의 전쟁에 집중하기 위해 결국 이를 허락하기로 했다. 그리하여 창해군滄海郡은 설치 후 2년 만에 비용이 많이 든다는 이유를 들어 폐지되었는데, 그렇게 되기까지 실상은 예맥조선(창해)과 부여를 비롯한 조선 열국의 반발과 거듭된 무력항쟁이 큰 힘을 발휘한 것이었다.

이후 漢무제는 새로이 선우에 오른 薰의 이치사伊稚斜(BC 126~BC 114년)와 사활을 건 전쟁에 매달려야 했고, 그 바람에 창해국은 일시적이나마 강토를 유지할 수 있었다. 위씨낙랑(조선)의 우거왕으로서는 漢나라가 떨어져 나감으로써 위기를 맞이할 수도 있었으나, 다행히 오랜 전쟁에 모두 지쳤는지 이후로 한동안 소강상태를 유지한 듯했다. 그러나 창해군 사태를 겪으면서 우거왕이나 남려왕 모두 자신들의 권위에 돌이킬 수 없는 상처를 입고 말았다.

우거왕은 번국의 영토를 잃게 되었고, 남려왕은 세작인 팽오에 포섭되어 한무제에게 농락당한 데다, 결국 〈漢-낙랑樂浪〉의 연합군과 위아래로 전쟁을 벌이는 바람에 온 나라가 전쟁터가 되어 쑥대밭이 되었기 때문이었다. 그 결과 언제부터인가 漢과 위씨조선(낙랑)에 두려움을 느낀 많은 창해 백성들이 북상해 연산산맥 위로 이주하는 등 사방으로 흩어지기 시작했다. 정확히 알 수는 없지만 아마도 이 시기를 전후로 〈창해국〉(예맥조선)이 서서히 붕괴된 듯했다.

창해왕 남려 또한 이후 종적을 감추고 사라져 버렸는데, 그 역시 북쪽으로 올라가 〈부여扶餘〉로 들어가 버렸다는 소문도 있었다. 후일 그의 직계 후손들이 한반도라는 새로운 역사의 무대에 다시 등장하는 것으로 보아, 그럴 가능성이 충분한 일이었다.

〈창해〉는 나라의 명칭에서 알 수 있듯이 일찍이 古조선 초기부터 그 번국으로 시작해서, 창수蒼水사자 부루扶婁가 다스렸던 지역임이 틀림없었다. 부루 이후로 그 왕조가 계속 이어진 것은 아니겠지만, 남국藍國과 고죽, 낙랑, 여국黎國 등에 이어 기箕씨들의 수유須庾가 있던 자리와 겹친다. 그사이에 동으로 발해만과 이어진 내해內海가 서서히 육지로 변했고, 적어도 BC 5세기경 그곳의 너른 습지를 끼고 〈창해국〉이 성립된 것으로 보였다.

정확히는 알 수 없지만 그런 창해가 결과적으로 이 시기를 전후해 주로 漢나라의 땅으로 귀속된 듯했으니, 창해의 서쪽 변방, 요동의 아래에 해당하던 낙랑樂浪 등지가 어느새 漢나라의 요서군遼西郡으로 변해 있던 것이다. 산융의 후예인 예맥은 춘추시대부터 오래도록 발해만 인근에 터 잡고 살면서 결코 중원의 나라에 예속된 적이 없었다. 창해(예맥)는 바로 아래로 강력한 齊나라는 물론, 趙와 燕이 지척에 있었고, 통일제국인 秦을 거쳐 漢에 이르기까지 그 모든 시대를 용케 헤쳐 나온 강인한 민족이었다.

그런 〈창해〉가 불행하게도 이 시기에 밖으로는 최강 薰(흉노)과 漢이라는 양대 통일제국으로부터 감당하기 어려운 압박과 함께 불가피한 선택을 강요받게 된 것이었다. 반면 안으로는 삼조선의 분열로 보호세력이 약화된 상태에서, 위씨낙랑(조선)에 대해 강경하게 저항한 것이 수백 년을 이어 오던 창해 왕조의 몰락을 초래하고 만 것이었다. 비록 창해의 왕통은 끊어졌으나, 예맥의 역사 또한 여기서 끝난 것은 결코 아니었다. 수많은 예맥인들이 북상해 부여의 아래쪽 연산산맥으로 숨어들었고, 옛 동도, 진변 등의 강역으로 흩어진 것이었다.

비록 동도東屠(진한)가 진개와 묵돌의 연이은 공격으로 치명타를 입고 괴멸되기는 했으나, 그들 중 많은 사람들은 동쪽으로 이동해 〈부여〉를 포함한 소국들로 흩어져 살았다. 당시 부여 아래쪽의 조선하와 난하 상류, 그 동쪽으로 대릉하와 대요하(랴오허) 일대에 이르기까지 소수맥小水貊, 대수맥大水貊, 양맥梁貊, 고리藁離, 구려句麗, 구다句茶, 개마蓋馬, 갈사曷思, 옥저沃沮 등의 이름으로 여러 소국들이 산재했다. 정확히 구별하기는 어렵지만 이들 소국들은 〈부여〉와 마찬가지로 대부분 같은 계열의 예맥인들이라 쉽게 동화된 듯했고, 서로 간에 이합집산을 반복했다.

그 과정에서 이들 중 다수는 후일 〈북부여〉에 이어 〈고구려〉에 통합되기도 했는데, 이들 예맥의 후예들은 결코 호락호락하지 않아 독자적인 세력을 유지했고 크게는 〈말갈靺鞨〉이라는 별칭으로 불렸다. 이후 〈고구려〉와 〈선비〉, 〈발해〉를 넘나들다가 발해의 멸망과 함께 〈거란〉과 〈고려高麗〉에 압도당해 현 요하(랴오허)의 동북쪽으로 밀려났다. 이들은 12세기에 이르러 선비계열의 최강 〈요遼〉(거란)를 무너뜨리고 〈금金〉나라를 세워 거대 중국의 북쪽을 지배했다.

이후 13세기경에는 선비鮮卑의 또 다른 분파로 강력했던 〈몽골〉의 칭기스칸에 패하면서 다시금 만주로 밀려났다. 이들이 바로 후일 만주족滿洲族으로 알려진 〈여진女眞〉의 조상이기도 했다. 여진은 16세기 말 임진왜란을 계기로 〈명明〉과 〈이씨조선李氏朝鮮〉이 나약해진 틈을 타, 반세기 만에 불같이 일어서면서 중국의 마지막 왕조인 〈청淸〉나라를 일으킨 주인공이 되었다. 청조淸朝의 탄생은 〈산융전쟁〉 이래 그 후예들이 2천년 만에 마침내 통일 중국을 정복한 것과 같은 셈이었으니, 만주족의 기원이 멀리 〈古조선〉(숙신)을 비롯해 〈산융〉과 〈동호〉, 〈예맥〉 등에까지 닿아 있던 것이었다.

한편, 창해사태가 마무리되는 시점에 〈위씨낙랑〉은 동북아의 정세
변화를 예의주시하면서, 서북부 지역으로 파고들던 선비鮮卑와 오환烏
桓을 밀어 내고 꾸준하게 고조선의 서부 변경을 잠식해 나갔다. 그러자
〈부여〉가 이를 크게 경계하면서, 급기야 〈위씨낙랑〉과 옛 조선연맹의
패권을 놓고 치열하게 다투는 관계가 되고 말았다. 그럼에도 불구하고
20여 년쯤 지난 뒤, 〈위씨낙랑〉은 기존의 기씨조선 영역에 옛 朝鮮의 서
부 지역인 동도(진한)의 많은 영역을 더하면서 古조선 강역의 최강자로
불릴 만큼 성장했다.

상황이 이쯤 되니 〈부여〉는 물론, 〈진번〉과 〈임둔〉, 〈구려〉, 〈예맥〉
등 古조선에 속했던 열국들이 하나가 되어 〈위씨낙랑〉과 다툼을 벌이
게 되었다. 심지어 이들은 창해가 그랬듯이 위씨조선 타도를 위해 아래
쪽에 있던 漢과도 손을 잡으려 들었다. 마침 이들 열국들은 하나같이 漢
나라에 자국의 특산물을 파는 교역을 일상적으로 수행해 오던 터였다.
그러나 강력한 위씨정권이 漢나라로 통하는 관문을 막고 교역을 방해하
자, 이 문제가 새로이 지역분쟁의 씨앗이 되었다.

결국 참다못한 이들 열국들이 漢조정을 향해 줄기차게 진정을 해 대
는 지경에 이르고 말았다.

"위씨낙랑이 大漢과의 교역과 천자의 알현을 방해하고 있습니다. 그
러니 大漢의 조정이 이 문제 해결에 나서 주실 것을 청합니다."

흉노를 뒷배로 하면서 처음부터 힘의 우위만을 내세웠던 위씨왕조는
오래도록 주변 열국들과의 적대 관계를 청산하지 못한 채 고립상태를
지속했다. 그러나 내부적으로는 친흉노 정권에 반하는 세력들의 저항
과 이탈이 끊이질 않았고, 이를 위해 우거왕은 가혹한 공포정치에 더욱
의존해야 했다.

그 무렵에 강성군주 漢무제가 10여 년의 전쟁 끝에 마침내 薰(흉노)을 완전히 제압한 데 이어, BC 111년경에는 종종 말썽을 일으키던 〈남월南越〉마저 정복하는 데 성공했다. 승리감에 도취된 무제가 대군을 거느리고 북방 순행까지 마쳤을 무렵에는, 그야말로 무제의 전성기나 다름없었다. 더구나 이치사의 뒤를 이은 薰의 오유烏維선우가 숨죽인 채 바짝 웅크리고 있으니, 漢나라는 이제 사방에 거칠 것 하나 없는 호시절을 구가하고 있었다. 그 와중에 오직 요동의 〈위씨조선〉만이 변함없이 무제의 권위에 대항하고 있었다.

그간 조선의 열국들이 함께 손을 잡고 위씨왕조를 내치자고 꾸준히 제안해 온 데다, 흉노 좌현왕부는 물론 선우 왕정까지 멀리 서북으로 밀어냈던 터라 마침내 무제가 다시금 위씨조선을 손보기로 마음먹었다. 무제 33년인 BC 109년, 마침내 무제가 우거왕에게 사신 섭하涉何를 보내 주변국들과의 무역과 조공을 방해하지 말라며 엄중하게 경고했다. 섭하가 〈위씨조선〉의 조정에 들어가 거만하게 말했다.

"대왕, 어찌하여 변진 등의 나라들이 우리 大漢과 무역하고, 천자를 알현하려는 것을 방해할 수 있단 말입니까? 우리 천자께서 포악무도한 흉노를 제압하고 북으로 내몬 데 이어, 최근에는 남월까지 굴복시키니 사방의 제왕들이 천자를 알현하러 몰려온다는 사실은 익히 아실 것 아닙니까? 그럼에도 우리 천자께서는 신을 통해 예물을 보내시고 오히려 대왕을 위로하라 하셨습니다. 대왕께서는 이러한 우리 황제의 넓은 뜻을 헤아리시고 부디 천자께서 내리시는 조칙을 수락하셔서, 우리 大漢과 화평하게 지내 주실 것을 삼가 청하는 바입니다!"

그러자 곁에 있던 우거왕의 신하가 대신 답을 했다.

"漢나라 천자께서 이리 먼 땅까지 귀하를 사신으로 보내 주신 일은 참으로 고마운 일입니다. 그러나 이십 년 전, 한나라가 우리 조선의 소왕들과 조정을 충동질해서 끊임없이 분란을 조장해 온 데 대해서는 여전히 이렇다 할 사과나 별다른 해명도 없었습니다. 바로 이런 것들이 漢과 조선이 서로를 믿지 못하는 원인이거늘, 이에 대해 확실한 해결책은 제시하지 않은 채, 일방적으로 한나라에 대한 충성만을 강요하니 귀국의 조건을 수락하기가 참으로 난감한 일이 아니겠습니까?"

섭하는 자신의 고압적인 자세나 재물의 유혹에도 전혀 굴하지 않고, 당당하게 漢나라의 잘못을 지적하는 위씨 조정의 분위기에 크게 당황했다. 이런저런 논쟁 끝에 결국 우거왕과 그의 신하들은 漢무제의 조칙을 끝내 거부하고, 섭하를 적당히 달래서 돌려보내려 했다. 그러나 우거왕을 달래 포섭하라는 사명을 완수하지 못한 섭하는 다음 단계를 생각하고 있었다. 사실 그가 낙랑(조선)으로 출발하기 전 무제가 그에게 슬쩍 건넨 밀명이 있었다.

"만일, 낙랑왕이 고분고분하게 말을 듣지 않을 때는 전쟁을 할 명분을 만들도록 하라!"

무제는 사실상 이번에 어떻게든 위씨낙랑을 공격하겠다는 포석을 이미 깔고 있었던 것이다. 화친에 실패한 섭하가 고민했다.

'흐음, 낭패로다! 우거왕이 저리도 강력하게 반발할 줄은 몰랐다. 그나저나 전쟁의 명분을 어떻게 만들라는 말인가? 이는 우거왕을 도발하라는 뜻인데……'

위씨낙랑과의 회담이 실패로 끝나자 섭하는 결국 무제의 뜻에 따라 다음 2단계의 음모를 생각해 두었는데, 이는 우거왕을 직접 도발하는 것이었다. 마침 그때 우거왕이 무제의 제안을 거절한 데 따른 뒷일을 우려해, 우현왕으로 추정되는 비왕裨王 장長에게 명을 내렸다.

"비왕은 예의를 갖춰 한나라 사신을 변경까지 호위해 전송토록 하시오!"

그리하여 비왕이 섭하를 호위해 국경인 패수浿水(조선하) 강변에 이르렀는데, 기회를 엿보던 섭하가 부하에게 눈짓을 했다. 그러자 비왕의 뒤를 따르던 섭하의 수행원이 느닷없이 칼을 빼고 달려들어 비왕 장을 찔렀다.

"크윽, 이놈이……"

비왕이 말에서 떨어져 나뒹구는 황당한 사태에 비왕의 병사들이 놀라 우왕좌왕했다. 그 틈에 섭하는 냅다 말을 몰아 조선 병사들의 추격을 뿌리친 채 서쪽으로 내달렸고, 그 길로 패수浿水를 건너 漢나라 평주平州의 유림관楡林關으로 달아나고 말았다.


얼마 후 섭하가 漢나라 조정에 들어가 무제에게 사실을 보고했다.

"황상, 위씨낙랑의 우거왕은 교만하기 그지없는 자입니다. 그는 황상의 선의를 무시하고 조칙의 수락을 한사코 거부했습니다. 신으로서는 도저히 납득하기 어려운 처사여서, 신이 패수 강변에 배웅 나온 낙랑(조선) 비왕의 목을 베고 돌아왔습니다. 우거왕은 이를 빌미로 틀림없이 황상을 도발하려 들 것입니다……"

이 말은 이제 〈위씨낙랑〉과 영락없이 전쟁을 치르게 되었다는 뜻이었다. 보고를 받은 무제는 섭하의 대담한 처신에 놀라면서도, 그가 자신의 뜻을 제대로 실행에 옮긴 데 대해 만족스러워했다. 얼마 후 무제는 섭하를 요동遼東의 동부도위東部都尉로 임명해 그의 공을 치하했다. 이 소식이 즉시 우거왕에게 전해졌다.

"대왕, 漢의 사신으로 왔던 섭하가 요동의 동부도위가 되어 다시 돌아와, 지금 임지에서 근무 중이라고 합니다. 당장 출병해 그자의 목을 베어 원통하게 시해당한 비왕의 恨을 풀어 드리고, 대왕의 위엄을 드러내셔야 합니다!"

그때까지도 세상이 뒤바뀐 것을 외면한 채 여전히 친흉노 노선에 머물고 있던 대신들을 중심으로 강경론이 터져 나왔다. 그러나 대신들 가운데는 통일제국이자 최강인 漢나라와의 전쟁을 꺼리는 자들도 많았다. 조선상相 역계경歷谿卿이란 자가 漢과의 전쟁을 우려하면서 우거왕을 만류하고 나섰다.

"대왕, 漢과의 전쟁은 아니 되옵니다. 강력했던 薰도 이제 더는 漢의 상대가 되지 못해 선우의 왕정마저 오래전에 먼 서북 땅으로 옮기지 않았습니까? 그러니 무슨 일이 터지더라도 薰이 우리 조선을 도와줄 가능성은 없다시피 되었습니다. 漢나라는 이제 과거 秦나라보다도 월등하게 막강한 무적의 나라입니다. 또 우리 조선이 제아무리 험준한 지역에 있어 수비가 용이하다고는 하나, 무제와의 전쟁은 무리이고 나라를 망치는 일이니, 부디 통촉하옵소서!"

그러나 강경파들도 결코 물러서지 않았다.

"漢이 강하다고는 해도, 무제가 우리 낙랑조선을 공격한다는 것은 그리 만만한 일이 아닐 것입니다. 지금 한나라는 또다시 흉노의 오른팔을 꺾겠다며 많은 병력을 서역에 출동시킨 상황입니다. 薰 또한 漢군에 크게 밀려 북서쪽으로 피해 있지만, 오유선우가 멀쩡히 살아 있는 만큼 언제라도 틈만 보이면 漢을 치고 내려올 것입니다. 따라서 한나라가 우리 조선과 또 다른 전쟁을 치른다는 것은 지금으로선 상당한 부담이 아닐 수 없을 것입니다!"

"그뿐이 아닙니다. 우리 낙랑조선은 장안에서는 너무 먼 길인 데다, 우리의 도성은 난공불락의 험준한 산성입니다. 여차하면 장기 농성으로 적군을 지치게 할 수 있으니, 지레 과도하게 겁먹을 필요까지는 없을 것입니다. 오히려 무제가 공격해 온다면 요동군의 병력을 동원할 수밖에 없을 터이니, 이참에 동부도위를 선제적으로 제압해 놓는 것도 저들의 전의를 꺾어 놓는 상책일 것입니다. 대왕, 요동을 치셔야 합니다!"

강골의 성격을 지닌 우거왕이 고개를 끄덕이더니 말을 보탰다.

"옳은 말이다. 유철이 우리를 공격해 오는 것은 확실히 무리일 것이다. 무엇보다 진번 등 주변의 소왕들이 점점 漢에 기울고 있질 않느냐? 만일 우리가 섭하를 이대로 놔둔다면 나라의 위상이 더욱 떨어져 걷잡을 수 없는 사태를 초래할지도 모를 일이다. 우리 낙랑조선은 결단코 그리 호락호락한 소국이 아니다. 반드시 섭하를 잡아 그 본보기로 삼을 것이다!"

결국 우거왕은 역계경 등 온건파의 만류를 뿌리치고 곧바로 군사를 요동의 동부도위로 진격시켰다. 조선의 기습을 예측하지 못했는지 동부도위가 손쉽게 무너지고, 섭하의 목이 속절없이 허공을 날았다. 우거왕은 섭하의 손에 횡사한 비왕 장長의 복수를 단행함으로써, 나라 안팎으로 자신과 낙랑조선의 위신을 높이는 데 어느 정도 성공했다. 우거왕은 薰의 선우왕정에 사람을 보내 급박하게 돌아가는 상황을 알려 주고 소통을 지속하려 애썼다.

하지만 우거왕과 그 신하들은 어쨌든 漢나라가 강성한 薰족과의 전쟁을 승리로 마무리했다는 점과, 이제 뜨거운 시선으로 〈낙랑조선〉을 노려보고 있다는 사실을 망각한 모양이었다. 눈치 빠른 역계경은 기회를 엿보다 수하의 2천여 호를 거느리고 동쪽에 이웃해 있던 진국辰國(진번眞番 추정)으로 망명해 버렸다. 일찌감치 漢나라와의 전쟁을 예감하고 미리 피난길에 오른 셈이었다.

제2권 끝

# 제2권 후기

　전국시대 말기의 중원은 산동의 나라들끼리 합종연횡을 반복하며 秦의 통일을 저지하려 애쓰는 형국이었다. 秦을 상대할 만한 세력은 趙나라뿐이었지만 위쪽 燕나라의 무모한 도전이 반복되었고, 이 전쟁으로 양쪽 모두 기운을 소진하고 말았다. 이는 三晉의 몰락으로 이어졌고, 덕분에 秦나라는 BC 221년 최초의 중원통일이라는 대업을 달성할 수 있었다. 진시황은 광대한 중원대륙에 통일제국의 표본을 제시함으로써, 중국인들을 하나로 묶게 하는 위대한 정신적 유산을 남겼다.

　거대통일제국의 등장은 기존의 패러다임을 넘어서는 정치적, 문화적 제도개혁을 유발했고, 인류발전이 획기적으로 진전되는 계기가 되었다. 절대강자 秦의 등장은 동북의 조선을 포함해 주변의 모든 나라를 두려움에 떨게 했고, 이는 이제껏 상상도 못한 일이었을 것이다. 燕의 진개에게 타격을 입은 기씨왕조는 전혀 힘을 회복하지 못했다. 북방민족의 종주국인 조선이 분열하는 사이, 아시아 힘의 균형이 서남쪽 중원대륙으로 기울기 시작했으니 못내 아쉬운 일이었다.

　그보다 10년 전인 BC 232년경, 고리국 출신 해모수가 진조선을 무너뜨리고 〈부여〉를 건국했다. 이로써 왕검이 조선을 건국한 이래 2천 년 만에 북방민족의 종주국으로서 상고시대 아시아 역사를 주도했던 〈단군조선〉이 종말을 고했다. 중원이 봉건제도의 붕괴와 함께 강력한 황제 1인 중심의 중앙집권제로 이행하는 사이, 열국시대를 맞이한 동북은 오히려 분열이 가속화되면서 뒷걸음질하는 모양새였다. 이후로 상황이 역전되면서 중원이 아시아의 정치적 주도권을 행사하게 되었다.

그러나 진시황의 강압정치는 거대제국의 통치를 위한 실험인 양, 이내 멸망으로 이어졌고 새롭게 유劉씨의 〈漢〉이 秦을 대체했다. 그 틈을 타고 초원에서 훈족(흉노)이 무섭게 일어났다. 영걸인 묵돌은 上國이나 다름없던 진한의 후예 동도를 단숨에 제압하고, 漢나라마저 압도하면서 대초원제국을 건설했다. 묵돌의 〈동호 원정〉은 조선의 일부였던 선비와 오환 등 북방민족의 이탈을 가속화시켰고, 조선에 치명적 타격을 가했다.

이제 흉노가 조선을 대신해 북방민족을 대표하게 되었으나, 대륙의 패권을 놓고 남쪽의 漢과 끝없이 다퉈야 하는 고달픈 운명을 떠안게 되었다. 기씨조선 또한 묵돌의 괴뢰정권이나 다름없는 〈위씨조선〉으로 대체되었으니, 韓민족으로선 흉노와 선비라는 양팔을 잃고 세력이 위축되는 시련의 시대였다. 고조(유방) 사후 漢나라는 강성한 흉노에 사대하면서 화친의 시대를 이어 가면서도, 〈문경文景지치〉를 통해 국력을 축적해 나갔다.

묵돌 사후 백 년도 지나지 않아 漢에 또 다른 영걸 한무제가 등장하면서, 반세기 넘게 漢 왕조를 핍박해 온 흉노와의 대격돌이 시작되었다. 양측 인구의 절반이 사라질 만큼 중원대륙 전체가 전화에 몸살을 앓는 동안, 위씨조선은 내부의 강역 확장에 나섰다. 흉노의 본거지 산서 대동에는 상간하라는 강이 동으로 북경 아래를 거쳐 발해만으로 흘러드는데, 중원에서 멀다는 이유로 강 전체를 요수遼水(영정하)라 불렀고, 고대 요동과 요서의 기준이었다.

그러나 훨씬 후대인 10세기 전후로 거란의 〈요〉나라가 일어나면서 오늘날 만주 요녕성을 흘러내리는 강을 요하遼河(랴오허)라 부르기 시작했고, 이것이 후대의 상고사 해석에 커다란 혼란을 초래했다.

요수의 동쪽으로는 연산산맥을 따라 여러 하천이 모여 발해로 흘러드는 朝鮮河가 있다. 조선하 우측에도 동에서 서로 흘러내리는 패수가 있었는데, 발해만 입구의 하류에서 조선하와 만나다 보니 후대에 두 강의 명칭을 혼용한 듯했다. 다시 패수의 동쪽으로 남북으로 흘러내리는 난하灤河가 있고, 압록이라고도 불렀다. 발해로 흘러드는 4대 하천, 즉 난하에서 패수, 조선하, 요수에 이르는 강역이야말로 바로 상고시대 고대 韓민족의 주요 거점이었고, 후대〈북부여〉와〈고구려〉의 주무대였다.

오늘날 이 강의 명칭들이 하나같이 현 요하 동쪽으로 차례대로 옮겨짐으로써, 마치 韓민족의 상고사 전체가 주로 한반도와 만주 일대에서만 이루어진 것으로 축소, 날조되고 말았다. 역대 중국의 왕조들은 고대에 자신들의 조상과 자웅을 겨뤘던 韓민족의 상고사를 가리고자 1~2천년에 걸친〈역사공정〉을 집요하게 추진해 왔다. 고기를 찾아 불태우거나 숨기고, 우리 역사 편찬에 간섭했으며, 숱한 산과 강의 명칭을 변경하거나 동쪽으로 옮기는 작업을 반복했던 것이다.

후대에 유교 사대주의에 매몰된 朝鮮의 후예들은 중국의 압력에 굴복해 스스로 조상들의 역사를 축소하고 감추기 바빴다. 그 결과 16세기 전후로 일본과 청淸의 공세에 무릎을 꿇었고, 급기야 근세 일본에 병합되는 치욕을 당했다. 이후 백 년이 지나도록 우리는 여전히 일제가 날조하고 고착시킨 반도 식민사관을 우리 역사로 믿고 있다.

**古國 2**

ⓒ 김이오, 2024

초판 1쇄 발행 2024년 8월 5일

지은이     김이오
펴낸이     이기봉
편집       좋은땅 편집팀
펴낸곳     도서출판 좋은땅
주소       서울특별시 마포구 양화로12길 26 지월드빌딩 (서교동 395-7)
전화       02)374-8616~7
팩스       02)374-8614
이메일     gworldbook@naver.com
홈페이지   www.g-world.co.kr

ISBN   979-11-388-3428-5 (03810)